崔晓飞　主编

北京燕山出版社
BEIJING YANSHAN PRESS

图书在版编目（CIP）数据

半遮面 / 崔晓飞主编. -- 北京 ： 北京燕山出版社，
2023.9

ISBN 978-7-5402-7056-8

Ⅰ．①半… Ⅱ．①崔… Ⅲ．①长篇小说－中国－当代

Ⅳ．①I247.5

中国国家版本馆CIP数据核字(2023)第175778号

半遮面

主　　编	崔晓飞
责任编辑	满　懿
封面设计	百悦兰堂
出版发行	北京燕山出版社有限公司
地　　址	北京市西城区琉璃厂西街20号
发行电话	（010）65240430
邮政编码	100052
印　　刷	三河市嵩川印刷有限公司
开　　本	710mm×1000mm 1/16
字　　数	310千字
印　　张	21.25
版　　次	2023年9月第1版
印　　次	2024年1月第1次印刷
书　　号	ISBN 978-7-5402-7056-8
定　　价	88.00元

编委会

主编

崔晓飞

主创团队

向阳梅	陶 然	李若楠	黄庆会
何 竞	惠永胜	栗振光	李 雅
黄超鹏	唐向夷	段红芳	王玉珍
黄 燕	罗 环	张雪梅	陈永贤

《半遮面》主创团队介绍

向阳梅，笔名没落的月光，"70 后"，贵州镇宁人，自由撰稿人。以文字为食材，佐以情感的姜葱蒜，加点生活的油盐酱醋，把人生炒制成一盘可口的菜肴。

对本书的一句荐语：追梦的路上，恶魔缠身，悄然降临的灾难，打破自由与安宁，看罪恶的土地上，鲜花如何盛开。

向阳梅

陶然，"70 后"，黑龙江哈尔滨人，曾任《家庭生活指南》杂志编辑，25 年体制内教育工作者。其深厚的传统文化底蕴里，透着清秀灵动的笔触，人如月，文如水。

对本书的一句荐语：文中人，皆豪情万丈，又风情万种；笔落惊几代风雨，文成牵南北情缘。

陶然

李若楠，笔名特立独行，"00 后"，山西运城人，在校大学生。喜欢以文字的方式相处于世间。

对本书的一句荐语：无情何必生斯世，有好终须累此身。

李若楠

黄庆会，笔名果爱，"70 后"，贵州贵阳人，贵州省作协会员，贵州省心理学会会员。出版小说集《聆听心语》。

对本书的一句荐语：每个人都是浩瀚星空中的一粒微尘。虽然微不足道，但是也会闪耀光芒。

黄庆会

何竞

何竞，"80后"，四川成都人，四川省作家协会会员，出版小说集《爱情动物》。人生多艰，愿煮字疗饥，倚字为欢。

对本书的一句荐语：滴水成海，众人接力，齐绘精彩纷呈故事，同著跌宕起伏传奇。

惠永胜，"70后"，河南开封人，中国现代作家协会会员，河南省青少年作家协会会员。一介布衣，躬耕于汴梁，喜平淡生活，享静美时光，独居陋室，煮字疗伤。

对本书的一句荐语：一场婚礼，引出半世情怨，两个女人，铸就家国情怀。

惠永胜

栗振光

栗振光，笔名苟大戈，"60后"，内蒙古包头人。唯愿有一支生花妙笔，书尽人间沧桑。

对本书的一句荐语：你只想美丽绽放，可贪婪者却只想汲取你的髓液……于是，正义与邪恶、爱恨与情仇，在三代人之间展开搏杀……

李雅，原名李广义，"70后"，原籍黑龙江，现定居大连。大连市作协会员，大连市人物传记协会会员，大连市作家企业家联合会理事。喜欢文字与音乐的柔美，也爱好大自然赋予的美好和自由。

对本书的一句荐语：群贤毕集，齐书豪门三代国恨家仇；血雨腥风，英雄无悔谱悲壮人生。

李雅

黄超鹏，"80后"，广东饶平人，广州荔湾区作家协会会员，出版小小说集《南湖旧事》。文以载道，道不远人，用手中笔书精彩人生事。

对本书的一句荐语：聚沙成塔，齐绘一幕波澜壮阔的生死画卷，共述一段凄美感人的英雄传奇。

黄超鹏

唐向夷，"00后"，贵州贵阳人，高一在校学生。像一只小小的萤火虫，在黑暗中为自己点亮世界。

对本书的一句荐语：汇百川之力，集百家之长，翩若惊鸿，宛若游龙。

唐向夷

段红芳，笔名清纯芳心，"70后"，陕西商州人，甘肃省作协会员，白银市评论家协会会员，江山文学网签约作家，出版长篇小说《母亲的红嫁衣》。不忘初心，一直用文字取悦自己、温暖他人。

对本书的一句荐语：众人拾柴火焰高。此书是融入来自大江南北二十位创作人员呕心沥血，历经三年情感碰撞的智慧结晶，值得拥有品读！

段红芳

王玉珍，笔名麒鉴，"60后"，内蒙古人，现居北京，采兰国金融作家协会理事。以金融书写人生，以文学丰富人生。

对本书的一句荐语：集众人智慧展现文学之魅力，从不同维度共画罂粟之女人。

王玉珍

黄燕，"70后"，四川省罗江区人。妄图书海中，书写有趣的故事与别样的风景。

对本书的一句荐语：奇幻女子，诡魅人生！是冥冥中的宿命？还是潜藏的人性？一切皆由一念而生！

黄燕

罗环，"70后"，贵州盘州人，盘州作协会员，喜欢用文字述说生活的喜怒无常，守一抔净土，盈一眸恬淡。

对本书的一句荐语：因为懂得，所以慈悲！

罗环

张雪梅，笔名末落的贵族，"70后"，重庆人，重庆新诗学会和区作协会员，出版多部诗集。一枚行走的灵魂，如来境界，菩萨心肠，金刚脾气。

对本书的一句荐语：罂粟女人花，婀娜多姿，美丽的外表下却暗藏杀机……

张雪梅

陈永贤，"60后"，贵州兴义人，中学教师，黔西南日报特约记者。用手中之笔传播人间正道。

对本书的一句荐语：博采众长，本书描绘了一幅人性的多彩画卷，呈现了一个可歌可泣的传奇故事，值得咀嚼。

陈永贤

有多少颗脑袋，就有多少种智慧

崔晓飞

俄国大文豪托尔斯泰笔下的安娜·卡列尼娜颇有见地地说过一句话：有多少颗脑袋，就有多少种思想；有多少颗心，就有多少种爱情……

我们新出炉的这部小说，就是这句话最好的见证。

20 颗脑袋碰撞后会迸发出怎样的灵感火花？ 20 颗心相遇后又会编织出怎样动人的爱情传奇？

本书创作的起源，是上海《故事会》杂志社官方微信公众平台与"神编小妖"微信公众平台联合开展的一次全国性的小说续写大赛。此次比赛吸引了来自五湖四海的 20 位年龄段自"60 后"至"00 后"的专业作家及文学爱好者的积极参与。自 2015 年 12 月至 2019 年 5 月，历时 3 年多，终于完成了这次非比寻常的创作。

作为开创文坛多人续写先河的试验性作品，小说《半遮面》一定会给读者带来无限的惊喜与遐想。因为来自不同作者的创作，每一章都别有新意，各具特色。因为每个作者的阅历、认知，以及构思大相径庭，透过个人视角所展现出的小天地，装满了未知的惊喜。你永远猜不到，下一个作者的思路和故事的走向。这使得"悬疑"这个主题得到了空前发挥，因为，即便最会推理的你，面对的不是一个福尔摩斯，而是 20 个。

就拿这次小说续写大赛的发起人、评委、文稿编辑、第一主创——本人的体验来说吧。原本这部小说的定位只是一个都市悬疑爱情故事，第一章的取材也是源于个人一段真实的生活经历，由自己的一次失恋产生的灵感，幻想在渣男的婚礼上开展一场报复行动。但在现实中，这种天马行空的计划是不可能实施的，于是便把这个愿望寄托在了小说中。然而，所有参与续写的作者，没有人洞穿我的这一心事，于是他们的续写都在朝着自己构思的方向延展，一个个崭新的脑洞出现在眼前，令人目不暇接。故事的发展，远远超出了我的预想。怀有独门绝技的高手们陆续加入，令小说的悬疑气质和思想格局大为提升，跨越的时间与空间也超出了常人的驾驭范围。小说的格调从最初的温婉含蓄，到后来的大气磅礴，节奏越来越高亢，立意越来越高远，令人叹为观止。

也许你会说，即便一个人写一个故事，都难免有错漏，那20个人写一个故事，恐怕是漏洞百出。这的确是多人续写过程中不断出现的状况。正因如此，这本书的诞生历经了常人难以想象的艰难。每一章都经过反复考量、反复修改，其烧脑程度不亚于公安机关专案组攻坚克难绞尽脑汁去破获一桩旷世奇案。光是人物关系图谱、人物介绍、时间线、大事记、细节比对、情节分析预测等，就写了有好几万字。每一章大大小小的修改不少于20次，整书通篇校对、改写了5次，还不算几位文友义务帮忙校对和提修改意见的次数。经精心统筹编辑后，整书读来酣畅淋漓，情节跌宕起伏、悬念重重，即便本人读起来也感叹：这是文学创作上的一个奇迹！

真可谓，千呼万唤始出来，犹抱琵琶"半遮面"哪！

最后，想对在本书创作过程中付出过努力，给予过帮助的朋友们道声谢。

《故事会》蓝版副主编高健老师、儿童文学畅销书作家雨街老师，也是此次小说续写大赛的两位评委，在本书创作和后期出版的过程中，都给予了极大的支持和帮助。贵州省演出娱乐行业协会常务副会长兼秘书长莫洪军先生，在本书创作及出版的过程中，也给予了极大的关心与支持，在此深表感谢。

还有所有参与了本书创作的作者，第二主创向阳梅、陶然、李若楠，第三主创何竞、黄庆会、栗振光、惠永胜、李雅、段红芳、黄超鹏、唐向夷，还有王玉珍、黄燕、罗环、张雪梅、陈永贤、赵琳、杨扬、金敏等参与者，向你们说一声：感恩一路的陪伴，辛苦了！

最值得一提的是，那些无私地给予我们关怀和支持的朋友们。在文学创作上颇有建树的两位作家唐吉虎、胡雁冰，义务地退居幕后帮助我校对全书，并提出了许多重要的修改意见；郭大章、金亮两位出过多本长篇著作的知名作家，指导帮助我掌握了正确的小说写作技巧；还有著名文化人、资深媒体视觉总监石与刚，初沐·盘子摄影总监周健，初沐·盘子化妆总监王俊，画家黄诗棋，为本书的封面创意做出了贡献；知名青年作家、文化策划人姚茂敦，有声书主播飞扬，编剧张潇文等，在本书一波三折的出版过程中，也给予了我莫大的精神和行动上的支持，他们是我人生路上的贵人、恩人……

据说，137亿年前，一次无与伦比的大爆炸之后，无数星系、恒星和各种已知和未知的天体，经过30万年的演化，逐渐汇聚成了光怪陆离的宇宙。137亿年后，爆发了一次史无前例的头脑风暴，一颗颗金光闪耀的星星出现在文学的天幕上，即将大放异彩……

崔晓飞

2019年11月27日于贵阳

目录

第一章　婚礼上的阴谋

初秋的葛润市，微凉的风中带着一丝萧瑟，但并不妨碍爱美的年轻姑娘们，依旧穿着轻薄的短衣短裙上街，像一只只翩翩飞舞的彩色蝴蝶。

五星级 DCT 大酒店的旋转门前，身穿白色天使服的孩子们陶醉地演奏着各式各样的乐器。小提琴、单簧管、手风琴……银光闪闪的西洋乐器似羞赧而温柔的少女，亲昵地窃窃私语，舌尖萦绕着妖娆诡谲的音符，击管拨弦，交织成无比动人的旋律，恬静、柔美、迷幻，营造出令人酥软的浪漫。

天空中一颗巨大的红色桃心氢气球随风飘动，上面印着一对新婚爱侣甜蜜的婚纱照。色彩缤纷的小气球围着红心翩翩起舞，仿佛舞姿轻盈的仙女们伴着一对神仙眷侣下凡。

一块印有"喜"字的大红色牌匾上写着"李隽逸先生　林珊珊小姐"。

婚礼嘉宾大多是当地有头有脸的达官贵人，他们是奔着一个人的面子前来，即 DCT 大酒店董事长、林珊珊的父亲林岳樯。毋庸置疑，这场格外奢华的婚礼正是林岳樯一掷千金的作品。

时间像正在化冻的冰块，缓慢地消逝着。个头矮小微胖的林珊珊被一袭紧身束腰曳地长婚纱和一双十二厘米超高高跟鞋折磨得快要窒息。

她表情僵硬地笑迎着络绎不绝的来宾，耐心已经快被消磨殆尽。看着身边神采奕奕的新郎和父亲，难以言说的委屈蓦然浮上心头。唯一一个支撑着她站下去的理由，就是那个尚未出现的身影……

以及一张痛苦的脸：眼神呆滞而无助，浓重的黑眼圈令整张脸黯然无色，面颊上应该还挂着两行未干透的泪痕，愤怒使她嘴角颤动、脸色发白，可除了默默承受痛苦她别无选择……

在荡漾着喜庆气氛的日子里，一场悲剧即将默默上演，这是多么令人兴奋和期待的事情呀，比客人们谄媚的笑容和应接不暇的红包要好看得多！想到这儿，林珊珊禁不住笑出声来。

林岳樯是个完美主义者，对一切事物追求尽善尽美的他，眼里容不得一粒沙子。然而，对工作一丝不苟的他，在家人面前，却习惯性地容忍和退让。

他一生中最大的遗憾，就是招赘了一个不尽如人意的女婿。

出生微寒、长相普通，戴着一副高度数眼镜的李隽逸一直没能完全博取他的认同，尽管他的为人处世无可挑剔：知书达理、才华斐然、谦虚又不乏闯劲……

林岳樯总觉得，通过那面透着淳朴气息的眼镜片，会看到一种令他内心隐隐不安的东西。

此外还有一个小小的遗憾，就是这场由林珊珊亲自编排不伦不类的婚礼仪式，在他看来并不雅致。

客人们都赶早，人很快已经到齐。林珊珊迟迟没看见期盼着的那个人，脸色显得焦躁不堪。

"你怎么了？"

李隽逸一早注意到林珊珊有些反常，原以为是新婚的喜悦和婚礼庞大的阵势让她过度兴奋了，此时却起了疑心。

"本来想看一出好戏，喜上加喜……"

林珊珊含混不清的回答让李隽逸丈二和尚摸不着头脑。他用手轻拂新娘的头纱，在她耳畔轻声低语：

"放轻松，婚礼就要开始了。大家都看着我们，待会儿可别失态。"

林珊珊没有听出李隽逸话语里隐含的深意，失望的心情被新郎的温柔细语一扫而空。她的双眸像盛了一汪波光粼粼的湖水，楚楚动人，映照出李隽逸被眼镜模糊去了的深邃目光。

"嘭！"

两人四目相对的一刹，天空中突然传来一声巨响。林珊珊吓得尖叫了一声，李隽逸脸色骤变，林岳樯眉头紧锁。

在场的人们惊愕地看向天空，那个印有婚纱照的红气球在空中炸开了，气球在空中打着旋儿，划出一道美丽的圆弧，触地的刹那彻底泄了气。

李隽逸被地板上那一抹殷红模糊了视野，脚下的红地毯在他眼前"流淌"了起来，像血。

他心里"咯噔"了一下，隐隐有种不祥的预感……

一辆奶酪色的甲克虫踩着阳光徐徐驶来，在 DCT 国际大酒店的门口停了下来。

英俊的迎宾小伙职业性地走到车前，姿态优雅地打开了车门，迎下两位貌美如花的女子。

一个穿粉底蓝花束腰旗袍，一个着银纱白缎；一个媚眼红唇，一个淡妆浅描；分明是一朵娇艳的红玫瑰和一朵素雅的白玫瑰。

仿佛受到舞台聚光灯的牵引，众人目光齐刷刷转向这边。三位重要人物全然不顾自己受了冷落，目光也聚集在两个女子身上。

"红玫瑰"嘴角习惯性撇出一道轻蔑，右手小指勾起女伴的左手小指，有一丝肉麻的亲昵。"白玫瑰"脸颊有圈不大自然的红晕，眼皮也低垂着眨个不停，面部肌肉紧绷绷的，身体有些僵硬，任凭"红玫瑰"轻盈却执拗地"拽"着。

两女子径直走到了新郎新娘面前。

林珊珊终于等来了她想见的人，却不知为何乐不出来。尽管方婧雅脸上的忸怩显露出她内心的忐忑与伤感，但她的清纯美丽一如既往地让林珊珊嫉妒到恼怒。

李隽逸心里像被灌了杯加冰加糖的热浓咖啡，忽冷忽热、半苦半甜。"她怎么会来呢？"显然方婧雅的出现让他感到意外，但很快又想明白了似的，"这场婚礼早已惊动了大半个葛润市，更何况她呢？"

最令他吃惊的还是站在方婧雅身旁那个盛气凌人的妖冶女子——颜香脂，她怎么会出现在这尴尬的场合？

向来稳重老道的林岳樯此时也有些乱。眼前的两个女子都是他再熟悉不过的人了，此时看着她们，却像是隔着千重山万重水，看不清她们的面部表情，更看不清她们的内心起伏。她们的不告而来，究竟是走秀，还是别有意图？

林岳樯对此却依然装作若无其事，笑脸相迎。他先跟方婧雅打了招呼，唤了声："小方，你来了。"迟疑片刻才转向颜香脂，却被她一个媚眼撞得心悸魂散。

随后，颜香脂"拽"着方婧雅走到新郎新娘面前。

李隽逸很绅士地跟她们一一握了手，说了些客套话。林珊珊却掩饰不住内心的不悦，挑衅地看着她们。

与其说是方婧雅天仙下凡似的登场令她嫉恨，不如说是颜香脂轻裘缓带、泰然自若的神气惹恼了她。如果说起初她对方婧雅的出现还有一丝期待，那颜香脂的同来完全就是意料之外，她心里暗自嘀咕："可恶的狐狸精，竟然和这个死女人是一伙的。"

新郎和两位女子进行着礼节性的对话，新娘却双手抱胸，故意把头撇开，间或用余光瞄了两人几眼。

颜香脂始终是一脸媚笑，倒也颇具亲和力。方婧雅起初的不自然也渐渐消失了，笑得清甜可人，笑得让李隽逸心生怜意、心绪万千。

一番"亲切"问候之后，颜香脂挽着方婧雅走进酒店大厅。

短短几分钟，却像过了几个钟头。三个人的心终于轻松了下来，各自用复杂的眼神注视着她们离去的背影。

几个可爱的少男少女穿着白色燕尾服和白纱裙，仿佛天鹅湖畔的小精灵，举止优雅地为来宾引路。

金碧辉煌的酒店大厅后面是一片郁郁葱葱的人造林。香樟、荷花、玉兰、桂花树，凝翠传香。一片绿意盎然中，鸟儿的啁啾啼唱，更添了一份欢喜。鹅卵石铺砌的小径，在幽静的林荫中蜿蜒前行。路边盛开着各色的或艳或素的花，星星点点，美不胜收。

小径的尽头连着一个桃心形状的喷水池，在阳光照射下，一弯绚丽的虹在水雾中若隐若现。以水池为圆心，一个硕大的露天广场跃然眼前。六十多张铺着白色桌布的餐桌上，摆放着各式各样的西点、水果、饮品。空气中飘着鸡尾酒的醉人味道和女宾客身上的香水味。

欧式的白色阶梯从旋转舞厅逶迤而下，延伸到广场中央。法式的烫金镂花隔栏，白玉质地的扶手，显得清雅宜人。楼梯口，一座 N 形的花架被朦胧的轻纱缠绕着，上面插满了粉红色的玫瑰花和雪白的百合花。

喷水池前搭起了一座椭圆形的舞台。红地毯从马路延伸到酒店大厅，又从大厅连到这儿。舞台上，一台一百英寸的液晶显示屏格外惹眼。正中一张白玉长桌，摆放着高脚玻璃杯搭成的"金字塔"和一瓶瓶陈酿。

广场一角，儿童乐团在现场演奏着动人的乐章。轻盈的乐声响起，和软的秋风拂过，空气中飘逸着温馨的音符。

不知不觉天色已暗，广场上座无虚席。

人们的思绪还在随着美妙的乐声飞翔，期待着这场别开生面的豪华婚礼能带来一些感官上的震撼，一场突如其来的"停电"却让众宾客心里一惊。

几秒钟过后，广场四周由远及近亮起了无数个金光闪耀的桃心，是用一盏盏小射灯围成的。一个个桃心很快相连成网，把广场装点成了一片满天星的花海。

人们开始欢呼雀跃，用依偎、拥抱、亲吻纪念这难忘的时刻。

舞台上打下一束巨大的聚光灯，新郎李隽逸就站在灯光下。他彬彬有礼地向来宾们鞠了一躬，引来阵阵掌声。

聚光灯又从舞台上移到了白色阶梯上方。人们看到了娇笑盈面的林珊珊，她双手提着裙摆，小步往下走。

林岳樯在阶梯下方等待女儿，然后与她手挽手，迎着李隽逸痴情的目光走向舞台。现场一派温馨，惹人艳羡。

婚礼有条不紊地进行着……

"新郎，你可以亲吻你的新娘了。"

司仪示意两人接吻，并对现场观众做了一个"嘘"的手势。

李隽逸深情地看着林珊珊，一只手撩起她的头纱，嘴唇向她的脸颊靠去。林珊珊却侧过脸来，用余光快速一扫四周，觅着方婧雅那张漠然的脸，然后微微噘起嘴，眼里尽是得意。

"在大屏幕上，我们即将欣赏到一段美丽动人的爱情童话！"

司仪话音落下，新郎新娘依偎着转过身面向液晶屏。

灯光由远及近熄灭，广场完全被夜幕笼罩。

随即，一首柔情曼约的英文歌曲如风拂耳、缓缓响起，屏幕上渐渐显出图像，是由新郎新娘的照片和一些专门摄制的影像剪辑而成的艺术短片，让来宾们看得心旌摇曳、感人肺腑。

沉浸在大家羡慕的眼神和赞美的说辞中，林珊珊乐得飘飘然，忍不住又朝方婧雅的座位看去，却只见颜香脂形单影只，脸上挂着一抹嘲讽的冷笑。

李隽逸没有心思看屏幕，脸上撑着笑，内心却五味杂陈。亲吻前的那一刻，他也悄悄看向了那个座位，瞥见了方婧雅脸上的冰霜，感到透骨的凉意。

两人各自想着心事，竟对音乐的戛然而止和台下忽起的骚动浑然不觉。

"没想到有钱人家这么开放……"

台下有人小声议论。

背对舞台、正在和贵宾交谈的林岳樯察觉到了气氛的异样，看见大家的目光都直勾勾地盯着屏幕，顿生疑惑。他转身朝那个方向看去，瞳孔瞬间放大。

只见画面上一对男女赤裸相拥。男人背对，女人脸庞依稀可见，但因戴着半截羽毛面具难辨相貌。忽而，男人一个转身露了脸。林岳樯霎时间感到血往上冲——此人不正是自己的女婿李隽逸吗？

李隽逸和林珊珊此时也注意到了屏幕，一时僵在了原地。

纤纤细腰，身段婀娜……哪怕再自欺欺人，林珊珊也看得出来那个身材苗条的女人不是自己。

李隽逸蒙了，对眼前这一切，他竟丝毫回想不起来。

林珊珊两眼充血，恶狠狠地盯着李隽逸，恨不得撕碎了他。李隽逸百口莫辩，哑巴吃黄连。

此时，众宾客似乎还未察觉到"爱情电影"换了主角，以为这是林家别出心裁安排的压轴好戏……

"天哪！"

台下突然传来惊呼声。

李隽逸和林珊珊被这一声喊得近乎崩溃，惊恐地看向屏幕。

"妈呀！"

林珊珊脸色铁青，腿一软跪倒在地。

李隽逸来不及去扶新娘，却见不远处林岳樯竟也倒在了地上。现场乱作一团，有人忙着去搀扶，有人忙着打急救电话，有人依然定在原地，捂住张得大大的嘴巴……

屏幕上，那个戴面具的女人依旧是纤腰玉带舞天纱，而男人却换了，这人浓眉阔目、肩宽背厚，尽管已年过中旬，却仍是风流倜傥、气度不凡。

那个男人，正是商界赫赫有名的风云人物——林岳樯。

颜香脂独自驾驶着奶酪色的甲壳虫，穿行在灯火阑珊的大街上。

后视镜照映出的那张苍白的脸上，清晰地挂着两行清泪。只有在夜深人静的时候，她才能像一个单纯的孩子一样卸下伪装，做回最真实的自己。

她不明白，为什么自己精心策划的一切如此顺利地发生了，心里却这般难受。

躺在医院里的那个人，她终于如愿以偿地毁了他。但如果他用生命赎了罪，她费尽心血、处心积虑为他打造的无情炼狱，是否将成为活着的人煎熬余生的图圈？

车子经过位于市中心的街心公园时，颜香脂看到两棵相思树夹着的木质秋千上，晃悠着一个落寞的身影。她停下车，擦拭了脸上的泪痕，戴上一副茶色的墨镜，悄悄地朝秋千走去……

清秀甜润的脸蛋上，残留着黏着眼线液和眼影的泪痕。夜里气温降低了，瑟瑟发抖的身子显得更加单薄。白色薄纱裙上层层叠叠的蕾丝花边随风飘展，远看像一朵洁白飘香的蔷薇花栩栩开放……

轻轻的风吹拂着淡淡的忧伤……

方婧雅独自坐在秋千上，愁绪纷飞。

"怎么撂下我跑了？"

颜香脂一句娇嗔打断了方婧雅纷乱的思绪。

"后来怎样了？"

方婧雅略略一惊，然后又是一脸漠然，淡淡地答非所问了一句。

"没有脱离我们的预想。"

颜香脂微微一笑，颇有些功德圆满的骄气。

"是吗……"

方婧雅似乎对这一回答并无兴趣，仍是神色麻木、目光呆滞。

"林老头子也栽了！"

颜香脂的语气更添了一分得意。

"什么意思？"

方婧雅嘴唇半张，一脸疑惑。

颜香脂将当时的情形一五一十地跟她说了。

"怎么会这样？你怎么可以……"

方婧雅惊愕地望着她的好姐妹，声音有些发抖。

"没跟你商量是吗？"颜香脂语气里带有一丝不屑，"我什么时候要靠采纳别人意见而决定一件事了？"

方婧雅显然气极了，牙尖咬住下嘴唇，眼眶泛起泪花。

"今天，是你复仇的日子，同样也是我的。"

颜香脂唇角漾起一抹不易察觉的冷笑，转身欲离去。

"了了！"

方婧雅大喊了一声，对方怔在了原地。

"你很惊讶这个名字怎么会被我知道了吧？"

方婧雅冷冷地说道，然后从绣珠挎包里抽出一张泛黄的黑白照片递给颜香脂。

"这是……"

这回轮到颜香脂瞪大了眼睛。

"也许是命运的安排，我们的缘分，真是妙不可言……"

方婧雅用深邃的目光看着她，一字一顿地说。

黑白照片上，一栋简陋砖房前的桃树下，一对年轻夫妇肩并肩靠在一起。面容清癯的少妇搂着一个十多岁的小女孩。三个人的脸上都洋溢着幸福的笑容。

照片侧角的竖排繁体字依旧清晰：五月二十五日乔迁新房留影。

拿着照片的手微微颤抖，颜香脂泪眼迷蒙，那些常常在梦中出现的场景在眼前浮现了起来……

第二章　尘封了的了了

　　颜香脂以为自己早已忘却，这些年来，她小心地将那个叫"了了"的小女孩锁进旧时光的匣子里，仿佛只要一把虚无的锁，她就永远出不来，在旧年的囚牢里瑟瑟发抖、哀哀哭泣。

　　不是颜香脂变态，对自己那么狠，而是命运对她太狠。

　　她此刻迎上方婧雅亮若星辰的眸子，在心底冷笑：男人们眼中的方婧雅，眼睛清澈如秋水，一望到底，谁会知道她并不像外表看上去那么简单通透呢？也怪男人蠢，世间万紫千红，不是入这个坑，就是跳进那个陷阱。

　　颜香脂尽量平息呼吸，扬着眉，挑衅地问方婧雅："别卖关子了，你还知道什么？"

　　方婧雅伸过纤细的手指来，指尖轻轻在黑白照片上划了一下，停顿在那棵枝繁叶茂的桃树上，微微笑了："我还知道，这棵短命的桃树，在半个月后就葬身火海了。"

　　颜香脂再也无法保持平静，痛苦的思绪，像龙卷风般凶猛地袭来，一个旧匣子里的小姑娘冲着她大喊："放我出去，放我出去！"小姑娘的眼角和嘴角，有鲜艳的血，一滴一滴淌落下来。

　　十二岁时，颜香脂发生了太多事，多得令她目不暇接，她几乎理不出一个线头来拼接出一幅完整的地图，好带那个被囚禁的小女孩渡过冰冷的时光之河。好吧，就从血讲起。

那时，她还不是颜香脂，她是秦了了，是在省城念书的初一女孩。她聪明，小时候跳过级，到了中学，也是班上年龄最小的女生，不过她成绩好，性格更好，有时偷偷摸摸借作业本给同学抄，颇交了几个好朋友。那几个女孩子比了了大，便以姐姐自称，平时有事没事都和了了说："放心，我们罩着你。"

了了觉得很开心，有这几个成绩不太好但高高大大的大姐头，她在学校里仿佛是带了几个女保镖的娇小姐，即使有男生想要和了了"恋个爱"，也被她身边忠实的女伴给推得八丈远，她们苦口婆心地教导小妹："了了啊，千万不要理会男人这种单细胞生物，他们没办法给咱女人带来一丁点儿好处，麻烦倒能惹一箩筐！"

了了陷入了迷惑："男人……是什么？女人……"

好朋友们鸭子般嘎嘎笑了，一边笑一边亲昵地拍打了了肩膀。年龄最大的大姐到底沉稳一些，及时止住笑，她竖一根指头在唇边，装腔作势地"嘘"了一声，然后正色道："你们有没有搞错，了了现在都还不是女人，跟她说这些干什么？她懂个屁啊。"

秦了了这下被彻底激怒了，她涨红了小脸蛋，脖子上因激动而青筋凸起："我不是女的难道是男的啊？"

大家看她这副着恼的样子，更是哈哈大笑。笑过了，大姐拖着秦了了一只手，放进自己书包里，然后，了了摸到了一个软绵绵的东西，她不知道是什么，条件反射地抽出手，红着脸奔拉着脑袋站在那儿，看她的女伴们像疯婆子一样，推过来挤过去地胡闹。

了了心跳得很快，像是做了见不得人的事，其实那东西并不特别神秘，了了在妈妈床头柜的抽屉里见到过。

那天夜里，了了就用上了那东西。

已经迷迷糊糊睡到半夜了，了了忽然做起了怪梦，梦中发了好大好大的洪水，她在滔天大浪中哭着喊：妈妈呀，妈妈！然后，她就被自己哭醒了过来，身下果真一片汪洋——暗红黏稠的血，这让了了梦中的哭喊，变成了真实的惊恐："妈妈呀，妈妈，我要死了！"

爸爸妈妈急慌慌地从另一间卧室赶过来。爸爸一下子拉亮电灯，看到举着满是血的手指，哭得肝肠寸断的女儿。平日行事雷厉风行的爸爸愣了一下，他竟然低下头，转身往外走，将落在后面的妈妈推到前方。

妈妈看一眼就全都明白了，她摸着了了的头发，开心地说："傻女儿，你不会死，只是长成大人了！"

爸爸那晚没再进了了卧室，他去厨房冲了一杯热可可，让妈妈端给了了喝。妈妈一边低头帮了了换床单，一边唠唠叨叨嘱咐她："这几天莫吃凉的，上体育课请个假，莫跑步，明天别穿那条浅色裤子啦。"

电话铃响得很突兀，了了和妈妈都吓了一跳。因为夜已深，还因为那时，即使是省城，安装电话的人家也算不上多，爸爸给领导开车，才有了这个不算特权的特权——方便领导随时能找到司机。妈妈第一反应是爸爸的领导半夜三更又要出什么幺蛾子了，唉，真是"伴君如伴虎"，妈妈拉长脸，赌气不去听客厅里爸爸接电话的声音，还故意将了了的房门摔得"嘭"一声响。

了了坐在椅子上，乖乖地喝可可，她心中有种奇怪的预感，但那预感是什么，她一时半会儿又说不清。在惨案发生的一段时间里，了了也无数次想到那个夜晚，她初潮来临，正式迈入"女人"行列。那晚并不值得纪念，但为何在了了记忆中，却牢牢占据着重要位置？她的两条瘦腿在椅子上晃荡来晃荡去，细细的贝齿咬着杯子沿儿，零零星星听爸爸讲电话。

门关着，了了只听到爸爸刚开始拿起话筒时，不知把桌子上什么东西碰倒了，后来，她只听清一句话：你们到底想干什么？

妈妈收拾了一会儿，捶捶腰，嘱咐了了好好休息，出去了。

那晚还发生什么了呢？仿佛后半夜爸妈都没有睡着，他们在说话，间或还有小声的争吵，有什么东西掉落地上的闷响。不过了了实在太困了，她眼皮有千斤沉重，合拢就掀不开，了了很快陷入了黑甜的梦乡。

在梦中，她看到了一个戴羽毛面具的人。她不知道那是谁，但从他宽宽的肩膀和高高的个子，推测他是男人，一个成年男人。了了看过电影《佐罗》，她心底并不排斥戴面具的男人，但这个男人的羽毛面具，却怪兮兮的，有种说不出的妖娆妩媚。她在梦中好奇心爆棚，刚想伸手触摸，那男人就像一阵风，飘远了。

清晨起床，了了发现爸爸妈妈都顶着一对黑眼圈。让她吃惊的还不仅仅如此，爸爸在早餐桌上宣布了一个重大消息，这个消息直接改变了他们家庭的未来命运，可当时了了只是觉得突然，觉得不可思议，她哪里有未卜先知的能力，去捕捉潜伏在生命暗处的蛛丝马迹？

爸爸说，我们搬家，了了，回外公外婆的老家生活好不好？那里空气更好，水也甜，天也清，妈妈身体会更好的。

了了咬着油条，惊愕地将目光扫向妈妈，妈妈紧紧抿着唇，没有说一个字，甚至眼神都不和女儿交流一下。了了糊涂了，爸爸说得好像全是为了妈妈好，但妈妈儿时生活过的小镇，其实没有什么近亲了，外公外婆都已去世。爸爸现在突发奇想，要放弃省城的工作，带她们回小镇住，到底是为了什么？

妈妈倒是无所谓，她身体太弱，前几年已经办了病退，常年都在家里养病，但爸爸在单位干得好好的，领导也颇为信任，放弃一切，到偏僻小镇重新开始，爸爸该不是中了什么邪吧？

了了可不敢批评爸爸中邪，她聪明地打出学校牌来为自己抗争："可是一中那么难考，我好不容易才考进去，如果离开省城，我就没办法在一中念书了啊。"

爸爸烦恼地一挥手，斩钉截铁地说："不读一中就不读！"妈妈转头，眼中的愤怒火苗快要将爸爸点燃了，他浑然不觉，依旧笨拙地安慰了了："我女儿聪明，是块大金子，就算在镇上中学念书，一样会出人头地的！"

了了快要哭出来了，但她不敢再多说什么，因为她从没见过爸爸这个样子，一夜之间，他仿佛老了二十岁，鬓角冒出可疑的白发，额上添了该死的皱纹，嘴角下撇，放在桌上的手指还神经质地颤动着。

爸爸也不容她们母女再多议论，他今天是下了决心要当"一言堂"了，两手撑着饭桌站起来，以一种通知的口吻告诉她们："妈妈今天陪了了去学校办理转学手续，我去单位辞职。"

妈妈用力瞪了爸爸一眼，受强烈的情绪牵引，她伏下头好一阵剧烈的咳嗽。爸爸却已铁青了面孔往外走。

就在爸爸走到玄关换鞋时，电话铃声响了起来。了了坐得最近，她随手接起，里面传来一个男人低沉的声音："睡得好吗？"

了了觉得奇怪，这是谁啊？打来电话不说找谁，也不说自己是谁，先问候人家睡得好不好。了了刚想问问他的尊姓大名，爸爸已经从玄关冲过来，他劈手抢过话筒，了了愣愣地看着爸爸，仿佛不相信这是自己慈爱的父亲。爸爸双眼血红，一把扯掉了电话线，转脸对了了一字一顿地说："在我们离开这里之前，千万，千万，千万不要接任何电话！"

反正，爸爸今天就是要将一个武断霸道的"封建家长"进行到底吧，了了倒不与他争辩，只是低下头生闷气。妈妈最是讲卫生，生病之后更有洁癖，家人回来第一件事是在玄关换鞋，地板被妈妈擦洗得锃亮，几乎可以当镜子照人。可爸爸穿着皮鞋奔过来，浅色地板上留下了一串黑脚印。爸爸关门的声音"砰"的一下传来，了了才指着那串脚印伤心地说："妈妈你看。"妈妈眼皮都懒得抬一抬，有气无力地说："反正都要搬走了，你在意那些干什么？"

了了搞不懂，妈妈应该也是反对这种心血来潮的大搬迁的，可为什么她轻而易举就答应了爸爸，不但答应了，而且当他们用了半个月时间，费尽心力地办好一切手续，处理了房子，收拾好衣物，又找人稍稍修葺了了外公外婆在镇上的老屋，正式搬家时，妈妈又像换了一个人似的，她开开心心，仿佛搬回老家住这件事，原本就是她的主意，她打开了话匣子，每天逮着机会就给了了讲自己小时候住在镇上的故事："那里既幽静，又漂亮，民风淳朴得不得了，了了你一定会喜欢妈妈家乡的。"

了了的情绪一直没有被这两个莫名其妙的大人调动起来，直到他们真的搬到镇上，爸爸提议一家人在老屋的桃树下拍张全家福，了了才绽开了半个月来头一个真心的笑容。

不错，小镇就像妈妈描述的那样，安静而古朴。了了一来到这里，就爱上了屋檐上的琉璃瓦和吱呀响的木格子窗棂。她依偎在妈妈怀里，不再苦恼于自己不再是骄傲的一中女生，是几个大姐大罩着的娇小姐，她笑了，笑得那么甜。

了了如果知道，半个月后，她站立的地方，会变成一片焦土，她还会笑得这么甜美无忧吗？

第三章　了示难了

秦了了甜蜜的微笑只能在梦里。

她在梦里回到了省城的中学。清晨，阳光透过玻璃照射进来，光芒万丈，神圣而肃穆，仿佛置身于皇宫。那几个总是簇拥着她的大姐头对着她咯咯咯地笑，让她觉得自己像个小公主一样，被人呵护，被人喜爱……

了了梦见自己与同学们在漂亮的校园里嬉戏。欢声笑语萦绕在周围，她始终是人群中的焦点，大家围着她唱啊，跳啊，开心极了。白云为她伴舞，绿水为她歌唱。

不知道为什么，了了觉得越来越热，越来越热……

了了从美梦中惊醒，发现自己的小床被熊熊烈火围住了。

了了拼命呼喊，但是没有人回应……

她鼓起勇气跳下床，冲到爸爸妈妈的房间门口，对着里面喊："救命，着火了，快跑啊！"她已经不知道应该喊什么，只知道要尽快让爸爸妈妈出来，好带着自己逃出火海。

但是无论了了如何呼喊，爸爸妈妈的房间始终没有动静，而火势却越来越大。

了了不知道从哪里来的勇气和力量，推开了爸爸妈妈的房门。屋里是死一样的寂静。借着火光，了了发现爸爸妈妈躺在床上一动不动。她拼命去推爸爸妈妈，希望他们醒来，带她逃出去，可是爸爸妈妈仍然一动不动……

忽然，了了感觉自己的小手湿湿的，仔细一看竟然是血！再看看爸爸妈妈，他们的身上，全是血……

了了绝望地哭喊着："爸爸——妈妈！"她抱着头，恐惧地闭上了眼睛……

再次睁开眼睛，秦了了发现自己还躺在小床上，四周静悄悄的，那可怕的大火消失了。隔着窗帘，窗外已经朦朦胧胧显现出朝霞的浅粉色。

"小懒虫，起床啦！"

妈妈倪雪妍踱着轻盈的步伐来到了了床边，对着她温柔地笑着，却发现女儿满头大汗，眼神中透着恐惧和惊慌，妈妈的笑容也转而变成了疑惑。

"宝贝，怎么了，做噩梦了？"

了了乖乖地点了点头，心里想这么恐怖的梦还是不要告诉妈妈了，自己也不愿再去回忆一遍，那画面比剜心还叫人难受……

"今天可是你到新学校上课的第一天哟，打起精神，开心一点！"妈妈又露出了方才迷人的微笑，把了了从床上"请"了起来。

这是一所小学、初中混合的学校。因为小镇人口少，所以各个年级只有一个班级。了了顺理成章被安插到了初一年级的班里。

以前在省城一中的时候，了了就是班里岁数最小的学生，如今来到这个班里，她感觉自己更加娇小可怜。看着这些比自己大许多的同班同学，了了实在有些担心，尤其是那些男同学肆无忌惮的眼神，吓得她都不敢抬头了。

老师蹩脚的普通话以及同学们那粗野的眼光，把了了曾经对乡下美好生活的憧憬彻底粉碎了。一节课没有上完，她就有了要逃学的念头。

可是更糟糕的还在后面……

下课后，班里的同学一股脑儿地跑到教室外面，只有坐在最前排的了了没有离开座位。

很快，学校里来了新学生的消息传开了。一群外班的学生聚集到初一班的教室门口，像观看动物园里的猴子一样围着了了。可窘迫的了了并不会抓耳挠腮，她只会急得泪眼婆娑。

同学议论纷纷：到底是城里人，好俊俏哦……啧啧，看那粉嘟嘟的脸蛋，真是美艳动人……

一些大年级的男生趁机说：小妞，和哥交朋友吧，交了朋友哥天天送你上下学……

此刻的了了是多么怀念一中的大姐姐啊，要是有她们在身边，有谁还胆敢对自己如此无礼呢？了了的眼泪止不住流下来。可闹剧并没有因为她的眼泪而收场。此时，一个怪腔怪调的声音响起："哇，原来城里人是这副模样哟，我还以为是三头六臂的神仙呢，原来也只是长着一个脑袋两只眼的漂亮妹子啊！"

"哈哈哈……哈哈哈……"这个男生话音未落，人群中响起阵阵哄笑。

了了感觉这些笑声像响雷一样在耳边轰炸开来，那一张张笑脸，也扭曲得像魔鬼一样，在她的面前张牙舞爪……

了了再也忍受不了，掩面痛哭着冲出了教室……

她一口气跑出了很远。当她渐渐冷静下来后，才发觉自己犯了个大错误——书包还在教室里呢，可她已经没有勇气再回到那个教室了。

约莫快到放学的时间了，了了才闷闷不乐地往回家的方向走。正当她低着头，磨磨蹭蹭往前走的时候，突然一伙男孩挡在了前面。其中一个是染着黄发的男生，还有一个是头发快到肩膀的长发少年，另外一个胖子把手搭在瘦子的肩上，睨着眼看着了了。更可怕的是，一个大个子男生的手里还牵着一只德国纯种黑背犬，这只大狗奋拉着红红的长舌头，蹲在大个子男生的脚边，狐疑地盯着了了。而且，这五个男生每人的手里还都攥着一把弹弓。

真是屋漏偏逢连夜雨，刚经历了一场变故的了了看到这阵势，吓得呆立在原地，连哭的勇气都没有了。

"喂，丫头，你是哪里人？"一阵压抑的沉默后，黄头发男孩冷冷地问。

"就……就是这地方的……"了了胆战心惊地回答。

"胡说！这镇上，哥们儿的尿都撒遍了，还能有哥们儿不认识的人？"

"我，我是新搬来的……"当了了看到前面不远处的家时，她紧张的心情才稍有好转，"那，我就住在前边的那排院子里……"

"哦,原来是你啊……"这时牵着黑背的大个子男生插话了,他推了一把黄头发,"黄毛,别闹了,看吓得……"

"哥,你在干什么?"这当儿,一个女生的喊声传了过来,"不许欺负人!"

大家扭头看时,从后面跑来一位梳着三齐头发的女生。

"兰心,你瞎咧咧什么哦!谁欺负她了?我是在帮她哦!"大个子男生应声道。

"啧,老远就看到你们几个围在一块……你们几个攒一块,能有什么好事吗?"女孩说着话跑了过来。

当这个被大个子男生喊作兰心的女生看到秦了了时,她愣了一下:"你……怎么在这儿啊?"

了了一头雾水,她不知道这些人的来历,就干脆僵在那儿不吭声了。

兰心盯着了了说:"上午你跑出教室后,班主任让大家找你,可谁都不认识你,去哪找啊?"

"哦,兰心,这个女孩还是你同班同学啊!"大个子男生接着他妹妹的话说,"如果我没猜错的话,她还应该是咱们新搬来的邻居。"

"哇,对啊,新搬来的邻居,班里新来的学生……看我多笨啊,当时怎么就没往一块想呢!"兰心高兴地走过来,拉着了了的胳膊,"走,咱们一块回家……你们几个浑蛋,赶紧滚!"

无论爸妈怎么劝,了了坚持不去学校了,否则就以死要挟。想到搬家这事忤逆了女儿心愿,本就愧疚,父母只有任由她去,思忖着过几天女儿总会想通的。失去了以往那些大姐头的庇护,陌生的环境让了了胆怯。上学头一天的经历太让她发怵了,她需要一段时间调整自己,也更渴望有人来继续庇护她。

因为了了家是新搬来的,有好多事要做。院里的杂草要锄去,冬天用的柴火要预备,要购置日常用具等,都需要人手。而了了的爸爸总是一早就出去,很晚才回来。妈妈身体本来就不好,这样,有邻居赵兰熙的帮忙就方便多了。尤其是体力活,赵兰熙总是自告奋勇去干,还总是对感觉难为情的了了说:"干这点儿小活儿,没什么的。何况,你还是兰心的同学,我们又是邻居,而我是兰心的哥哥,那我也就是你哥啊!"

这话让了了感觉很是温暖。有时看着赵兰熙高大的身影，她会想起她那个带着羽毛面具的男生的梦。

就这样，了了很快和她的邻居——赵家兄妹建立起了友谊，并且也和"神弹飞行侠"其他四人成了好朋友。

赵兰熙表面叛逆，其实是个懂事的孩子。几年前，当电工的父亲在工作时发生了意外，遭遇电击身亡，之后，赵兰熙便主动辍学，来照顾哭瞎眼睛的妈妈和还在上小学的妹妹。因为家里穷，为了供妹妹读书，他有时候去山上挖点儿野菜、掏点儿鸟蛋去卖，有时候帮别人家打打临工，就这样撑起了这个风雨飘摇的小家。也许是失去父亲后感觉没了依靠吧，赵兰熙开始养狗，他闲暇时不是遛狗就是打鸟，一副弹弓被他玩得出神入化，几乎弹无虚发。

和赵兰熙一起玩弹弓的还有四人，也就是那天在路上挡住了了去路的那几个男生——黄头发的"黄毛"，长头发的"大牛"，还有"大胖"和"麻杆"。黄毛、大牛、大胖和麻杆都是初三在校生，由于他们几人的学习成绩一个比一个差，天天受老师批评，后来干脆经常相约一起逃学，而赵兰熙跟他们几个住得近，又是"臭味相投"的发小，对彼此比亲兄弟还亲。

每天一有时间，五人就聚在一起，不是爬墙上树，就是掏鸟窝撵野兔。他们都喜欢玩弹弓，经常进行弹弓比赛的游戏，又因为他们善于攀岩走壁，因此哥几个在镇上就有了一个响当当的名号——神弹飞行侠。

时间如白驹过隙，不知不觉秦了了她们一家搬迁到小镇已经半个月了。

一天半夜，赵兰熙家的黑背突然咆哮起来，不停地用爪挠门。赵兰熙被黑背反常的举动折腾着醒来。有情况！赵兰熙立马穿上衣服，跑出家门一瞧——邻居家的院里有浓烟升起。

赵兰熙一个飞跃，攀上隔墙，趴在墙上往了了家的院里看——火星在闪烁，还有影影绰绰的黑影在忙碌……他一矮身跳下墙，转身回屋。母亲和妹妹也已经被黑背的咆哮声惊醒了。

他急匆匆地对妹妹说："你赶紧带上黑背去找黄毛，让他把其他三人喊来！"

妹妹带着黑背传信去了。赵兰熙带着他的弹弓爬上了房顶，趴在屋顶上往下看——这时火苗已经蹿了起来！

借着火光，赵兰熙看到院里有好几个戴面具的人，有的守在正屋门口，有的守着院门，另外的人在搬弄东西。可以看到这些人手里拿着的家伙在火光的照耀下不时泛着红光。

呀，这可不是什么小偷啊，这是要火烧屋子啊！赵兰熙浑身打了个冷战。

他哆哆嗦嗦地抠起一块瓦片，用力向下边移动的黑影抛去……黑影闷哼一声跳到了树荫里，接着是瓦片落地的哗啦声……

就在这时，一个黑影从屋里飞了出来，守在门口的黑影如影随形扑了上去……接着另一个黑影冲了出来，和他们扭打在一起。

刀具的碰撞声夹杂着呼喊声让人胆战心惊。赵兰熙看着下面打成一片的黑影不知如何是好了。他虽然居高临下，却也不敢贸然动手了……

好在，赵兰心带着救兵及时赶到。赵兰熙的胆子一下大了起来，小声呼喊伙伴一起上屋顶。下面的人似乎也发觉了屋顶上的动静，抬头向上张望。赵兰熙当机立断，一抖弓向其中一个蒙面人射去。随着一声痛苦的尖叫声，这家伙逃到了一旁。

小伙伴们受到鼓励，一起呐喊起来，只要有抬头的，或是能分辨出戴有面具的人，大家就一起对着他用弹弓招呼。

蒙面人终于感到了害怕，惶惶如丧家之犬般逃跑了。

等到赵兰熙一伙下了屋顶，跑回到秦了了家院里时，门口的火势已经蹿到屋顶了，显然秦了了家的门已经着火了。

秦了了的爸爸秦观跌跌撞撞冲过来，用手里的大刀砸碎了窗户玻璃。他用力往家里跳去，却跌倒了——可见，秦观受伤不轻。

赵兰熙来不及多想，大喊一声，跳进了屋里。

秦了了母女不知道是由于惊吓所致，还是被烟气所熏，都软塌塌地趴在地上动弹不得。

这时黄毛也大喊一声跳了进来，两人合力把母女二人送出窗外，跟着跳出了屋外。

大火已经蔓延到了屋里，大家来不及喘息，搀扶着一起逃出院门……

回头望向院子，奇怪的是院内那棵桃树此时的火势特别汹涌，一转眼的工夫，整棵大桃树就成了一具直指天空的巨大火炬了，那熊熊火焰似乎要点燃整个天空……

其实，他们哪里知道，赵兰熙之前在黑暗中砸出的那一块瓦片实在太到位、太及时了，把一个拎着燃料的蒙面人砸了个正着。这家伙忍痛逃往树荫里，慌乱中却把手里的一桶燃料都洒在了树下，这才导致后来大桃树的彻底燃烧。

如果当时这一桶燃料都浇在房屋门窗上的话，秦了了和倪雪妍说不准还能不能活着出来了呢！

似乎冥冥之中自有天意，命不该绝的人自有天助，而赵兰熙就是秦了了命中的活命天使。

随着几声爆响，房屋开始崩塌。刚刚缓过气的倪雪妍看着倒塌的房屋，再次瘫软在地上……

"走，快走，不要命了吗？"秦观大声呼喊着想带领大家离开，可他一个趔趄，差点儿又跌倒。

大家这才想起察看秦观的伤势。看着秦观满身血迹斑斑，秦了了母女俩唯有号啕大哭。

"别哭了，我没事，都是皮肉伤，包扎一下就会没事的。"

大伙儿七手八脚地搀扶着秦了了一家人来到镇里的诊所，简单包扎了一下。

天就要亮了，秦观心里越来越着急。他明白，如果等警察部门的人赶来，事情就会越来越复杂，说不定又要生出什么变故来。他也明白，他们一家要赶紧逃离这是非之地了，但他既不能等120救护车来接，也不能坐班车逃离。

秦观借口说伤势严重要去省里的医院治疗，让大家想办法去弄车，可小镇那时候连一辆出租车都没有，赵兰熙只好找来了辆"电驴子"三轮车。

来不及道别，也无暇儿女情长，秦了了一家坐上三轮车离开了小镇。

赵兰熙他们一伙只以为他们一家是去省城治疗，只是暂时的离别，可他们哪里知道，其实秦了了他们一家这一走，几乎就是永别。从此，秦了了一家开始亡命天涯……

第四章　危机重重

那么那场火灾之后，秦了了一家，到底去了哪里？

其实，那天院里的火一着起来，秦观就醒了。老领导的死，让他更加预感到潜在的危险。他知道这伙人决不会因为自己的搬走就善罢甘休的，迟早他们都会找到自己。

可是，秦观没想到这伙人来得如此迅速，老领导死了仅仅三天，他们就开始对自己下手了。

幸亏，秦观提前就有所准备，也幸亏秦观在部队时就练过散打，而最关键的是"神弹飞行侠"五人的帮忙，否则后果不堪设想！

秦观知道，这伙人不单单是想放火烧屋这么简单，他们一定是要用大火逼出自己，毕竟自己身上有他们想要的东西。这就像猎人捕猎时在洞口放火，然后守在洞口，猎物出来了就瓮中捉鳖……

自己死不足惜，可是妻子和女儿是无辜的，无论如何他都不能连累她们。

秦观摇醒了妻子，俯在妻子的耳边低声说："他们来了……"

"谁？"妻子吃惊地问。

"就是半个月前，在半夜打电话的那伙人……"秦观制止了妻子又要问的话，"来不及细说了，你叫醒了了，我出去引开他们，你想办法带女儿离开，不管发生什么事，你都不要管我，保护好我们的女儿，女儿就拜托你了！"秦观说完话，用力握了下妻子的手，就开始行动。

秦观判断门边一定有人把守。于是他迅速卷起一床被子，顺手抄起一件衣服裹在被卷上，伸手把平常预备的一把长刀握在手里，然后来到门口……

就在这时，他听到了外面的一连串动静——人的闷哼声和瓦片的落地声。来不及多想，秦观暴起一脚，踹开屋门，一扬手将手里的被卷扔了出去。果然他看到有几个黑影立马扑向被卷，于是也跟着跃了出去……

秦观知道，他们一家是无论如何都不能去省城了。老领导的死绝不是一次意外的交通事故。能有那么巧吗？轿车恰恰是在火车快来的那一刻熄火！

老领导的那辆车，以前一直是秦观开的，车子哪怕有一点小毛病，秦观都清楚……显然，这是一场大阴谋！

可是，下一步怎么办呢？他知道，上次因为搬家的事，女儿已经对自己有了意见。可当时他之所以没有向女儿吐露半点实情，就是不愿女儿跟着自己担惊受怕。可今晚，女儿亲历了那场惊心动魄的险事，他们一家差点儿就阴阳相隔……是该让女儿知道一些了。何况，他也有必要让女儿知道目前的危险情况，以防自己不在她们母女身边时，可以懂得自卫……

哪里才是藏身之处？他们一家人已经无家可归，甚至找个安全的地方都难。秦观必须把母女俩安顿在一个安全的地方，自己才能放开手脚去完成老领导未尽的事业。

他知道，绝对不能去投靠亲友了，那伙人是会顺藤摸瓜找到自己的。那样一来，不仅不能保障自己一家人的安全，而且会连累到亲友。

秦观在大脑里搜索着既有隐秘性，又和自己交情深的人。突然，他想到了一个人——居住在葛润市的林岳樯。

那一年，秦观和林岳樯同时应征入伍。他俩既是战友，又是室友。那时，年轻的林岳樯初尝爱情甜果，常常把老家女朋友的照片和信件给秦观看。

林岳樯不知道的是，他和女朋友的越轨行为很快就有了"孽果"。而此时的他，已经移情别恋了。他想让女朋友堕胎，可对方不依不饶，非要生下他们爱情的结晶。

林岳樯一筹莫展，就让喜好文学的秦观帮忙写信，劝说自己的女朋友。可是一来二去，错过了最佳堕胎时间。

没办法，林岳樯只好逃避。女朋友打来电话，林岳樯就让秦观去找理由搪塞。女朋友来信，他也让秦观去回复……

直到有一天，女朋友突然挺着个大肚子站到了林岳樯的面前。这时，林岳樯没法再逃避了。

就这样，他被女朋友从部队"绑架"，回到了家乡……

虽说在城市里行动，似乎不利于一家人隐藏，但毕竟多个照应多条路，而且，听说林岳樯后来做生意发迹，目前是个在当地呼风唤雨的人物，手上的资源应该很多……秦观决定铤而走险，去林岳樯的老家葛润市碰碰运气。

果然，林岳樯没有忘记秦观曾经对他的好，他豪爽地接纳了秦观一家人，并且为秦观一家的事不遗余力地跑前跑后——安排住处，解决食物等。

为了秦了了的上学问题，林岳樯托关系，把秦了了的户口上到了林岳樯的连襟——颜荣的名下，并随着颜荣的姓氏改为颜香脂。因为秦了了天生丽质、肤如凝脂，而且好像身上总是散发出一种淡淡的迷人香气，于是秦观给她起了一个非常文艺的名字。

虽然秦了了由原来的秦改姓了颜，可这正合秦观的心意，这样正好让女儿改名换姓躲避仇家。

当一切安顿好，秦观对家人嘱咐了一番，并把妻儿委托给老战友照顾，便独自背起行囊出远门了……

此刻的颜香脂，听爸爸的，把林伯伯当作救命恩人一般看待。特别是爸爸离开之后，林伯伯对她百般呵护，她想要什么就给她买什么。有次颜香脂发高烧住院，连着几天在医院陪护的也是林伯伯；而爸爸呢，自打离开以后，连电话都很少来一个……除了物质上的满足，林伯伯对她的关爱，也渐渐填补了她缺失的父爱。

倪雪妍的心情就更为复杂了。她看到当初连信都要别人代写的林岳樯，如今腰缠万贯、风度翩翩，除了一家五星级大酒店，还拥有很多产业，和当地的达官贵人、名流雅士交往频繁，心里百感交集；回头再看看秦观，因为那个"不能说的秘密"，导致一家人灾祸连连，差点儿命丧黄泉，如今亡命天涯，寄人篱下……这让倪雪妍心里很不是滋味。

让所有人都意想不到的是，三个月后，颜香脂一家的命运又再次发生了重大转折。

那是一个阳光明媚的日子，因为学校搞校庆，学生提前放了学。

按平常的时间推测，倪雪妍这时候应该是在林岳樯开的饭店上班，而秦观已经离开家很久了，颜香脂以为家里没人，就用钥匙开了门。

一进门，她就被眼前的一幕惊呆了——一个衣冠不整的男人背对着门，正和妈妈拥抱着热吻……

颜香脂进门的动静惊动了妈妈和那个男人。妈妈看到女儿，一下愣住了。男人转过身来……竟然是自己最喜欢的林伯伯！

颜香脂呆立了几秒钟，突然明白过来了什么，抓起玄关鞋架上的男人皮鞋，狠狠地砸向林岳樯，嘴里骂了句"不要脸"！

不承想，这皮鞋明明是穿在脚上的，却长了眼睛，不偏不倚正好砸中了林岳樯的"那话儿"。被砸中"命根"的林岳樯痛得捂住下身呻吟了半天，气得脸都变形了，几步上前，挥起巴掌差点儿就要扇到颜香脂的脸上，却被倪雪妍从后面紧紧拽住——"阿燃，不要！不要啊！"

林伯伯的这个巴掌，彻底让颜香脂伤透了心。她双手捂着脸大哭着跑出家门，任凭妈妈在后面叫唤……

当晚，身无分文的颜香脂又饿又累又伤心，满心屈辱无人诉说，一个人慢慢地晃到了市中心的街心公园。她谁也不想见，只想一个人好好地安静一下，捋一捋思绪。

这个林伯伯，在她心目中的位置几乎就要超越爸爸了：从小到大，爸爸虽然很疼她，但处处对女儿要求严格，很少给她买零食和漂亮的衣服，以至于和省城那些同学相比，她总显得有点寒酸；林伯伯就不一样了，对她有求必应，她喜欢什么就给她买什么，来葛润市才几个月时间，她的衣柜已经被漂亮衣服塞得满满的，她觉得自己摇身一变成了最耀眼的公主……

上个月自己发烧的那天，林岳樯在医院陪护她，用一只温暖的大手捏着她的小手，温柔地说："我的好闺女，快快好起来……"

接着，画风急转，颜香脂看到一只巨大的手正向自己扇过来，后面是林岳樯那张愤怒到扭曲的脸……在颜香脂的脑海里，像放电影一样轮换播放着这些画面。

颜香脂恐惧地闭上了眼睛。

然后她又看到了妈妈，那张纯净如天使的面孔，只是因为憔悴，脸色总是显得有点惨白。突然，那张惨白的脸显现出异样的红晕，双眼写满惊恐，大喊着："阿燃，不要！不要啊！"

阿燃？为什么妈妈要这样喊他？莫非，那是私下里妈妈对他的昵称？

颜香脂感到头痛欲裂，脑袋已经要炸开了。

这时，她开始无比想念爸爸。在此之前，颜香脂十分满足于这种富足的生活，有林伯伯的关心，又在新学校交了一堆新朋友，很少想出门在外的爸爸。

从上次接到爸爸的电话，到现在已经快一个月了……爸爸，你在哪儿啊？

如果见到爸爸，今天下午看到的那一幕，到底要不要告诉他？可是无论怎么做，颜香脂都觉得自己是个罪人，因为这意味着对爸爸，或妈妈的背叛……

颜香脂还想起了一中的大姐头，以前，她们常帮自己出主意的。不过，这种家丑，即使她们在也不能说出去啊……

还有小镇的赵兰熙、赵兰心兄妹，如果不是他们，自己不知道还能不能活到今天。

想到赵兰熙，颜香脂突然双颊绯红……那张戴着羽毛面具，妖冶而神秘的男人的脸也浮现了出来……

颜香脂又想起自己做的那个关于火灾的噩梦：难道这是老天爷给我的暗示？在那个梦里，最让她恐惧的，不是大火，也不是自己快死了，而是爸爸妈妈，他们永远离开了自己……

想着想着，颜香脂竟坐在草坪上靠着一棵树睡着了。

"小颜！"

不知过了多久，她被一个熟悉的声音唤醒了。缓缓睁开迷蒙的双眼，颜香脂看到一个高高、帅帅的男生，是自己的同班同学——董事长。

没错，他就叫董事长。因为这个另类的名字，这位男同学在学校里老有名了。每次上课，老师提问时"中标"的概率很高。同学们也总是跟他开玩笑："董事长，你还上学干什么？直接把学校买下来吧！"

而董事长并没有他的名字那么威武，虽然个子大大的，人反而有点腼腆，话不多，但是很随和。

有时候看到董事长，颜香脂会想起那个不善言谈，但总是默默陪着她帮助她的赵兰熙……

"你怎么会在这里呢？"董事长惊讶地问道。

"我……和妈妈吵架了……所以……"颜香脂支支吾吾地答道。

"那怎么行，你妈该着急了，来，我送你回家吧。"说罢，董事长向颜香脂伸出手，把她从草地上拉了起来。

颜香脂想拒绝，心里却又有种隐隐的期待。她说不清，是因为接下来的路由董事长陪着，她不至于那么孤单难过，还是她不放心家里的情况，担心妈妈，又怕妈妈担心她。不管发生什么事，妈妈都是她最爱的妈妈。平日里，妈妈要是情绪一激动，就会咳嗽不止。今天下午发生那么大的事，妈妈会不会旧病复发？

于是，颜香脂对着帅同学点了点头，和他往回家的方向走。

一路上，两人话并不多。一个心事重重的女孩，一个沉默寡言的男孩，就这样静静地沿着河滨大道并排走着。

终于到了颜香脂家的门口。董事长有点害羞地说："那……我……我回去了。"

颜香脂感觉有点依依不舍，但也必须让他走了。不然，家里……家里……她不敢想象。

董事长离开后。颜香脂哆嗦着用钥匙开门……

"啊！"

一声刺耳的尖叫传来。还没走远的董事长一个激灵，转身朝颜香脂家的方向跑去。

门没锁，他推门进去，穿过走廊，看到客厅地板上，颜香脂正扑在一个人的身上大哭，他赶紧跑过去。

"妈……妈……你怎么了？"

颜香脂的哭声在安静的晚上显得格外悲伤。

董家是医疗世家，从小父母就对董事长灌输过一些医学知识和自救常识。在学校医务室，他也常常担任校医的助手，因此看到这种场景并没有慌张到六神无主。他走近，探了探颜妈妈的呼吸，发现还有气，于是掐人中，按压胸口，进行人工呼吸。

一番操作后，倪雪妍好像缓过气来了，但咳嗽了两声，又昏过去了。

"赶紧送阿姨上医院吧！"

两人试了一下，搬不动倪雪妍的身体，只好把她拖到沙发上。

这时，董事长觉得不对头，空气中有种淡淡的味道。

是煤气！他赶紧找到厨房，果然发现煤气没关，于是扭上了开关。再招呼颜香脂和他一起打开家里所有的门窗。

颜香脂看见，妈妈刚才躺着的地上有封信。打开一看，上面歪歪扭扭地写着一排字：亲爱的了了，妈妈对不起你和爸爸，妈妈和林岳樯早就有不正当的男女关系，妈妈没脸再见你们……永别了！

颜香脂的眼泪不争气地流了下来，又害怕被旁边正在开窗的董事长看到，赶紧把信随便一卷藏进衣服口袋，擦干了眼泪强忍着悲伤，内心又无比后悔：一定是下午自己的"捉奸"行为，让妈妈颜面扫地，如果当时自己不那么冲动该多好。

颜香脂低垂的眼睛又有了新的发现：她看到沙发脚有个东西，俯下身子捡起来一看，是从来没有见过的一件饰物，一颗颗乳白色的小珠子与一个浅绿色的吊坠串在一起，吊坠上面刻有类似佛像的图案。

这到底是什么呢？她没有多想，随手揣到了衣服口袋里。

救护车来了。董事长陪着颜香脂，和医护人员一起把倪雪妍送到了市一医。

医生对倪雪妍进行了紧急抢救。然而，时间一分一秒地过去了，倪雪妍依旧昏迷不醒。几个钟头后，主治大夫走出急救室，对着焦急等待的两个孩子摇了摇头，说："患者吸入煤气过量，导致脑细胞死亡，很可能以后就是植物人了。"

听到这里，绝望的颜香脂昏了过去，董事长和大夫赶紧扶住了她。

当颜香脂醒过来，看到自己躺在一个陌生的房间里。白色的灯，白色的床单，白色的床帘……再一转头，正触到董事长担心又欣喜的眼神。

"你醒啦？"董事长问了一句。

"我妈呢？"颜香脂一下回到了现实中。

"阿姨在旁边。放心，你爸爸陪着她呢！"

听罢，颜香脂一下从床上跳起来，跑到了床帘隔着的另一边，看到闭着眼睛躺在床上的妈妈，和坐在旁边凳子上双手握着妈妈手的男人。

那不是爸爸，那是林岳樯！

四目相对，林岳樯尴尬地唤道："闺……女，你醒了？"

今天下午的一幕和纸条上那行歪歪扭扭的字一下浮现在颜香脂的眼前——妈妈和林岳樯早就有不正当的男女关系！

颜香脂感觉自己在颤抖，冲上去就把林岳樯往门外拽："你滚，都是你害的！都是你害的！"

董事长不明白发生了什么，整个人僵在了原地。

林岳樯自知理亏，只得苦劝："闺女啊……你别这样……以后我会慢慢跟你解释的……现在，你妈的身体要紧……恨我你就打我骂我……但是你妈，我是要照顾的。"

一个护士推门进来谴责了一声："现在凌晨两点了，不知道吗？这里是医院，你们吵什么吵！"

颜香脂不得不安静了下来。护士离开以后，心中五味杂陈的她觉得委屈难耐，泪如雨下……林岳樯趁机把颜香脂拥入怀中，像个慈祥的长辈那样轻抚着她的后背。

看到这一幕，董事长有点欣慰，又有点不好意思，慌慌张张地躲闪到了床帘背后。

后来，林岳樯告诉颜香脂，下午她跑出门以后，倪雪妍劝了他半天，满腔怒火的他这才答应去帮她找女儿。谁知找了几个小时也找不到，打电话回家一直是"嘟嘟嘟"的忙音。一无所获的林岳樯又返回颜香脂家，看到屋里一个人也没有。他瞥了一眼电话，发现听筒没有被归位，意识到可能有人拨打过电话，查询后得知最后一个号码是急救电话，顿觉大事不好，于是联系上急救中心，这才找到了医院。

颜香脂知道林伯伯真的很关心自己和妈妈，但还是不愿意搭理林岳樯，颜香脂心里明白他是自己唯一能依靠的长辈了。

一个陌生的城市，举目无亲的自己，除了眼前的这个林伯伯，她还能依靠谁？

林岳樯劝说颜香脂第二天照常去上学，妈妈这边就让他和他的同事轮流照顾。

家是不能回了，当晚，董事长把颜香脂接回了自己家，让这个受惊过度的女孩在自家客房过了一晚。

第二天一早，双眼红肿的颜香脂和董事长，又并排走在街心公园旁的河滨大道上。

"你爸爸，挺不错的。"董事长想打破沉闷，随便找了个话题。

"哦……"也许是害怕对方知道她妈妈和别的男人有染，颜香脂没有解释。

"你和你爸爸，似乎有点误会……"说完这话，董事长察觉到颜香脂脸色有变，赶紧住了嘴。

就这样，日子一天天过去，妈妈一直没有醒来，因为各种原因颜香脂却在董家住了下来。

第五章　多米诺之殇

自从秦了了一家失踪后，赵家往日的温馨也渐渐不复存在。

警察来火灾现场勘查过，听说回去立案侦查，但后面再无音信。小镇居民人心惶惶，镇上谣言四起。有说秦了了一家得罪了黑社会所以惹来大祸；有说秦了了的爸爸原本就干着不可告人的"勾当"，这次大火其实是神秘集团内部反目"狗咬狗"的一次清理门户；还有说秦了了的妈妈，以前就不是个正经女人，曾经为了追求富贵跑到大城市，还谈过好几个男朋友，结果混不下去又搬回来了，而老公也"换人"了，搞不好这次报复他们的就是这个女人的老情人呢……

最离谱的是赵兰心一家，竟然也莫名其妙成为谈论对象。一天，赵兰心放学回家，无意中在路上听到街坊议论："赵家那个男人，当年被电击身亡就十分可疑。表面上看是工伤，其实大家都觉得蹊跷，听说电线好像是被人做了手脚的，说不定是有人蓄意为之。"另一个人回道："就是呀，赵家莫不是得罪了什么人？这次的火灾，赵家也牵连其中，未免太巧了，而他们两家还是邻居，就更巧了。我看，秦家和赵家背后肯定都有不可告人的秘密！"

"你们胡说！"赵兰心怒斥那些嚼舌根的人，对方看到她也尴尬地走掉了。但是，她的心里无法平静了。年纪小小的她没办法厘清街坊提到的每一个线索，倒是在脑子里囫囵吞枣地把这些只言片语连成了一句话：爸爸被电击身亡不是意外，说不定是被秦家连累的！

哥哥赵兰熙常常站在客厅窗户边，望着邻居家被烧得面目全非的院子发呆。有时候妈妈和妹妹喊他半天都爱搭不理。虽然过去的赵兰熙也不大爱说话，对自家人却万般柔情。每次在他温柔的目光注视下，赵兰心都觉得自己快化掉了……

现在，赵兰心越来越怀疑，秦了了不仅勾走了赵兰熙的魂，也夺走了哥哥对自己的爱。

过去，仗着哥哥疼爱自己，赵兰心被惯出了一身公主脾气，经常对着赵兰熙耍小性子。只要她的小嘴一嘟，不管她占不占理，哥哥都会百般赔不是百般讨好她。

然而，现在"不同"了。

秦了了一家离开已经快一个月了。一天晚上，在家刚做完作业的赵兰心见哥哥又在对着窗户黯然神伤。先前，看到这幅画面，她有时白哥哥一眼，有时轻轻地叹口气，就听之任之了，可今天不知为何，她特别想和哥哥撒撒娇。

"哥……你还记得明天是什么日子吗？"赵兰心甜甜地问道。

"啊？"这个赵兰熙简直惜字如金。

"明天是我们一起上山打野兔的一周年纪念日哦！"赵兰心眨巴着一双大眼睛，长长的睫毛忽闪忽闪的煞是惹人怜爱。

谁知赵兰熙不解风情地回了一句："傻啊你。"

原本想缠着哥哥周末陪自己上山玩玩，修复一下兄妹俩近日来看似疏远的关系，同时陪哥哥好好散散心。谁知被如此"羞辱"，赵兰心积压在心中多日的怒火一下被点燃了——

"浑蛋！"赵兰心差点儿被自己声嘶力竭的叫声给吓到了。

赵兰熙一怔，两眼无辜地看着她。

"你是被狐狸精把魂给勾走了吗？大城市来的姑娘就这么好？当初你跟她一起私奔多好啊？反正对于你来说，我和妈本来就是负担！你早就想把我们甩掉了，是吧？去呀，去呀！去找那个狐狸精啊，在这儿发什么呆呢？快去！"

人在气头上的时候，往往选择最残忍的方式去伤害对方，哪怕那是自己最爱的人，而这样的结果，往往是两败俱伤。

赵兰熙的眼睛一下睁得老大，刺向妹妹的目光好像一把寒光闪闪的利剑。他并没有回嘴，而是快步向屋外走去，"砰"一声把门关上。

赵兰心呆立在原地半天回不过神来，然后眼泪止不住地流了下来。她不明白，向来对自己言听计从的哥哥怎么会突然变了。

"怎么了，兰心？"妈妈扶着墙从里屋走出来问。

"没……没事了，妈……我出去一下！"赵兰心抹着眼泪，转身也朝屋外跑去，顾不得妈妈焦急的呼唤。

"哥，你回来，回来啊，我不要你走！"这一刻，赵兰心被满满的悔意和深深的绝望撕扯得痛不欲生。

最爱的爸爸已经永远地离开了我，我不能再没有哥哥！

月光清冷，夜色凝重，赵兰心焦急地奔跑在乡间小路上。

黄毛家离他们家最近，也和哥哥最亲，哥哥一定去找他了！

穿过一片田野，再经过一座废弃的砖窑厂就到了。田野里的河沟坑洼、树木野草，在夜色笼罩下有些瘆人。

秦了了家发生火灾那晚，赵兰心也是一个人去的黄毛家，所以这会儿她并不感到害怕。

赵兰心不停地环顾四周，寻找哥哥的身影，蓦地发现远处有一个黑影随她移动。

"哥？"赵兰心高兴地朝着黑影的方向望去，却见那个黑影"嗖"一下消失在了夜色里，这下她有点感到害怕了，脚步不由得加快，路面坑坑洼洼，高低不平，好几次都险些跌倒。

走了一段路，赵兰心惊魂未定地回望了一下，黑影不见了。她想，也许是一个树桩，或者一丛灌木吧。

这会儿除了责备自己，她更多的是想念哥哥和妈妈。刚刚自己不管不顾就跑出来了，妈妈眼睛看不到，一个人在家，会不会有事呢？她犹豫不决，到底是继续往前，还是返回家呢？但想想那个黑影……

还是找到哥哥，再一起回家吧！

接着，她看到了那家废弃的砖窑厂。窑洞在小路北边，黑乎乎的很吓人，就像恶魔的眼睛，看得她浑身发冷。小路南边是原来的工人宿舍，宿舍后面是深达十米的挖坯坑。白天经过这里时，宿舍里除了砖头瓦块、破旧木板、烂鞋烂袜，就是一大坨一大坨的干屎。赵兰心实在没有勇气想下去，她好像嗅到了那令人作呕的气味，不由得贴着小路北边走。

突然，一只大手锁住了她的咽喉，赵兰心顿时觉得胸闷气短、呼吸困难，发不出声音。她知道遇到坏人了，拼命地踢着双脚，试图扭动着身子，可是一切都是徒劳，她被夹得紧紧的。此时她多么希望哥哥能及时出现，哪怕是身体病弱的妈妈也行，可是谁也没有出现，周围死寂一片，以至于赵兰心能清楚地闻到这个男人身上的味道。

很快，赵兰心被拖到窑洞里，然而，那只紧锁咽喉的手始终未放。黑暗中，她的衣扣被一种尖锐的利器挑落，"砰！""砰！""砰！"每一次声响，赵兰心都觉得像断了一根神经，她浑身颤抖。男人的呼吸声越来越粗，一股股热气直扑到赵兰心的脸上。也许是女孩的害怕膨胀了歹徒的欲望，他有些急不可耐，单手抓向赵兰心的胸部。

赵兰心借着月光正眼一看：他戴着羽毛面具，嘴里叼着一把匕首。她刚想喊，羽毛男就迅速用叼着匕首的嘴，想堵住她的嘴。

赵兰心飞起一脚，直踢羽毛男裆部。羽毛男一声惨叫，匕首哐当落地。赵兰心夺命狂奔，她不敢回头，她也没有必要回头，她只需要逃命。

她翻过河沟坡地，穿过树木麦田，顾不得脚下的坑洼，顾不得满头的汗水，她一心只想快点到家……

就在离家不到50米的街道拐角处，一个黑影倏地冒出来，捂住了她的嘴巴。

"放开我……"赵兰心以为羽毛男追上来了，心差点儿从嗓子眼跳出来。

"兰心，是我啊。"一个熟悉的有磁性的声音回道。

"哥……"赵兰心挣脱开对方的大手，回头一看，然后崩溃似的瘫软在赵兰熙的怀抱中。

赵兰熙旁边还站着一个人，正是赵兰心准备去找的黄毛。

"嘘……"赵兰熙示意妹妹不要出声。

赵兰心透过泪眼，朝着不远处家的方向看去：家门口停了一排轿车，一群身穿黑衣的彪形大汉守在门口，正四下张望。赵兰熙的爱犬黑背伏在地上一动不动。一个妖娆男子低着头正被一个光头男人呵斥着，那声音赵兰心有些耳熟，她稍加思索，脸色顿时煞白。

这时，他们双目失明的妈妈被两个黑衣人搀扶着从屋里走了出来。

因为隔得远，三个人听不清他们在说什么，只见原本盛气凌人的光头，见了赵妈妈竟显得有几分客气，而赵妈妈始终一脸漠然，缄口不语。赵兰心担心妈妈，差点儿就冲了过去，被哥哥和黄毛死死拽住。

而后，在光头的示意下，两个人扶着赵妈妈，上了门口的一辆车，随后众人纷纷上了车，汽车马达声响起，一排轿车绝尘而去。

"妈妈！"

赵兰心终于忍不住喊了出来，挣脱了哥哥的手臂，朝汽车行驶的方向追了过去，赵兰熙和黄毛也追了过去。

他们当然没有追上，好在也没有被对方发现。赵兰心"哇"的一声大哭了起来。没有交通工具，也不可能追上前面的人了。赵兰熙掉过头，飞奔到黑背身边把它抱在怀里，以为它死了，难过地流出泪来，没想到黑背突然有了反应，不一会儿就醒了过来，从它面部残留的血迹可以猜测是被人击昏了。三个人由悲转喜。

爸爸意外身亡、妈妈被不明人士挟持……两个十多岁的孩子，就这样卷入了一场莫名的灾难中。

后来，他们向小镇警察局报了案，然而苦等了好多天毫无消息。

"我要去救妈妈！"赵兰心反复念叨着这句话。

"怎么救？警察都没有办法！"赵兰熙自己也着急，语气有些不耐烦。

"那一定是警察不用心！"赵兰心委屈道。毫无思路的她闹腾了一番也安静了下来。

两个孩子思考良久，觉得要查案还是得靠警察，如果自己亲戚里面有当警察的该多好？自家的事，肯定会用心去办吧！

这么一想，还真有，他们有个表舅，多年前从老家外出打工，听说现在在葛润市当上了交警。

虽说，交警不管此类案件，但总比没有强。

赵兰熙、赵兰心兄妹下定决心投奔表舅去了。

两兄妹想起秦了了家和自家连续发生的事，两人隐隐觉得背后一定有一股邪恶力量窥视着他们。他们把过去爱看的侦探小说里面的情节回顾了一番，决定学书里面的人那样，在查案的时候隐瞒自己的真实身份。于是，他们分别给自己改了个名字。

赵兰熙、赵兰心兄妹，摇身一变，成了方思雅与方婧雅。

第六章　红色高跟鞋

"原来，你是兰心……"颜香脂百感交集，激动地想要拥抱方婧雅，不料对方却躲开了。

"真是造化弄人啊，十多年了，秦了了不再是秦了了，而赵兰心也不再是赵兰心。"方婧雅喃喃自语道。这种冷冷的语气，让颜香脂不寒而栗。

"兰心姐，你的变化太大了，我竟然……竟然没认出你来。"颜香脂惊讶于自己也会有吞吞吐吐的时候。

"不准这样叫我，记住，我是方婧雅！"这个清纯如天使的女子，瞪大了眼睛的样子，竟然把目空一切的颜香脂的气势压了下去。

"婧雅……这么多年，我一直很想你和……"颜香脂突然顿了一下。

"我哥哥是吗？"方婧雅毫不客气地捅穿了颜香脂的心事。

"你哥哥……他还好吗？"颜香脂满含热泪的双眼已经暴露了她的心事。

"我不知道。"方婧雅打断了颜香脂的问话，冷冷地轻轻地回了一句，"后来我和哥哥失散了。"眼里现出忧伤的神色。

"怎么会这样？"颜香脂即将燃起的愿望破灭，同样陷入了忧伤。

"都是拜你所赐！"方婧雅又恢复了方才拒人于千里的样子。

颜香脂露出惊讶又无辜的神情。若是此时有观众在场，两个女孩的神色举止，会给人一种身份对调了的错觉——难道天使和妖精，也可以转换角色？

"到底是怎么回事？你为什么会以另一个身份出现在我面前呢？方婧雅，我不想和你猜谜了，快点告诉我好吗？"方婧雅过分的冷漠终于让颜香脂找回了自我，那种傲人的神色又慢慢回到了她的眉眼之间。

"我带你去见一个人吧。"方婧雅犹豫再三，终于决定告诉颜香脂。

"什么人？"颜香脂纳闷儿地问道。

"难道你不想知道，这张照片的由来吗？"方婧雅蔑视地看了她一眼。

"我都把这事忘了，照片是怎么来的？"颜香脂这才反应过来。

"人间酒吧里的一个女人交给我的。有一天，她忽然出现在我面前，拿着这张照片问我是否认识照片上的女孩，我一下就惊呆了。随后，她又问'秦了了小时候曾经住在你家隔壁是吗？'我本能地点了点头，于是她露出一副心满意足的表情，并嘱咐我把这张照片转交给你……"方婧雅淡淡地回答，并没察觉到颜香脂花容失色的神态，"她还叫我问你……睡得好吗？"

这句话如同一记惊天响雷，击中了颜香脂掩埋在心底最深处的秘密。

"上车！"颜香脂迫不及待地招呼方婧雅，"我们去人间酒吧。"

夜深人静。

在市一医 B 栋 27 楼 ICU 病房外的走廊间，新郎李隽逸和新娘林珊珊一脸茫然地坐在凳子上。此时的他们还穿着婚礼上的婚纱和西服，两人都显得很狼狈。

李隽逸的思绪杂乱无章，前一秒他还意气风发地迎娶白富美，仿佛已经走向人生的巅峰，可是后一秒他最深爱的人却将他的准岳父送进了急救室，生死未卜……他苦心经营的一切难道就这样毁了吗？没有林岳樯的授权，就算他是林家的女婿，偌大的公司、上亿的资产也没有他的份，他只能是一个中规中矩的部门小经理……

几个小时后，急救室的灯熄灭了，主治医生疲倦地走出来向家属交代病情。主治医生匆匆把李隽逸、林珊珊带到办公室，同时进去的还有林氏集团总经理颜宇。医生严肃地告诉他们："林董事长突发脑溢血，现在还在昏迷，情况不容乐观。"

林珊珊忍不住号啕大哭了起来，颜宇示意李隽逸把林珊珊带出去安抚一下，自己和医生商量接下来的治疗方案。

林珊珊不知不觉走到重症监护室外，透过玻璃看着昏迷不醒的林岳樯，想到公司现状，不禁悲从中来：母亲在十多年前意外离世，现在唯一的亲人昏迷不醒，到底还该不该相信李隽逸？能否把公司交给李隽逸管理？要是李隽逸也不能信任，还有谁可以信任？那帮股东更是分分秒秒想要夺走公司的掌控权。还有那该死的颜香脂，抢走了英俊多金的颜宇，害得自己一气之下和李隽逸谈起恋爱。虽然婚礼上莫名其妙的视频不能证明是那个狐狸精搞的鬼，但是女人的直觉告诉她，这事和颜香脂脱不了干系。一想到以后那个妖艳女人还会继续在公司里耀武扬威，和颜宇打情骂俏，她就气得火冒三丈！还有哥哥林泓睿，之前也是因为狐狸精颜香脂和爸爸闹翻，离家出走大半年了，竟然连妹妹的婚礼都缺席……

林珊珊一下回过神来，踱到一个僻静角落拨通手机："哥哥，你快回来吧！现在家里乱得一团糟，你快回来主持大局！"

透过病房的玻璃门可以看到，病床上，林岳樯仍然安静地躺着，双眼紧闭，垂放在病床上的手略微动了动。

霓虹灯下，一辆甲壳虫以140迈的车速行驶在街道上。

"哇靠！甲壳虫变跑车，环城路当作高速，这是什么情况呀？"一个路人惊叫的声音越变越远。

"颜香脂，你干什么呢？"方婧雅坐在副驾驶座上，看着颜香脂慌乱地开车，她的身体颤抖得不行，掌握方向盘的手也有些不稳。

一个急刹车，甲壳虫停了下来。身体猛烈前倾又被安全带拽了回来的方婧雅吓了一大跳。

"对不起婧雅，我现在心情很乱，需要抽根烟让自己冷静冷静。"颜香脂说完便下了车。她靠在车门上，用颤抖的手指从兜里取出香烟，拿着打火机点火，可是因为手实在颤抖得厉害，香烟一直没有点着，打火机上的火焰也是忽明忽暗。

坐在车上的方婧雅第一次看到颜香脂这个样子，于是也下车，走到她面前，替她点着了烟。

"对不起，婧雅，我不想你吸二手烟……"颜香脂有些抱歉地朝她笑笑。刚刚听见她说起照片的由来，她就立刻放下了所有对她的戒备，现在的她，只把她当作自己的闺密，甚至发小，而不是敌人。

"没关系。"方婧雅朝她笑笑，"我明白的。"

她说完这句话，又重回到车上，拿出手机，发了一条短信："晚点联系，有情报哦！"不一会儿，就收到一条短信："我等你。"落款：方思雅。

看着哥哥的短信，又看了看外面抽烟的颜香脂的背影，方婧雅意味深长地笑了。

这注定是一个不平静的夜晚。

今晚是交警孟旗生执勤的日子，查酒驾、驾驶证之类的轮不到他，他就是个开着摩托车巡逻的，顺便看看有没有乱停乱放的车辆。他负责的区域比较偏僻，只能碰运气看有没有漏网之鱼能让他开出两张罚单。此时看到一辆停在路中间的甲壳虫，这还得了，太危险了。一定要罚，重重地罚！

孟旗生把摩托车停在路边，烟瘾犯了，先点了支烟，然后开始摸罚单，罚单还没有摸出来，就见那辆甲壳虫启动了，然后以140迈的速度飞驶出去。愕然之际，燃了一半的烟从嘴里掉到地上他也不管，把安全帽戴上，立马骑车追上去，并且把警报灯打开，一闪一闪的，威风凛凛。

人间酒吧是西街比较有名的酒吧，夜里最热闹。男女老少，所有不想睡觉的人都跑到了这里，点一杯酒，消磨一整个晚上，唱歌、跳舞、搭讪，应有尽有，随便嗨。

颜香脂和方婧雅一前一后走了进去。里面音乐震天，人群摇摆，台上有位妖娆的金发美女正在表演。面对忽然进来的两位各具风韵的美人，许多人都吹起了口哨，还有撞过来趁机占便宜的。颜香脂气场全开，挡了几个，剩下便拿眼神非礼，不再动手动脚。

"你认认看，是哪个女人？"

"人这么多，怎么能认出来？"方婧雅嘟着小嘴有点不耐烦地说，"我记得她穿着员工裙子，红色高跟鞋，还有长头发，不高，腰特别细。"她确实是没有注意对方的长相，能记住这么多已经是她天赋超群，记忆力好了。

颜香脂从包里抽出两张红色的人民币，拦住一位路过的男服务员，打听穿着红色高跟鞋的女员工。这位服务员一听就知道是谁，顺手把小费拿了，才说："你们找莉莉姐啊，她在那边呢！"说着给她们指了个方向，继续为客人送酒去了。

变故就在这时发生，一个女人突然尖声大叫，分贝特别高，在音乐震天响的环境下都能听见。然后一群人开始乱冲，其中夹杂着些惊恐的声音："死人啦！""出人命啦！"恐惧的情绪快速扩散，DJ师慌乱地关掉音响和灯光。人群开始混乱了，有胆小的往外面跑，胆子大的觉得死个人太新鲜了，好奇地往前凑，整个酒吧一片混乱。

服务员指的方向也在那边，颜香脂直觉地向那边挤过去，她看到了一双歪倒在地上的红色高跟鞋，其中一只鞋跟已经断掉，死者背对着她，腰很细，一头长发，半只摔碎的酒瓶插进了喉咙里面，鲜血还在持续往外冒，并迅速地在光滑的地板上浸染开来，看起来就像是这位女招待穿的劣质高跟鞋的鞋跟突然断裂，导致她失去平衡，盘子里的酒瓶先摔到地上，然后倒霉的她再摔倒在了酒瓶上，诸多巧合，导致一命呜呼。

大多数人看了可能会感叹一句，原来真的倒霉能致死！

颜香脂却觉得太巧合了，经历过家里发生的一系列变故之后，她对这种巧合是怀疑的，审慎的。

孟旗生终于赶到，冲进来就发现死了人。不得了，碰上大案子了！他立马打电话报警。

人间酒吧的街对面，昏暗的灯光照映出几排广告词：治疗不孕不育，到东方天使。到男爵医院，看男科更专业。还有几个字看不清，似乎是一张招聘广告，只看得见工资上万的字样，估计也不是什么正经工作。那里站着一个身穿黑色意大利皮衣的男人，整张脸埋藏在阴影里，中等个子，身材瘦削，他抽着一种细细的香烟，等到人间酒吧里面乱起来，看见一位交警冲了进去，他才用脚把烟头踩灭，转身大步走了。

颜香脂跑出来的时候看到一个男人的背影，她想喊，却不知道要喊他干什么，想追，发现已经不见了人影。她走到街对面去，闻到一股淡淡的薄荷烟草的味道。

方婧雅小跑着跟过来，拉住颜香脂的手臂问："怎么了？"

"没什么。"颜香脂转过头，看着方婧雅苍白的小脸，清澈如水的眼睛里装满了恐惧。

"别想了，把它忘了吧，不要害怕，我还在呢！"颜香脂安慰道："你饿了吧？我们去找个餐馆吃饭。"

"我不是害怕，我只是想起了我妈妈。"两人走了很远后，方婧雅突然伤心地说。

颜香脂回头看了她一眼，问道："阿姨还好吗？她的眼睛治好了吗？"

"颜香脂，你真的不知道我妈妈的事情吗？不知道我们一家人之后发生的变故吗？"方婧雅猛然站住，悲伤又愤怒地望着她。

"秦了了，你是祸水你知道吗？只要跟你有关的人，都会遭遇不幸！"方婧雅大声吼道，叫的却是"秦了了"这个名字，然后激动地朝前跑去，瞬间消失在人群里。

颜香脂被吼得莫名其妙，赶紧追了上去。

方婧雅奔跑在灯光迷蒙的黑夜里，脑海里不断闪现着莉莉死时的惨状。不知道为什么，那个画面让她在——刹那想起自己的母亲。虽然她并不清楚母亲现在的情况，但失踪了这么多年，应该是凶多吉少了吧？

方婧雅在熙攘的人群里奔跑着，感到无比的害怕，为什么那么多人的脸，他们个个都变成了妈妈的样子、莉莉的样子。她吓得大声尖叫，不顾旁人疑惑的眼神，渐渐跑出了闹市，往人烟稀少的街道奔去。

惊慌失措的方婧雅不知不觉来到了一座桥边，午夜的风吹着她的长发和薄纱裙，远远望去像是一个幽怨的女鬼飘浮在空中。

颜香脂就在这时找到了她，在看到方婧雅那张毫无血色、铁青的脸时，竟不知为何心生恐惧。她小心翼翼地靠近方婧雅，关切地问道："你怎么了？"

"对不起，刚刚我不应该那样说你。"方婧雅抱歉地看了颜香脂一眼，又继续对着桥下的滚滚河水黯然神伤。

看着方婧雅六神无主的样子，颜香脂有些心疼。在知道方婧雅就是赵兰心之前，她一直以为对方比自己小，在她面前扮演着姐姐的角色，同时义无反顾地担起了保护妹妹的责任，到现在，她依然有种想要呵护方婧雅的感觉。

"今天，我去你那里睡好吗？"方婧雅问道。颜香脂有些感动，平日里，她偶尔感到寂寞的时候，也会约方婧雅来她租住的公寓陪她过夜……

两人买了消夜，一起回到颜香脂的住处。趁颜香脂不注意，方婧雅偷偷拿出手机发了条短信："哥，不要等我了，你睡吧。情况有变，我要跟了了谈事情。"

第七章　隔墙有眼

　　在一个叫"桃园山庄"的别墅区里，方思雅穿着一件蓝色的睡袍坐在沙发上。短信提示音一响，他立刻掏出了手机。当看到短信出现"了了"这个名字时，他的心里翻起无数惊涛骇浪：妹妹终于还是跟她相认了。她，还记得自己吗？

　　这一夜，方思雅辗转难眠。后来，他干脆从床上爬起来，在沙发上靠了一晚上。他手里攥着一把精致小巧的桃木剑，望着这把剑，良久地失神。

　　那是三年前的事了。那时候的方思雅已经成了一名地产商人，曾经的发小"神弹飞行侠"一直相伴他左右，是兄弟，是保镖，也是合伙人。

　　三年前，他跟兄弟们回到小镇上已经破烂不堪的老屋，在废墟里寻找自己的记忆和有价值的东西。自从秦、赵两家人从这个小镇上"蒸发"后，再也没有人问过这块地，最终由当地政府代管。因为镇上的人比较迷信，认为这里连续发生过恶性案件，何况还被火烧过，一定是风水不好，不吉利。加之警察许久没能破案，这里似乎有种潜在的危险，大家就更加惶惶不安了，别说进去看看，即便路过都要加快步伐，好像这里是"凶宅"似的……于是两家的土地才得以完好地保存下来，甚至连曾经的残屋断瓦都还在。只是久经风霜，这里显得更加阴森凄凉。

　　后来，方思雅干脆决定让这块土地"物归原主"。于是，他以外地商人的身份，花了很小的一笔钱，轻而易举地租下了这块地，然后又花了一大笔钱改建成别墅区，镇上的人都拿他当傻子看。

方思雅这次是以海归硕士、商界精英的身份回来的。在外漂泊的那些日子，一位颇有实力的大富豪突然向他抛来了橄榄枝。于是，在那位神秘人士的扶持下，他去国外镀了金，性格也发生了翻天覆地的变化，曾经那个沉默阴郁的少年，现在变得风度翩翩、能说会道，简直完全变了一个人。难怪再次回到故乡，居然没有一个人认出他来，谁也无法将这位意气风发的商界俊杰和那个连初中也没读完的小浑球儿联系起来。

偌大的别墅只有他和一个替他管理山庄的老人。那个老人没有家人，长年累月都戴着一顶军旅帽，穿着军旅装。在方思雅的眼里，老人的面部轮廓总是很模糊，好像自己从来也没看清楚过对方的长相，跟他说话也从不回答，貌似是个聋哑人。方思雅只是看他比较可怜，根据他的装扮猜测过去也许是个军人，这让他想起了早逝的爸爸，所以他好心地收留了老人，平时就让老人一个人住在别墅里，帮自己打理房屋。

在建造别墅的时候，工人们在他家院子里的那口水井里，捞到一个看起来十分精美的盒子，觉得可能装着重要的东西，便交还给了方思雅。盒子里面装着一把小小的桃木剑，剑的背后刻着谁也看不懂的图腾。这是什么？方思雅一脸茫然，他从来没有看到自己家出现过这样的东西。这里面一定隐藏着一个重要的秘密！心思敏感的他这样想着，小心翼翼地把桃木剑收了起来。

别墅建好了以后，那个聋哑人在别墅外连续守了好几夜，无论跟他说什么他都不回答。方思雅也就把他当成落魄的流浪汉，带他进别墅吃东西。谁知他吃完东西以后，竟然拿起墙边的扫把扫起落在地上的树叶，还拿着剪刀修理起园里的花草。就这样，他成了"桃园山庄"的管家。

颜香脂和方婧雅来到公寓，两人一边吃着打包的消夜，一边喝着红酒。

"了了，你还记得小镇里那个废弃的砖窑厂吗？"方婧雅吃了几口炒粉，抬头问道。

"记得，那个地方让我感觉阴森森的，可怕极了。"颜香脂回忆着那个废弃砖窑厂的模样，冷不丁打了个寒战。

"在那里，我差点儿被强暴……"方婧雅咬住下嘴唇，带着哭腔恨恨地说道，"从那天晚上起，我开始恨男人，恨不得这世上所有的男人都变成太监。除了我哥和隽逸。"

"是我太天真了，以为他会是一个例外，却没有想到……重利轻义的男人比好色的男人更无耻卑鄙。"方婧雅低下头，眼泪猝不及防地流下。颜香脂不知该如何安慰伤心的闺密，只能把手心搭在她的手背上安慰道："别伤心，婧雅，你还有我。"

沉默半晌。

"我也恨不得这世上所有的男人都变成太监！"颜香脂也突然轻声地冒了一句。她下意识地抿住嘴唇："是谁差点儿强暴你？"颜香脂这才意识到她的闺密正在告诉她一个难以启齿的秘密。

"一个戴羽毛面具的男人。"方婧雅恨得咬牙切齿。

颜香脂瞬间变了脸色：又是羽毛面具？

在方婧雅声泪俱下的讲述中，颜香脂愣在那里，久久没有回过神来。她本来以为自己家遭遇的一连串变故已经够惨了，没想到那场大火之后，竟然牵连了方婧雅一家。此时此刻，她说不出话来，区区一句对不起，无法表达她对方婧雅兄妹的愧疚之情。

"那个叫莉莉的女人死得太蹊跷了。"为了掩饰自己的窘态，颜香脂又把谈话的焦点转移到她们刚刚经历的离奇事件上。

"我爸爸的死，妈妈的失踪，你们家的火灾，你爸爸的失踪……这一桩桩事情，都是有关联的，你说对不对？"

听着方婧雅的分析，颜香脂的心瞬间冰冷。想起妈妈自杀那晚留下的刻有佛像的项链，那张写着歪歪扭扭字迹的纸条，还有她后来看到的日记本……这一切的一切，难道也跟纵火案有关联？

电话铃声突然响起，打断了颜香脂和方婧雅的思绪。

方婧雅接完电话，淡淡地说道："是医院主任打电话过来。他通知我，明天让我上夜间特护。"

"是吗，有危重病人？"颜香脂随口一问。

方婧雅一字一顿地说："对，很危重，是林——岳——樯。"

林珊珊的婚礼闹剧，就好像一枚被丢入湖心的石头，让平静水面下歇息的小鱼，都惊慌地游动了起来……

次日深夜，忙碌了一天从公司归来的李隽逸，在林宅匆匆洗了个澡，喝了一杯蓝山咖啡，等林珊珊睡下后，又开车到了市医院。咖啡在这时发挥了很大作用，他之前的睡意烟消云散。他表面淡定，其实心里比林珊珊更担心岳父大人的安危，因为这不仅关乎他目前在公司里的地位，更关乎他心里隐藏多年的一个秘密……

静谧的夜晚，一切轻微的声响都显得格外清亮。

李隽逸的脚步声回荡在住院部大楼的走廊间。夜莺欢快的鸣啼与病房里病人的呻吟声，在他的耳中交织成一首婉转哀怨的小夜曲。

他先前已经获悉，林岳樯于今天上午脱离了生命危险，从 ICU 转移到了VIP 病房。他径直走向那个独立于其他所有病房，占据着整层楼的豪华病房，轻轻推开门……

李隽逸愕然发现，病床上空无一人。

时钟转回到一个小时之前……

"林董，已经按你的吩咐交代他们了。"主治医生悄悄地对林岳樯说了一句，然后退出了病房。

躺在病床上的林岳樯眼睛一下瞪得溜圆。

想起录像里的场景，他恨得牙痒痒的。到底是谁干的呢？是谁这么恨自己？画面中的那个人是自己没错，要说自己私生活很检点，他林岳樯倒也不至于这么虚伪，可是戴着羽毛面具的女人，从来就没有在自己的记忆中出现过……视频是伪造的，一定是伪造的！总之，这是一场阴谋，让自己身败名裂的阴谋！

这么多年，自己做事十分谨慎，就怕被人钻了空子，结果还是被算计了。究竟是钱债，还是情债？不管是哪一样，他都能数出一大堆假想敌。

尽管身体虚弱得几乎动弹不得，林岳樯的大脑此时却异常活跃，记忆之轮飞速旋转着。

突然响起推门的声音，有人进来了。

林岳樯立刻闭上眼睛。在没弄明白那个录像是谁搞的鬼之前，他不想让任何人知道他醒了。

他把身边的人都排查了一遍，却觉得都是怀疑对象。

第一个嫌疑人应该是？

林岳樯眼前掠过一张脸，竟然是他新入门的女婿李隽逸。虽然无论何时面对林岳樯，李隽逸的脸上总是挂着谦卑的笑，但是以一个男人的直觉，林岳樯觉得，李隽逸并不爱自己的女儿。那么，他之所以选择和珊珊结婚，目的只有一个——为了钱。而且，因为心里鄙视，林岳樯几乎从未正眼瞧过李隽逸，女婿恨自己也是应该的。一旦自己倒台，女婿上位顶替他的可能性最大……

不对不对，那段视频还有一个片段，其中的主人公不正是李隽逸吗？

林岳樯在意识里摇了摇头，思绪一下又乱了。

两个戴着口罩的护士悠悠地走了进来。其中一个踱到林岳樯床前，为他更换了盐水瓶，另一个在旁边忙活。几分钟后，两名护士离开。

林岳樯缓缓睁开眼睛，拿出手机拨了一串号码。不一会儿里面传出一个重重的鼻音："老大，有何吩咐？"

"马上开车到市一医 B 栋 2701 病房接我，不要惊动任何人。"

"是，老大，我马上到。"

还有一个最可怕的敌人。确切地说，他甚至不知道对方的真实身份。但他冥冥中感觉到，有一双鹰一般的眼睛隔着云山雾海，一直在盯着他看。他在无数个夜晚梦见过那双眼睛，但始终看不清对方的脸。为此，他还看过心理医生，但医生在对他进行催眠治疗之后，无奈地摇了摇头："睡梦中的你，除了恐惧时发出了惊恐声，其他什么也没有说。"

病房的门又被人推开了，林岳樯赶紧闭上眼睛，心脏怦怦直跳。

姗姗来迟的李隽逸看着空荡荡的床，目瞪口呆，回头想找医护人员问个究竟，却发现特护病房里居然没有一个人影，四周一片寂静。

他心里暗叫一声不妙，急忙掏出电话，按下一串数字，不一会儿耳边传来一个低沉严厉的声音："不是嘱咐过你，我不找你，你不要打电话给我吗？"

"老大，我是有急事向你汇报。林岳樯不见了……"

"什么，不见了？他不是昏迷不醒吗？"

"是的。可是，现在病房里是空的。我们下一步该怎么办？"

"你不要声张，对谁都不要提这件事，也不要轻举妄动，静观其变。就这样，挂了！"

"唉……"李隽逸听着手机里的嘟嘟声，慢慢放下电话，重重地叹了一口气，转身离开。

五分钟后，在医院住院大楼门口，一辆豪车悄无声息地驶出医院，车子后排坐着紧闭双眼的林岳樯，他的左右各坐着一名彪形大汉。车子一溜烟，从刚走到楼下的李隽逸旁边缓缓开过，逐渐消失在黑色中。

李隽逸失魂落魄地回到家中，却发现家里灯火通明，林珊珊坐在沙发上正哭得梨花带雨，旁边坐着她的表哥，林氏集团总经理颜宇。

李隽逸忙问："珊珊，怎么了？你知道了？刚才我……"

林珊珊大哭起来，打断了他的话："别说了，我哥哥出事了！"

李隽逸疑惑地看着颜宇，颜宇一副怒其不争哀其不幸的表情："是的，找到泓睿哥了，他在派出所里，还记得昨晚西街酒吧有个舞女突然死亡的事吗？警察排查的时候，发现有人聚众吸毒，其中就有泓睿哥，现在我正要陪珊珊去看他，你正好回来了，一起去吗？"

在派出所一间窄小的房间里，林珊珊见到了哥哥林泓睿。他和几个相貌猥琐的人关在一起，身上的名牌西服皱巴巴的，整个人面容憔悴、神情茫然，哪像是一个身家千万的富家公子，频频被媒体关注的"富二代"？以前林珊珊就很少见到他，他不是在酒店、夜总会、公司，就是在去酒店、夜总会和公司的路上，每次见他都是匆匆忙忙却神采飞扬。没想到，后来哥哥因为颜香脂和家人翻脸，冲动地离家出走，竟然连妹妹的婚礼都没来参加……大半年没见，林泓睿和以前的公子哥判若两人。

林珊珊鼻子一酸，哭喊道："哥哥！哥哥！"

林泓睿仿佛一下清醒过来，想冲到他们面前，却被手铐束缚着："珊珊，颜宇，救我出去！我是无辜的！"

林珊珊转身求颜宇："颜宇哥，你快给颜叔叔打电话，只有他才能救我哥！"

走出派出所，颜宇拨通了爸爸的电话，把情况说了一遍，他的爸爸——林岳樯的连襟、葛润市警察局局长颜荣淡淡地说："知道了，你先把珊珊送回去再回家，我有事找你。"

对爸爸，颜宇是又敬又怕。小时候，颜荣常年出差在外，或是加班很少回家，一回来就对颜宇严格管教，都是妈妈汪采菊护着他。为了避免儿子被自己抓过的坏人打击报复，颜荣从不亲自接送儿子上下学，在外面也甚少与他行走在一起，导致父子俩的感情越来越疏远……

颜荣因为一直收入都不错，从小到大倒是从没让颜宇缺吃少穿。在颜宇的印象中，所有人见了爸爸都是毕恭毕敬的，而妈妈的表姐汪采莲也总是隔三岔五带着女儿林珊珊来家里送钱送物。他知道这个珊珊妹妹从小对自己就是"一往情深"，但他对这种情商、智商都不高的女孩实在是提不起一点儿兴趣……后来颜宇成绩优异考上重点大学，毕业后出国攻读金融硕士，回国后在林氏集团上班，从部门主管升为总经理。

颜宇敲开爸爸的书房门，一股淡淡的薄荷烟草味飘然而至。

穿着黑色意大利皮衣的颜荣从老板椅上转过身来，用深邃的目光注视着颜宇："林泓睿明天就可以回家。"

"谢谢爸爸。"

"先把这件事放下，你还有更重要的事情去做。明天你负责召开股东大会，改选董事长。"

"为什么，林叔叔不是董事长吗？"

颜荣摇摇头："他现在不是了，你的林叔叔病危，所以必须选出新的董事长。"

"那选谁呢？"

颜荣手一指："你！"

看着颜宇离开书房的背影，颜荣嘴角露出一丝冷笑：林岳樯，这次你彻底完了！忍了你这么多年，现在游戏结束了，把我的东西连本带息全部还回来！

十几岁的时候，林岳樯随母亲从星北的一个小地方迁到了葛润，和颜荣成了邻居、发小。他们原本感情还不错，后来却产生了隔阂，这是因为他们喜欢上了同一个姑娘——镇长的大女儿汪采莲。

林岳樯仪表堂堂、能言善辩；颜荣身材单薄、略显木讷。后来林岳樯参军入伍，更是得到镇长的青睐，和汪采莲定了婚。然而林岳樯注定不是个专一的人，吃上公家饭又开始蠢蠢欲动，和驻地的小姑娘打得火热。当汪采莲找到颜荣哭诉时，颜荣心痛不已，暗骂林岳樯不懂得珍惜。

接着汪采莲挺着大肚子千里寻夫，拽回了林岳樯，却也葬送了他的仕途。好在林岳樯颇具生意头脑，在镇长岳父的支持下，做起了生意，渐渐步入正轨、风生水起。

黯然神伤的颜荣和汪采莲的表妹汪采菊结了婚，变成林岳樯的连襟。不久后，一直落魄的颜荣也交了好运：葛润县改市，各行各业都需要人才。赶上这个难得的机遇，原本只是"漂"在省城，当一名辅警的他，回来后不仅进了编，有了一个体面且收入不错的职业，而且节节高升，最后竟当上了葛润市叱咤风云的警察局局长。

不为人知的是，在省城的时候，颜荣偶然认识了一个人，和他结下了生死情谊，还获知了一个惊天动地的秘密。后来，颜荣在利益的驱动下，做了一件不可告人的事情……

这边李隽逸和林珊珊回到林府，林珊珊瘫软在沙发上，号啕大哭："我怎么这么命苦啊！妈妈不在了，爸爸昏迷，哥哥吸毒，我也不活了，不活了！"

李隽逸试图把林珊珊揽入怀中，却被她一把推开："滚，你也不是好人，你喜欢那个狐狸精，别以为我不知道！"

李隽逸尴尬地说："珊珊，你别这样，我们已经是夫妻了。"

林珊珊用皮包砸向李隽逸的头，歇斯底里地叫道："你走，你走啊，我不想看见你，你没有给我带来一件好事，我讨厌你！"正在气头上的林珊珊硬是把李隽逸赶出了家门。

从小哥哥就是林珊珊的偶像。虽然爸爸和妈妈每次提到哥哥，总是一副"恨铁不成钢"的表情,但在林珊珊的眼里,哥哥却是一位智勇双全的英雄,有着一种不同于同龄小孩的成熟和霸气,她心甘情愿做哥哥的"跟屁虫"。读小学时,爸爸还在开小饭馆,林泓睿常常带着妹妹,拎着麻袋,满街找破铜烂铁、啤酒瓶、废报纸,然后把这些辛苦收集的破烂,满心欢喜地送到小城里唯一的废品收购站,换回一堆濡湿的毛票。每次林泓睿仔细数好钱,小心放在衣服口袋里,就牵着妹妹的手,大摇大摆地走到冰棍摊,说:"买两根冰棍!"他的声音大得有些夸张,行人都回头来看这两个小孩。林珊珊美滋滋地吃着五分钱一根的冰棍,觉得简直是世间美味。当林珊珊被同学欺负,哥哥帮她出头,结果被对方打得头破血流,林泓睿硬撑着打跑了对手,让别人不敢再欺负妹妹……

想起这些童年往事,林珊珊的心都要碎了,她恨透了颜香脂。如果哥哥不是因为这个可恨的女人而离家出走,又怎么会染上恶习?

"这是什么情况……?"

颜香脂和方婧雅紧盯着摄像机的屏幕,不觉张大了嘴巴。

画面上显示的是林岳樯的病房,一切尽收眼底。原来那两个护士就是方婧雅和颜香脂装扮的。方婧雅为林岳樯更换了盐水瓶,而颜香脂则神不知鬼不觉地在病房角落放了一个微型摄像机,本来是为了监视林岳樯,却无意中录下了李隽逸的秘密。与此同时,她们还看到了更为惊人的一幕:先是"昏迷"的林岳樯倏地从床上坐起来拿出手机嘀咕了一番,过了一会儿,一个戴着鸭舌帽的男人来到病房,随后两人一起从病房的暗门离开了。接着李隽逸赶到,当他发现床上空无一人后显露出吃惊的样子,于是神秘地拨通了"老大"的电话……

手机铃声突然响了,方婧雅犹豫着按下了接听键。

"婧雅,我们见个面吧,我想你。"话筒里传来了那个曾经带给她温暖和伤害,而今让她感到脊背发凉的声音。

"啊?哦!好的,明天老地方见。"方婧雅慢慢地放下电话,无助地看向颜香脂,"是李隽逸,他要见我,说想我了。咋办?"

颜香脂看着她失魂落魄的模样,心里不禁慨叹:再聪明的女人在爱情面前都是傻瓜啊!

"去见他吧,没准会发现更多真相。"颜香脂轻轻地点了下头。

第八章 风云又起

清晨的葛润市，天气阴沉。蓝雨咖啡厅里，一对青年男女相对而坐，却默默无言。

李隽逸紧紧注视着眼前这个让他朝思暮想的女子，有些激动地说："婧雅，你还好吗？昨天发生了太多事，我有好多话想对你说……"

方婧雅慢慢搅拌着咖啡，冷笑一声："驸马爷，想说说你的幸福生活吗？"

李隽逸压抑着痛苦低声说道："婧雅，别这样，你知道我只爱你一个人，我是身不由己……"他边说边抓住方婧雅的手，方婧雅试图摆脱，手却被抓得更紧了。

李隽逸移到方婧雅身边，轻轻将她揽入怀中："婧雅，我好想你，好想你……"

方婧雅感到胸腔里有股暖暖的液体在往上涌，然后化成两行清泪，顺着她的脸颊轻轻滑落……她放下了戒备，闭上眼睛，依偎在李隽逸胸前，静静感受着这久违的温柔。

突然，一记重重的耳光打在方婧雅的脸上，她尖叫起来。两人睁开眼一看，面前站着一个因仇恨而面目扭曲的女人——林珊珊。她带着两个保镖，怒目圆睁，破口大骂："方婧雅，你真不要脸，勾引别人老公！"

李隽逸连忙辩解："珊珊，不是这样的，你误会了。"

"闭嘴，你这个乡巴佬，你以为我真的看上你了，呸！"林珊珊一脚踹向李隽逸，歇斯底里地叫道，原本宁静的咖啡厅顿时炸开了锅。

方婧雅瞬间清醒过来，她走到林珊珊面前，"啪！"一记耳光回击在林珊珊脸上。

林珊珊惊愕地捂着脸："狐狸精，你还敢打我，给我打她！"

她身旁的保镖连忙冲向方婧雅，抓住她的胳膊。

方婧雅大声叫道："放开我，放开我，你们想干什么？"李隽逸呆站在旁边，想上前阻拦又不知所措。咖啡厅的服务员站得远远的，有人拿出手机，准备报警。

"住手，放开她！"这时，一个西装革履、长相帅气的男人走过来，厉声喝道。这个男人衣着时尚，看似颇有些来头。

林珊珊没好气地问："你是谁，别多管闲事！"

方婧雅惊喜地叫道："哥哥！"

风度翩翩的方思雅耸耸肩："这就是你今天的晨练内容吗？够精彩！你看看，还有谁来了？"

四个身材魁梧的男子出现在方婧雅的面前。神弹飞行侠！昔日的玩伴，如今再次重逢，方婧雅又惊又喜，四人围着林珊珊和她的保镖："还不快滚！"

林珊珊慌忙抓起挎包，狼狈地逃离了咖啡厅，到门口又回头喊道："李隽逸，走啊，回家！"

李隽逸慌乱地说道："你先走，我去公司。"

众人一阵哄笑。

方婧雅难过地抱住哥哥，委屈地哭了。

方思雅轻抚她的头发："傻丫头，哥哥不是来了吗。对了，这个胆小鬼就是你喜欢的那个什么李什么玩意儿？"

李隽逸尴尬地说道："大哥好，我是李隽逸。"

方思雅摇摇头："别叫我大哥，你这个样儿，能保护好我的妹妹吗？"

方婧雅有些着急："哥哥，别怪他，他从小就这样。我们失散以后，一直都是他在保护我……"

方思雅叹了口气："傻妹子，你去上班吧。"

方思雅转向李隽逸："小子，你不是要回公司吗？"

"是的，大哥。"

"婧雅，哥哥要和你的这个傻小子去公司，去办一件很重要的事情。"

上午十点，林氏集团，大楼顶层圆桌会议室灯火通明，董事会正在紧张有序地召开。坐在中间位置的是总经理颜宇，他貌似正襟危坐地认真倾听各部门负责人的业绩汇报，实际脑海里已浮想联翩。他知道今天会议最后一项也是最重要的议程是改选董事长，自己当选已是顺理成章，不禁暗暗窃喜，踌躇满志地环视四周，心情大好。

在他右边依次落座的是落魄公子哥林泓睿和"公主病"林珊珊两兄妹，他们手中持有 10% 的股份。按理说，林泓睿是继任董事长的强有力竞争者，可是他的吸毒丑闻已经传遍城市的每个角落，瞧他不停地打哈欠，满脸倦容，股东们会把公司交给他吗？再看看神情落寞的林珊珊，眼睛红肿，目光呆滞，昨晚上又哭了吧？难不成和李隽逸吵架了？可怜的大小姐！还有三位股东，他们共持有 20% 的股份，父亲已经和他们谈妥，给他们更多的红利让他们支持自己，因此加上母亲和自己持有的 20% 股份，颜宇已经成为和林岳樯股份相同的大股东，这个董事长他势在必得！一想到自己即将成为商业王国的巨头，坐拥金钱美女，颜宇的目光不由自主地落在身旁正准备资料的助理颜香脂身上……邪门了，今天的她格外漂亮，似乎比平时更妖娆了几分。

颜香脂用高跟鞋轻轻碰了一下颜宇，颜宇回过神来，该他讲话了。他清清嗓子，假装平静地说道："刚才各部门都汇报得很好，大家表现都不错，继续加快推进。下面我们进行最后一项议程，选出新的董事长。众所周知，因为种种原因，林岳樯先生已经不能胜任集团董事长了，为了在座各位的利益，我们必须选出新的董事长。"

一切都如颜宇所料，三位股东一致推举自己出任董事长，林氏兄妹黯然默许。正要宣布结果时，会议室的大门突然被推开，一个洪亮的声音响起："我不同意！"

众人抬眼望去，推门而入的是李隽逸。他一扫往日的唯唯诺诺，大步流星地踏进了会议室。他的身旁站着一个帅哥，正是方思雅。

方思雅对着一脸茫然的众人继续说道："我不同意颜宇当董事长。"

颜宇气急败坏地站起来，质问道："你是谁？你有什么权利这么说？"

方思雅不紧不慢地拿出一张公文纸，放在会议桌上："我是谁不重要，喏，这就是我的权利，林岳樵先生的亲笔委托书，委托我在他离开公司的任何期间，作为他的全权代表处理各项事务，也就是说，如果你们非要选出新的董事长，只能是我。如果不选董事长，代替他行使职权的也只能是我。"

股东们一阵骚动，大家纷纷传看那张委托书。

颜宇一把抓过那张薄纸，林岳樵的签名赫然在目。他恼羞成怒，将纸撕得粉碎，怒叫道："不可能，这是假的，你是个骗子！保安！把他轰出去！"

方思雅摇摇头："淡定，这个世界上没有什么不可能。颜总经理，您刚才撕掉的是复印件，我这里还有几张，给你们三天时间去鉴定它的真假。三天后，我将正式行使董事长权利，公司正常运行，你还可以继续当你的总经理，记住千万别耍花样。"

方思雅停顿了一下，走到颜香脂面前，坏笑道："这位迷人的女士，麻烦您将我的办公室准备好，我有洁癖，对了，我叫方思雅，再见。"说完转身走出了会议室。

颜香脂仿佛被一股电流击过，全身发软，刚才她就觉得自己在哪儿见过这个神秘的男人……她的脑海里回放出十多年前那些悲喜交加的回忆，长发飘飘的清纯少女，桀骜不驯的酷酷少年，他们的第一次相遇、第一次深情对望，忘不了昔日的赵兰熙腼腆而温暖的笑容，看着自己时含情脉脉的眼神，还有他给自己苦难岁月带来的一缕温暖……

可是眼前的方思雅怎么会成为林岳樵的代理人呢？他们是什么关系？方思

雅什么来头，是敌是友？一连串的问题容不得颜香脂沉浸在回忆中，她必须打起十二万分精神面对这次突变。

会后，惊慌失措的颜宇立即将董事会发生的事情报告了父亲颜荣。对于半路杀出来的程咬金坏了事，颜荣很是生气，他阴沉着脸，将手上的烟头狠狠掐灭，咬牙切齿地说道："老东西，还给我留了一手！走着瞧，不管是谁，只要敢拦我的路，我就会让他无路可走，永远消失！"

方思雅飞速地驾驶着汽车，于当晚赶回了小镇的桃园山庄。因为，他的心情实在太激动了，他必须马上见见他，那个未卜先知的神秘老人……

看守山庄的聋哑管家正在打扫屋子，方思雅走到他的跟前，双手搭在老人的肩膀上，激动地看着他说："三天后，我就是林氏集团的代理董事长了。"

老人欣慰地笑了笑。

"对了，我今天还看见了一个人。"方思雅想说点什么，却发现聋哑人不为所动，他自嘲地耸耸肩，"我今天见到颜香脂了，我不知道她是不是认出我来了。"

方思雅沉浸在甜蜜的回忆中，过去他也多次跟老人讲起过这段青葱往事，那段令他刻骨铭心的"初恋"……

方思雅没有注意到，正在擦拭玻璃的老人一下怔住了，他默默地念着两个字"了了"，前额的皱纹在微微颤动，有一滴泪珠顺着沧桑的脸滚了下来……

第九章　暗香迷影

　　这一天，方婧雅的心里，也是波涛汹涌。

　　上午，离开蓝雨咖啡厅以后，方婧雅心里百感交集，魂不守舍地在街上晃悠，不知不觉就走到了一家装潢华丽的香烟店门口。

　　十多年来，方婧雅每次感觉内心起伏不定的时候，就会不由自主地来到这里。

　　老城区改造前，离这里不远就是火车站。方婧雅永远忘不了，那年盛夏，她和哥哥方思雅背井离乡，来到这里，为着一个不确定的目标。

　　未来到底该怎么办呢？两个人被一种茫然又无助的低迷情绪笼罩着，一个久久地低头不语，一个发呆凝望着一个未知的方向。

　　走出火车站不远，一股淡淡的香味儿飘过来，方婧雅麻木的神经一下被惊醒，身不由己地追随着这股气味，来到了一个陈旧的店面门口。

　　店不大，十来个平方米的样子，被收拾得干净整齐。墙上挂着一些精美的木头制品，有大有小，有的是葫芦的形状，有的做成了扇子和十二生肖，有的看起来就像侠客手中的刀剑。这股特别的香味儿，正是从这些木制品上面散发出来的，方婧雅一下看呆了。更让她觉得不可思议的是，这种香味儿她仿佛在襁褓中的时候就闻到过……

"妹妹，这些桃木制品都是我们家珍藏的宝贝，你有喜欢的吗？"一个温柔的男声突然响起。

方婧雅这才回过神来，抬头正触到一束柔和却又有些忧伤的目光。说话的这个人戴着一副眼镜，也是个青涩的少年，看起来和方婧雅年龄相仿。

自从妈妈失踪以后，方婧雅变得很沉默。虽然眼前这个陌生人让她有种一见如故的亲切感，她却半张着嘴巴不知如何回答。这个世界上，除了哥哥，方婧雅觉得自己不可能再亲近任何人了……

对了，哥哥……哥哥……哥哥在哪里？"哥哥！"方婧雅突然失声惊叫起来，把对面的男孩吓了一大跳。随后看着女孩惊慌失措地向着火车站的方向跑去，男孩有种隐隐的担心，顾不得店里只有他自己一人，门都来不及关就追着那个女孩跑了过去……

方婧雅跑到了火车站出站口附近，她记忆中最后一次和哥哥一起待过的地方，可哪里还有哥哥的踪影……她的心在乱跳，因为焦急，脸涨得通红，豆大的汗珠也开始不停滚落。她失魂落魄地四处乱跑，疯狂地喊着"哥哥"，却始终一无所获，她崩溃地号啕大哭了起来，最后竟哭昏了过去……

当方婧雅再次醒来，发现自己躺在一张木质的小床上，一转头就看到窗外漆黑的夜。她惊恐地一下坐了起来，蓦然发现，这个房间里，空气中竟然飘散着一种她熟悉的淡淡的香味儿……

这时，有人推门进来。"听到动静，我想是你醒了，就进来看看。"方婧雅看到一个戴着眼镜的男孩怯怯地走了进来，觉得似曾相识，一下又想不起来是谁。

"你忘记了吗？今天下午，我们在我家店里见过。"男孩很文静，说话总是一副很胆怯、小心翼翼的样子。

方婧雅想起来了，也想起了自己和哥哥走散的事情，浑身剧烈地颤抖起来，失声大哭……

男孩不知该如何安慰眼前这个悲痛欲绝的女孩，一着急干脆上前拥抱住她。

方婧雅轻轻地挣扎了一下，瘫软在男孩怀中大声地哭了起来……

这个场景，像极了早上在蓝雨咖啡厅里，方婧雅被李隽逸拥着的时候，想拒绝却无论如何也拒绝不了的情景。

方婧雅想起自己来到葛润市以后，开口跟哥哥以外的人说的第一句话。

当她在男孩怀中哭够了，慢慢清醒过来，羞答答地躲开了男孩的怀抱，那个男孩满脸通红、吞吞吐吐地说："我……我叫李隽逸……你叫什么呢？"

"我叫赵……咳，方婧雅。"

后来，方婧雅又去火车站找过好多次，都没能找到哥哥。而那个当交警的表舅，她也没有联系方式，更不知道对方住在哪里。无奈之下，她只好在那个叫李隽逸的男孩家住了下来。日久生情，这才有了两人后来那惊天地泣鬼神的爱情童话。

而这个李隽逸，和方婧雅一样，也是个孤儿。他很小的时候母亲病故，就在与方婧雅相遇前不久，父亲在一场车祸中身亡，据说肇事方竟然是火车！因为事故现场过于惨烈，父亲的遗体更是面目全非，惨不忍睹，无论是警察还是亲友，都坚决阻止李隽逸去看父亲最后一眼。直到父亲火化，他也没能见到父亲最后的样子。在他心中，自己心目中严肃却不失亲切的父亲，化作一缕青烟，升到了天上……

这也是为什么，当李隽逸和方婧雅第一次四目相对时，方婧雅从他的目光中读出了那种深入骨髓的忧伤。

也许都是天涯沦落人，也许是相似的悲惨遭遇，让两人惺惺相惜吧，所以他们后来爱得那样浓烈，好像已经爱过几辈子……又或许这个开头原本就和悲剧紧紧相连，他们的感情之路也是一波三折，伤痕累累，始终带着一丝悲剧的色彩。

不久后发生的事情，给李隽逸心口上的创伤，又撒了一层盐。

据说是因为一家颇具实力的地产商入驻本地，看中了桃木店所在的这块地。于是，拆迁令下来了。尽管李家的桃木店与原房东签订的是永久性协议，但是在这个节骨眼上却联系不上原业主了。李隽逸说房产是他家的，又拿不出证明文件来，拆迁办让他搬走，只答应给很少的赔偿费，理由是产业只能赔给业主。

李隽逸这下一筹莫展了。他还只是个孩子，却要在短时间内接受一个又一个的巨大变故。他们家的这个桃木店有近百年的历史了，父亲生前就常常嘱咐他要爱店如家，要守护好祖宗留下来的这笔产业。而店铺也是他目前唯一的经济来源，现在家里又多了一个女孩要养活，离了桃木店，他和方婧雅又该如何生活呢？

正当李隽逸苦恼不已，犹豫不决之时，对方已经急不可耐。

"小李子，有人在你们店里强搬东西了，快去看看吧！"

那天，一个熟识的老奶奶好心报信，于是方婧雅跟着李隽逸狂奔到店门口，看到几个五大三粗的黑衣人守着店门，有人在里里外外地搬运东西。往里冲了好几次的李隽逸一次次被人拖出来"扔"到地上，还被踢了几脚。方婧雅拦住发狂的李隽逸，紧紧抱住他那瘦弱的哆嗦着的身体。两个人相拥着痛哭不止。

等那伙人走了，他们眼前只剩下一个被大黑锁锁住的木门。李隽逸气恼地用手去扳这把锁，使尽全身力气也无济于事。李隽逸说他不忍心对这道木门动粗，因为这也是他们家的宝贝，是父亲亲自装上去的……后来的好长一段时间，这个店门一直紧紧关闭，直到老城区改造，店面所在的平房，还有周边的好多平房，一下被夷为了平地。又过了一年多，平房全部变成了现代化的高楼。以前的小门面变成了大商场，曾经的桃木店，面积拓宽了好几倍，变成了一家香烟专卖店。路人经过，总会被那种沁人心脾的淡淡薄荷香吸引。哪怕是不吸烟的人，也会忍不住驻足片刻，深呼吸一下。

好在，天无绝人之路。

正当李隽逸和方婧雅为生计问题忧心忡忡时，"老大"出现了。老大是个个子很高，但有些驼背的中年男人，他声称自己是李隽逸父亲交情甚好的一位同事、来为去世的好友处理一些善后事宜，包括为他的儿子申请并领取到了一笔可观的抚恤金。奇怪的是，老大从不告诉李隽逸他的真名，也不让孩子叫他"叔叔"或是"伯伯",而是只让孩子称呼他老大。

后来,老大还帮李隽逸在另一个繁华的地段新租了一个门面,重新把桃木店开了起来。平时李隽逸和方婧雅上学的时候,就雇一个店员看店。桃木店生意还行,于是两个孩子有了稳定的经济来源,不必再为生存发愁了。他们相依为命,相亲相爱,直到长大成人……

方婧雅也从未放弃过寻找表舅,可她只知道表舅姓"刀",她尝试过去交警部门查询,始终没能获得表舅的信息。

毕业后,温柔恬静的方婧雅顺利进入了当地最好的医院——市一医,成为一名白衣天使。而李隽逸却突然弃医从商,进了林氏集团。不久,李隽逸宣布和林珊珊结婚,方婧雅如堕入万丈深渊……

老天总是眷顾不幸而善良的人们。十多年前,方婧雅和哥哥方思雅失散,遇到了李隽逸,从跌落的深崖被救了回来。十多年后,当李隽逸亲手将方婧雅推入崖底,哥哥方思雅却突然出现,接住了她。

又是在一个炎热的午后。当被李隽逸抛弃的方婧雅又一次失魂落魄地踱到了她和李隽逸初识的那个"桃木店"门口,她看见一个高高瘦瘦的男人正仰视着香烟店的门牌。四目相对的那一刻,他们都呆住了,然后紧紧冲过去抱住了对方……

这个香烟店在当地很有名,连同相连的整个商场,甚至整栋大楼,它们的"主人"同属于本地商界赫赫有名的大企业——林氏集团。

"这位迷人的女士,麻烦你将我的办公室准备好,我有洁癖。对了,我叫方思雅,再见。"

颜香脂那清明通透的大脑此刻混沌不堪,一些新老画面反复交替,让她心乱如麻……

自认聪明绝顶的颜香脂,终究也逃不出为爱痴狂的宿命。

那个即将颠覆林氏集团命运的董事会开完以后,看着方思雅潇洒地出现又潇洒地离去,颜香脂有种恍若隔世的感觉,却又难掩激动,脸上像发烧一样始终滚烫滚烫的。

会议一散，她草草地收拾了一下现场，顾不上恼怒的颜宇，跑出了大楼，跑回了自己的宿舍。

员工宿舍离集团办公区两三公里，要穿过一个很大的人工湖和一个很大的花园，平时在这居住的人并不多，因此很安静。今天颜香脂实在觉得累得不行，头脑发胀，连午餐都不想吃了，就回来洗了把脸，午休一会儿。

她走进走廊上的公共卫生间，对着洗手池的镜子，神情恍惚地看着自己，时而想笑，时而又想哭，她觉得自己就像一个无法自控的疯婆子，思想已经远远飞出了理智的高地。

"是他吗？是他吗？赵兰熙，我的兰熙哥哥？"

"不会错的，一定是他！虽然他的容颜气质大变，可那双眼睛，我永远忘不了……"

颜香脂的脑袋里循环播放着这段自问自答的对话。为了让自己尽快清醒过来，思绪不再游离，颜香脂打开水龙头，尽力让自己的注意力集中在这哗哗的水声上。

就在这时，一个黑影从她的背后闪过。颜香脂刚要回头看，黑影一个箭步冲上来，用一块散发着药味的白布捂住她的嘴。颜香脂晕了，软绵绵地倒在黑影的怀里。

"嘟……嘟……您所拨打的电话无人接听，请稍后再拨。"

方婧雅告别李隽逸和方思雅一行人后，如行尸走肉般在街上瞎胡走。她和颜香脂一样，都是理智敌不过爱情的女人。最终，在香烟店门口停留了片刻，方婧雅想起所背负的"使命"，终于说服自己回到现实中来。然后，她决定回市一医去看看。

林岳樯这样的大人物突然失踪了，医院方要如何息事宁人？方婧雅觉得自己有必要去关心一下事态的发展。

来到医院的时候，方婧雅惊讶地看到大门口站了好多警察，而自己工作的病区已经完全被警察封锁。方婧雅向警方出示了工作证，以上班之名，走进病区。问了问同事才知道出大事了：赵医生死了！

赵医生正是林岳樯的主管医生。当方婧雅听到这个可怕的消息，脑子"嗡"的一下就蒙了，一阵剧烈的头痛袭来，使她几乎昏厥。在她心目中，赵医生是个温柔又谦和的良师益友。突然失去这么一位好同事，方婧雅一时半会怎么都接受不了。

她按捺住悲伤的心情，躲到卫生间给颜香脂打电话，是想倾诉还是报信，她也不知道。结果，对方的手机总是无人接听，她想对方可能还在开会吧。

这时，上早班的护士陈云云，从警察设的临时问询室出来，面色苍白地走进护士站，一屁股坐在椅子上，眼睛直愣愣地看着脚面。

方婧雅拍了拍陈云云的肩膀："到底怎么回事？"

"和往常一样，早上，医生和护士办公室都在进行交接班的工作。赵医生来上班了，他一边写病历，一边喝水。你知道的，他每次喝水，都是一口气喝一杯子。结果，一杯子水喝完，他就倒下了。我们几个听见'扑通'的声音，跑到医生办公室，看到赵医生就躺在地上，那样子好惨……呜呜……你说多么可怕……"

"云云，不想了，赶紧回去休息吧！"

"警察不让离开，我只能去护休室待一会儿，以后都不敢喝水了。"

"是挺可怕的，云云，别想太多，赶紧去休息。"

等护士云云一走，方婧雅又给颜香脂打电话，还是关机。方婧雅隐隐觉得心里有点不安，又给李隽逸打电话。李隽逸的回答让她的不安达到了极点："会开完后，气急败坏的颜宇就在到处找他的秘书，甚至还跑到我办公室来问。可是，颜香脂的手机一直关机。后来，终于有女同事在员工宿舍厕所的地上，捡到了颜香脂已经摔坏的手机……"

怎么会这样呢？方婧雅感到一阵眩晕……

"要报警吗？"一连串的事故让方婧雅本能地把一切不合常理的迹象与刑事案件联系起来，她紧张地问道。

"我们再动员所有同事找一找，不行就报警。"李隽逸也很焦急。

"好的，有香脂的消息，赶紧告诉我。"

挂了电话，方婧雅心神不宁地在医院走廊踱来踱去，不知不觉就走到了通往 VIP 病房的楼梯口。这时，她才想起自己最开始关心的那件事来。她假装若无其事地走上了楼梯，来到 2701 病房，推开门……

刹那间，方婧雅惊讶地瞪大了眼睛——

林岳樯，一如来时那样，正安静地躺在病床上，双目紧闭，手上插着输液管。盐水瓶里的液体，滴答滴答，好像时钟的秒针，走得那样泰然自若、波澜不惊，仿佛门外的诸多风云变幻都与它无关。

第十章 回首往事

如果不是方婧雅亲眼看见过林岳樯翻身坐起，真的会相信这一天一夜什么都没有发生：颜香脂没有失踪，赵医生没有死，林岳樯真的只是个病人，一个被家丑弄得身败名裂急火攻心的重症患者。而自己则是那个被他照拂多年待若亲生女儿的人。后因被他的女儿横刀夺爱，自己出气殃及他，此刻作为他的特护来照看他。

不是方婧雅喜欢胡思乱想，逃避现实，实在是因为眼前老老实实躺在病床上的这个人，太让她匪夷所思。任凭外面那样喧嚣、惊悚，他闭着眼睛岿然不动。方婧雅留意着他的眼皮，一点都没有跳动，根本就是一个沉睡中的状态；均匀的呼吸，沿着他手臂上的输液管，可以看到滴速都是很标准的每分钟60下；阳光透过淡蓝色的百叶窗洒在雪白的床品上，竟然让世界有了片刻的安宁。有那么一瞬，方婧雅是希望这份安宁可以停留的……

那年，她和哥哥在火车站走散了，命运让李隽逸出现在她的生命里。在两个人相依为命的岁月里，这个林伯伯也是很重要的一个人，一个不是亲人胜似亲人的人，所以她才会在报复李隽逸移情别恋时有了纠结和犹豫。毕竟，对于林岳樯，她是心存愧疚的。

高中时，方婧雅作为品学兼优的学生接受的一笔奖学金，正来自林岳樯。

记得当时第一次见到他，自己莫名地就被林伯伯打动了，因为他的眼神里满满的都是疼惜和怜爱，让她有种欲望想把林伯伯的形象和心底那个模糊的父亲面孔重合起来。

其实那时候，有李隽逸爸爸的抚恤金，还有那家劫后重生的小店，生活还不至于贫困，但是林岳樯点名要为这个学校的前十名学生设固定奖励，还向方婧雅建议，让她以白衣天使为奋斗目标，然后由他资助方婧雅全程费用，包括工作安排。方婧雅几乎没有拒绝的理由，和李隽逸简单商量后，干脆决定两个人一起报考医学院。

林伯伯还把她接到他那栋豪华敞亮的别墅里玩过，把自己的女儿珊珊和儿子泓睿介绍给她。只是，当方婧雅真诚地对珊珊妹妹伸出友情的手，对方却"哼"了一声转身走开。林珊珊的白眼，和进屋后关门时"砰"的一声闷响，让方婧雅内心蒙上了一层阴影。打那之后，林伯伯再次邀请，方婧雅总是以各种理由拒绝。尽管曾经在一次次常人难以想象的劫难后重生，方婧雅始终只是一个敏感而脆弱的女孩。她对外假装坚强，不过是为了掩饰她的脆弱。

大学期间，方婧雅享受着纯纯的恋爱，加之林伯伯经常来看她时，满目慈爱，那是她来到这个城市之后，最轻快惬意的日子。毕业后，方婧雅在举目无亲的城市里，没有任何波折，顺理成章被林伯伯安排到市里最好的医院。她试探着问过林伯伯，为什么对她这样好，他总是拍拍她的肩头，告诉她，上辈子他们有父女的缘分。冰雪聪明的她知道不该知道的事不多问。

原以为生活就这样平静地过下去，哪怕爸爸的"仇"报不了，哪怕她与哥哥、妈妈、秦了了再也不能重逢，她也默默接受命运的安排。谁料李隽逸不顾她的劝阻突然到林岳樯的公司任职，让她百思不得其解，而被爱情背叛又让她猝不及防，直接导致了她人生观的彻底颠覆——

钱，才是万能的？

女儿，果然还得是亲生的？

又一次跌入深渊时，同在林氏集团任高职和自己挺投缘的颜香脂，突然提出帮她报复李隽逸。一开始，她纠结不已。没有应允，直到李隽逸和林珊珊婚礼前夕，她收到一封落款为李隽逸的邮件，信封里装了一张精美的婚礼邀请函，还附上了几张报纸，上面满满地刊登了这对豪门新人的订婚消息。那一张张亲密的合影，煽情的文字，击溃了方婧雅内心的最后一道防线……于是，自李隽逸提出分手后，一直不哭不闹的方婧雅，携手闺密，炮制了一场惊天动地的婚礼复仇计划。

没想到，命运还和她开了一个玩笑。

就在酝酿这场复仇大戏期间，她得知了一个惊天秘密：颜香脂，居然就是让她苦苦找寻了多年的秦了了！

不久前，方婧雅与失散的哥哥重逢。这几个命途多舛的青年男女，人生的轨迹温情相交后又分离，此时又冰火交加地再度相交……这一切，难道是天意吗？

方婧雅想得头发胀，不能继续思考，她慢慢坐在床边的椅子上，凝神注视着输液管，然后按住生疼的太阳穴，索性趴在床边睡了过去，她不由自主地握住了林岳樯的手，仿佛想找寻一份温暖和依靠。

方婧雅不知道的是，在市中心一个高档小区，一个装潢雅致的房间里，电视屏幕上，病房里她的一举一动都被人看得清清楚楚。

室内都是根雕家居，奢华又古香古色，一部老式留声机播放着异国风情的音乐，一个醒目的佛龛上，赫然是尺寸缩小的它兰国大皇宫里那尊佛像样式，旁边是敦煌壁画图案的香薰炉，缕缕幽香时隐时现。逆光看上去，一个挺拔成熟的中年男子，此刻端着一杯咖啡，凝神盯着电视里的方婧雅。

三十年前，在西西帕拉的特种部队，血气方刚的小伙子们，各有所长，在军营里更结下了生死情义。一群弟兄中，秦观功夫最好、学问最高，也最踏实本分；林岳樯最帅气、机灵，外交能力强。他们的直属长官倪雪峰更几乎是银三区一带的传奇人物，智勇双全，在数次执行任务过程中，秦观和林岳樯逐渐成为倪雪峰的左膀右臂，三人配合得更是默契，几乎战无不胜。

在战场上可以互为后背，可以托三尺之孤百里之命的师徒三人，却没有想过有一天会有嫌隙，一切是从那次解救倪雪峰的妹妹倪雪妍开始的……

倪雪妍在一所艺术学院学舞蹈，当这个柔若无骨纯美的女孩儿出现在军营，可以一瞬间让铁汉无声。

"哎，看傻了？你也会动心啊，我还以为你真吃素呢，不过这丫头真水灵！"林岳樯在战友眼前晃了两下手，调侃着秦观。

秦观确实傻眼了，他不知道什么叫爱情，只是感觉自己不能呼吸，本来就不善言谈，面对倪雪妍的一颦一笑，他的脸变得黑红黑红的，一个字都没说出来。以前训练之余，他总是静静地听林岳樯讲他的女朋友，看林岳樯每次心驰神往的样子还直撇嘴，这次他却明白自己沦陷了，看了一眼，心跳仿佛漏掉一拍儿，再也找不到节奏。倪雪妍被他逗笑了。已经偷吃过禁果的林岳樯很敏锐地发现，这朵青涩的小花笑起来竟然艳若桃李，眼睛里带着一丝媚气，不禁为哥们儿摩拳擦掌起来，看秦观支支吾吾不顶用，赶紧出来招呼倪雪妍。

在一群晒成小麦色的壮汉中间，林岳樯白皙斯文，说话得体又不失幽默，年轻的倪雪妍怦然心动。

一次，倪雪妍跟林岳樯开玩笑："这里个个都跟黑炭似的，怎么就你那么白呀？男子汉就应该黑一点，不如我给你加把火烤烤，以后就叫你'阿燃'吧！"

就这样，林岳樯多了一个只有倪雪妍知道的名字——阿燃。

刚刚嗅到情窦初开的芳香，倪雪妍就被蜗居在青麦的一伙毒贩绑架了。英勇的特种兵们成功捕获罪犯时，同时解救回来两个女孩儿，大女孩儿阿兰、小女孩儿阿粒。情感大戏，就是这个阿兰引起的。

林岳樯一直和老家的女朋友卿卿我我，可是缘分就是那样奇怪，他从来没想到，自己会变心，还会变得那样快。像秦观第一眼和倪雪妍触了电，倪雪妍却对林岳樯动情一样，林岳樯在推开毒贩把惊魂不定的阿兰抱住的时候，便失了魂，从此痴情一发不可收拾。

林岳樯永远忘不了那一天阿兰的模样：粉色小碎花的一块布围在腰间，后来他记住了那叫筒裙，半截胸衣下，露出一段舒展的腰肢；头发挽在脑后，插着一根桃木簪子。林岳樯想都没想，马上脱下自己的衣服把阿兰裸露的肩膀和腰际盖住，揽着她的时候，不小心碰掉了簪子，那一头浓厚乌黑的长发便如丝绸般柔软地垂下，散落在林岳樯的胸前；清瘦的双肩，一双无辜的眼睛，就像是落入陷阱的小白兔。

"兄弟，你帮我给她再写封信吧，让她把孩子做掉，就说我在部队正是好时候，不能转业，我们随时都有危险，让她别等我了。"林岳樯苦苦哀求着秦观。

"不行！"秦观斩钉截铁，"我已经替你写了好几次了，我说不来你的绝情话，要说你自己说。你就是陈世美，吃着碗里的望着锅里的，害了你女朋友不说，又来骗人家阿兰！"

"不是的，不是的，我实在真心爱上阿兰了，从来没这个感觉，从来没这样强烈。我不会离开阿兰的！"

"可是，倪长官不会同意的！阿兰和阿粒背景不清楚，他不会让你娶一个来历不明的女人回去。再说，你也不能对不起你女朋友！"

正如秦观所料，倪雪峰一口回绝了林岳樯的请求，他不允许他辛辛苦苦带出来的兵和罂粟扯上一点关联。为了让林岳樯死心，他迅速把阿兰送走，而且没和阿粒放在一处安置。并且，很快就告诉林岳樯，阿兰已经嫁人了。林岳樯还没从骤然失去至爱的痛苦中走出来，就被挺着大肚子来找他的女朋友拽回了老家。离开部队的时候，他还看到倪雪妍在苦苦哀求哥哥留下林岳樯，这个爱他爱得死心塌地的女人，根本不介意他爱的是阿兰。他在某一刻，甚至想利用倪雪妍的情分，只要能留在倪雪峰附近，他就有机会找到阿兰的下落，可是刚正的倪雪峰丝毫不为所动。最后，林岳樯恨恨地盯着曾经的师父，头也不回地离开了。

此后，林岳樯在老家起步，利用岳父家的势力和自己的天资，迅速成为名流。等他有了足够的实力，可以呼风唤雨时，他终于知道了大家的去向：倪雪妍带着对自己的痴恋，由倪雪峰做主嫁给了秦观，随秦观一起回到老家，生下了秦了了；阿兰被倪雪峰早早带到老家，和一个赵姓退伍军人结婚，已经有了一双儿女，后来阿兰的丈夫在一次事故中丧生，阿兰还瞎了眼睛；阿粒野性不改，一直在酒吧和夜总会游走，化名"莉莉"。

林岳樯偷偷去看过阿兰，在他眼里，她还是当年那个让他念念不忘的女子，空洞的眼睛也没有影响她的魅力。他也见到了阿兰身边的两个孩子,那个女孩活脱脱就是小阿兰。他趁着孩子们上学时和阿兰相认,泪眼蒙眬无处话凄凉……阿兰不愿意破坏林岳樯的家庭,林岳樯苦劝无效,只得独自黯然地离开。

林岳樯一直关注着阿兰,她的意外是他始料不及的。之后,那兄妹俩来到市里以后走散了。方思雅很聪明,他从一张报纸上的新闻照片,认出了曾经来家里看过他们的林岳樯,于是便找上门来寻求帮助。出于对阿兰的感情,林岳樯对方思雅视如己出,暗自扶持着他做大,还将他送到国外深造了多年。

无巧不成书。后来,热衷于慈善事业的林岳樯在一次捐资助学的活动中机缘巧合遇见了方婧雅,第一眼便被那双和阿兰一模一样的眼睛吸引了,于是便暗暗资助她完成了学业,后来还替她解决了工作问题。令他万万没有想到的是,方婧雅的"同居男友"李隽逸日后竟然来到林氏集团工作,后来还进一步"上位",成了自己的女婿。一边是自己最爱的女人的孩子,一边是亲生女儿,最终,情感的天平还是偏向了林珊珊,经受不住女儿的"一哭二闹三上吊",这才无奈地应允了这门婚事。

眼见倪雪峰和秦观相继出事,他心里明白,是当年留下的隐患终于找上来了,他一直在静观其变。直到秦观走投无路来找他时,虽然知道恐怕会惹火烧身,但骨子里讲义气的他还是收留了这家人,也有一点私心,希望秦观可以放开手脚把那些危险处理干净,让他一劳永逸,不然他也会在不经意间有份隐忧。再者,倪雪妍那不减当年的美貌也让风流多情的他心中荡起一丝涟漪……

谁料,秦观选择了一条不归路,孤军深入。林岳樯因为一时控制不了情感,和倪雪妍走在了一起,还险些和秦观一起丧命……

倪雪妍住院后,他倒是真心地照顾着这对母女,他心底那丝良知告诉他,这也是无辜的两个女人,就像阿兰和她的女儿方婧雅一样。颜香脂住进董事长家后,他每个月给那家人一笔钱,让他们照顾好"干女儿"。

如今金蝉脱壳做这些部署,固然有一己之私,也是为了当年的一个隐秘事件。婚礼上的意外事件让他非常气恼,但是经过调查发现里面有一伙人在暗中推波助澜,他马上冷静了。

紧接着，又发生了新的"状况"：

"鸭舌帽"收到指令，来医院接他的那个晚上，这位忠实的手下在经过赵医生办公室时，看到赵医生正在往林岳樯的水杯里撒一种可疑的白色粉末。于是，"鸭舌帽"趁赵医生离开的片刻，将林岳樯水杯里的水倒入了赵医生的水杯……果然，第二天，就听到赵医生中毒身亡的消息。

林岳樯明白，自己确实被人盯上了，既然藏不住，就只能应战。他知道躲不掉了，那就不能躺在医院里坐以待毙，他要跳出圈外才能行动自如。多年沉浮，已经让他多了几分冷酷。他命悬一线容不得一点闪失，所以他要让自己的危险系数减小到最低。除了赵医生，就只有自己的暗棋知道医院里的不是自己的真身，可是赵医生的背后，似乎隐藏着一个可怕的敌人……

林岳樯仰头喝光了杯子里的咖啡，脸上没有了刚才回忆时的温情，和他在公众面前的温文尔雅也不同，眼中寒光毕现。他临窗而立，看着下面车水马龙，若有所思。

桃园山庄。

听妹妹说了林岳樯和颜香脂相继失踪的事情以后，方思雅心急如焚。他不知道该求助谁，身不由己就快马加鞭地驱车回到山庄。因为，山庄里有一位先知一般的老人，淡定又睿智的他，曾多次帮助方思雅走出困境，转危为安。

方思雅刚刚踏进山庄大门时，手机上出现了一条短信："想见秦了了，晚上12点到南郊植物园门口。"

方思雅自小混迹江湖，可还是在一刹那乱了方寸。他不知道自己的面色被吓到惨白，他明白，这个在他生命中扎了根发了芽的女人是可以让他赴汤蹈火在所不辞的。此外，对方直接发信息给他，可见对他及颜香脂的身世了如指掌。究竟是什么人……

方思雅明白，自己苦心经营多年的成就都是按计划行事的，贸然行动一定会坏了事。他知道如今的颜香脂已然变了，可是在他心中，他还是万分确认，那个一尘不染的女孩秦了了仍然藏在那身体的某个角落。今天在公司，他虽然来去匆匆，但是他用余光瞥见了颜香脂看到他的一瞬那个悸动的表情。他很开心，相思如斯，伊人如斯……然而，来不及重拾旧情，那伙人就突然对颜香脂下手了。

方思雅身边只有四个发小可以委以重任，可是颜香脂失踪的事，又不在那几个人的能力范围内。他很少这样失态，一筹莫展，心烦意乱，想到时间紧急，来不及跟老人汇报了，看到短信后便飞速离去。

发现方思雅的"失态"，聋哑老人慌忙走进客厅，一眼看到了方思雅遗落在桌子上的手机。看完短信上的内容，老人像是受了雷击一般，半晌没动弹。随即用缓慢沉稳的脚步走进了室内。

当老人关上自己的房门，他一下挺直了腰身，一个箭步来到柜子边，按动几个密码，柜门开了，里面赫然摆放着各式武器：四把大小不等的枪，一把寒光闪闪的匕首，还有精巧的手雷一样的东西；又拉开下一个格子，竟然有登山绳索等户外用具。

老人用敏捷的身手换好夜行衣，装扮停当后，轻轻推开窗户，眨眼间跃出去，又轻盈又稳当地落在花园，接着几个腾挪跳跃，竟然没法看清他的动作。

人，已经来到围墙外面。

第十一章　寻觅香踪

林氏集团。

董事会后，李隽逸好不容易把林珊珊兄妹俩哄走，累得精疲力竭。他闭上眼睛无奈地靠在老板椅上，用双手搓了几把脸，重重地叹了一口气。其实，他选择和方思雅进公司大门时，就已经预料到他们肯定会质问自己。但是自己没有别的选择，如果让颜宇当董事长，还不如让婧雅哥哥代理董事长。最关键的是——这也正是"老大"的指示。

想起老大，李隽逸不知怎么描述：父亲去世后，是老大派人将父亲的后事安排妥当的，父亲的抚恤金也是他替自己争取来的，这样，自己和方婧雅两个孤儿才能安然地读完大学。老大略微有些驼背，身形看上去比父亲老，脸总是戴着墨镜遮掩起来，每次来去匆匆，话语不多又有些冰冷，但是李隽逸能感受到他对父亲的敬重和对自己的疼惜。

大学毕业后，老大专程过来和李隽逸深谈了一次，他被震惊了，原来父亲不但死得蹊跷，身后还有一个无法公开的秘密。那晚李隽逸抽了一夜的烟，当鱼肚白出现在东方，他扔掉最后一个烟头站立起来的时候，他明白自己该长大了。

老大从来不让别人知道他们的关系，不许李隽逸对外提到自己，不到万不得已也不许李隽逸主动联系自己，这么多年他们都是悄悄地保持联系，这让李隽逸百思不得其解。包括这次结婚，本来李隽逸爱的是方婧雅，可老大却逼着他娶林珊珊，说什么父亲的死和林氏集团有很大关系，让他打进董事会内部，等候他的下一个命令……

想到这儿，李隽逸又一次拨通老大的电话。短短两日，他竟然犯了两次大忌，都是为了他认为十万火急的大事：第一次是林岳樯失踪了！第二次是林岳樯回来了！

这次，那边没有吼，沉默了一下，给了他一个指令：让林珊珊去病房和林岳樯说话。

方婧雅小憩了一会儿，被走廊里杂乱的脚步声惊醒。天色已经暗下来了，她推开门，走廊那里聚集着很多人。刚要走过去看个究竟，不远处一个男人望过来一眼，让她本能地一哆嗦。这些天发生的事让她多了几分警惕，她又发现了几张关注林岳樯病房的脸。

她不安地看着在林岳樯病房外徘徊的几个男人，不禁疑窦丛生。警察封锁了大门，无关人士应该进不来，那这几个人是怎么进来的，难道是便衣……方婧雅觉得心里很不安，预感医院还会出大事。她想出去找香脂，可是警察不让出去。她想给哥哥报信，可是哥哥的电话突然就打不通了。哥哥可别再出什么事了。她心里像揣了小兔子，七上八下跳个不停。

"颜局长来了！"陈云云神色慌张地走到方婧雅跟前说。

大厅里，每隔十米就站着一个民警，陪护都不敢站到病房外，侧着身怯怯地望着这一切。刑侦队长横刀和颜荣耳语了几句，两人就匆匆赶往医生办公室。方婧雅随手拿起一个空输液瓶跟了上去，因为护士站和医生办公室紧挨着，所以她很容易就和颜荣相遇在一起。

"颜叔叔，你怎么来了？"方婧雅故作惊讶地问道。

"赵医生遇害了，案情重大，所以我亲自带队过来了。"颜荣回道。

方婧雅像抓住了救命稻草一般："颜叔叔，还有一件紧急的事情，能请你帮忙查一下吗？颜香脂失踪了，你知道吗？"

"什么时候的事,颜宇怎么没告诉我?"颜荣掏出手机给儿子拨了过去,听了对方讲述的情况后说:"我马上派人过来,你们准备好做笔录。"

夜幕下的葛润市车流如织,从人间酒吧传出的乐曲,暧昧得令人想起舞女猩红的唇。马路上一辆黑色轿车风驰电掣般驶来,一声刺耳的紧急刹车声响彻云霄,地面上留下两道黑黑的车轮子痕迹,足足有四五米远。从车上下来两个男子,一人肩膀上扛着一个麻袋从侧门上到二楼,另一个关上车门紧随其后。

过了一会儿,酒吧门前的广场上,一辆银灰色轿车稳稳地停了下来,一个身着黑色镂空上衣和宽松裤的年轻男子,斜挎着黑色背包进入酒吧。门童微笑着鞠躬施礼,黑衣男子不理不睬直接走上二楼。两个门童你看看我,我看看你,相视而笑,自嘲地摇摇头,一起把目光投向门外。

二楼走廊尽头的雅间内,一个戴着羽毛面具的男子正蜷缩在椅子上吞云吐雾。对面坐着的颜香脂,眼睛被蒙住,嘴里塞着毛巾,手脚被捆在椅子上,头无力地耷拉着。随着烟消云散,那个男人精神许多了,他冷笑着站起来,轻轻地摸了摸颜香脂的脸,一丝淫笑瞬间在他脸上荡漾开来。颜香脂的头像着了魔法似的,向着男子抚摸的方向慢慢抬起。此时的颜香脂意识有些恢复,她闻到眼前的男子身上散发着浓重的大烟味儿。

林泓睿,难道是他?颜香脂深知此时不能睁眼,随即她又耷拉下脑袋,眯上眼,心里暗暗叫苦:我之前利用他报复林岳樯,伤他太深,现在报应来了。

男子把嘴唇贴近颜香脂的耳畔,吐出的气息像一条凉幽幽的鼻涕虫,一下钻进了颜香脂的耳腔。一阵恶心涌来,她想起了十年前的那个夏夜……

光阴转瞬即逝,一晃眼,颜香脂已经长成了亭亭玉立的大姑娘,能歌善舞的她成为葛润大学里众人瞩目的"校花"。

几年来,自从住进董事长家,尽管有帅同学相伴,对方的父母对她也和蔼可亲,可不知为何,颜香脂始终觉得有点落寞,一是心里牵挂着爸爸和赵兰熙,为妈妈的病情揪心;二是自己毕竟是寄人篱下,总觉得和对方的家人有点格格不入，哪怕外表和谐，心里也总是有隔阂。特别是董家父母性格强势，软弱的董事长在家长面前从未说过一个"不"字。报考志愿的时候，颜香脂让董事长和他一起报考葛润大学，可董事长却听从父母的安排进了医学院，继承世代从医的家族使命，这让她失望至极。

那天是颜香脂的十八岁生日，她却无比悲凉。从十二岁的夜里，她便知道自己的家不是一个普通的家，她不相信所有的遭遇是偶然的，命运让她早熟很多。如今父亲生死未卜，母亲形同枯木，十八岁，她无法奢望有个梦中的成人礼。儿的生日母的难日，加倍思念母亲的她先是去医院看望了倪雪妍，然后默默地回到先前和母亲居住的公寓。林岳樯说，倪雪妍可能随时会醒来，到时就把她接回来住，所以多年来仍然保留着这套住宅。颜香脂有时候会回来看看，因为她总是抱着一线希望，说不定爸爸会在某一天出现在家里！

没想到这一天，她真的有了一个新的收获。

走进妈妈的卧室，看到布满了灰尘的地面，颜香脂拿起扫帚扫灰。百感交集的她在打扫床底的时候，一个笔记本样的东西被一下扫了出来。颜香脂翻开一看，竟然是妈妈的日记本。

这本日记本，记录着的都是对林岳樯的回忆。从妈妈的讲述中，颜香脂得知了"阿燃"的来历和当年那段回肠荡气的多角恋情，原来爸爸竟然充当了林岳樯的"备胎"……颜香脂一边替爸爸不值，而同时理解了妈妈。

颜香脂忽地觉得哪里不对劲，这日记本上的字迹娟秀整齐，和妈妈出事那晚身边那张纸条上歪歪扭扭的字迹有着天壤之别！

纸条是伪造的？妈妈不是自杀！

颜香脂被自己的发现惊呆了。她继续翻着日记本，没想到后面的内容越来越令她震惊和害怕：

"阿燃已经不是曾经那个我深爱着的阿燃，他的灵魂卖给了魔鬼……"

"他今天对我说'我爱你'……曾经多么渴望这句话，可是现在，只会让我感到恶心……"

"秦观一定是被他害死的……我要查出真相。"

到这里，日记突然中断了，而日期显示的正好是倪雪妍出事的当天。

颜香脂怔在原地，半晌不能动弹。

这些信息让她如临深渊。

爸爸被林岳樯害死了！妈妈也是林岳樯害的！而林岳樯之所以装好人，是为了掩盖事实真相？

颜香脂多希望这一切都只是自己的幻想，不是真的……她一下瘫倒在地。

正在这时，手机响起了短信的"嘟嘟"声，颜香脂一看，眼睛都快喷出火来。来信人显示正是"林伯伯"："闺女，今天是你的成人礼，准备怎么过呢？"

愣了几分钟，努力让自己冷静下来的颜香脂做了一个让自己都吃惊的决定——调查林岳樯的罪证，替爸妈报仇！

于是她用颤抖的手指回了信息："没人陪我过，正郁闷呢！"

"来我这里吧，给你准备了烛光晚宴。"

再后来，那天的事情就变得很模糊了，也许是因为颜香脂刻意不愿记起，于是把所有的责任都推给了那导致她记忆流失的罪恶之源。

颜香脂简单地打扮了一下自己，用粉扑抹去了脸上的泪痕，然后去了林岳樯的出租屋赴约。一走进房门，玫瑰花和蜡烛拼成的桃心让她吃了一惊。接着，林岳樯和董事长一起出现，两人一边哼着生日歌，一边把精心准备的三层蛋糕推了过来……那天，也许是因为伤心，也许是为了掩饰自己的不安，颜香脂喝了几杯红酒，就不省人事了，她只记得，一个男人贴着耳朵喘息的声音……第二天，清晨的第一道光唤醒了她的意识，她睁开蒙眬的双眼，愕然发现，自己竟睡在了林岳樯的身边……

"大哥！"一声公鸭嗓传来，打断了颜香脂的回忆。一个身着黑色镂空上衣和宽松裤的男子正站在雅间门口。那个正在挑逗颜香脂的男子停了手，眼睛里放出喜悦的光芒，张开双臂迎上去……紧接着，颜香脂听见羽毛男说："我下手狠了点，这妞到现在还没醒过来！"只听公鸭嗓附和着笑。颜香脂胃里苦水直流，暗暗祈求有人来解救自己。

"我们的人已经盯着下一个目标了！"

"很好，那个小妮子，十多年前，我没搞定她，至今都遗憾呢！当时被她那么一弄，我差点儿就成太监了！"

颜香脂紧张得竖起了耳朵，总觉得对方描述的这一幕似曾相识。

"还好意思说，你不就是为了去弄那个妞，连我们重大的行动都没参加到，不是回来还被光头给吼了一顿吗？哈哈哈……"

听到这里，头脑灵光的颜香脂一下就明白对方说的是谁了，只觉得自己呼吸也急促了起来……

第十二章　问世间情为何物

　　酒吧外，车辆来来往往，客人络绎不绝。便道上突然出现一只德国黑背牧羊犬，它边走边嗅，紧随其后的是一位黄头发青年，气喘吁吁，疲惫不堪。

　　紧接着，一辆黑色轿车"嘎"的一声停在了门前广场上。

　　方思雅的车停下来的时候，也是黄毛精疲力竭要崩溃的一刻。

　　这只狗的父亲是退役的特级军犬，一半的特种兵血统让它有着异常的嗅觉和智力，黄毛带着它从颜香脂的闺房到公司的座位走了一圈儿，它便胸有成竹地狂奔起来。黄毛虽说从小到大调皮捣蛋上树爬墙有一套，真要让他跑越野可是难为他了，从来没吃过这个苦头啊，好在方思雅把狗缰绳牢牢套在他的手腕上，不然早被狗先锋甩到爪哇国了。就这样，人家那只狗还时常恨铁不成钢地冲他发泄不满，抱怨他的速度太慢，一副要吃了他的样子。

　　到了这家酒吧，狗开始原地转了几圈儿，然后兴奋地过来扯黄毛的裤腿，黄毛讨好地问："这里？"狗十分笃定地叫了两声，黄毛"嘘"了一个动作，狗便停下，等着他进一步行动。黄毛按照方思雅的指令在暗处等他，狗见黄毛往旁边牵自己，眼睛瞪得溜圆怒视着，终于等不及，不顾黄毛的阻拦直奔大门而去，于是一人一狗在拼命较劲。方思雅的车门打开时，狗猛地撒了力，忽地跳上后座，黄毛措手不及摔个倒仰，等方思雅扶他起来时，他分明看见那只狗在鄙视他！

方思雅顾不上给人狗当裁判，让大胖和麻杆留在车里观察动静，自己镇定了一下，和黄毛与大牛装作消遣，给狗狗戴上一身华丽的行头，慢悠悠地进了酒吧。

方思雅一边暗中观察着状况，一边用一只手安抚着狗狗，他强按捺住心跳，因为他感觉得到狗的急切。服务小哥过来询问找哪个房间，黄毛随手抽出小费，那个大男孩儿乖觉地退到一旁。一路算是顺畅，来到二楼，快到尽头的屋子门口，站着两个黑衣短打的小弟。身经百战的方思雅兄弟三人默契地飞身过去，抢占先机没给那两个人反应余地便处理妥当。

冲进去的三个人用最安全的三角布局站定后，却被眼前的这个伪娘弄得眼花缭乱。因为这个男人在换衣服：浓妆、三点式比基尼。看见他们进来，丝毫没羞报，反倒缠上来示好。狗狗狂叫不止，把他退逼一旁："吓死宝宝了！你这死鬼，你是公的母的，冲我叫什么叫？"

方思雅推开他，与此同时，三个人快速翻遍了室内，根本没有颜香脂的踪迹！方思雅发现，狗狗的鼻子失灵了，因为连他都闻到了各种香水熏香掺杂的味道，被熏得头昏脑涨、焦躁不安了。他一把抓过这个不男不女的家伙："说！人呢？"

"哎呀，我的爷，我哪知道啊，这每天过江的妞多的是，你说的哪个呀？今儿真有个绝色的，哪轮得到咱们过问呢？连我的情郎大哥口水流了那么多，都没敢动。刚刚被带走了，你要劫财劫色我都欢迎，可你问我别的，打死我也不说！"方思雅怒目而视，他赶紧小声嘀咕："再说我也真不知道啊！"

"我不问你别的，你只告诉我你的情郎大哥是谁？别说你不知道或者打听不出来，我不打死你，你早晚得说！"方思雅的阴寒之气让伪娘一哆嗦，咧嘴笑了几下，随即哇地大哭起来。

方思雅撤回车里，有那么一瞬头脑发空。这个追寻颜香脂气味的主意是管家老人告诉他的。他返身回桃园山庄拿手机时发现旁边有张字条，而上面讲述的这个方法是他在短时间内能办到的。他的本事说大不大说小不小，偏偏和颜香脂有关的事，他好多秘密都得依仗老管家来破译，所以情急之下他只能按照这个方法试一试，不然就只能等到规定的时间去南郊植物园，那自己就太被动了。

一线希望在狗狗的嗅觉被强行阻断后也夭折了，他得靠自己安排周全。时间不多了，他深吸一口气，迫使自己冷静下来，闭上眼睛靠在后座上，他努力让这两天发生的事回放，一根根线在他脑海里重新排序。

颜香脂再次清醒过来时是在一张豪华的大床上，这次眼睛没有被蒙上，所以她轻易地就确认了，这里是林泓睿在城郊外的别墅。林泓睿没涉嫌吸毒之前，她来过两次：一次是那年林泓睿强行拖着她进来参观，他问她这里做新房好不好？那时的林泓睿还是个纯良任性的公子哥；第二次是她主动进来扑到他怀里痛哭流涕，林泓睿像吕布搂着貂蝉一样心碎，却只能告诉她林岳樯不是董卓，他不能杀了他，却愿意一直等她，等到她可以接受他为止。

现在，离家多年，归来早已不是少年的林泓睿大动干戈地又把她抓过来，要干什么呢？

林泓睿什么都想干，可是现在的他，不再是那个挥金如土的大少爷，他什么都不敢做。就像此刻，他只能按照吩咐，把到手的小美人儿安放在自己的床上，等着那个人来。而那个人，他认识，却害怕得要命。

一失足成千古恨，他一脚踏上这条不归路，就再也不能做自己的主了。当年他第一眼就爱上了这个女孩儿，他喜欢看她说话时扬起下巴吊起眼角的模样。妹妹欺负她，他会护着她；妈妈骂倪阿姨是狐狸精连带着指桑骂槐讽刺颜香脂也是红颜祸水时，他总是第一时间陪她，给她擦眼泪、讲笑话。那时候的她对他是很友好的，总是脆生生地叫他"睿哥哥"，听得他心里痒痒的，可是他知道她太小了，还是个小孩子，而他早早地入了社会，已经经历过"人事"，他有种优越感和自信感，他想自己先玩着，等她长大，这个养在他家深闺的雏儿，早晚会是他的。

妈妈是个没有见识的俗人，有时候他都宁愿自己是温柔典雅的倪阿姨生的；妹妹更是大小姐一个，只知道吃喝玩乐；爸爸是个人物，可是那点温情都被自己家的母女俩消耗殆尽，连带着对他这个儿子也粗线条，只看见他不成器的地方，从来没有赞扬过他一句。他想找颜香脂这个眼神里有着一种不知名忧郁的女孩儿，却发现她已经住进了一个叫董事长的男生家里。

她和那个男生同进同出，有说有笑的样子让他妒忌到发狂。他是过来人，明显知道董事长已经爱上了他的小美人儿，那是一个大男孩的爱，还带着羞涩和试探。他在他们行走的路上时常神出鬼没，然后阴阳怪气地吓唬董事长，警告他别癞蛤蟆想吃天鹅肉，这个小美女是属于他的。

颜香脂自从看见他吊儿郎当的样子，就不再搭理他了，不过他不在乎，只要董事长不敢轻举妄动就可以。反正他笃定颜香脂不会爱上这个毛头小伙子，这个小美人儿可不像表面上那么简单懵懂，董事长还太嫩。

林泓睿说对了，当年董事长真的是情窦初开的少年。他出生于医学世家，父亲是医院院长，母亲是药剂师。家境殷实，和和美美，他几乎是无忧无虑地长大的。看见颜香脂的无助、孤独，他的心莫名地会疼。他没有那么大野心去做什么事业，只想安安稳稳考大学。他喜欢画画，画了很多颜香脂的素描，他把画作挂满了屋子的各个角落，他还喜欢旅行，想去丽江、女儿湖、爱琴海、夏威夷，和心爱的女人一起，即颜香脂一起。

可是他和颜香脂之间看似融洽亲密，却总是隔着一层迷雾。他明明感受到颜香脂的依恋和坦诚，也一直在暗示自己对她的爱，可是颜香脂却不回应，她的眉头总是有意无意地蹙起。董事长觉得颜香脂的心里总有那么一份忧伤和惆怅，甚至能听见她来自心底的叹息。他不明白，那么年轻的女孩儿怎么会有那样沉重的心思。他只知道她和妈妈生活在一起，很少提她的爸爸，那次看见的男人，后来才知道也不是颜香脂的爸爸，作为被父母宠爱大的董事长在这一点上对颜香脂是有着无尽的怜惜的。他想象不到，没有爸爸的生活和没有经济来源的日子该怎么过。

他偷偷地给颜香脂带好吃的，暗地里帮助她。有一次两人一起救了路边的小狗，看到小狗被他治好了伤又开始摇头晃尾巴的样子，颜香脂笑得那么灿烂，那么美，他从来没见过那么美丽的女孩儿，可是一刹那后，她的眼神里依旧盛满忧郁。他心疼却无能为力，因为无论他怎么努力都走不进去那个世界。

他示爱多次，颜香脂却说他们还小，不想恋爱。颜香脂年纪确实小些，他和同学们都比她大一两岁，可是颜香脂却一直告诉他，他像她的亲人，像弟弟，而不是哥哥。她说他太小了，不够强大，保护不了她。他不明白，到底怎么样在她面前才是强大的。

她住在他家里，让他很意外的是，爸爸妈妈没有反对，而且很愿意接纳这个乖巧的女孩。他曾经看见她那个假爸爸林岳樯和自己的父母见过面，不知道说了什么，总之爸爸妈妈告诉他要好好和颜香脂相处。这是他特别愿意的，根本没顾得上去多想。

在他本来就不顺畅的追爱路上，终于让他濒临了绝望。报考前夕，他想和颜香脂考同一所大学，她要学金融学企业管理，自己随便找个差不多的系就行，然后选修绘画。他问颜香脂，一直在一起上学好不好？颜香脂听后很开心地对他笑。那个明媚的笑容至今印在他的脑海里，挥之不去。

然而事与愿违，一直对他宠爱有加的父母却在这个时候非常强硬地告诉他，必须学医！他不喜欢那一行，真心不喜欢医院的味道。爸爸是医生，妈妈是药剂师。可是他却喜欢文科，选择理科也是爸妈的意思，他没有太反对，是因为好多男生都学理科，重要的是还可以和颜香脂一起。报考这个变故，他始料不及。抗争、跪求都无济于事，后来爸爸说他学医可以利用家庭优势让他迅速发展起来，有自己的事业才能强大到拥有自己心爱的女孩，这个理由打动了他。

对他们的分离本来很郁闷的董事长，在和颜香脂说起这个决定的时候，她也是一脸遗憾，但她又充满希望地说："这样也好，你去学医，要是有缘分，说不定还能治好我妈妈的病呢！"这对他来说，是个天大的福音，他的从医之路几乎是被这个信念支撑起来的。

上了大学，他倍加勤奋地投入无尽无休的学习之中，得益于家庭里的医学知识和药剂知识的积累让他学起这些来竟然得心应手。他从来不知道自己在这一行有这样大的天分，短短一年，他完全超过大一学生的理论水平，在老师和同学圈里几乎是个奇迹。大一开始，他便医学院和医院两头跑，进入实践阶段后，他的技艺更是突飞猛进。如果没有那个日子的变故，他将会是一个意气风发的有为青年，一个医学领域的才俊……

那是十年前，颜香脂的生日。这个丫头的年纪在他们的同学圈子里是最小的一个，这个姗姗来迟的成人礼让他多了无数的期待。他提前一周准备了礼物，今非昔比的他有信心走进心爱人的内心世界，他要对她表白，从此护她周全，护她一生一世。

接到林岳樯的电话，他略有不快，随即释然了：这个丫头一直没有父亲，林岳樯对她妈妈的呵护他也看在眼里，他想这是一个父亲的替代者吧，他希望颜香脂有的情感都不缺失才好。一起和林岳樯准备生日蛋糕时，他甚至还有种错觉，仿佛两个男人在承接某种仪式，像在婚礼上，一个丈夫从岳父的臂弯里接过伴侣一样。忙碌时彼此互相看一眼，心照不宣。

颜香脂那天也很高兴，说自己长大了，要喝酒。林岳樯也宠爱地拿出红酒，三个人碰杯欢饮。然后他接到爸爸的电话，说是妈妈出了状况，让他马上回去帮忙。他对这个消息惊慌失措了几秒钟，然后迅速和林岳樯交代了一下便离开了。临走，林岳樯拍拍他的肩膀："家里需要你，快去快回！放心吧，我在这里守着丫头，我们等你回来。"

他感激地握了握林岳樯有些火热的手，临出门回头时，对着颜香脂酒精作用下的红润和迷离的眼神一阵心慌。他克制住自己的情动，转身出了门。

后来的事情他终生不想回忆，却又终生难以磨灭。

还没进家门，他就觉察到了自己的异常。虽然不胜酒力，但不至于一杯红酒就让他乱了方寸，虽然血气方刚但不至于把持不住自己的身体，可是现在他需要拼命压制自己的欲念。一路上他用他所知道的所有知识努力让自己清醒起来。

推开房门的一瞬，他一个踉跄栽到了地上。他看见了满屋子的狼藉，妈妈的双手被捆起来靠在沙发上喘粗气，爸爸正在和一个妖艳的女人对峙，一个很风月的女人在用眼神逼视着爸爸。看见他进来，那个女人很兴奋，过来热情地打招呼。这时候，他彻底清醒了，因为他第一时间意识到自己有了幻觉：心里明明知道这是个陌生的危险的女人，眼前却是十八岁戴着生日花环的颜香脂，她的手和身体都是火热的，仿佛要燃烧了自己。他蓦然想起，林岳樯的手也是这个感觉，还有颜香脂脸上的红晕。那一刻他顾不上疯狂状态的妈妈和自己家里不知名的状况，他只知道要马上回到林岳樯的那个屋子。那里，他心爱的女孩儿在和他一样受着煎熬，还有一个和他一样欲火焚身的男人！可是他已经没有力气抬腿了，只记得残存的理智让他说了一句："爸爸，先救我！"

等他醒来时，爸爸和妈妈都在关切地看着他。那个女人也在，那一刻，气氛很和谐。那酒吧女一样的女人眼神里也是慈爱。爸爸说："放心吧，给你用了药，控制住了。你刚才的体内有一点冰毒，你先冷静一下，好好想想是怎么回事？"

他一下子跳起来，又重重地摔下去。然后一路狂奔到那个梦魇般的屋子。他见到了他这一辈子都无法忘记的情景：天使一样的女孩儿在沉睡，身边是林岳樯。他脑袋里出现了无数个杀人的念头，却因为那个睡梦中露着笑意的女孩硬生生止住。她的嘴角分明是一丝满足和安然，枕在那双男人的手臂上的头是放松的。他笃定那份安稳绝对不是来自床上的那个老男人，一定和他一样，是带着美好的那个幻影入眠的，他不合时宜地问自己："那个幻影会是他吗？"

然后，他变成了《倚天屠龙记》里那个一夜癫狂的金毛狮王谢逊。他对那些光怪陆离的分子式着了迷。直到有一天，他让林泓睿看着自己为他注射吗啡，他面对林泓睿看死神一样的眼神，没有一丝怜悯。邪恶地笑着把那一针管的药水慢慢地推进他的体内，享受着他无尽的恐惧。以至于此刻，董事长一通电话拨过来，林泓睿卑微地言听计从。

"这个女人，不是你能想的，你，不配！再让我发现你碰她，我让你生不如死！"

"我错了，我错了！你说，让我怎么做？"

"把她带到你在郊外的那栋别墅，我马上过去！"

林泓睿不敢有一丝怠慢，他实在不知道这个魔鬼会做出什么事来，只好第一时间把颜香脂带到自己的别墅。然后，乖乖地带上房门，把空间留给了这个魔鬼。

颜香脂睁开眼睛百思不得其解，她无法解释发生在自己身上的事：十二年前解释不了自己家发生了那么多事是为什么；六年前解释不了自己为什么会把林岳樯当成赵兰熙；现在她解释不了林泓睿为什么绑架她，然后又把她扔给这个生命里出现了好几次的"羽毛男"。

戴着羽毛面具的男子静静地看她，她分辨不出他的眼神是好是坏，莫名有种熟悉感和亲切感。她抱了抱胳膊，试图挪动一下身体，和羽毛男离得远些。

"别怕，我不会伤害你。绑了你来，不是我的意思，但是我会尽力保全你。我不会骗你，现在我要给你打一针，之后你会陷入一个甜美的梦境……"

看她似懂非懂的样子，羽毛男停顿了一下，仿佛下了很大的决心说：

"我要给你打的是氯胺酮，你不明白是吧？是一种麻醉剂，打上去之后，你会有暂时的神经组织分离现象，你会把心里想的、脑袋里装的东西都告诉我，很真实地告诉我，你自己不由自主地告诉我。"

颜香脂惊恐万分地抬起头，拼命摇头。

"不行，我必须知道！你别无选择，你只要相信我不会害你就行。事实上，你没有反抗的能力，不是吗？"

颜香脂愤怒地瞪了他一眼，又无奈地低下头，然后轻轻地点了点头。

"乖，我会很小心，放心！"

于是，羽毛男很温柔地打开手里的药包，宝贝一样地拉过颜香脂。看着她的眼睛，宠爱地注射，慢慢地扶她躺下。

"你现在告诉我，你心里的那个男人，到底是谁呢？"

第十三章　冰与火之歌

　　颜香脂缓缓地闭上眼睛，似睡着了一般。羽毛男眼里噙了泪水，他看得思潮翻滚，更明白眼前这个卸下浓妆的清纯佳人有多劳累。他爱怜地把颜香脂放平，看她的呼吸渐渐平稳，他的手略有些颤抖地点燃一根香烟，一缕烟雾被风吹弯的时候，他才长叹一口气，陷入了沉思。直到手指间有了一丝疼痛，羽毛男蓦地才惊醒过来，他低头，是烟头即将燃尽。他忽然意识到什么，见身边的睡美人仍是一动不动，有点心慌意乱起来。

　　靠近过去，手推了推颜香脂，没有反应。羽毛男大力地晃动着她的身子，"怎么回事？警告你，可别跟我玩花样啊！"回应他的是一片沉寂，羽毛男的眼角快速地扫了下身后，他的声音竟有些颤抖，完全失去了刚才的镇定自若。

　　"快醒醒！"羽毛男狠狠地扇了颜香脂两巴掌，接着小心翼翼伸出手指头探到她的鼻子下，手猛地缩回来。羽毛男吞了下口水，脸上充满疑惑的表情，似乎并不死心，又把手按住女人的脖颈，"不可能吧？"

　　他转身，慌张地望了一眼桌面上摆放着的注射器，张大嘴，不敢相信眼前发生的事实。羽毛男突然朝天大吼大叫，疯癫地捶打墙壁，拳头密如惊雨。异常的响动很快引来一直候在外边的林泓睿。林泓睿跌跌撞撞打开房门，张皇失措地望着两人。

一连串的事件，令林泓睿应接不暇。几天前，应有"夜店红罂粟"之称的莉莉姐之邀，他去了人间酒吧。没想到对方竟然希望他绑架两个人：颜香脂和方婧雅。

林泓睿感到不可思议，莉莉姐明明知道他和颜香脂的关系……

"那个女人诱惑了你，害得你离家出走、净身出户，如今一无所有，而她却离开了你，她和那么多男人不清不楚，难道你不恨她，不想报复她吗？"

他听了莉莉姐的蛊惑准备报复颜香脂，却听到莉莉姐已死亡的噩耗。更可怕的是，他接到了一个电话，那个号码，他每每看到，都会吓得直哆嗦。

"这个女人，不是你能想的，你，不配！再让我发现你碰她，我让你生不如死！"董事长冰冷的声音令他汗毛直竖。

……

羽毛男停下手，双拳紧紧抵住墙壁，血水慢慢从指缝间渗透出来，滴落到地下。他喘着粗气，咬牙切齿地问林泓睿："你给我弄的什么针？"

"针？啊！这……就你之前吩咐的……在保险柜里拿的……"林泓睿支支吾吾答道。

"颜香脂没气了！"羽毛男压低声线来了这么一句。

这句话如同晴天霹雳，击中林泓睿的脑门。颜香脂死了？曾经他最爱、最恨的女人，就这样被死神带走了？怎么会？是被眼前的魔鬼给杀害的吗？他越想越不敢再想下去。他疾走两步，俯下身去检查颜香脂残留着体温的身体。

"你到底掺了多少？"羽毛男又问。

"跟以往一样啊，就……一小包啊……你说的……不可能致命，我从左边…………左边第一格……"

"第一格？左边还是右边？"羽毛男的声音接近咆哮。

"是左边吧，我一打开就……又好像是右边……"

羽毛男陡然记起林泓睿从小到大都是一个左右不分的人，莫名暴躁起来，迅速逼近紧张不已的林泓睿。林泓睿隔着面具都能感受到对方的怒火，只看到两只布满血丝的泪眼死死地盯住自己，这一幕最常见于动物世界中，当一只饿虎困住走投无路的猎物时，老虎眼睛里投射出的正是这种神色，林泓睿此时亦有相同的感觉。

"你个蠢货，左跟右都分不清。右边那包是没有勾兑过的，纯度比左边的要高上数倍。你……害死香脂了。"

"我不信，我……"林泓睿的嘴刚张开，就感到一阵剧烈的疼痛，紧接着，能感觉到有黏稠的液体从他的上唇缓缓流下，是他的血。羽毛男重拳击中他的面门——"啊！"林泓睿想低下头躲避持续的攻击，可羽毛男不想给他喘息的机会，有力的左手紧紧揪住林泓睿干净整洁的衣领，右手一拳、两拳、三拳……此时，林泓睿的鼻子脑袋已受到无数严重的击打，头昏脑涨，毫无还手之力，眼前一黑，失去意识。林泓睿头一歪，身子软绵绵地倒在地板上。

香脂走了！香脂走了！羽毛男发出呢喃。不知过了多久，他的双手疲惫得无法再提起来，空荡荡的房间才恢复寂静。他从口袋里掏出一部小巧的手机，按了几个键。

几乎是瞬间，门吱呀一声打开，两个瘦子站在门外。矮个子长相猥琐，高个子目露狡黠，看得出来都绝非善类。

"将这两个人拉回工厂，等我明早回去处置。"羽毛男已摘下面具，脸上的悲伤神情消失得无影无踪，恢复往常的无情冷酷，又点着一根烟，吸了两口。没错，羽毛男就是董事长，他向小瘦子命令道："女的你给我小心安置，不要刮花她的脸，要是她掉了一根头发，衣裳有一丁点破了、烂了，你的下场就会跟姓林的一样。另外的随便你怎么弄……不，叫人收拾下，照老规矩利用吧！"

小瘦子点点头，没废话，利索地收拾起现场，简单熟悉，如同吃喝拉撒一般自然。他的命是属于老大的，别说只是一般的处理收尾工作，就算是老大要他出去杀人灭口，他也得遵命。尽管房间里弥漫着难闻的气味，瘦子仍不敢皱一下眉头，他见过太多次老大的喜怒无常，惹恼老大的人都没有好结果，所以在老大面前表现出过多的犹豫绝非一件明智的事。

不过，董事长没再理会他，冷冷地走出门外，隐没在隔壁的另一间密室里。

日落时分，林家别墅的自动大门悄然打开，从里面疾速驶出一辆黑色的车子。车子与众不同，不只是因为其颜色，而是它的车身标着"殡仪馆专用"的字样，这是一辆专门用来运载灵柩的车，车厢经过特别改装，可以放置两个成人型号的棺材。当这种车子出现在车道上时，大多数司机都会敬而远之，所以车子一路畅行无阻。

开灵车的司机正是那位其貌不扬的矮个瘦子。瘦子戴着鸭舌帽，故意压低帽檐，以避开路边数不胜数的摄像头。这车是套牌车，跟市殡仪馆专用车的车牌号一模一样，任谁想破脑袋，都不可能将犯罪行径与殡仪馆联系到一块。警察都无法想象，谁会这么下作，自寻晦气呢？这个点子是董事长想出来的，瘦子由衷地佩服老大的聪明才智，时不时庆幸自己是他的手下，而不是他的敌人。

树影行人一路倒退，瘦子心底默默盘算：死的女孩确实长得堪称绝色美人，香消玉殒后，连死相都比别人要美上几倍，难怪董老大跟林兄都如此醉心于她。而以前经常跟自己称兄道弟的林泓睿死状却是惨不忍睹。

汽车开进了主道边的一条分岔小道。

开上小道走了没几分钟，就看到后边有警灯闪烁，有辆警车快速跟了上来，在前面拐弯处停下，拦住殡仪车的去路。车上下来一个穿制服的男人，瘦子下意识摸了摸胳肢窝下的枪套，果断拉下保险。

"熄火，下车！"男人开口了。

瘦子慢腾腾地停车，推开车门下来，假装递上驾驶证件，想要蒙混过关，"同志，我赶着拉回殡仪馆呢！你瞧，车上有两个往生者，让家属着急可不好，对吧？"

"你是市殡仪馆的？"

瘦子点头如捣蒜。

"可这条路好像不是去殡仪馆，也不是去火葬场的哦？你是不是走错了？"

"这……我被馆里安排拉着去邻县，至于为何有这种安排，我实在是不得而知……"瘦子不敢直视男人的目光，有点语无伦次。

"咦，你刚不是说要回殡仪馆吗？"

"对，对啊。我的意思是回邻县……殡仪馆……"

"车上拉的谁？有没有死者的相关文件？拿给我看看。"男人双手叉腰，目光冰冷，又说道，"还有，你先把车厢后门打开。"

瘦子迫于压力，只好照做，先磨蹭着打开车门，再一路小跑，蹿回车头里，似在查找文件。制服男子绕过车身，拉开后车门，跳入眼帘的是两副平放着的棺材，看起来没有任何异常。男子刚伸腿踏上车厢，就听到车底发出急促的发动机声，车子发动了。

殡仪车直直地朝挡在前面的警车冲撞过去。由于车子加速度过快，男子得扶住左边的一副棺材边缘，才勉强让自己站稳不至于被甩出去。砰！车头重重撞上警车车尾，警车被撞歪，开出一条路。车后的男子一弯腰，这下撞击力度强烈，将他和左边的棺材一起震下车来，摔在了地上。

在驾驶室玩命打着方向盘的瘦子并没看到后边发生的一切，要是他知道掉了最重要的那副棺材，肯定不会一走了之。开出一条路后，他猛踩几下油门，夺路狂飙，绝尘而去。

倒在地上的交警正是孟旗生，他原本是帮林岳樯到别墅去看下林泓睿的近况的，没想到刚一接近，就看到从别墅内开出来一辆运殡车，顿时心生疑惑，于是跟上去一探究竟。灵车驶离市中心，越开越远，他只好加快速度拦截下来盘查。没承想，就发生了刚才的一幕。

车上那个司机到底是谁？为什么这么怕自己检查？车上还有一副棺材，是空的还是真有死者在里面？掉在地上这副呢？不会躺着林泓睿吧？那个纨绔子弟又惹上些什么人了？该不会真的……

孟旗生的眉头皱成一团，黑色眼珠显得益发深邃。他的身份其实非常复杂，他既是阿兰的表弟，又是颜荣手下一个不着边的交警，其实暗地里他还是林岳樯精心培养的一颗棋子，专门摆放在颜荣身边，以达到出其不意的效果。不过，颜荣这只老狐狸也非等闲之辈，他似乎看出孟旗生身上的不妥之处，所以一直没有重用他，将他投闲置散，安排去当一个可有可无的小交警。

但是，孟旗生还有一个身份是颜荣跟林岳樯都想象不到的。

他刚从警校毕业不久，有一位上边下来的神秘人接触过他。神秘人提出一个非常无理的要求，就是要他设法接近林岳樯和颜荣，取得两人的信任后，再一步步获取他们背后的惊天秘密。上头的目的不只是要捉住这两只大鳄，还想将林氏集团背后、东南亚一带的贩毒集团连根拔起，铲除掉隐藏在两人身后的犯罪首脑和组织。

"林氏集团与贩毒组织有勾结。其实我们已经掌握足够的证据可以抓捕他们，但为了大局着想，才需要你去卧底，放长线钓大鱼。"神秘人告诉过他，这将是一场跨国联合行动的持久硬战，颜荣和林岳樯仅仅是活跃在采兰国内陆的两个主要目标。

"首长，我觉得以我的心理素质，根本无法胜任这种任务。"孟旗生很坦白地告诉接头人。他看过电影《无间道》里卧底的精神世界，悲伤忧郁的氛围令人窒息，他也无法保证自己能抵挡住金钱的诱惑，说不定某天醒来，他会将秘密向调查对象全盘托出。

"你是我们要找的人！"

"不，我不是！"

"你是最合适的。"接头人说带他去一个地点，回来后再让他决定是否参与此次卧底行动。他们去的那个地方只是一处普通的居民住宅，里面住着一对孤儿寡母。一进门孟旗生便看到一张醒目的照片：一位令人尊敬的战斗英雄的遗照……

望着英雄儿子的眼睛，他想都没想，便答应了上级的要求。

相片中的英雄，是他在警校时的教官。几年前，当教官跟他说要离开安稳的教学岗位去边境第一线时，孟旗生表示无法理解。两人进行过一次短暂的交谈，教官说有些人注定要背负起保护普通人的使命，尽管他们拿到手一个月的工资可能都不及毒贩们吸一次毒的价钱高。他们也许会被打残致伤，会战死丛林，会失去亲人和朋友，但为了让善良的人们得到应有的保护，尽管知道胜利并不能轻松获得，但仍会义无反顾，选择艰难地前行下去……

咚咚咚，棺材里发出几声闷响，这闷响把孟旗生从回忆里拉了出来。他转动遍体生疼的肉身，强忍疼痛走近棺材，侧耳倾听，确定闷响是从棺材里传出来的。他咬紧牙关，双手按住棺材盖，拼尽全力一推。

孟旗生用力过猛，胸腔一阵剧痛，想要呕吐。

可没等他俯下身，他看到一个更加令人恐惧的画面：棺材里面伸出一只毫无血色的女人手，手搭在棺材边上，黑色的长发，一个身穿白衣的女人慢慢爬了出来。

颜香脂摇摇晃晃地，在摇摇晃晃的人间，重新站直了身。

第十四章　王者归来

看到眼前站着的这个惊魂未定的交警，颜香脂空洞的双眼蓦地闪过一丝光彩，她的声音很虚弱，态度却异常坚定："快去南郊植物园，来不及了……"

颜香脂的脑海里闪过一个画面：地点是灯光暧昧的人间酒吧，她的喉咙里还有迷药残留的味道，但她的意识已经渐渐清醒，她听到公鸭嗓正在和羽毛男、林泓睿交接工作：

"林哥哥身手不凡，竟然一下就搞定了这个狡猾的小妞。接下来的工作，就交给我来办吧。"公鸭嗓说。

"莉莉姐有没有交代，接下来要带这个女人去哪里？"林泓睿问。

"这个，我可不能说……"公鸭嗓噘着嘴嘟嚷道。

"对我也不能说吗？"林泓睿吃惊地问。

"是……是的……原则上是……"公鸭嗓的声音更小了，满是委屈，看到林泓睿有些生气，他又改了口，"但你不一样……我什么都不会对你隐瞒。"

接着，公鸭嗓凑近林泓睿，把脸贴着他的耳朵小声说道："老大说了，把她带到南郊植物园去。那张照片已经证明，颜香脂就是秦观的女儿秦了了，而方婧雅就是赵兰心。所以，把这两个丫头片子逮住，就不愁他们那硬骨头的爹妈不心软。这样，老大就能得到他想要的东西啦！秦观那个死老头，一直以来给我们带来不少麻烦，老大下令务必要除掉他。我们的眼线发现，他现在就躲在方思雅的秘密基地。但那个看似不起眼的山庄其实暗藏机关，且有一群武艺超群的护卫在把守。所以，我们不能贸然硬闯。如此一来，只能引蛇出洞。老大让我给方思雅发了短信，说今晚12点会把颜香脂带到植物园。秦观肯定也会知道这个消息，等他去营救女儿之时，我们就——"公鸭嗓用手比了个开枪的动作，"砰！把他结果了！"

……

孟旗生赶紧上前搀住颜香脂，把她扶上已经被殡仪车撞得面目全非的警车。谁料，发动了几次车子都打不起火。无奈警车上什么工具都没有，孟旗生想起旁边就有一家修理厂，于是下车寻求救援，嘱咐颜香脂在车上等候。

仅仅过了几分钟，当孟旗生带着修理厂工人返回警车前，愕然发现，颜香脂踪影全无。

"想见秦了了，晚上12点到南郊植物园门口。"

冷静。方思雅深吸了一口气，再次打开短信，摩挲着屏幕上的字，就像抚着秦了了晶莹剔透的脸颊。了了……对，了了！除了了解当年隐情的人，还有谁会知道颜香脂就是秦了了呢？方思雅猛地坐直了身子，倒是把副驾驶座上的黄毛吓了一跳。

"黄毛，快去查，那些既知道秦了了，又熟悉颜香脂的会有哪些人？"方思雅吩咐道。他想，秦了了一家从小镇出逃后发生的事情，正是眼下最大的盲区。

"头儿，放心，这点小事儿兄弟还是办得到的。"黄毛还是喜欢像小时候一样叫方思雅"头儿"。方思雅点了点头，这么多年的情义，无须谢谢。

方思雅低头看了看表："时间不多了，我该走了，黑背就交给你了。"

黄毛点了点头，带着黑背下了车。方思雅粗暴地把油门一踩到底，直奔植物园。

另一头，李隽逸被林珊珊拖去了医院，与其说是看望林岳樯，不如说是去"兴师问罪"的。

幸好林岳樯回来了，不然这乱子可就大了。李隽逸暗暗松了口气，任由林珊珊挽着自己的胳膊径直走向特护病房，目光却四处寻找着方婧雅的身影。

林珊珊拦住了正准备去换药的护士陈云云："我可以去看看我爸爸吗？"

陈云云看了一眼病房说："可以。"

方婧雅呢？李隽逸突然觉得不安，按理说方婧雅是陪护，不可能不在。"方……陪护呢？"李隽逸还是放心不下。

陈云云也发现了方婧雅不在，倒是见怪不怪地说："哎？刚才还在的，可能给主任汇报病人情况去了吧！"说罢便转身离去。

"颜宇？"刚到门口，李隽逸就看到了正在病床前的颜宇，很是诧异，颜宇是知道林岳樯回来了呢，还是恰巧来"探探口风"的？

颜宇也看到了门口的林珊珊和李隽逸，轻咳一声："珊珊，你也来了啊。"

"你不也来了吗？"林珊珊瞥了一眼颜宇，对这个差点儿篡权，还当着她面和颜香脂眉来眼去的大表哥，抵触情绪溢于言表。

"爸爸！"林珊珊看着最疼爱自己的爸爸，安然地躺在病床上，泪水夺眶而出。

"珊珊，别太伤心了，姨父吉人自有天相。"颜宇站在一旁安慰，目光却一寸一寸地在林岳樯脸上扫视，意味不明。

"珊珊，你说，姨父让那个方思雅代理公司是什么意思？"颜宇沉吟了一下，装作不经意地问，"据说，方思雅还是方婧雅的哥哥。"颜宇故意咬重了方婧雅三个字，目光灼灼地盯着李隽逸。

"不知道。"林珊珊头也不回，公司的事，她一向没有兴趣，但听到和方婧雅有关，又忍不住皱了皱眉，"隽逸可能知道吧，他不是和方思雅一起进来的吗？"

"我也不知道。他拿着任命书来找我，让我带他进公司。"李隽逸说话滴水不漏。事实上，他早就知道，方思雅正是林岳樯留给颜荣和颜宇的底牌。

颜宇对着正装无辜的李隽逸挑了下眉，上前拍了拍他的肩："走了。"

这下不轻不重的拍肩，仿佛把李隽逸拍醒了，他觉得有股冷气直逼心口，短信也是这时响起的，来自一个陌生的号码："你的女人已经安全了。"

22:30。

植物园。

"你还是来了。"

一个略显沧桑却浑厚有力的声音响起。

"我必须来。"

暗夜里，隐约看得见两个红点忽明忽暗，映射出两双深邃的眼，和夹着香烟的沟壑纵横的手。

"这么多年了，你的侦察能力还是这么强，不愧是我们的兵王。"

"都一把老骨头了，提什么兵王。"

兵王，单兵的最高荣誉。

这个目光如炬的老人，是当年特种部队的兵王。

"这事儿，你就别插手了，万一暴露身份……"兵王忧心地说。

"放心，我已经死过一次，不会那么容易死第二次。"

长久的沉默，死一般的寂静。连呼吸都是小心翼翼的。这不仅是属于战友间的心照不宣。

特种部队，是一叠一叠机密摞成的。活着，沉默；死了，更是沉默。那些永远不被历史记载的，是责任和信仰赋予的永远的使命。

"这是我们的战场，永远并肩而行。"

红点灭了，人影又回到了夜的深处。

23:30。

一辆银灰色的轿车大大方方地停在了植物园门口。

驾驶座上的男人关了远光灯，温柔地替身旁双手反绑的女子解开缠绕在眼睛上的布袋，捏了捏她的鼻尖："宝贝儿，等着看一场好戏吧！"而女子因为嘴巴被一块手帕封住，只能发出压抑的嘤嘤声。

黑衣男子看看表："时间还早。"他自言自语道，随后下了车，斜靠着车门抽起烟来。

不远处，暗夜中的人透过狙击镜查看车内的情况。副驾驶座上女子泪湿的眼睛，出现在了狙击镜内。

"了了……"

暗夜中的人偏了偏头，似乎能看到不远处两层狙击镜后一双黑得发亮的眸。

倘若不是轮胎的摩擦声，没人知道这辆黑色的轿车是何时来的。

坐在驾驶座上的方思雅看到远方有一处鹅黄色的光亮，握着方向盘的手不由得收紧。很快，方思雅看清了那是一辆银灰色的车。他骤然觉得心口一紧，深吸了一口气，丝毫没有缓解，心慌得厉害。

这种感觉，方思雅很是熟悉，是被猎食者盯上的感觉。方思雅对危险的敏感是与生俱来的，小时候几次脱险都是因为这种感觉。方思雅一脚把油门踩到底。危险？嗬，尽管来吧！

黑衣男人看着对面驶来的车猛然加速，暗道不妙，一个跨步上前，拉开车门，入座，换挡，打方向盘，动作一气呵成，可还是晚了一步。

对面的远光灯骤然亮起，方思雅眼睛有一刹那失明，但还是凭记忆踩了刹车转了方向盘，他本可以避开，却因为黑衣男人的慌乱之举，两车意外相撞。

两车的气囊都以最快的速度鼓起，保护着车内的人。方思雅的车是改装过的，性能极好，即使是这样，他还是受了不轻的伤。方思雅也顾不上擦血，只是怔怔地看着隔着两层玻璃近在咫尺的颜香脂……

没错，那个女子，正是先前从孟旗生的警车上莫名失踪的颜香脂。而这个黑衣男人，正是出现在人间酒吧的公鸭嗓。

原来，在他们的计划实施过程中，遭遇了两起突发事件：一是莉莉姐意外身亡，临时少了指挥；二是董事长不知为何横插一杠，半途"劫"走了颜香脂。

原本，林泓睿和公鸭嗓都以为是上头的安排，于是听从董事长的命令，把颜香脂转送到了别墅，后来才知道不是，因为接替莉莉姐的指挥到位了，还向公鸭嗓下达了命令：按照计划，把颜香脂带到植物园。

公鸭嗓在接到消息后火速赶往林泓睿的别墅。他在别墅转了一圈，没看到林泓睿和颜香脂的身影，出来时，正遇上那辆可疑的殡仪车开了出来。直觉告诉他，应该跟着这辆车。果然，他一路尾随，看到车被交警拦下，随后车在逃离的时候甩下了交警和一口棺材。更为惊人的是，颜香脂居然从那口棺材里"爬"了出来……

他正想着如何从交警那把人抢过来，却见交警离开了，于是一不做二不休，掳走了颜香脂。时间已经逼近 12 点，他干脆直接把颜香脂带到了植物园。他原想，不跟上头汇报董事长的事，因为董家也是个他招惹不起的主。颜香脂弄丢了，就带上一个替身假扮的颜香脂去植物园赴约。反正，上头的目的是除掉秦观，至于"诱饵"是真是假，都无所谓。这下好了，得来全不费工夫，把真人带了过来，还省去了找替代品的麻烦。

玻璃那头，经历车祸洗礼的画面有种悲怆的惨烈：颜香脂的头轻轻歪向一边，唇上鲜血零星泛着光晕。方思雅竟觉得这一刻的颜香脂像一只温柔的睡着了的吸血鬼。他被自己的想法吓了一跳，连开门的手都在微微颤抖。方思雅从未见过这样的颜香脂——不再是纯真无瑕，而是清冷惑人。

方思雅抬手，想抚上颜香脂唇上尚温热的血，但触碰到的只有冰冷的玻璃。方思雅如梦方醒般飞奔下车，拉扯对方的车门，敲打车窗，想尽快把车里的人拥入怀中，再也不让她离开半步。

徒劳无功。方思雅双拳已经渗出了血，染得车窗玻璃下的面容更加凄美。深深的无力感裹挟了方思雅，快要将他吞噬。

远处的狙击镜里换了另一番景象：方思雅的唇贴上了车窗，深沉的眸牢牢锁着颜香脂，就像是吻上了她的唇。

颜香脂像是被白马王子吻醒的白雪公主，缓缓睁开了眼，映入眼帘的便是心心念念的赵兰熙。颜香脂对上了方思雅的眸，原本幽深的眸变得猩红，充斥着足以吞噬她的绝望。

方思雅看到颜香脂醒来，不想也不能离开车窗，就那样，以一种极其诡异的姿势贴在车窗上，目不转睛地盯着颜香脂张合的浸着鲜血的唇。

"原来，你还记得。"

"你来了啊。"

区区两句话仿佛用尽了颜香脂毕生的力气。

颜香脂不舍地看着方思雅。

好想好想再看看你，可是，我好像，没有力气了。

颜香脂终于再次闭上了眼。

方思雅几乎丧失了理智，疯狂地捶打着车门。此刻颜香脂的安危是他唯一关心的。他不知道，恰恰是这场车祸救了自己的命。原来，在方思雅刚才突然加速的那一刹那，两颗子弹在空中相撞。而其中一颗，正是朝着他的眉心飞去的。如果不是那一脚油门，即使是偏离了方向的子弹，仍会打到方思雅的车上。

正在方思雅手忙脚乱之际，一个身穿夜行衣的蒙面人突然出现，一把揪住方思雅的衣服把他拖到了一边，紧接着子弹穿透玻璃的声音传来，从昏厥的颜香脂面前经过，直接击中了驾驶座上黑衣男子的太阳穴……

"快救人！"蒙面人说道。

虽不知来者何人，但毕竟对方救了自己的命，且和自己有着共同的目的，方思雅赶紧随蒙面人一起回到车门前。蒙面人掏出一把短枪，对着门把开了一枪，拉开车门，两人搀扶着气若游丝的颜香脂下了车。

就在这时，又一声枪响传来，蒙面人一把推开方思雅和颜香脂，自己却不慎左肩中枪，瞬间血流如注。

"快躲到车后面！"他示意方思雅把颜香脂带到车身的另一侧，自己却脱去夜行衣，露出被鲜血染红的白色 T 恤和肌肉发达的左臂。他像个忍者一样飞转腾挪，牵引着枪声朝着离这对年轻人越来越远的方向移动。

一直隐藏在暗处的狙击手终于沉不住气。可以隐约看见远处的丛林里有了动静，树叶沙沙作响的声音提示着这块区域可能与生物体有了某种接触。紧接着一声枪响从反方向传来，随着"啊"的一声和物体闷声倒地的声音几乎同时响起，随后，一切恢复了平静……

"你终于出手了！"蒙面人暗自嘀咕了一句，停下脚步，朝枪响的方向看了一眼，随后奔向物体倒地处。走近一看，狙击手已经身亡。

他深知，自己曾经的战友有着更重要的使命，一般情况下他不会贸然出手，以免暴露自己。然而，他终究还是割舍不下这份战友情……

蒙面人没有追寻救命恩人的踪迹，而是回去带上方思雅和颜香脂，回到黑色轿车上。蒙面人示意方思雅开车，他则在后座保护着仍处于昏迷状态的颜香脂。

透过后车镜，方思雅无意中瞥过，惊诧地看到：蒙面人那双似曾相识的眼，正满怀深情地凝视着怀中的颜香脂，颤抖的布满沟壑的右手，轻抚着颜香脂那张惨白的脸……

第十五章　缘来是你

深夜，只剩下车轮摩擦地面的暗响。车灯渐行渐远，偏僻的植物园瞬间恢复宁静，仿佛一切不曾发生。

方思雅压制着胸腔里的担忧和无数疑惑，沉稳地驾驶着。他紧握方向盘，目视前方，后脑像生了眼睛。两个男人默契地对话，言简意赅：

"你没事吧？"

"小菜一碟，还是老了，比不得当年灵敏。"

"我功夫不如你，车技还行，不用担心。"

"我相信！这丫头没有大碍，不用担心。"

"我信你！我们不能去医院，回我那里处理伤口。"

"我知道。"

"用不用派人清理现场？"

"有人会做。"

"你是谁？为什么帮我？你认识了了？"

"以后你会知道的。"

桃园山庄。

方思雅刚停车下来，蒙面人便抱起昏迷的颜香脂冲进了大门，方思雅慢了一步。

"这是我的女人，我来！"

"轮不到你！"

"你受伤了！"

"无妨。别婆婆妈妈的，去里面准备热水和药箱！"

方思雅没再犹豫，转身进屋。当他抱着药箱来到卧室，蒙面人已经把颜香脂平放在床上，而他自己手里竟然还多了一个精巧的手术包。

方思雅突然意识到哪里不对劲："你到底是谁？怎么会熟悉我的屋子？"他上前一把撕下那层面纱，露出的是一张似曾相识却无法辨别的脸。

"傻小子，少废话，先帮我处理子弹，这个位置我自己不行，你应该会操作吧？"这个刚才如战狼一样的伙伴一下虚弱了许多，方思雅在他身上发现了异样，此刻的他面色苍白，气力已经弱了。

方思雅不再说话，专心致志地处理伤口。他自小打打杀杀，也练就了一手应急手法，处理一般外伤不比护士差，但是他还是很敬佩眼前这个人，几乎没发出一点抽泣声。这份刚毅让方思雅确定，此人真不是游兵散将，一定大有来头。

"好了，剩下的事我来做，你去客房休息，想必不用我给你带路吧？"方思雅说。

"算你聪明！这丫头是皮外伤，也不是昏迷，确切地说是昏睡。应该是有药物作用，你清洗包扎一下就行，然后也抓紧时间睡一觉吧，明天怕会更麻烦。现在是咱们的地盘，养精蓄锐吧！"

"好！"方思雅应声后，便转向床边的颜香脂，可是转身时的余光掠过门口那个背影，惊讶地发现，刚才还挺拔高大的他已经累得驼了背，而这个驼背老人……

"哑叔？"方思雅试探着喊了一声。

老人回过头，欣慰无力地笑了，眼角的皱纹，满目的慈祥。那一刻，方思雅的泪水夺眶而出。他哽咽着：

"真好，是你真好！快去休息吧，到家里了，没事了！"

终于有了夜的祥和。从山庄外望去，前一秒的血腥惊险荡然无存，一个窗口身影浮动，熄灯归于暗夜；另一扇窗，伟岸的身形时而俯身时而晃动，随着那点光亮掩映在夜风里。

十几分钟后，这一屋子几个人终于恬然入梦。不知道彼此之间，是否可以感应到某种情愫在流淌？

走过弥漫着薄荷香气、肃静的走廊，一个黑衣人来到一扇防弹门旁边。两个黑衣小弟一鞠躬："荣哥好！老大等你呢！"

50厘米厚的钢筋混凝土和全封闭的通道设计，整套的通风管道……被称作"荣哥"的中年男人，走进一间修建得像防空地下室一样的密室。一个宽肩阔背的身影站在幽暗的白炽灯下，他变大的身影投射到墙壁上，像魔鬼一样张牙舞爪，令人不寒而栗。

听见声音，魔鬼并没有回头，而是用清晰森严的语调问：

"事情办妥了？"

"一切都在按照计划中的进行，只是……出了点儿状况。"荣哥脸上显出尴尬的神情，吞吞吐吐地答道。

"怎么回事？"那个人终于转过身来，怒目圆睁。

"莉莉原本负责指挥这次行动，可她遭遇了意外，在关键时刻暴毙。林泓睿把颜香脂绑到了人间酒吧，与'母夜叉'交了班，'母夜叉'按照计划把颜香脂带到了植物园。正如我们所料，有两个男人前去营救她，应该就是方思雅和秦观。眼看我们的狙击手就可以干掉他们了，却没想到有个神枪手埋伏在附近，对我们的人发动了攻击，掩护敌人逃跑了。我们的狙击手牺牲了，侥幸负伤逃回来的一个弟兄汇报了这些情况……"

"行了！"魔鬼不耐烦地打断了荣哥，"另一个丫头呢？"

"我们的人埋伏在医院，准备对她下手，谁知院长正好经过，把她叫到了办公室。我们的人一直在外面守候着，却再也不见她从那间办公室出来了……"

"混账！"魔鬼狠狠地拍了一下他跟前的办公桌，"究竟是谁从中作梗？"

"对不起，团长，我在调查了，相信很快会有结果的……"

"嗯，你可以走了。"

荣哥退出去后，这个背影才慢慢转过身来。比起墙上那狰狞的魔鬼身影，这张面孔却显得有些斯文：虽已是知天命之年，但皮肤依旧白净，单眼皮下面，一对细长的眼甚至为他添了几分女性的安静气质；那淡淡的棕色眼眸，闪着狡黠的光芒；面颊上赫然有一道疤痕，却没有让他显得狰狞，只是为那张美艳的脸赋予了一些男人味。如果不是破了相，该是个很有型的男子。

他沉思着踱来踱去，心烦意乱的样子，端过一杯酒一饮而尽，在书桌旁坐下来，眼观鼻，鼻观心，提笔在纸上舞动，心绪不宁下还是起身坐到沙发上，按响了座位上的呼叫器。

进来的是门口那个帅气的小弟，利索地敬个军礼：

"团长！"

"告诉游侠，继续把颜荣和林岳樯盯紧咯！"

"是！"

晨曦初现，桃园山庄里有一对璧人醒来；而林岳樯的家里，却有一对怨偶彻夜无眠。

李隽逸悲哀地看着这个家遭变故却依旧骄纵的大小姐一筹莫展，林家千般大事在她心里都没有太多震撼，除了抱怨他的无能和哭诉哥哥的荒诞，就只抓着他是否旧情复燃这个问题不放，在她心目中，全天下只有一个敌人——狐狸精方婧雅。李隽逸真想撂挑子放弃这份差事，自己放开手脚去做一番大事，但他知道自己身负血海深仇，隐约明白那种携一人白首择一城终老的平凡生活是自己可望而不可即的。可是那个掌握他命运的人却不许他轻举妄动，目前只有一个任务就是做林家女婿，配合方思雅行事。他骨子里流淌的是父亲的英雄血液，做这样默默无闻甚至很窝囊的事让他很压抑。此刻，偌大的空房子里，只有那个女人偶尔发出来的絮叨，都被他当作空气一样放走了，他的脑海里不间断闪烁的是一条短信的内容：你的女人已经安全了。

他的女人只有方婧雅，很安全是什么意思？岂不是之前很不安全？她究竟在谁的手里？发生了什么事？他发现自己什么都做不了，除了等待老大的指令别无他法。

屋里的西洋挂钟敲响，他一抬头，镜子里面是一张憔悴而毫无生机的脸。他长出一口气，做了一个看上去还算友善的表情，对着林大小姐谄媚："好了，折腾一夜，消消气吧！放心，我既然做了你家的女婿，就不会在危难时离你而去。我去公司看看，你什么都别想，好好补觉，不然就不漂亮了！"

李隽逸总算逃出了大门，他驱车回到自己的办公室，终归只有这里才是属于他的世界。

二十分钟后，办公室里来了一个儒雅的青年才俊颜宇。颜宇凑过来揶揄道："新郎官，滋润呀！别光顾着新婚宴尔，我姨父还躺在医院呢，你可别把他的家产拱手让给外人了！对了，颜香脂没来，只发过来信息说请假。我爸爸说医院那边组织了新的医疗小组，国外的专家马上到位。院长说姨父的特护必须安排方婧雅，说是姨父清醒时留下的嘱托，你得负责劝说我那个缺心眼的表妹。还有，院长说方婧雅向护理部直接请了几天事假……这两个女人又搞什么鬼？该不会结伴出去旅游了吧？"

李隽逸只问："方婧雅什么时候请假的？怎么请的？"

颜宇撇撇嘴："说你儿女情长吧，你还英雄气短。这么多信息量你只挑那个美女的问，心里没鬼才怪！那小妞昨天晚上给护理部主任发了信息，然后电话就关机了。现在大家都在找她呢，你不会是金屋藏娇了吧？"

李隽逸没再搭理颜宇，直接去了医院。他来到 VIP 病房，门口还是颜荣的手下在把守，看见他，直接放行。

李隽逸坐在床边看着这位几乎没有知觉的岳父，五味杂陈。半晌，他喃喃地说："按道理我该叫你一声爸爸，可还是叫你林伯伯更亲切。婧雅拿你当爸爸看待，过去一有难处就会找你倾诉。她在这个世界上只信任两个男人，就是我和你，谁知，我们却都辜负了她的信任……现在她不见了，我很着急，不知道该怎么办，唯一能求助的人，好像只有你了。请你快点好起来吧，等你好起来，还会保护她的，对不对？"

清雅的窗帘舞动，床边的公主木雕一样坐着。

是的，公主，因为除了那个坐在沙发上给她讲故事的男人，其余的四个人都垂手而立，一派恭敬。这一夜，虽然方婧雅没有自由，但也没有恐惧感。在熟悉的房间，全方位饮食服务，女神一样供奉着她。允许她歇斯底里地说"不相信"，允许她嘤嘤而泣。她静默不言，就没人打扰她。其实她清楚这些都是真的，因为多年来许多疑团都在，只是她一直以为她们家的变故都是拜颜香脂所赐，却不曾想到，原来自己从出生就入了局，就像她在报道中看到的黑龙江冬季捕鱼一样，无论风雪再大，严寒再强，凿开冰窟窿，这张网还是要收的，于是，她就成了网里的鱼，前一刻还在水下畅游，不知厚厚的冰面上方为秦为汉抑或是魏晋，此刻他们要她离开世外桃源了。

手里是一块佛牌，背面却不是莲花，是曼陀罗，上面幽幽其香，她恍惚在妈妈的身上闻到过这样的味道，还有李隽逸家的店也有这个味道。只是这块佛牌做工更精细，质地更好，不像是桃木，那个人说这是她母家的信物。旁边还有一把手枪，她没碰过射击类娱乐，也不懂。这把枪特别小，看上去像玩具，那个人说这是当年国外的精品，也是她父亲的信物。她不知所措又莫名地恐惧，她不知道自己到底是谁，要做谁。

一夜过去了，他们在等她；一天过去了，他们还在等她。方婧雅不知怎么想起宫斗戏，那个男人像摄政王一样。眼见着天色将晚，眼见着暮色低垂，眼见着华灯初上，眼见着繁星点点，男人站起身，走到她脚边蹲下来，第一次近距离和她说话：

"我们的时间不多了，你没得选，不能躲避，也躲不掉。你自己的男朋友被夺走，你都可以大闹婚礼现场，你妈现在在坏人手上，生死未卜，难道你不想救她，不想复仇吗？"

她恼怒了，被刺激到了痛点。刚想发作，那四个人中，那个一直低眉顺目，却总不失时机用亲切的目光探寻她的小伙子冲口说道：

"别怕，我会做你的保镖，谁也伤害不了你。"

方婧雅起身打开窗户，月光如水洒在她的身上，圣洁不可侵犯。

"我是白罂粟？"

"林董，林公子去世了。我已经把他送到了市殡仪馆。我怀疑，他的死，与一个人有着很大关系，那个人是董天成家的公子董事长。"

几近拂晓，林岳樯收到孟旗生发来的一封 E-mail，没想到却是让他痛不欲生的噩耗。

原来，那天孟旗生弄丢了颜香脂，一时不知所措。他低头看了看地面，这是城乡接合部的一条土路，白天下过几场小雨，地面还有些泥泞。于是，他灵机一动，追随着那辆殡仪车在泥巴地上留下的车辙，一路摸索到了董事长的"工作室"。

原来，那里竟然是一间乡卫生院的停尸房。

孟旗生好似身轻如燕的忍者一般，轻巧地躲过了两个正准备解剖尸体的"医生"的视线，藏在了他们旁边的一张床后面，听见这两个人正在交谈：

"想不到，风流倜傥的林泓睿，竟然也有这一天。"其中一个说道。

"是啊，那个董事长，真不愧是董天成的儿子，不仅手法遗传了他老子，手段也毫不比他老子逊色……"

"就是啊，我看，他连团长都不放在眼里，不然，林公子又怎么会有这个下场……"

听到这里，孟旗生大吃一惊：原来，那个尸体真的是林泓睿，杀死他的人，竟然是葛润市医学界的风云人物，市人民医院院长董天成的儿子——董事长！

此外，他们还提到了谁，"团长"？

孟旗生悄悄朝尸体躺着的那张床挪过去，趁那两人不注意，双拳出击，动作果断又精准，打晕了他们，又将两人的手铐在一起。随后，孟旗生向与他单线联系的领导汇报了情况，自己背着林泓睿的尸体离开了那间阴森恐怖的停尸房。警车的鸣笛声由远及近传来，民警赶到现场，带走了那两个人，并封锁了医院。

儿子终于"回来"了，却是躺着回来的……林岳樯眨了眨眼睛，泪最终还是流了下来。

林泓睿再不争气，也是他的亲生儿子，打断骨头还连着筋呢。报仇！仇恨在林岳樯心底扎了根，被仇恨支配的他像是被激怒的狮子，双目猩红。

林岳樯拨通了手机。

"老大，有什么指示？"

"把董天成的儿子董事长给我带来，记住，我要活的！"

"是。"

幽暗的酒庄一角，坐着一个神情落寞的男子。他从脖子上掏出吊坠仔细端详：一块鲜红的和田玉在灯光下幽幽发光，约莫拇指大小，一面镶刻成一朵山茶花，一面扁平无痕，应该还有另一半。

"这是父亲生前唯一的遗物。"游侠想着，仰起脖子喝了一大杯酒。

他回忆起团长对他说的话：

"当年，你父亲不仅战功卓著，还编织了一张庞大的海洛因销售网，生意做得风生水起，带着当地老百姓种植罂粟赚钱。只可惜，他的同伴，要向当地政府投诚，你的父亲就这么被出卖，被陷害，无辜地牺牲了。你一定要将他未竟的事业发扬光大，我会做你的后盾，给你源源不断的支持！"

团长命令游侠当他的眼线，为他运毒贩毒提供方便，同时帮他盯住葛润市警察局局长颜荣和首富林岳樯，不过不必对这二人采取什么行动，只需及时搜集与他们相关的重大情报，然后向团长汇报就行了。

机缘巧合，游侠成了一名交警。因而，团长放出去的这枚棋子，只是时不时地给他带回一些无关痛痒的消息，尚未发挥什么大作用。

游侠在内陆的名字，叫孟旗生。

颜香脂在桃园山庄醒来的时候，方思雅已经外出。

颜香脂惊慌地打量着这个陌生的地方：不会又被羽毛男带到了什么奇怪的地方吧？想到这里，她的背上渗出了冷汗。

"了了，你醒了？"桃园山庄的老管家刚打扫完院子，走进房间，就看见颜香脂呆坐在床上。

"你是……"颜香脂看着眼前的老人，一种熟悉感涌上心头。

秦观抬手摘下了军旅帽，慈爱地看着面色苍白的美人，深情地唤道："了了，是我……"

颜香脂难以置信地看着老人，"爸爸"二字哽在喉头，艰涩难耐。这么多年来，无数次想象过和父亲的相见，却一次次失望，直至绝望。没想到，自以为快要走到生命尽头时，却与"死而复生"的父亲重逢了。颜香脂半天回不过神来，过了一会儿，终于扑向老人的怀抱，号啕大哭起来。

秦观抚摸着颜香脂的脸颊问："了了，你过得好吗？"

"爸爸，我很好，真的。"喜极而泣的颜香脂甚至有种错觉，以为这些年的事情从未发生过，自己依旧是可以抱着父亲撒娇的小女孩。

秦观抚摸着颜香脂的后背，老泪纵横："没事就好，没事就好。"

"爸爸，这些年，你去了哪里？"颜香脂沉吟了一下，缓缓开口。

秦观看着早已不再是小孩儿的颜香脂，决心告诉她："了了，本来是不想让你卷入这场纷争的，怪爸爸没有保护好你们母女。但现在，你也长大了，也有能力去承担这一切了……"秦观把这十多年来自己亡命之旅的惊心动魄与点滴收获、蚀骨噬心般对妻儿的思念煎熬、怕连累家人不敢现身的无奈，一股脑儿倒给了女儿。

颜香脂漂亮的大眼睛像罩着一层雾，时而有泪光闪烁。这么多年的疑惑与触目惊心的一幕幕，在片刻间交汇、捆绑、纠缠，然后又一个结一个结地解开，纵然她冰雪聪明，一时也很难消化得了。

看着女儿迷茫的眼神，秦观蓦然觉得自己一下揭开真相是做了一件残忍的事情，但是他已无退路，最后还不忘交代一句："了了，方思雅还不知道我的真实身份，你先别告诉他。"

"为什么？"

"这个你就别问了，等有了合适的时机，我再亲自告诉他。"

"把手机给我。"方婧雅第一次主动推开了房间的门，发现四个保镖都在门口守候。

"公主想好了？"其中一个男人看着方婧雅。

只要迈出了这一步，就没有退路。可她又有什么选择呢？这是命运的安排，她别无选择。

"嗯。"方婧雅点了点头，眼中不再有任何犹疑，"我要回去，做我该做的事情。"

四人眼中都多了一抹赞赏之色。语气温和的男人先开了口："公主放心，这就送你回去，医院那边，我已经帮你请了假。想必颜荣最近一定另有动作，你自己要小心。"说完，就把方婧雅的手机还给了她。

"嗯。"方婧雅接过手机，犹豫地开口，"我能去外面走走吗？"

"当然。"

方婧雅走出了房间。这是一个风景秀丽的地方，与她生活过的乡村、都市都有着不一样的景致。她顺着汉白玉石阶走下了二楼，回头看见一栋古老而优雅的白色别墅，墙面有些岁月的斑驳痕迹，为这栋古色古香的建筑更添了几分沧桑的美。别墅四周灌木丛生，墙外有一条泛着鱼鳞般光亮的小河，后面有一片绿色的山丘，延伸至一片半原始状态的森林。

这是妈妈住过的地方。

方婧雅边走边想，细细地感受每一寸空间似乎残留着的那温热的气息。不知不觉间，方婧雅走到了后院。跟华丽的前院不同，后院一片衰颓。仔细看去，有一方残墙，两枝罂粟在风中摇曳，一红一白，格外惹眼，白色的那枝甚至爬上了残墙，倔强地生长。

第十六章　团长是谁？

"给我往上爬，逃跑者，杀无赦！"

三十多年前的一个月黑风高之夜，在帕当峰山麓，一声铿锵有力的低吼，让数十双机敏的耳朵，为之一颤。随之颤动的，还有一颗颗扑通扑通跳动的心脏。

这是一支由数十名战斗经验丰富的精兵强将组成的突击队。

每一场战役的胜利，都是无数的鲜血和泪水换来的。只有亲历的人，才知无论身处何地，翠陌平莎或是山殂水崖，只要你身在战场，必将面对那惨绝人寰的生命绝境和生死难料的凄苦命运。

主峰战斗打响前，一支由精兵强将组成的突击队，在夜幕掩护下悄悄开出昌孔县城，朝战场相反方向开去。他们连夜急行军，迂回至湄公河上游，然后分乘几只竹筏顺流而下，神不知鬼不觉在帕当峰背后弃筏登岸。他们肩负的重任在今天看来简直是天方夜谭——没有安全带、没有任何攀岩道具，徒手翻越这座高耸入云的悬崖险峰，然后突袭敌人指挥部，在背后给敌人的心脏捅上致命一刀。

千仞绝壁面前，战士们昂首看天。这是一堵天然的高墙，是上帝之手制造的大自然杰作，可与采兰国著名的黄山天都峰、泰山玉皇顶和峨眉山金顶媲美。在夜色和迷雾的笼罩下，青黑色的岩壁好像死神那张冷峻森严的脸，或许还挂着一抹对死亡司空见惯且乐此不疲的冷笑，令人心惊胆战。

山林一片死寂，偶有被惊起的飞鸟发出惊慌叫声，拍着翅膀划破夜空的寂静。突击队队长乔云洲一声令下，一队黑衣人影以石为梯，以崖壁上伸出的一根藤蔓或是一株小草为绳，吃力地向上攀登，像一只只顽强的大壁虎，紧贴在陡峭的悬崖上。

队伍中不时有人发出凄厉绝望的惨叫，他们不幸因为一个小小的失误或是意外：手指酸软、一脚蹬空，或者手没有抓牢，或者脚下一块石头松动，树根藤蔓因不堪重负而断裂，或被连根拔起……于是，死神的大餐就开始了。魔鬼的利爪牢牢攫住他们，就像苍鹰攫住小鸡，把他们带往另一个世界。

辛亮是一名刚入伍不久的新兵蛋子，在甘果山区长大。因为家贫，他十三岁就离家外出谋生，给土司当过差，跑过马帮，干过"倒爷"，与走私商人、毒贩、强盗土匪都打过交道，胆大心细、聪颖过人。这个小伙子虽出身草莽，却生得相貌堂堂：面如冠玉、唇若涂脂、眼如丹凤、眉似墨画，不像个痞子混混，倒像个白面书生。多年的冒险游历生涯，使他练就了健硕的体魄和矫捷的身手。

几个月前，辛亮辗转到米思罗，因其能力出众，被乔云洲一眼相中，一直带在身边。

在当地威名显赫，让各路强盗土匪闻风丧胆、号称"魔鬼参谋长"的乔云洲，在没感受过多少亲情温暖的辛亮看来，他更像是一位慈父。因为，辛亮时常能看到这位长官在看他时眼里闪烁着异样柔和的光芒。有一次，乔长官"深情"地凝望了辛亮一会儿，然后喃喃自语："这双迷人的丹凤眼，多像她啊！"

她？她是谁？这是辛亮心中的一个不解之谜。但他知道，长官是极不情愿做出解答的。他想那大概是长官心中念念不忘的一个恋人吧，因为曾有战友偷偷向他透露，这位长官曾经在家乡有着一位挚爱的未婚妻。而现在，乔云洲已经是甘果一位大土司的女婿。

乔云洲还有个"怪癖"，喜欢带两颗子弹在身上。

"死亡对于一名军人来说，和吃饭、睡觉一样寻常。然而，你的身体可以死，精神却不能倒。允许失败，不许失节。因此，如果战败几成定局，要留两颗子弹给自己。一颗用来绝地反击，一颗用来结果自己，因为，士可杀不可辱！"乔云洲有天对辛亮说道。说罢，他长长地叹了一口气，"人固有一死，遗憾的是，无论轻重，都不能死得其'所'。"

后面这句话，伶俐的辛亮也听得一头雾水。直到看到"烈士陵园"里那一个个面向北方，遥望祖国的墓碑，他忽然明白了，长官，这是想"家"了……

"啊！"一声凄厉的惨叫打断了辛亮的回忆。此时的他，也和突击队的战友们一起，紧贴着冰冷的石墙向上攀登，努力朝着那高不可测，似乎与地狱相连的顶峰爬去。这声充满对生命无限眷恋而绝望凄凉的惨叫，是一位从他侧上方跌落的战友发出的。只见一具同他一样的血肉之躯，像一块小石子被午夜呼啸的风刮落，就那样疾速地从他的视野里消失了。辛亮仿佛看见一块小石子砸落在山脚的大岩石上，绽开一朵血色的花。

"小枫！"那是辛亮入伍以来与他关系最亲密的一位战友。他恍惚记得，方才当他接到攀登命令后，遥望山峰心跳加速手脚打抖的时候，这位战友还拍了拍他的肩膀幽默地说："无限风光在险峰，我们一起上去看风景！"

作为一名第一次正式步入战场的新兵，这样惨烈的画面让辛亮一时有些难以接受。其实，从小就在山里长大，常年在茫茫林海中穿梭的辛亮，力大如牛又灵活似猴。他从小就能徒手攀上一棵有着百年树龄的参天大树，在树上灵活地荡秋千，赤足在刺丛、陡壁行走，如履平地。因而虽没有多少战斗经验，他却是胜任这次突击任务的绝佳选手。

当他抚摸到那熟悉的石块、从岩缝垂落的藤条，恍惚间，脑海里竟然浮现出小时候在山林间嬉戏的画面。恐惧的感觉消失了，取而代之的是对山峰背后那即将跃然眼前的奇妙"风景"的幻想。

然而，挚友的失足跌落又猛然将他从这种复杂的幻象中惊醒。

辛亮冒出了一个念头——逃！

他凭借灵巧的身手，顺着藤条下滑，假装失足跌落，掩身在几块巨石的中间，然后又在黑夜和迷雾的保护下，避开了一切可能触及他的视线，侧着、横着，机灵地迂回攀爬，绕到了悬崖侧面，最后躲到了一个任何人也看不见的黑暗的死角。

从悬崖跌落的战友的惨叫声不绝于耳，当战友与敌人兵戎相见时激烈的厮杀声传入耳际时，他已麻木。

虽然班师凯旋，却没有胜利的喜悦和欢呼，凄惨的哀号和啼哭此起彼伏，昼夜不息。

出征的五百男儿，个个生龙活虎能征善战，转眼间，只有半数人活着归来，半数人中不少人还是被担架抬回来的，没回来的只能在盒子里装一抔战场的泥土代替。

神不知鬼不觉地跟在部队后面，回到了位于米思罗的难民村。走进大本营后，那触目惊心的悲惨场面让他的铁石心肠也不免受到了震动。看到家家户户门前悬挂着的招魂幡迎风飘展，披麻戴孝的孤儿寡母抱头痛哭，侥幸残存却已面无人色的伤兵残将叹息连连……

不知是被四周悲伤的氛围感染了，还是天生是一个戏子坏子，辛亮写在脸上的颓丧与凄怆之情，在他清秀的眉宇间晕染开来，有一种说不出的楚楚动人的美，竟让见到他的人都心生怜意，甚至忘却了自身的悲痛想要来对其安慰一番，直到辛亮触到那张钢铁般坚韧而又冰冷的长官的脸。

"你到我的房间来一下！"

乔云洲面无表情地说了一句。

"是……长官……"

辛亮顿时感到心凉了半截，声音也变得吞吞吐吐起来。他忐忑地跟在长官身后。

一进房间，乔云洲把门反锁，然后猛然拔枪抵住辛亮的太阳穴，狠狠地说道：

"当逃兵是什么下场，你知道的吧？"

突如其来的威胁把辛亮击溃了。他两腿一软跪倒在长官面前，一把鼻涕一把泪地哭诉，自己原本是怎样意志如铁视死如归，可一个不小心从悬崖跌落，运气好被一棵树挡住才没有丧命，但因脑部受到撞击昏了过去，醒来的时候，得知部队已经取胜班师回营，这才跟着回来了。

"对不起，长官，在您的谆谆教诲下，我深知'军令如山'的分量，'逃兵'这个词，在我心目中一直就是耻辱的象征。从踏上战场的那刻起，我就已经把脑袋别在裤腰带上了。不信，您看……"说罢，辛亮从裤子口袋里掏出两颗子弹，"长官的指示，辛亮一刻也没有忘记。宁死，也不当逃兵！"

他看到乔云洲眼里的杀意在慢慢消退，但其中残留的夹杂着鄙视的疑虑提醒他，这番解释几乎是徒劳的。

"如果不是因为你这双漂亮的眼睛，你活不过今天！"乔云洲恨恨地骂了一句，"给我滚，混账东西！"

辛亮连连磕头，感谢不杀之恩，然后再也不敢多看一眼背对他站如松的长官，灰溜溜地起身离开了房间。

事后，辛亮一直心有余悸，生怕这个视军纪如生命的长官，有朝一日捅出这件事，拿他"杀鸡儆猴"。然而，过了很长一段时间，让辛亮提心吊胆的那个"惩罚"都没有到来。渐渐地，他悬着的心也就放了下来。

他不知道的是，乔云洲已经无暇顾及他，因为，长官正处于命运的十字路口，经历着巨大的思想斗争和痛苦的内心煎熬。

现如今的自卫队已经是一头垂垂老矣的狮子，雄风不再，只能一味地亲和政府，不断地隐忍退让。先前叱咤疆场的元老派人物雷西风和李文义，又何尝不知坐吃山空的道理，只是无奈年事已高，在战场上拼杀了一辈子，如今只想安度晚年。而以乔云洲为代表的少壮派，不愿意放低身段，被人呼来唤去当枪使。摆在乔云洲一众面前的，无非就是两条路：要么对外，挑起战事；要么对内，兵变夺权。事关重大，牵涉无数，秘密会谈进行了无数次。哪怕是有勇有谋的乔云洲，也不敢妄下决断。

　　总指挥雷西风很快听到一些风声，立刻调兵遣将严加防范。乔云洲得知消息走漏，被迫仓促起事，打出兵变旗号。然而，一将功成万骨枯，常年战乱使这些自卫队员流离失所血流成河，他们已经吃够了打仗的苦头，再也不愿意重开战事，他们还有老婆孩子要养活，好不容易过上几天安稳日子，不想再重蹈覆辙。乔云洲万万没想到，最终只号召了几十名跟随者，多半是亲信和曾经的手下。

　　他们连夜逃出米思罗，在各方追兵的围追堵截下，仓皇地在丛林里躲藏了一个多月。

　　终于，在一个阴森恐怖的夜晚，叛变分子像被战马的铁蹄踏过的松软沙丘一样，彻底崩溃了。

　　一切阴谋、打斗、屠杀、流血都在夜幕掩护下进行，就像东非大草原的斑马群遭到食肉动物肢解。枪炮响成一片，山头火光冲天，到处都是战场和屠场，叛军无所遁形……

　　在这惨绝人寰的悲剧之后，还发生了一件匪夷所思的事情。叛军首领、"魔鬼参谋长"乔云洲失踪了！他仿佛被魔鬼掳走一样，下落不明。他的遗孀，那位前甘果大土司的千金小姐瑞娜，带着年轻的儿子，沿着丈夫逃窜的路线，找遍每一座山头，每一条山沟……

　　"你们一定知道他在哪里的，对不对？你们是不是把他藏起来了？"

　　原本性格柔弱的甘果女子瑞娜，突然变得如钢铁一般坚强，尽管这种坚强，在旁人眼里，是一种近乎疯狂的执拗。

　　她坚定着"丈夫一定还活在世上"的信念，守着米思罗那个风雨飘摇的家，一边辛勤劳作，抚养儿子长大，一边逢人就打听爱人的下落。因为相信丈夫有一天还会回来，她舍不得离开这个家。

　　当然，也没办法离开了。

　　在她嫁给乔云洲后不久，她的老家——甘果大土司山寨，就发生了一次"大地震"。山寨被扫荡、铲平，土司家族世世代代囤积起来的巨额财富被洗劫一空。她唯一的姐姐也在这次劫难中死于非命；父亲、母亲先后含恨而亡，一家老小流离失所……

多年来，瑞娜也一直不敢与老家的人联系，怕泄露了行踪，自己和家人会被"斩草除根"。她，在这世上已经没有第二个家了。儿子，还有那个她笃信有一天会推开那扇颤巍巍的竹门，回来见她的爱人，是她活在这个世上唯一的希望。

活要见人死要见尸，一个大活人，是不可能这样凭空从地球上消失了的！瑞娜不甘心，她的儿子不甘心，还有一个人不甘心，确切地说，是不放心……

所有人都蒙在鼓里的是，在以乔云洲为首的反叛分子决定出逃的那个血色黄昏，还有一位神秘人物参加了他们的秘密会议，后来却没有在逃跑的队伍中出现。

那个人，便是让乔云洲有着莫名眷恋，犯了杀头罪也能被宽恕，那个他一手扶持起来关爱有加的"得意门生"——辛亮。

而这个聪明的小伙子，并没有因这场叛变风波而遭致任何不幸，反而因"举报有功"，受到当地政府秘密嘉奖，而后在自卫队平步青云，后来还当上了团长。直至公元一九九二年，自卫队向政府交出全部作战武器。至此，这支创造神话的队伍终于正式解体，变成真正的和平居民。大本营米思罗，摇身一变成了一个美丽宁静的难民村。

有着"远大"抱负的辛亮注定是一个不甘于宁静，乐于在乱世搅浑水的阴谋家。凭着先前铺垫的"功绩"，他一直加紧活动，与当地军方套近乎拉关系。"缴械"后，他带着一帮"心有不甘"的难兄难弟，离开米思罗，一起投靠政府军并被欣然接纳，竟然成功地混进了当地政府军头牌精锐部队——黑虎师。

而这些老战友们，至今习惯称呼他为——"团长"。

在这个"三不管"地带，小到偷鸡摸狗，大到走私贩毒、杀人越货，都很容易逍遥法外，而警匪勾结、军匪勾结等丑闻更是屡见不鲜。

这个被贫穷、落后、愚昧以及罪恶笼罩，隐藏在热带阔叶雨林巨大保护伞下的蛮荒之地，却成了八面玲珑的辛亮栽种事业之树、培育人生之花的肥壤沃土。

光阴荏苒，十多年的时间转瞬即逝。从名不见经传到名震大半个东南亚，"团长"这个名字，成为当地史册中最引人瞩目的一匹"黑马"。它早已不是几个士兵交头接耳时悄悄呼唤的"昵称"，而是响亮的标杆式称号。

"团长"，代表的不再是一个人，而是一个拥有神秘势力的贩毒军团。

以从米思罗带去的原队伍为主力，辛亮在黑虎师的大本营悄悄培植自己的势力。凭着过去的摸爬滚打及后来加入当地政府正规军后积累的人脉和所做的铺垫，团长军团的眼线和爪牙逐渐遍布东南亚。

打着"禁毒先锋"的旗帜欺上瞒下，干的却是挂羊头卖狗肉的勾当，团长军团以"剿灭毒贩"的名义穿梭于山岳丛林，收买当地的土司、头人、山匪，在他们的地盘上种植、收购罂粟，勾结各路毒贩、豪强，和他们合伙"做生意"。

对于不愿归顺团长的地方势力，这支"黑虎师小分队"就公报私仇，予以军事打击，要么收拢，要么毁灭。

随着实力不断增强，团长军团在深山里建立秘密的加工厂，重金从香港等地聘请有专门技术的化工专家，将生产的毒品源源不断地走私到世界各地。

纸，终归是包不住火的。更何况一团无限蔓延的火势已经威胁到国家安全，乃至世界和平的熊熊烈火。

随着团长在"道上"的名声越来越大，这个罪恶团伙的幕后首脑——辛亮渐渐藏不住了。

第十七章　桃木剑之谜

二十世纪八十年代，一个从天而降的"潘多拉魔盒"，给瑞娜一家带来了更多意想不到的遭遇。

当时，辛亮在自卫队如鱼得水；失踪"魔鬼参谋长"乔云洲的妻子刀瑞娜，仍在"疯疯癫癫"地四处找寻丈夫的足迹；瑞娜的儿子刀瑞安，年龄很小就参了军，目前是自卫队的一名战士，一直陪伴在母亲身边，照顾这个整日以泪洗面的可怜老人……

"你父亲曾经有一个深爱的恋人，是命运的浪涛打散了他们，又把他卷到了我身边。"一天，瑞娜语气沉重地对儿子说，"现在，你父亲踪影全无，我相信他一定还活在这个世上。可是我们找寻了许多年也毫无收获，我想他一定是插着翅膀飞出了这个让他受苦受难的炼狱，去寻找自由了。也许，他又飞到了那个曾经的爱人身边……"

"母亲……斯人已去，我们活着的人应该好好珍惜生命，您别再折磨自己了。让我们对父亲尚在人世的信仰，成为继续活下去的安慰和动力，而不应为之备受煎熬。否则，我宁愿父亲已经永远离开，或许他还会永远在天上保佑和关照我们。"刀瑞安苦口婆心地劝说母亲，换来的却是那个一夜白头的老妇人怒不可遏的斥责："大逆不道，竟然诅咒自己的父亲，简直枉为人！"

"不是这样的，母亲，我只是不忍心再看你饱受煎熬度日如年。该放下的时候，就放下吧！"刀瑞安年纪尚轻，性格还有些叛逆，看着母亲这副惨状，又莫名挨了骂，心烦意乱，难免有些"出言不逊"。

瑞娜有时候骂骂咧咧一阵，会陷入沉思，接着完全忘记了和儿子先前的"恩怨"，又把所有心思集中在"寻找丈夫"这件她后半生唯一关注的大事上来。

"我有个想法。请老家的亲人帮忙，让他们去一趟你父亲的星北老家，找到他的初恋情人，也许就能找到你父亲。"瑞娜用颤巍巍的声音嗫嚅道，语气里有期待，又泛着醋意，女人复杂的心思尽显无疑。

"这或许是个办法，不妨一试。"刀瑞安敷衍地回了一句。在他看来，母亲的念头是可笑的，但也无伤大雅，不如就遂了她的意。

于是，瑞娜鸿雁传书，托熟悉的马帮，给老家捎去了一封信。一个多月后，一个满面沧桑、个头矮小但身体硬朗的老年男人，带着一个十六七岁、模样俊俏的少女，在一支小队马帮的护送下，风雨兼程来到米思罗。

这个男人叫阿旺，是掸邦高原甘果大土司山寨的老管家，瑞娜父亲一家最信任的一位亲信。他的父辈、祖辈，也都曾经是这里的大管家。山寨被扫荡以后，阿旺和家人始终没有离开，想着和主人们以及忠实的家丁们一起重建家园。只是，他的忠心耿耿，未能改变老主人夫妇相继含恨离世的悲剧。

阿旺带来的女孩子叫刀瑞兰，小名阿兰，是瑞娜姐姐的女儿，在瑞娜离家以后才出生，比瑞娜的儿子瑞安大半岁。一场灾难让阿兰成了孤儿，阿旺就承担起了抚养小阿兰的责任。这次，是瑞娜写信，让阿旺把阿兰带来的。姐姐生前和自己感情深厚，她决定亲自抚养这个孩子，毕竟自己是阿兰目前活在世上最亲的亲人了。

阔别多年，他乡见故知，阿旺、阿兰和瑞娜抱头痛哭。对于瑞娜的托付，阿旺信誓旦旦，但因自己年龄大了难以胜任，他承诺，会说服自己的儿子、孙子，去为公主效劳。

临走前，阿旺给瑞娜留下一个桃木首饰盒，说是老主人临死前交给他，让他有朝一日见到公主的时候转交给她。

首饰盒里面，躺着一对桃木剑。

神奇的是，当两把剑逆向合并，竟能产生双剑合璧之奇景——两把剑无缝衔接地拼合成一幅龙凤图。原来，这两把桃木剑上都有精美的手工雕花，分开时单独成画，拼合后就是一幅完整的图。

老管家不知其中玄机，瑞娜可知道。

那不是普通的龙凤图，而是一张深藏不露的"藏宝图"。过去，母亲在晚上哄女儿睡觉的时候，曾多次讲起这幅图的历史。传说那是瑞娜的祖先留下的一笔巨额财富，数量大得惊人，可谁也不知道究竟价值多少，又究竟埋藏在什么地方。因为，作为传家之宝世代相传的这对桃木剑所蕴藏的谜题，至今没有人解开过。

瑞娜甚至以为，连桃木剑的传说都是母亲杜撰的。

没想到，桃木剑的故事并不是母亲为了引诱她大脑里的瞌睡虫而信口胡诌的。至少，剑是有的，图也是有的，但究竟是不是藏宝图，那只有天知道了。

瑞娜留了个心眼，并未对阿旺透露这个秘密。这倒并非她对这位忠诚厚道的老管家怀有戒心，或是出自"守财奴"的自私自利，而是她记起母亲的故事曾经讲到，先祖们为了争夺这笔宝藏而发生过同室操戈、骨肉相残的惨剧。她可以想象，现在这个宝盒看似安然无恙地被她捧在手心，可它必定是蹚着腥风血雨走过来的，这一路，聚集了多少冤魂的叹息，多少亡灵的怨怒。

想到这，瑞娜冷不丁打了个寒战。如果宝盒的秘密传开，先不论孰真孰假，在这盗贼横行、浮云蔽日的"三不管"地带，恐怕又会激起一场新的风暴。尽管她和儿子相依为命，生活得如此困苦，以后还要抚养姐姐的女儿，可一想到，正是金钱和地位招致了她们一家的灾难，以及亲人们的枉死，瑞娜就觉得，财富，不一定是神灵的馈赠，也可能是魑魅魍魉酿制的一杯毒酒，香飘万里，惹人垂涎，而一旦碰了它，就会招致难以想象的厄运、苦难，甚至死亡……

千叮万嘱后，瑞娜依依不舍地送别了阿旺。她决心接替父母亲的使命，守护好这个传家之宝。当然，生活的困窘，以及自然而生的好奇心，驱使着她去揭开谜底，但她知道时候未到。现在的她，连自己和孩子们的性命都保护不了，又失去了丈夫这个顶梁柱，这个风雨飘摇的小家随时都面临倾塌的危险。她无暇，也没有能力去探寻。不过，凭着这莫名加速的心跳，她预感到，这个谜团就快要解开了。

不得不说，瑞娜这个外表柔弱的女子，确实有着常人难及的远见卓识。只是，她能预感到大事将至，却无力控制事态的发展。

一个万籁俱寂的午夜，刀瑞安从战友家聚会归来，看到自家房门竟然大开。他满腹狐疑地进了房间，闻见一种奇怪的类似熏香的味道，然后，看见一个黑影在他母亲和表姐的卧室闪了一下便跃窗而出。

"有贼！"刀瑞安追了几步没追上，转身回来喊瑞娜和阿兰，两人半天无应答。他惊慌地试探了一下两人的鼻息，呼吸均匀，他这才放心了。但他已无心睡眠，背靠敞开的大门坐下，为防再有贼人叨扰，决定当一晚上哨兵。

一直到天亮，两个女人才先后醒来，但都伴有头昏的症状。他们合计了一番，猜测是昨晚被人下了迷药。可是，这个家徒四壁的房子又怎么会引来盗贼呢？此外，这里是军营，一般强盗不敢贸然闯入。昨晚发生的诡异事件，该作何解释？

瑞娜突然想到了什么，一下把枕头挪开，找到了那个木制的小盒子，接着又紧张地打开盒子，看到一对宝剑安然无恙，她长舒一口气，把盒子紧贴胸口捧着，好像小娃娃怕心爱的玩具被抢走了似的。

看到母亲这副奇怪的模样，刀瑞安疑窦丛生，忍不住问起原委。

"孩子……我的孩子，原本我是打算等你父亲回来以后，我们再一起破解。"瑞娜两眼无神，喃喃自语，"看来来不及了，我这个老太婆保护不了它了。已经有贼人知道了宝盒的秘密，想要偷走它。"

"什么宝盒呀？"刀瑞安和阿兰紧张又好奇，盯着瑞娜手中的木头盒子瞧个不停。

于是，瑞娜把儿时从母亲那里听来的有关这个宝盒的秘密，对孩子们和盘托出。听说居然有一笔祖传的宝藏等待自己去挖掘，两个孩子惊奇不已。

一天，瑞娜突然疯了似的在屋里踱来踱去，收出一堆衣服和干粮，用两个破背包装满，塞给刀瑞安和阿兰："孩子们，此地不宜久留，你们赶紧带上宝盒，去追赶阿旺伯伯的马帮吧，然后，让阿旺把你们送到采兰国，送到你们父亲那里去……"

刀瑞安以为母亲疯病又犯了，急忙说道："母亲，母亲啊，我们哪里也不去，我要守着你，保护你！"

"可我保护不了你们！"瑞娜大吼一声，使出浑身的力气，把两个孩子往门外推。

两个孩子知道瑞娜心意已定，无奈只好答应。

"母亲，我们一起走吧？"刀瑞安双眼噙着泪，劝说道。

"我……我不能走，我要守在这里，万一你父亲中途回来，找不到我，我就又失去他了……"瑞娜也是老泪纵横，"无论怎样，我也不能亲眼看着孩子们出事，你们逃出去，就还有一线生机。只是，这或许是我们此生最后一次见面了。"

三个人抽抽噎噎，哭成一片。最终，敌不过瑞娜的执拗，刀瑞安搀着姐姐阿兰，背上行囊，朝着阿旺离开的方向，当晚启程了。

在瑞娜示意下，两人将宝盒中的两把剑各自揣着一把。这样，即便其中一把落入盗贼手中，也不能拼合整幅龙凤图，对方也无计可施。

一波未平，一波又起。

那天，刀瑞安和阿兰去追赶阿旺的马帮，正在穿越一片丛林。气候炎热，走了这许多路，两人都觉得口渴难耐，而水壶早就空空如也。刀瑞安听见不远处有河水淌过的潺潺声，放眼望去，一条系在山腰的银丝带，在阳光照射下泛着光。两人惊喜不已。

刀瑞安安顿表姐在一块较为平坦的草地上坐着休息，便去取水。离开的时候，他回了一下头，看到阿兰正屈身轻抚着一株白色的水仙花出神，那画面有一种如梦如幻的美，让他想起了《罗马神话》中的山林女神狄安娜。

暗自欣赏了几秒钟，刀瑞安才依依不舍地走开。他身手如猕猴般敏捷，上蹿下跳，眨眼间就来到了小河边。他看向阿兰所在的方向，却发现已经被密密麻麻的灌木丛给遮挡住了。

不知为何，刀瑞安心中隐隐有些不安，他后悔没让阿兰一起跟来。于是，他匆匆忙忙装好水往回赶。

没想到，他的担心成真了：那个娉娉袅袅的身影，他幻象中的"山林女神"，消失在了广袤而幽静的山林里。

他四处找寻无果，只能回米思罗找母亲，在深夜回到了自家老屋。他看见，在那间母亲发誓坚守一生等候爱人回家的颤巍巍的茅屋里，一具形同槁木的老妇的身子，被一席沾满灰尘却依旧光彩照人的嫁衣包裹着，跪坐在里屋的竹席上，纹丝不动，她的头向下耷拉着。

刀瑞安惴惴不安地走过去，想扶起母亲，发现母亲的手已瘫软。

瑞娜，他的母亲，已经去世了。

记不得发了多久的呆，刀瑞安强打精神，流着泪把母亲的遗体背到"烈士陵园"附近，把母亲生前最珍爱的几件旧物，她的嫁衣，父亲送的手帕，连同那把交予他保管的桃木剑，一起埋了。

令刀瑞安始料不及的是，第二天天亮，当他带着用木板自制的墓碑和笔墨来到母亲坟前，准备为老母立碑的时候，竟然发现坟墓被掘开了，遗体和遗物尚在，而那把桃木剑不翼而飞了！

刀瑞安彻底崩溃了，他发疯似的狂奔，一边怒吼着，见人就拳脚相加，打伤了好几个路人。最终，已精疲力竭的他，被人合力制服扭送到了司令部。

看到乔云洲的儿子疯成这样，长官们经简单商议后，决定将他驱逐出米思罗，任其自生自灭。

这时，一个"老朋友"挺身而出：

"父作不善，子不代受。他父亲虽有过错，但毕竟是立下过汗马功劳的三朝元老。因而，先前对他的处决，在部队上也有一些非议。如果我们能够不计前嫌，善待他的遗孤，这样的义举必然能够赢得人心，为长官们日后在部队树立更高的威信！"

这番慷慨陈词几乎无懈可击，立马就得到了长官们的许可。于是，刀瑞安留了下来，继续在自卫队。

"身在曹营心在汉"的刀瑞安内心从未平静过，父亲失踪、阿兰失踪、母亲身亡，以及他陪葬在墓中的桃木剑失窃之疑云，一直盘桓在他心底，未曾散去。他在内心暗暗发誓，一定要找机会探究真相。

多年来，刀瑞安跟随辛亮打天下，成为团长的心腹。几年后，团长派他外出潜伏，代号"游侠"。

团长相信，他处心积虑布下的秘密棋子，终将发挥出乎他意料的神奇力量。

第十八章　红罂粟

"醒醒，醒醒啊……"

昏睡中的阿兰隐约听见有人在呼唤她，那声音仿佛来自遥远的天际，空灵而不真实。她微微睁开眼睛，感觉眼皮像被胶水粘住了一般沉重，视野模糊，好像有一朵硕大的红色花朵在她眼前摇曳，那玲珑有致的线条，让她想起了故乡漫山遍野的罂粟花，也是那样妖娆多姿。

"红罂粟"还在不断呼唤她，阿兰这会儿稍稍清醒了一些。她定睛一看，原来并非是什么花，而是一位身着红裙的美丽少女。

"太好了，你醒了！"那个女孩脸上绽放出灿烂的笑容。

"我……"阿兰刚刚从梦境中醒来，头脑还有些发蒙，她想问红衣少女自己在哪里，却半天吐不出一个字。于是，她挪动身体，想要坐起来，这才发现行动困难。原来，自己的手脚竟被绳子捆住了。

环顾四周，阿兰看见自己是在一个茅屋里面，地上铺着一些杂草，四周堆放了一些木箱子，没有家具。太阳透过一扇小窗照射进来，使整间小屋有种朦胧的神秘感。

那个红衣少女跪坐在她身旁，手脚也被捆住了。阿兰见她好像年龄比自己小，却显得比自己稳重。

"姐姐，不要怕。我们被绑架了，那些坏蛋就在外边。"红衣少女一边说着"不要害怕"，一边说着让阿兰害怕的话，"我猜这些家伙是从山上哪个匪窝钻出来的，我看到他们往这些箱子里装鸦片，应该是准备运货去了。这些坏蛋不仅贩毒，也贩人，估计是想把我俩卖给哪个有钱的乡巴佬当老婆！"

听到这里，阿兰紧张得眼泪都要流出来了，她连恋爱都没谈过，对男女之事一无所知，一下听说要让她给别人当老婆，这可怎么受得了！

看到阿兰惊慌失色的样子，红衣少女又努力朝她凑近了一点，用温柔的声音安慰她："姐姐，你看他们这么忙，顾不上咱们，待会儿趁他们不注意，我们偷偷逃出去！"

虽然觉得希望渺茫，也知道对方是在安慰她，但当人身处绝境的时候，安慰的话语总好过打击。阿兰不知道如何对这个喊她姐姐的漂亮姑娘表达感激，只能像小鸡啄米一样不停点头。

红衣少女轻描淡写地对阿兰聊起了她的身世。

她说她叫阿粒，是个孤儿，小时候被狠心的亲戚卖给一个小土司当童养媳。她从小吃尽苦头，在非人的折磨和侮辱中长大，直至遇上她的初恋情人——隔壁寨子里的一个长工，那个"长着一双迷人的丹凤眼，白净斯文的美男子"，后来长工入伍……

阿兰无心听故事，心里七上八下，巴望着奇迹赶紧出现，她和阿粒能早点儿从这个狼窝逃出去。就在这时，隔着窗子，两个男人的低语声传了进来。

"我有点担心，"其中一个说，"团长只是让我们去侦查对方的情况，而我们竟然在那些老兵眼皮子底下掳走了他们的姑娘，虽然做得不留痕迹，甚至连队长也以为我们只是在半路捡了个宝贝。可毕竟这丫头来历不简单，我们会不会因此引火烧身？"

"不用担心，我们一路小心翼翼，神不知鬼不觉，对方不会察觉的。再说了，团长自己不也掳了个姑娘回来吗？看来他和我们一样都好这口，大哥莫说二弟！回去以后，团长不追问，咱兄弟就各自和姑娘成亲。若要追责，大不了忍痛割爱，把姑娘献给团长做礼物，咱俩长了脸，以后跟着团长吃香喝辣加官晋爵……"

原来，阿粒猜得没错，这个数十人组成的运输马队，成员大多来自米思罗。这次，他们是受人所托，要送一批货给神秘买主。

而这两个男人提到的团长，不是别人，正是那个野心勃勃的辛亮。此时的辛亮"身在曹营心在汉"，表面上忠诚于自卫队禁毒，背地里却勾结各路豪强土匪，靠走私鸦片敛财。

阿兰、阿粒被绑来的这个山寨，是在辛亮控制下的一个秘密基地。但阿兰先前在米思罗待的时间不长，还未曾与辛亮碰面，对于团长这个名字更是一无所知，因而对于自己的处境，她自然是一片茫然。究竟谁绑了她来？目的是什么？在她纷乱如麻的大脑里，理不出一点头绪。

这支队伍出发前，团长收到消息，它兰国军方已经联合采兰国星北边境的特种部队，开展大范围大规模的缉毒行动。天罗地网已经铺开，他们此次"出征"可谓危机重重。

人为财死，鸟为食亡。这一路，一定还有无数双贪婪的眼睛，隐藏在这遮天蔽日的灌木丛背后，虎视眈眈地注视着这支流金淌银的队伍……

辛亮对采兰国传统文化略知一二，他懂得"知彼知己，百战不殆"这个道理。出发前半个月，他便派出多支侦察分队，分赴征途沿线各大风险点，刺探情况。

这两个正在对话的男子，就是被派往星北边境，去侦察采兰国特种部队动静的侦察分队之一。

没想到，这俩侦察兵回来的途中，在森林里意外碰到了风姿绰约的阿粒。

两个男子唠着嗑，时不时地还发出一阵淫秽的笑声，让阿兰听得起鸡皮疙瘩。她听得不十分清楚，只觉得"姑娘""成亲"几个关键词格外刺耳，她以为对方说的是她，心想完了，自己的人生即将葬送在这些"饿狼"口中，不免心灰意懒，一心想寻死。

她忽然想到了什么，情不自禁地抚摸了一下头上的桃木簪子。

这个簪子是经由擅长木工手艺的刀瑞安改装过的，事实上有两层，外层做成酷似簪子的一个外壳，里面却藏了一把桃木剑。

"我还不能死，因为我肩负着保护传家之宝的责任。"阿兰蓦然清醒了过来，"人在，剑在。仁慈的祖先会原谅我的，如果不能用生命来践行这个诺言，我就以自己的血来祭奠这个未完成的使命。有人胆敢来侮辱我，或是想占有这个宝物，我就用这把剑戳穿他的喉咙！"愤怒使这个弱女子变得勇敢了起来。

阿兰正想着，却听到外面突然传来一阵枪声，吓了一大跳。门边的守卫也闻声跑开了。

"什么情况？"阿粒显得比她更惊慌，想要起身出去一探究竟，无奈自己被捆着，动弹不得。

两个女孩面面相觑，不知所措。

霎时间，一个身穿灰色粗布衬衣、皮肤黝黑、头发凌乱的男人闯了进来，一把抱起阿兰，把她扛在肩上，一边喃喃自语："团长说了，不能把你弄丢了！"然后看都不看阿粒一眼，粗鲁地开门冲了出去。

心跳骤然加速和呼吸不畅带来的窒息感，让阿兰又晕了过去……她隐约听到一阵爆豆般的枪击声和人的惨叫声。

十多分钟后，枪声停了。阿粒听见有几个沉重的脚步声，踏着腐叶青苔的苦涩气息，朝她所在的茅屋走来。

经过刚才的变故，阿粒猜测这几个人并非先前绑架她和阿兰的人，担心来者不善，她的心怦怦直跳。

门"嘎吱"一声开了，一个身穿军装，气宇轩昂的男子走了进来。看到目瞪口呆的女孩，他脸上露出了正义的笑容，"不要害怕，姑娘，你得救了！"

紧接着，军人给阿粒解开绳索，温柔地扶起她。

"我叫倪雪峰，是一名采兰国军人。"来人自我介绍。

阿兰迷迷糊糊间感到自己先是头朝下被人扛在肩上，身体被石头般坚硬的肩膀截成两段，胃部被抵得生疼，差点儿吐了出来。后来，她的身体猛地倒转了下，头朝上被人拦腰抱起。那人的一双臂膀紧紧地环抱着她，让她想起了小时候睡过的竹编摇篮。

当阿兰再次醒来，看到一张白皙俊朗的脸。

她还看到，不远处坐着几个英姿飒爽的军人，阿粒被一个看似他们长官的军人搀扶着，还有一个脸色苍白却依旧美丽非凡的女子，也被一个军人搀扶着。

"你醒了？"身边那张白皙脸的男人说。

想起方才的场景，那双温暖柔和的大手，阿兰脸也红了，低头不敢看对方的眼睛，小声说道："谢谢你救了我。"

后来阿兰知道了，这些军人来自采兰国星北边境的特种部队：搀着阿粒那位充满阳刚之气的男子，是他们的长官倪雪峰；另一个被救出的女子是倪雪峰的妹妹，叫作倪雪妍；搀着倪雪妍，那个看起来老实巴交的军人叫秦观……

只是阿兰并不知道，与她共患难的阿粒的另一个身份是"莉莉姐"，代号"红罂粟"。

市人民医院院长董天成，因为一次酒会与莉莉姐结识，不久后，妻子、儿子都莫名沾染上毒品。

"只要你们一家愿意为我们服务，危险就会躲得远远的，取而代之的，将是用之不尽的金银财富。"莉莉姐软硬兼施，对董天成发动了攻势。

威逼利诱之下，这个曾经发誓要一生致力于医学研究，悬壶济世的医学界泰斗，浑身颤抖不止，大滴大滴的汗顺着脸颊流淌下来。他正在进行着激烈的思想斗争，这是正义与邪恶的斗争，是大爱与小爱的斗争，是一位医学世家继承人的良知、理智，与罪恶、诱惑的斗争……

终于，董天成在莉莉姐面前认输求饶了："需要我做什么，尽管吩咐，请你们放过我的家人。"

…………

阿兰也不知道，救过她们的采兰国军人倪雪峰也差点儿命丧阿粒之手。

"今晚八点，在小碧寨阳关隧道口，你把车停在铁轨上，人坐在车里等候，你会见到你想见的那个人。"

挂完电话，阿粒心慌意乱。她爱那个救过她的男人，也恨他。她设计怀了他的骨肉，却仍换不来对方的一丝爱意。上头让她假传消息，把那个负心汉引诱到隧道口，在这段已然废弃的铁轨上，会奇迹般地驶过一趟列车，而那辆遵守诺言等候在铁轨上的吉普车，将会在一刹那支离破碎……

"他死了，我就安心了吧？"阿粒这样想着，反而越来越不安心，她的心里开始酝酿另一个计划……

另一头，不停看手表的倪雪峰，驾驶着一辆帅气的银灰色吉普，朝指定地点驶去……

第十九章　第二朵红罂粟

清晨的风透过微荡的纱帘，<u>丝丝缕缕</u>溜进颜香脂的闺房，像调皮的孩子用指尖挑逗她的双颊，凉凉的，痒痒的。鸟儿清脆的啼声，将原生态的晨曲演绎得婉转动人，旋律牵引着沉睡中的人儿，渐渐苏醒。

颜香脂缓缓睁开双眼，意识虽清醒，思维却有些模糊。

"这是哪里……"

她觉得窗外的鸟鸣声是那样熟悉，她想起了小镇老屋房檐上的琉璃瓦，古韵悠悠的木格子窗棂，她想起了妈妈早晨唤她起床时那温柔的声音。

"妈妈！"

颜香脂不自觉地喊出了声。等她从床上坐起来，才发现这并不是那间散发着木头香味儿的老屋，而是一间装潢得清新典雅，一看就很上档次的高档住宅。

"对了，这里是兰熙哥哥的家……"

颜香脂猛然忆起，自己被绑架又被救回到这里，已经两三天了。其间，她常常恍恍惚惚的，应该是董事长对她下药的后遗症。

绑架、下药、车祸、枪战……短短的几日里，竟然发生了那么多惊心动魄的事！好险啊，自己差点儿就要被死神带走了，多亏自己命中的骑士方思雅从天而降，还有那个穿越枪林弹雨的老人……

"爸爸！"

此时的颜香脂像个孩子。

房门一下打开了，那个佝偻苍老的身影出现了。老管家步伐急促地走到颜香脂身边，轻声说道："我的乖乖，你是怎么了？忘记我的身份，还有我们的关系，是应该保密的了吗？要不是方思雅那小子每天有晨练的习惯，现在，他该全听到了！"

老人今天没有穿军旅服，而是一件白色的坎肩汗衫。

看着老人布满鱼尾纹的眼角和那慈爱的眼神，颜香脂一把抱住老人："我不管那么多，我都好多年没喊过爸爸了，求求你，让我喊个够吧！"

她用双手环抱老人，因为用力过猛，右臂不慎碰到了老人左肩上包扎的伤口。一时间，血渍透过白色的纱布晕染开来。

颜香脂吓得大叫了一声。她想起父亲为了救她中枪的事，一时间悲从中来，不禁泪如泉涌。

秦观抱了抱女儿，安慰道："好了，孩子，你已经不是小孩子了。你是战士的后代，现在的你，应该学着做一名战士，勇敢、坚强！"

父亲的话，让颜香脂一时有些发蒙。

我只是个弱女子呀，虽然先前做过一些有违自己本性，出卖色相，玩弄权谋，暗中整人，挑拨离间的事，但那都是被逼无奈的，都是为了替父母报仇，为了……想到这，颜香脂心情灰暗极了。一想到自己劣迹斑斑，她痛悔不已。而这些，她根本没脸告诉为人正直的父亲。

看到父亲肩上那殷红的血迹，颜香脂觉得有些眩晕。

血、血……自己的一生，似乎都受到血的诅咒。每次看到血，不是将有灾难降临，就是灾难正在发生：

十二岁初潮来临之夜，床上暗红黏稠的血渍，神秘的羽毛男的脸，一通诡异的电话，然后，他们一家人走上了逃亡之路……

到新学校上课的前一天，梦见父母在火灾中丧生，身上脸上全是血，没想到，家里后来真的发生了火灾，一家三口险些葬身火海……

再来，就是十八岁的成人礼之夜……

太可怕了，那个晚上，太可怕了！

她无比珍视的那个东西，这世上除了赵兰熙，谁也没资格拿去的那个东西，就这么稀里糊涂地失去了。

颜香脂还记得自己清醒后撕心裂肺地尖叫，疯狂地抓扯着自己的头发，几乎要把头皮扯下来。

没错，那天以后，她不再有灵魂。她的灵魂，如同她的贞操一样，被魔鬼拿去了。

当颜香脂失魂落魄地晃荡在午夜的街头，一辆车缓缓开到她的跟前。车窗降了下来，她看到一张熟悉的脸。

"孩子，你怎么了，这么晚还在外面？你……哭了吗？发生什么事了？"

一连串关切的询问，来自那个与她没有血缘关系的法律意义上的"父亲"——颜荣。

"我……我没事……只是突然想起爸妈……心里难过……"颜香脂结结巴巴地回道。

现实中那残酷的画面，她一刻也不愿回想，更不可能再跟第二个人说起。如果烧一团火可以将那个秘密化成灰，她恨不得立即自焚，带着这个耻辱的回忆，一起从这个世界消失……

颜荣双眉微蹙，投射过来一种怀疑、怜悯等复杂情绪交织着的意味深长的眼神。他示意颜香脂上车，颜香脂犹豫片刻，然后默默地坐在了车后座。

她跟着颜荣回了家，她那没有血缘关系的"哥哥"颜宇热情地接待了她。颜家也有一个身体病弱的"妈妈"，早早睡去了。第二天颜妈妈醒来后听颜荣讲述了大致的情况，对颜香脂的到来表示欢迎，对她也十分亲热。

"孩子，以后你不住校的时候，就来我们家。本来，你也是我们法律意义上的女儿呢！"妈妈温柔地说道，让颜香脂感动不已。眼前的妈妈，仪静体娴，憔悴白皙的面容，竟和她那个躺在医院里的亲妈妈，有几分神似。

而哥哥对她超乎寻常的热情，那双一看到她就电光四射的魅惑的眼睛，简直让颜香脂有些不知所措。

平日里，颜香脂经常接到"爸爸""妈妈""哥哥"让她回家吃饭的邀请，但她大多时候都会婉拒掉，宁愿一个人窝在学校寝室里吃几块钱一盒的泡面。

虽然几乎成了孤儿的颜香脂，对亲情有着极大的渴望，这一家子的热情，会让她联想到董事长一家。

曾经，当她走投无路的时候，董事长一家仿佛上帝派来拯救她的天使，为她搭起了遮风挡雨的温暖小家……

与颜荣一家亲近以后，颜香脂最大的收获，是她深埋心底多年的疑惑，终于得到了证实。

那天，颜妈妈早早给颜香脂打来电话，说今天是颜宇的生日，让她务必来家里吃饭。这一次，颜香脂实在找不到理由拒绝了，只得应承下来。

既然是哥哥的生日，总不能空手前去吧。颜香脂思忖良久，不知道该送什么礼物。她蓦然想起颜宇胸前常常挂着一只精美的怀表，她又想起欧·亨利的经典小说《麦琪的礼物》中，妻子卖掉齐腰长发，给丈夫买了一条表链的情节，于是，她"东施效颦"地给哥哥买了一条精美的怀表表链。

下午，颜香脂带着精心准备的礼物，拎着一篮水果去了颜家。颜妈妈给她开了门，说正在准备晚餐，让她先上楼休息一下，便匆匆回到了厨房里。

颜香脂把水果放在客厅茶几上，想上楼看看哥哥是否在房里，好把礼物送给他。不然，当着爸爸妈妈的面，她有点不好意思。

想到这儿，颜香脂摸了摸包里那个包装精美的盒子，走向二楼。

"爸，不行，不能告诉她！香脂怎么受得了？"

刚走到楼梯间，从颜宇的房间传来了谈话声，还提到了"香脂"的名字。

没错，那正是颜宇的声音。

颜香脂有些惊诧，好奇心驱使她听个究竟。于是，她并没有出声，轻手轻脚地踱到了房间门口。然后，她停住了脚步，因为再往前就会被房间里的人发现了。

"孩子，你听我说。这件事，虽然真相很残酷，但香脂有权知道她父母的情况，更有权知道，究竟是谁造成了这样的悲剧！"

这是颜荣的声音。

听到"父母"两个字，颜香脂的心紧紧地揪住了，她感觉大脑一片空白，有只无形的手努力从她的脑子里伸出来，伸向那个房间，想要抓住一个很沉很沉的东西，然后拉回来……

"爸爸，有时候人活在梦境里会更快乐！她虽然不是我的亲妹妹，可我却觉得她比亲妹妹更亲，我不想看见她流泪、心碎……"

颜宇一番话说得情真意切、感人肺腑。

"那是你们这些天真小孩子的想法。而我，作为一名人民警察，作为执法者，必须对得起我这身神圣的警服和头上的警徽，我一定要将罪犯绳之以法！"

颜荣态度很严肃，但难掩他情绪的激动。

"她一直以为，她爸爸还活着，而她妈妈就像沉睡的白雪公主，总有一天她爸爸会回来，解开这邪恶的魔法，她还抱着一家团圆的希望……"颜宇也不甘示弱，继续争辩，"可是现在，你要让我当那个将童话消灭、将美梦斩断的残忍的刽子手。你……你要我怎么对她开口说，你爸爸早就死了，而你的养父林岳樯，就是导致你爸爸身亡、妈妈残废的罪魁祸首！"

"啊！"听到这里，颜香脂再也忍不住，大叫一声昏倒在地。

当颜香脂醒来，她看到自己躺在小床上，"爸爸""妈妈""哥哥"正焦急地围着她。

"香脂，你没事吧？"颜宇问道，言语里满是关切。

"我……"颜香脂刚刚清醒过来，脑袋有点蒙。可仅仅呆了几分钟，她便想起了自己听到颜荣父子对话的经过。

颜香脂的身体一下从小床上弹起来，她情绪崩溃地抓住颜宇的胳膊，泪流满面，声音哽咽："哥哥，我刚刚听到了你们的对话，你说的都是真的吗？我爸爸已经死了吗？"

"乖妹妹，你……你大概是做了什么噩梦吧？我……我可从没说过，也没听到过这些……这些事情。"颜宇一脸尴尬，说话吞吞吐吐。

"是呀，乖女儿。你大概是走得急了，天气又热，所以刚进门就突然晕倒了，可把我们吓坏了！你一定是做了什么怪梦，别理会，别理会啊！"妈妈递过来一条湿毛巾，说道，"来，洗把脸，缓缓劲儿，咱们吃饭。今天是个好日子，别想不开心的事了。"

颜香脂又把夹杂着伤心和质疑的眼神投向颜荣，只见颜荣爸爸很不自然地挪开了眼睛，不敢直视她。

"颜叔叔，这是真的，不是梦，对吗？"颜香脂用颤抖的声音问。

颜荣沉着脸，没有回话。

"爸！"颜宇着急地拍了颜荣的肩膀一把，"你发什么愣呢？告诉香脂，那只是一个梦，一个梦而已啊！"

颜荣继续不说话，但他脸上沉痛的表情几乎已经在诉说他心里的秘密。

"爸！"颜宇又拍了颜荣一把，大喊道。

"够了！"颜荣回道，"你爸这辈子从没骗过人，现在也不想说谎。该面对的总得面对！"

说罢，颜荣走出去了几分钟，回来递给颜香脂一个信封。

颜香脂从信封里抽出几张照片，不禁倒吸一口冷气。

其中一张是在一个丛林里，林岳嵚和秦观面对面站着，可以看出彼此并不友好，更类似谈判之类的场景。旁边的日期写着：1996 年 10 月 27 日上午 8:19。

还有几张连拍的照片是同一天的，可以分析出在这次非同一般的会面之后，一场突如其来的丛林火并发生，但见身穿迷彩军装的敌人突然出现，对第一张照片中的主人公发动了袭击。

随后的几张照片是秦观被迷彩军所擒，双手反绑，旁边的人拿枪抵着他的太阳穴。还有几张展示了秦观倒在地上，满脸是血，浑身是伤，双目紧闭的凄惨场景……

颜香脂已经不忍心再看下去，呼吸急促到快要窒息，接着痛苦地抽泣了起来。

"这是最近我们破获了一起贩毒案件之后，从毒贩大本营搜出来的照片，这才破解了你父亲当年失踪的谜团。而令我们意想不到的是，林岳樯竟然也出现在照片中。奇怪的是，在你父亲被贩毒组织绑架、殴打的一系列照片中，林岳樯却再未出现。所以我们现在怀疑，林岳樯是犯罪组织的眼线。但目前证据并不确凿，而当时涉案的犯罪嫌疑人全部被击毙，没有留下证人，这就成了一桩悬案。原本是应该绝对保密的，我知道你这么多年来被你父亲是否活着这件事折磨得茶饭不思、形容憔悴，我就于心不忍，想要第一时间告诉你真相。结果，我正在翻看这些资料的时候，被颜宇看到了，他非要打破砂锅问到底，我只有告知了他。"颜荣表情凝重地回忆道。

"是呀，爸爸说要告诉你，可是我反对，怕你接受不了这个打击……没想到我们的这番对话，恰好被你听到了。"颜宇补充道。

颜香脂确实受了天大的打击，这时眼泪也已流不出来，一双大眼睛呆滞地看向未知的方向。她的这副样子，任再心如铁石的人，也会为之心颤。

然而，几分钟后，这双柔弱无助的眼眸却突然变得坚定了起来。

"我去。"

她说道。声音很小却斩钉截铁。

"去哪儿？"

颜荣问。

"去干吗？"

颜宇再问。

"我去，调查林岳樯的犯罪证据。"

颜香脂答道，眼里闪过一道寒光。

生日晚宴照旧举行，尽管围坐桌前的每个人都在强撑笑脸，气氛却凝重得像是在办丧事。

妈妈准备了一桌好菜，颜香脂却一口也吃不下去，她觉得手中的筷子仿佛有千斤重，怎么也伸不到嘴里。那一桌八珍玉食，一沾到她的口水却仿佛变成了黄连，那种苦涩，一直苦到了心里。

颜宇一直心疼地看着她。爸妈也是面面相觑，叹息不已。而后，爸爸使了个眼色，颜宇便拽着颜香脂出门去了。

心情沉重的颜香脂像个木偶，任凭牵线的人随意摆弄。她随着颜宇来到酒吧，在男伴温软抚慰的耳语声中越发意识迷蒙，有失常态地大口大口喝着啤酒，希望自己的烦恼能和这些入杯即化的泡沫一样，从浓烈变得淡薄，从有形化为无形……直到自己不省人事。

现在，颜香脂最害怕的两件事，一个是睡觉，一个是醒来。每次闭上眼睛，那些可怕的回忆就会在她的脑海里汹涌澎湃，而每次睁开惺忪的双眼，可能又会有更可怕的画面呈现在眼前。

第二天清晨，当鸡鸣声将她唤醒，她看到自己睡在一个陌生的房间，一张陌生的床上，旁边躺着一个陌生却又不陌生的男人——他那没有血缘关系的哥哥，颜宇。

不知为何，这一次，她既没有很震惊，也没有很愤怒，更没有哭闹。相反，当那双温柔的电眼投向她，当那双温暖的长臂拥着她时，她没有拒绝，没有避让，而是像一头被猎人射伤的困兽一样，默默地垂下头，麻木地倒在了猎人的怀中……

林岳樯同样很迷惘。

"成人礼之夜"过后，那个靓丽而忧郁的女孩从他的生活中蒸发了。从拒接、挂断，到电话那头传来"嘟嘟嘟"的忙音，林岳樯没有放弃过每天拨打那串熟悉的号码。

一向意气风发的林岳樯开始变得魂不守舍。这种怅然，并非源于对爱女的惦记，更非对情人的牵挂，而是一种难以言喻的，对命运隐隐的担忧和大难临头之时自然而生的恐惧与愁闷。一种类似"被迫害妄想症"滋生的心理疾病，在摧残着他的脑力。

林岳樯心如明镜，这场非同寻常的艳遇，并非上帝恩赐他的奇缘，而是一颗受神秘力量操控的糖衣炮弹。他将酒瓶子秘密送到自己的一个科研基地，交给一位最信赖的研究人员进行检测，发现瓶底残留的液体里，除了酒精，还掺杂了其他成分。

检测结果证实了林岳樯内心的担忧。他感觉到，有一股他看不到、摸不着，却能让他坚如磐石的意志一触即溃的强大力量，正像魔鬼伸出的爪子一样，紧紧地锁住了他的咽喉。

"您好，林董！"

一个细雨迷蒙的清晨，正当林岳樯心急如焚，在办公室舒适的老板椅上如坐针毡之时，一个轻柔的声音打开了他沉闷许久的心房。

他看到，一袭红衣，一枚醒目的红唇，一张浓妆艳抹却依旧难掩清纯的美女的脸；那行走的姿态，妩媚得像一条蛇；那不自觉就自然成型的兰花指，与那婀娜的身形组合成了令人迷醉的线条。

"我是颜宇总经理的新秘书，特来向您报到。"

对方说罢，那双摄人心魄的电眼送来秋波。分明热情万丈，却不知为何，让林岳樯感到一股彻骨的寒意。

第二十章 捉影捕风

"你爸爸早就死了，而你的养父林岳樯，就是导致你爸爸身亡、妈妈残废的罪魁祸首！"

颜荣口中说出的这句话，仿佛一记惊雷炸裂颜香脂的五脏六腑。她猛地将杯子放在桌子上，空旷的房间里回荡着"嘭"的声响。她深呼吸一口气，转头看向窗外，远处的高楼大厦淹没在了黑暗里——"正如我一样"。在她的那双黑亮的瞳孔中，这个世界的倒影彻底崩塌。

她痛恨这个世界。

她闭了闭眼，再次睁开时，眼底的焦躁消失了。她变得更加冷静，仿佛是一颗哑弹埋进深深的土壤。

结束了一天的工作，颜香脂下班后静静地走在街上，低着头，她看不清前路，耳机里播放的音乐把她与整个世界隔绝。双层的衣服，包裹着她已经冰冷的身体。立冬，并不算冷，只是天黑得很早，可是颜香脂却觉得自己已坠入冰窟。

回到自己的小屋，一股自由的气息迎面扑来，颜香脂像泄了气的皮球，回到原本慵懒的状态。她瘫软地倒在沙发上，充分地享受沙发松软的怀抱。包里手机振动的声音响个不停，她不耐烦地拿出手机，看也不看一眼就按下接听键。

"喂？谁？"

"你可终于接电话了！再不接，我就叫爸爸找人了……"

颜香脂听到这个所谓哥哥的声音，不由得把手机拿远了一点。

"我叫妈妈熬了海鲜粥，我给你送过来，这些天你在公司忙，辛苦了！"

"不，你别送过来了，我刚吃过，现在只想睡觉。"

颜香脂迅速地挂断电话，按下关机键，对于颜宇的关心，她没有感到一丝温暖，她的身体剧烈地颤抖，眼泪吧嗒吧嗒地掉在地板上。

那天从悲伤中醒来，呆滞的眼神里透出的坚定，暗藏着一抹阴郁的杀气。

第二天清晨，"满血复活"的颜香脂站在林氏集团大楼前，仰望这栋高耸入云的摩天大厦，深深地吸了一口气。踏进大楼，她将会是另外一副模样。她拢了拢头发，一丝邪恶从她脸上划过。一想到林岳樯那纷乱的眼神，颜香脂就像打了鸡血，脚上的高跟鞋踩出轻快的节拍，仿佛那是她计划进行的节奏。

一天的工作结束，颜香脂的神经再次放松，橘黄色的灯光是前方唯一的温暖。她快步走过马路，两侧的空旷让她有些不安，仿佛有一只手牵着她走向路旁的巷子。巷子很深，看似清晰却又模糊，巷子越来越窄，窄得让人有些透不过气来。

"嘟嘟"，一声尖锐的喇叭声穿透耳机，传递到颜香脂的耳膜，她惊愕地抬起头，看见一辆黑色桑塔纳疾驰而过，消失在黑暗的尽头。她掏出一只手来，擦了擦眼睛，一丝冰凉刺痛颜香脂的心，她深深吸了一口气，向着橘黄色的灯光走去。

KTH 酒吧，灯光晦暗。

它处于街头转角一个不引人注目的地方，这座小城唯一的一座欧式酒吧。这里虽不算大，却人声鼎沸，就算说话的声音比平时还要再大十几个分贝，也要竖起耳朵才能听到对方的声音。

角落里，半圆形的沙发上坐着一个身穿棕色夹克的男人，左手中一瓶20年的金铃威士忌已经去了一半，琥珀色的液体在昏暗的灯光下显得更加幽深，右手拿起酒杯，他闭眼，仰头喝了一口，浓烈的酒精味充斥了他的口腔。威士忌复杂的口感像极了他的人生，从他的口腔直达胸膛。

当然，他今天来到这里并不是为了品酒。朦胧的灯光打在他的脸上，黝黑深邃的眼眸里透出隐隐的忧伤。他，厌恶这个世界。曾经，他近乎疯狂地想毁灭这个世界，大脑无法支配拳脚，只要握紧拳头，见人就打，他把每一个靠近他的人都当成魔鬼。父亲的失踪、亲人的失散及母亲的离世，都是他心底燃烧的烈火，随时都有可能迸出火花。

酒精沸腾血液的同时，染红了他的双眼。一小块鲜红的和田玉吊坠在他眼前晃动。他穿梭在密林，看到一朵正在盛开的水仙伸出长长的舌头，那舌头红得像火，卷走了他的"狄安娜"，他来不及抓住她的手，就被一条巨蟒缠住身躯，他拼命地挣扎，疯狂地反抗……

这个陌生的小镇一直以来对他有着迷一样的吸引力，他虽然来过好几次，却没有丝毫的厌倦。

"或许真如母亲所说，这里隐藏着一个天大的秘密。"他啜饮着酒，眼睑微垂，这样的梦境不止一次在他的脑海里出现。

大脑飞速地转动，当时，如果没有那个人的介入，他也许已经找到了答案——

"你是我们要找的人！"

"不！"

"你是最合适的！"

"不，我不是！"

他烦躁地向酒杯里注入琥珀色的液体，忽然浑身起鸡皮疙瘩，像蚂蚁在撕咬他的灵魂。他将酒瓶垂直，却不见一滴琼浆玉液滑出，他重重地将酒瓶放在桌子上，狂吼着：

"A bottle again!"（再来一瓶！）

"A bottle again!"

"Did you hear that, asshole？"（你听见了吗，浑球儿？）

一个年轻的侍者拿着一瓶20年的金铃威士忌，琥珀色的液体晃动着，像大海翻起的波涛。侍者小心翼翼地把酒放在桌子上，夹了两块冰放在杯子里，并倒了半杯威士忌。酒精遇上冰，马上升腾起一团模糊的雾气。

"Please, sir."（先生，请慢用。）

他粗暴地将威士忌灌进自己的喉咙，连同雾气一起吞下，就像吞下心中的仇恨。他看到了那双眼睛，那双让他永远无法释怀的眼睛，正盯着他，直至他一点一点恢复理智……

孟旗生仿佛醉得有点不省人事，但是他脑子却很清醒，这归功于他受过特殊训练的结果。那种严苛而又残忍的训练，为了正义和复仇，他必须忍受。

小腹绷得发紧，他打了一个激灵，身体酥麻而又狂躁，他必须上个厕所了——训练可没教如何应对这个。他跟跟跄跄地站了起来，头重脚轻地朝着厕所的方向走去。他一抬头，恍惚间，一个身穿黑色风衣的男人正向厕所走去，从他的角度看不到男人的正脸，只看到一个背影。

那个背影似乎有些熟悉，他眯起眼睛，在脑海里快速搜索，但是从头到尾搜索了一遍，关于这个背影的信息还是很模糊。被酒精麻痹了的大脑顾不得仔细想，他快步跟了上去，假装醉了到处乱撞，暗中将每个蹲位都查了一遍，没有……没有！没有那个身穿黑色风衣的男人，只有卫生间里弥漫着的一股淡淡的檀香味儿。

卫生间的窗外，一道刺眼的车灯亮起，被夜色包裹的一辆黑色桑塔纳，向西疾驰而去。

孟旗生驱车驶向桑塔纳消失的方向，一个三岔路口，一条是来时的路，一条是通往葛润市的必经之路，最后一条是通往一个灯光稀疏的地方，他不知该往哪儿走。

一阵风吹来，孟旗生打了个冷战，他紧了紧身上的衣服，酒精让他有些头晕，他决定朝着葛润市的方向走，回到自己的家。

第二天早上，孟旗生被一种特殊的铃声叫醒，那是他的另一个联络号码。他迅速地穿好衣服，扫了一眼信息："十点半，市一医门诊大厅。"

"林岳樯不就是住在市一医吗？"孟旗生摇了摇头，他习惯性地把信息删掉，这是他从业的习惯，也是他必须严格执行的命令。

方婧雅安然地来到病房，看着躺在床上的林岳樯一动不动，冷冷地笑了一下。残墙上那朵倔强的花，艰难地生长，风中摇曳的花朵，像一张笑脸在她眼前慢慢放大……

听到有人开门进来，方婧雅转过身，来人脸上带着惊喜的笑容："婧雅，你回来了？你这几天跑哪去了？"

"云云？"

陈云云伏到她耳边悄悄说道："主任都有点冒火了，说你不告而别，还准备报警呢！这不，派我来替你顶几天班。"

方婧雅不适地偏了偏头，淡淡地说道："嗯，我知道了，我待会儿就去给主任解释。"

"嗯！既然你在，我就先走了。"陈云云说完这句话后就踩着轻快的步伐走了。

孟旗生迈着不紧不慢的脚步走进医院门诊大厅，他左右环顾了一眼，走向一个挂号窗口。窗口前挂号的人们排着不长不短的队，孟旗生慢慢地靠近队伍，跟着挂号的人群向前移动。等他前面的那个人缓慢地挪开身体，孟旗生就迅速地把手伸进窗口："心脏内科。"孟旗生一边把钱递进窗口，一边悄悄地把另一只搭在窗台上的手捏紧，然后自然地放进裤子的口袋。

挂完号后，孟旗生又不紧不慢地从楼梯上到三楼。在三楼的走廊里，他转身向楼下的大厅看了一眼，微微地点了点头，他的动作迅速而细微，常人是无法察觉的，然后他径自向候诊区走去。候诊区里等待叫号的人很多。他看了看手表，此时已经十点四十五分，他又抬头看了看墙上的显示屏，前面还有五个人，他站起身向洗手间走去，悄悄摸出字条，迅速地看了一眼："林岳樯将在一周内康复，密切注意他的行踪。"孟旗生打开火机，烧了纸条并点了一支烟。字条燃烧的灰烬顺着水流旋转而下。

孟旗生问完诊，走到门诊大楼的后门，这里是通往住院部的必经之路。他决定去探望一下林岳樯，顺便看看外甥女方婧雅好不好。

在这个城市，孟旗生有很多理由去看望那个和他一样被谜团包裹的男人——林岳樯。在团长面前，他是对付林岳樯的游侠——刀瑞安；在上级面前，他是一名卧底警探，颜荣和林岳樯都是他的调查对象；在林岳樯这儿，他是阿兰的表弟，是林岳樯的心腹……

B栋2701的VIP病房，门被轻轻推开。方婧雅抬起头，看到来人是孟旗生，她便直起身子，走过来笑着轻唤了一声"舅舅"。

方婧雅和表舅是不久前才相认的。有天晚上，她坐着闺密颜香脂的车外出兜风，却不想被交警拦了下来。

"美女，请出示一下你的证件。"一个身穿交警制服、外表痞痞的中年男子，对驾车的颜香脂说道。

就在这时，交警的手机响了起来，方婧雅听到一首熟悉的旋律，是女声清唱，竟然是儿时妈妈经常唱给她听的一首歌曲，不禁心潮澎湃。

待那名交警接完电话，方婧雅激动地问道："您怎么会用这首音乐做铃声？"

"哦，这是我母亲过去喜欢哼唱的一首他们家乡的歌曲。母亲去世以后，也不知为何，我耳边经常回荡起这支旋律。于是，我有一次回母亲的老家，就央求他们那位有名的'歌后'高歌一曲，并录了下来，回来自己用软件把录音编辑成了手机铃声……"交警很有耐心地解答。

"真巧，我妈妈，也爱唱这首歌……"方婧雅吞吞吐吐地说道。

就这样，因为一首手机铃声，她和表舅相遇，相认，当然这是后话了。

"婧雅，你还好吗？"孟旗生看到外甥女满脸倦容，两颊有隐隐的泪痕，露出了疑问和关切的神情。

"舅舅，我想妈妈了。"方婧雅哽咽道。

孟旗生把方婧雅拥到怀里，抚摸着她的头："舅舅会帮你把妈妈找回来的。"

"嗯。"方婧雅一边答应着，一边拉着舅舅的手来到医院外的露台上，并向孟旗生讲述了她这两天的踪迹：那个奇怪的地方，是一个风景秀丽的地方，与她生活过的乡村、都市都有着不一样的景致。一栋古老而优雅的白色别墅，像一尊身穿白裙、气质冷艳的古典少女的塑像一样惹人喜爱。少女在一片绿意盎然中静静沉思，绿色的灌木、绿色的山丘、绿色的原始森林，一切都是那么美，那么清新，却又那么神秘。

"他们说，那是妈妈曾经住过的地方。"方婧雅一字一顿地复述道。

孟旗生屏住呼吸，他的心中涌动着不安，复杂的滋味喷薄而出，沸腾的血液再次燃烧。

一样的血脉，相似的命运，可是这些本应该是他来承受的呀！孟旗生的脸色已经泛白，他极力地控制自己，看来他要加快步伐了。

孟旗生一边安慰着方婧雅，一边极力地回忆那个背影和那股淡淡的檀香味儿。

第二十一章　初显端倪

　　孟旗生安抚完方婧雅，便与她一同来到 VIP 病房。他看到林岳樯安静地躺在床上，若不是正在呼吸的胸膛微微起伏，他们会怀疑是一个蜡人躺在那里。

　　起初，当林岳樯告诉自己，他内心一直对阿兰一往情深、情有独钟，只要能找回失踪的阿兰，他不惜付出一切代价，孟旗生的心底充满了对这个人的感激与崇敬。而现在，孟旗生与方婧雅一样，内心充满了疑问：这个谜一样的男人，此时像一座休眠的火山，谁也料不到那惊天动地的喷发，会在什么时候发生。他，到底是一个怎样的人呀？

　　"哼，真不愧是特种兵出身。"孟旗生心里暗暗嘀咕着。

　　方婧雅走到窗边，把淡蓝色的百叶窗又打开了一点儿，更多的光亮打到林岳樯身上。猛然间，孟旗生发现林岳樯的眉眼，让他感到很熟悉。左边眉头冒起一座小山丘，好像很多忧愁聚集在那里，可仔细看却是左边眉头上的那块骨头要略高于右边眉头。当人处于站立时，这块"高地"是不易被发觉的，平躺下来才会显现出来。这时，孟旗生的脑海里顿时浮现出一个画面，他不由得倒抽了一口气。

　　"怎么了？"方婧雅察觉到舅舅的一丝异样。

　　"没什么，我只是想到我还有事，我要先走了。"

"好的，舅舅再见！"

记忆之轮飞速旋转着。

若干年前，在海拔 1300 米的米思罗山上，一群孩子像猴子一样穿梭在密林里，那里气候温和湿润，终年云雾缭绕，林木葱郁，每年五月到七月，这里是花的海洋，到处充满了魔性的力量。

山的东北方向，有一座寺院。那是青麦规模最大的寺院，寺内有青铜佛像，四周的壁画栩栩如生，寺院周围苍松翠柏，古木参天，两条用彩色玻璃片和扇形彩釉小瓷砖绘就的巨龙，各有大小 7 个龙头。巨龙雄踞石阶两侧，龙首高翘，威风凛凛。寺院内的大金塔闪着金光，像一轮太阳照耀在刀瑞安的心房，那里供奉着他崇拜的大英雄。有一年的泼水节，也就是在罂粟花含苞待放的时节，父亲带他去过一次。

刀瑞安在心里默默盘算，回到家里，一定去央求父亲，再带自己去寺院参拜一次。刀瑞安告别了同伴，像一阵风似的跑回家里，撞开房门，看到父亲躺在竹床上午睡，均匀的呼吸显示他已经入睡。刀瑞安蹑手蹑脚地走到床边，仔细看着父亲，他长到了十二岁，还从未这样认真地端详过父亲：父亲的左眉头上鼓起一个小包。

"难道父亲有什么忧愁？"他轻轻用手抚摸父亲的眉头，想把父亲的忧愁驱散，他的手触摸到眉头，原来那只是一小块凸起的骨头。

葛润市的大街上，人群像河水一样缓缓流动，此时的阳光多像大金塔的光芒倾泻在波光粼粼的河面上。

孟旗生抬起头把目光投向街道中心的标志性建筑，沐浴在落日余晖中的海关大楼只剩光影，仅能看见它那酷似佛塔的形状。一股莫名的忧愁缠绕着孟旗生，他定了定神：有些想家了。

孟旗生略显茫然，他现在正处于葛润市的十字路口，他该往哪走？他回头看看刚才走过来的路，这儿离市一医已经很远很远了，往左是一条繁华的商业街，那里聚集着各种各样大大小小的商铺，其中还穿插着几条美食街，可以品尝到全国各地乃至国外的一些特色美食。此时，海关大楼上大钟的指针已经快要指向十二点。孟旗生想了想，干脆去找一家能解乡愁的餐厅饱餐一顿。于是他决定左转，融进了茫茫的人海中。

孟旗生不知道的是，当时躺在床上的林岳樯，除了那枚天生有些特殊的眉骨，那萦绕在眉宇间的忧愁，其实是真的。就在前晚，林岳樯经历了一件大事，而这件事产生的反转效果，是让所有人都始料不及的。

时钟转回到十几个钟头前。当时，病床上的林岳樯，还只是一个与他容貌惊人酷似，两边眉骨一般齐的"仿冒品"。而真正的林岳樯，正强抑着剧烈的痛苦与愤怒，心怀手撕仇人的愁肠快意，正襟危坐，磨刀霍霍。

"老大，董事长给您带来了！"黑衣人顿了顿，"老大放心，绝对是活的，在地下室关着呢。"黑衣人暗自吞了一口唾沫。黑衣人在林岳樯身边待的时间不短，但他从没见过林岳樯像现在这样，冷若寒冰，面无血色。外界传说林岳樯心狠手辣，是靠着盘剥、行贿和不择手段发家的，尽管这其中有些事还是他亲自经手的，但他总还是觉得，林岳樯是个情深意重的人，至少对自己不薄。他知道，儿子去世的事情给了林岳樯莫大的打击，从他额头新添的皱纹，两鬓冒出的白发便可以看出，不由得对这个外表坚强的老大心生怜悯。

"嗯。"林岳樯面无表情地走了出去。低头思索的黑衣人赶紧跟了过去，没有发现林岳樯眼底一闪而过的寒光。

"喂，起来！"在一间光线昏暗的密室里，黑衣人朝着躺在地下的人踢了一脚，但那人依旧一动不动。黑衣人一把抓住那人的衣领，直接拎了起来，"喂，别给我装死！"斜靠着墙坐在地上的高个青年丝毫不在意自己的处境，慵懒地睁开了眼睛。

"嘿，人家有名字，别老是'喂喂'地叫。"青年泰然自若的表现让黑衣人吃了一惊。

站在黑衣人斜后方的林岳樯缓步向前，显然是很满意那人刚才的反应，嘴角噙着若有似无的冷笑："是个好名字，董——事——长！"

看到林岳樯出现，董事长眼里闪过一丝惊愕，不过转瞬即逝。林岳樯瞅了瞅黑衣人，又扭头看了看放在角落满是灰尘的椅子，打了个手势。黑衣人把董事长扔在椅子上，转身出去了。

"好久不见啊，董公子。"房顶的吊灯照在林岳樯的脸上，将他惨白的脸映照得更加阴森冷峻。

"是啊，林董，真是好久不见，别来无恙？"董事长此刻又换上了那副公子哥的慵懒神情，乍看上去，像极了一个人——已经死去的林泓睿，"让我想想啊，咱们上次见面，好像，好像还是在别墅吧？"

"别废话，你知道我抓你来是为了什么！"林岳樯怒吼道，脸上浮现出令人胆寒的愠色，在摇曳着的朦胧的灯光下显得无比狰狞。

"林董既然这么说了，那我可得好好猜猜，嗯——难不成是为了你的小情人颜香脂？啊，从小到大你都挺关心她的，每个月还给我家送钱，生怕亏待了她……"董事长戏谑地看着林岳樯，仿佛被绑在椅子上的不是自己而是林岳樯。

"哼，油嘴滑舌。"林岳樯看着董事长玩世不恭的模样，脸上显出一丝狠戾，"我也不跟你废话了，一命还一命吧！"

林岳樯转身往外走，这时董事长焦急的声音从身后传来："等等！颜香脂又没死，我还什么命啊？"林岳樯顿步，这小子又玩哪一出？

"颜香脂是没死，死的是林泓睿！"在这个时候提到儿子的名字，林岳樯感到万箭穿心，他甚至产生了幻觉，看到那个面色惨白、萎靡不振的瘾君子飘摇的身影出现在董事长的身后，表情狰狞，嘶哑着嗓子喊道："爸，杀了他，替我报仇！"

董事长怔住了，没想到林岳樯的消息这么快。

"什么，林泓睿死了？"他决定继续装下去。

"装什么装！"林岳樯一脚踹去，把董事长连人带椅子一起踹翻在地，"别以为我不知道我儿子是你害死的。"林岳樯已经很久没把林泓睿唤作"我儿子"了，在他心目中，那个不争气的浪荡子一直就是个野孩子。

"不是我。"董事长忍住疼痛，直起身来，用尖锐的目光盯着林岳樯，神情严肃地说，"是团长！颜香脂是他绑架的，林泓睿也是他杀死的！"

冷冷的几个字，像冰刀一样刺穿了林岳樯的心。借仇人之口，他终于听到了那个多年来让他坐立不安如芒在背的可怕名字。在之前秦观的调查结果中，团长这个名字早已浮出水面，秦观对林岳樯提起过。只是，那个名字就好似一口被夜色笼罩的深不可测的危机四伏的鳄鱼池，一双双闪着寒光的眼睛和牙齿发出警告：你们已经被包围了。深陷困境的人们却只能坐以待毙……

"怕了吗？"董事长再次戏谑地笑了。

林岳樯猛然回过神来，愤恨地看了董事长一眼，但先前腾腾的杀气已明显消散了许多。

"闭嘴！"林岳樯毕竟也是一只老狐狸，不会轻易让别人看到自己的底牌，"团长是谁，你倒是说说看。"

"团长是……死神！"说到这里，董事长发出了尖厉怪异的笑声，"你们都会死在他的魔爪之下，不管是林泓睿，还是林岳樯，一个都逃不过，哈哈哈哈……"

"你这个疯子……"林岳樯恍惚之间，竟没注意到举止疯癫的董事长的手悄悄挪到了自己的颈侧。一股迷香扑鼻而来，林岳樯的脖子挨了一针，顿时像一头被麻醉针击倒的雄狮，瘫软倒地。

"你们都活不了，都活不了……"董事长又喃喃自语了几句，随后密室门打开，进来几个黑衣人，董事长随他们扬长而去。外边走廊地板上，躺倒着好几个林岳樯的手下，也不知是死是活。

其实，在失手打死林泓睿的那天，董事长就料到会有这么一天，便安排了几个心腹，随时"护驾"，只是他没想到对方下手如此急速果断。他一向心思缜密未雨绸缪，没想到那天为了颜香脂，一冲动竟然误杀了林泓睿……

事发一小时前，他的一个发小在酒吧喝酒时，无意中走错包间，撞见了正在戴上羽毛面具的林泓睿和昏迷不醒的颜香脂。退出来后，吃惊不已的发小把这事儿告诉了董事长。董事长盛怒之下给林泓睿打了电话，让他把颜香脂带到别墅，尽管对方一再强调：绑架这事儿，是团长和莉莉姐下的命令！

这些天，沉浸在对颜香脂的思念、对林泓睿的悔意中，自以为早已修炼成钢的董事长变得郁郁寡欢、心神不宁，一次疏忽，竟然栽到了林岳樯的手里。

好在，他随机应变，在与"绑匪"搏斗的过程中，悄悄往对方的身后安置了监听跟踪器，以致他的耳目们能第一时间赶来解救他。

随后，董事长被几个手下径直带到了董天成的办公室。手下退出，办公室的大门"咣"的一声被牢牢紧闭。

看似阴险狡诈、心狠手辣的董事长，在父母面前却从小就是个软柿子。凝视着父亲严峻的面孔，他心里不免有些凌乱。

"你还嫌这水不够浑吗？怎么可以擅自下手，毁了整盘棋！你不知道林岳樯这颗棋子，不到关键时刻不能碰吗？"董天成开门见山，声似洪钟，一番质问让董事长哑口无言。

"忘了我怎么教你的了？红颜祸水！相同的错误犯一遍就够了，永远别指望第二次犯错能有人给你补救的机会。为了这个女人，为了你的一己私欲，我们处心积虑埋下的雷，就要提前引爆了，而受伤甚至丧命的，却很可能是我们自己！"董天成改质问为咆哮。

"可是，如果能让林岳樯知道真相，挑起他和团长的矛盾，说不定，说不定，我们一家能得到救赎，从这该死的困境中解脱出来……"也许是情绪激动的缘故，董事长语速很快。

"闭嘴，蠢货！这话要是被别人听到，我们一家都会被你害死。你最好收回这些话，不仅如此，还要把你这些乱七八糟的念头，都统统收起来，再也不许说，再也不准想！"

董事长双腿一软跪在了地上，浑身发抖，眼泪也流了出来。

"对不起……"

这情形令他回想起考大学前夕，他哭求父母让自己与颜香脂读同一所学校遭拒时，那种万念俱灰的心情。

"总之，你最近小心点吧，没有我的命令，不准擅自行动……"

看到儿子这颓败的样子，董天成的心终归是软了，毕竟这是董家唯一的血脉……他按了一下办公桌上的呼叫钮，几个手下进来，扶起董事长，把这位魂不守舍的药剂专家带了出去。

第二十二章　谁为情种

　　林岳樯经过国外专家团队一周的合力治疗，终于"苏醒"了。一番生死轮回，加上丧子之痛，让他的头发白了很多，人也老了许多。不管人们怎么议论，他指派的接班人方思雅、和他关系扑朔迷离的颜香脂、"不忠"的女婿李隽逸，都在一直陪着他。苏醒后，他捐出了四分之一的财产，致力于发展葛润市的卫生和教育事业。

　　人们茶余饭后纷纷感叹，都说林岳樯此举是在超度替他赎罪的儿子，也是对女儿的最好护佑。富豪之家出瘾君子早不是什么新鲜事，林泓睿的死顺理成章变成了一桩"偶然的自然事件"。

　　林珊珊也不再像过去那样骄纵，喜欢吵闹，只是，她那变得柔和的面容和语调中，多了一丝阴郁。而李隽逸，被方思雅赏识重用，在商界崭露头角，几笔漂亮的生意下来，没有人说他吃软饭，还隐隐有了儒商的味道。

　　风云初定。可是，所有的祥和是给局外人看的，真正的局中人知道，暗流涌动，一切才刚刚正式拉开帷幕。一些人退于幕后，一些人正走上台前。

　　夜色朦胧中，市中心半新不旧的小区里，一扇半掩的纱窗飘忽不定，连同忽明忽暗的街灯、时隐时现的月亮，仿佛都在配合方婧雅的思绪，时空变换、幽怨悠远。

曾经以为，幼年丧父已经是人生不幸；曾经以为，少年时差点儿遭遇猥亵已经是头等大事；直到家门横遭变故，颠沛流离骨肉离散，方婧雅一边叹息命途多舛，一边回味着和李隽逸邂逅的温情。曾经，她一度认为自己会否极泰来：有少年郎青梅竹马，有大善人恩重如山，十年小家碧玉无忧无虑的恬淡生活，这让她确信之后的人生会顺风顺水。可是，短短一个月，恋人决绝而去；和恩人反目成仇；故友重逢更是惊涛骇浪。接二连三的状况让她晕头转向，而这一切的一切，在那场梦幻般的"劫持"戏码过后，仿佛都慢慢浮出水面，像生长在银三区密林深处那朵散发着迷香的白罂粟，根在谷底，香在云端。

此刻，她抱着一杯凉白开，临窗而立。心，静悄悄的，没有丝毫波澜。她多年漂泊的心似乎有了归属，似乎有了根。几代人的使命将和她的身体重合，她不再是那个低眉顺眼的小护士了，她就那么自然地生出高贵和威仪，这是骨子里与生俱来的。那些年，骄傲的血脉和家族的功力如同封了印，像珍珠蒙了尘。

身边俯过来一个高大俊朗的身影："亲爱的，在想什么呢？"方婧雅新任的男友递过来一杯热咖啡。据他们对外宣称的版本，这是东南亚富商家的少掌门，在一次旅行中和方婧雅一见钟情，而她遭遇失恋，小伙子的阔绰和狂热一并趁虚而入，两个人闪恋，婚礼也提上日程。

这段异国之恋是无外人知晓的，唯一的见证人却是方婧雅的领导，葛润市人民医院董院长，董事长的爸爸。

那天，小伙子对方婧雅说："我带你去拜访一下父亲的博士班同学吧。"而后，方婧雅惊讶地看见那一张熟悉的面孔，而对方的讶异亦不亚于她。这十几年间，所发生的一切像断了线的珠子，霎时间全部连接起来。

她既是月亮的后人，又有特种军人的血脉，她像天使一般沉睡，是在养精蓄锐，一旦苏醒，就赋予了她使命。方婧雅开始解读一个事实：从秦了了家的那场大火，到他们兄妹俩流落街头，甚至可能包括失散和所有遇见，都不是偶然的，都是某种连带关系的必然，这是宿命，也是预谋，逃也逃不掉。她自嘲地笑了，这一笑，解开了层层迷雾，这一笑，不知倾城还是倾国。

小伙子有个很采兰国的名字：朗清风。还给她在人前起了一个昵称：小月亮。肉麻麻的感觉，只有他们明白真正的含义：月亮，是当年对公主的尊称，不可亵渎只可仰望；清风明月不分家，这是一种承诺，一生一世都要守护在月亮的身旁，为月亮拂去愁云。透过月光，可以依稀记得，这张面孔，便是方婧雅被"绑架"那天，那个对她温柔以待的男子。

朗清风比方婧雅只大了五岁，除了在人前一副贵公子的亦正亦邪模样，在她这里，永远是宽厚纯良。可是方婧雅能感觉到他的肃杀之气，尤其在夜里，他们选择了这样的方式让一个血雨腥风中锤炼出来的汉子，做了她的影子保镖，不是暗卫，而是光明正大和她同进同出。

想起李隽逸，方婧雅心里难免纠结，可在家族大义面前，儿女私情算得了什么？再说，她的心上人早已是别人的枕边人，她又何苦自寻烦恼，不离不弃？

方婧雅摸着胸前佛牌上的曼陀罗花，目视前方："这样贵重的信物，我就这样戴在身上，可以吗？"

"放心吧，你接了它，就不用照顾它了，它会保护你的。也许你不信，但是，它真的是我们祖先的化身，已经存在了一百多年，有几代月亮的灵性。不是谁都能戴的，一旦它认了主人，它的主人就有两条命。一条是自己肉身的，一条是祖先赐予的。当你为祖先正念而战，它会替你遮风挡雨；而我，是你另一条命的守护者。"

"你的命也是父母授予的，这样心甘情愿，为什么？"

朗清风警觉地看了看窗外："我给你讲一个故事好不好？"他扶着方婧雅坐回沙发，然后自顾自地在方婧雅对面，选了一个舒服的姿势半躺下来。方婧雅知道，这样的他就代表他们很安全了。

"咱们掸家啊，对爱情都很忠贞，土司也一样。我爷爷说，那一代当家人没有儿子，就把大公主当成继承人培养。土司勤政爱民，他的决定，没有人反对，你的涛咪，也就是姥姥，从小聪明智慧，很快就对族中事物得心应手。但是，在爱情上却遇到了挫折。因为掸家家规，不与军人联姻。可是，大公主的恋人却是叱咤风云的军队首目。本来，我们的边境族人受他们欺凌，是那人一眼爱上大公主，便主动放弃了利益，可是这也没有打动土司，那人最后心灰意懒，彻底做了毒枭，大公主的情根断了。到二公主时，正好时局动荡，土司也老了，一位军官上门求亲，一是为了寻求外援保护；二是为了圆梦，大公主做主，成全了二公主和那位军官。没多久，因为军队之间发生冲突，巴尔马的军队把咱们的地盘做了战场，大公主的恋人赶来营救，却没料到他们内部亦有了瓦解，内忧外患一并袭来，于是，咱们家族遭遇了灭顶之灾。大公主戴着这块佛牌战斗到最后，本来可以带着少数族人全身而退的，我们有密道。可是，她为了寻找恋人，做了平生唯一一件任性的事，独自出了密道。后来，大公主的恋人把她的遗体送回族里，转达她的遗言，说她觉得无力承担保护族人的重担，舍命救了情人，用自己的生命换来恋人的承诺，替她继续使命。临终，大公主摘下的佛牌，挂在了女儿脖子上，似乎在告诉她，不管多艰难，无论如何要保全性命，一定要为族人留下血脉，掸家女儿，为守护血统而生，为家族大义而死。"

方婧雅耐心地听着。

朗清风看看她淡定的表情，不由暗暗赞叹，不愧是月亮，这样明理从容。但他又有些怅然，这样的女孩儿，太让人心动，也太让人心疼了。

方婧雅似乎有些明白了，所谓心甘情愿，当真是如人饮水冷暖自知。自己对李隽逸，抑或哥哥对了了，还有眼前这个随时会为自己献出生命的男人，何尝不是如此呢？子非鱼，焉知鱼之乐。

"那我们现在这样招摇，一下子，我不就成了众矢之的了吗？为什么不让我在暗处不起眼的地方做事呢？"

"大隐隐于市，本来，你的身份世人并不知道，可是，恰恰是知道的极少数人里有敌人。那隐藏下去就没必要了。阳光下身份厚重，行事容易些，反而是最大的保护。"

方婧雅似懂非懂地点了点头。这时，她的手机响了，是哥哥。暂时，哥哥还不知道她翻天覆地的变化是怎么来的，但是她知道，哥哥绝顶聪明，没问不等于相信这些所谓的邂逅和一见钟情。他只是想确定自己是否安全。

"哥，你在哪里？"

"我在山庄，这边出了点状况，你过来看看吧。问问你那个大情圣，要不要一起？"

方婧雅转头询问，朗清风略加思索，点头示意可以。

"好，你们过来吧！"停顿一下，哥哥还是嘱咐了一句，"小心点！"

桃园山庄又临时成了"医院"。颜香脂穿着男装，正在给驼背老管家喂药；一边的方思雅在照顾黄毛，黄毛面部表情抽搐，嘴角还有白色泡沫冒出。

原来，他们刚完成一件大事：在边境的一个小镇，老管家沿着淡淡的烟草味道，几次探寻后，终于收获了一个大线索。这次他带着黄毛和方思雅夜行，还没来得及行动，莫名其妙，旁边的黄毛开始语无伦次有了癫狂之态，老管家也发觉自己身体某处有了异常，只是，受过严格秘密训练的他，可以控制自己的意识。

还好，老管家和方思雅用了特种部队的打法，互为后背和眼睛，以防遭人暗算。他们终于顺利撤离了那个区域。离开时他们发现，只有他们所处的位置有雾霾，其他大部分天空都是澄明的。

第二十三章　七层纱舞

　　"又是薄荷烟……"方婧雅喃喃地说道，"我天生对香味儿比较敏感，而我的一生，似乎也是被香味儿缠绕着。儿时记忆中妈妈身上的味道、桃木店和老家家具的香味儿，竟然是一样的。"说罢，方婧雅情不自禁地把手伸向锁骨处，抚摸了一下颈前悬挂着的佛牌。她刻意地回避了提李隽逸的名字，不知是为了顾及朗清风的感受，还是害怕激起自己努力忘却的情感。

　　"这是什么……"颜香脂看到佛牌，突然瞪大眼睛问道。

　　"这是清风求婚时送给我的。"方婧雅心里早有准备，不慌不忙地说道，还深情地看了朗清风一眼，脸上微微泛起红晕。朗清风心照不宣地回望着她，深情款款。

　　颜香脂沉默了，她也悄悄用手抚摸了一下锁骨处，只不过是隔着衣服。里面微微鼓起的一块东西好像生了刺，把她的手扎痛了，她不自然地迅速收回了手。幸好大家的注意力都在方婧雅和朗清风身上，没有注意她的这个"小动作"。

　　那个刺痛她的东西，和方婧雅脖子上的吊坠惊人地相似，只是质地不同，方婧雅的那枚是木质的，而她的这枚则是玉的，是当年她在昏迷的妈妈身旁捡到的。她总觉得，这是一个揭开妈妈遇害之谜的关键证物，索性一直挂在脖子上。

　　颜香脂蓦然觉得，自己又被一团新的迷雾笼罩，胸口堵得发慌，好像哮喘病人就要发病的前兆。她隐隐地感到，自己和方婧雅的命运果然是注定被捆绑在一起的。

"而后来，这种香味儿变了。"方婧雅继续说道，"桃木店变成了香烟店，桃木香变成了薄荷香。"

"对了！说到林氏集团的香烟店……在小镇闻到薄荷香是……正是我和婧雅重逢那天，我走到香烟店门口……那种香味儿，真是一模一样！"方思雅回忆道，一番话好像提醒了大家，所有人都陷入思考。

"哥哥在林氏集团上班也有些日子了，对香烟店有什么了解？"朗清风问方思雅。

"这个……"方思雅想了想说，"从内部资料上看，这家香烟店其实隶属于一家烟用香精公司，公司的法人是颜宇。而公司相关产品的生产、加工、包装等都是在境外的工厂进行的，我们能看得到的，唯有这家香烟店。一直以来，由颜宇全权管理，林董也只是在董事会表决的时候表示了支持，并未参与管理。我当上代理董事以后，到各个部门、子公司走了一圈，印象最深的还是这家香烟店。员工的气质非同一般：先说长相，黝黑的肤色、深邃的眼睛，应该都是东南亚人。那种一个模子刻出来的毕恭毕敬，更像是某种训练有素、受制于人的忠诚，当然，并非忠诚于我。对于我的提问，特别是关于烟用香精公司的情况，他们都是讳莫如深，众口一词，'不清楚''不知道'。越是这样，我越觉得这家公司，有着不可告人的秘密……"

此刻，一旁的颜香脂面色苍白，鼻尖和喉咙微微颤动。一些不堪入目的画面占据了她的脑海……

"我们怀疑林岳樯与东南亚贩毒集团有联系，而你父亲之所以被毒贩诱捕，后来又惨遭杀害，这些一定都与林岳樯有关。为了调查林岳樯的罪行，上级命令我们在林氏集团安置眼线。我们的计划是以颜宇的名义在集团开设一个新部门，表面是拓展业务范围，真正的目的是在林岳樯的眼皮子底下设一个情报站，收集证据。但是林岳樯那个老狐狸向来对我们父子有所防范，这一关，恐怕要靠你的美人计来攻克。"颜香脂耳畔回响起颜荣的声音。

这是接受过秘密训练的颜香脂，学成归来后执行的第一个任务。

"林伯伯。"

一声呼唤，恍如隔世，有一种亲切的冰冷。林岳樯哆嗦了一下，转过身惊讶地看着如幽灵般钻进办公室的颜香脂。自一个月前颜香脂前来报到，由于他们工作的部门相隔较远，而林岳樯又刻意回避着那些有可能相遇的路线，他们一直没再碰面。

"林伯伯……"

林岳樯皱着眉，警惕地看着迎面走来的女郎，心想，她这又是演的哪一出？

颜香脂似乎并不在意林岳樯的冷淡，径直走向他，然后冷不丁地拦腰抱住他。

"你这是干什么？"在商场和情场向来春风得意的林岳樯这下竟被吓到了，他踉跄地倒退着，想要挣脱开颜香脂的手臂，却被箍得更紧。

"林伯伯，求求你，不要讨厌我。"颜香脂沙哑的声音略带哭腔，"其实，我一直都很想念你。请原谅我这么长时间一直躲着你。我有很多话想要跟你说，今天晚上，来这里见我好吗？"

颜香脂一边说着，一边用手在林岳樯的身上摩挲着，直至摸到他左胸的上衣口袋，塞了张小纸条进去，随后，用温热的嘴唇在林岳樯的颈部贴了一下，转身飞也似的离开了。

短短的几分钟，却像过了几个小时，而在随后的几个小时里，林岳樯的思绪也被一种莫名的惆怅拽得紧紧的。

颤抖的手伸进上衣口袋，林岳樯取出字条打开，一排娟秀的字跃然眼前：今晚 7 点，瑞金南路 81 号莱姆公寓 M 层 2 号。

林岳樯不禁大吃一惊，这里正是倪雪妍出事以后，他为了躲避妻子和女儿的责难，在市一医附近租住的公寓所在地，也是他和颜香脂第一次发生关系的地方。这里，承载着许多痛苦的回忆：倪雪妍入院不久，他的妻子突遭横祸撒手人寰；颜香脂诡异地委身于他后大闹一场失踪。一下子，他背负着对三个女人的愧疚，还有女儿无休止的怨怒，艰难地活着，努力地扮演着一家之主和成功人士的角色。而他伪装的坚强，就像一片太阳暴晒下的冰层，掩藏着一颗疲惫不堪、软弱无力的心。现在，这张纸条就好像一记重锤砸在那薄冰上，迅速地捅了一个洞，从洞口暴露出他真实的内心。而随着这一击，整块冰层都在咔咔作响，随时可能破碎坍塌。

说不清是好奇、愧疚，抑或是别的什么，明知颜香脂此番邀约不寻常，林岳樯还是如约而至。

时钟指到七点整，林岳樯走进那条熟悉的街道，走进那栋熟悉的公寓。门是虚掩着的，他推开那扇熟悉的铁门，迷香扑鼻而来。屋里的陈设令他吃了一惊：家具的摆放，甚至地毯、桌布的花色，一切都保留着他租住时的样子。

正当林岳樯沉浸在回忆中发呆的时候，灯光突然一下黑了，他吓了一跳，还没回过神来，一个美若天仙的女子推着一个点着蜡烛的大蛋糕，唱着生日歌朝他翩翩走来。

"祝你生日快乐……"那如酒心巧克力一般清凉甜美的歌声，让他一下子回过神来。对了，今天真的是自己的生日。只是因为过的是阴历生日，最近又忙得忘记了年月日，他自己都忘记了。准确地说，他几乎年年都忘记，也没人提醒他想起。老婆、女儿只知道问他要钱，从来不关心他，儿子与他也是形同路人。公司有生日福利的安排，而为了彰显自己的清廉，他的生日是唯一没有登记在案的。

"祝你生日快乐……"颜香脂唱完最后一句，走过来牵着林岳樯的手，把他领到餐桌前，媚眼含笑，风情万种。桌上摆满她精心准备的菜肴、点心，三层烛台是连环桃心的样式，优雅玲珑。杯中的红酒泛着暧昧的色泽，令人心神荡漾。

"小时候，都是您给我过生日，这次，也该我孝敬一下您了。"颜香脂突然用敬语"您"，还饶有意味地用了"孝敬"一词，这让林岳樯的心里五味杂陈。

"从小，我一直崇拜你，爱你……过去，我把这种情感当成是替代的父女情。"颜香脂继续倾诉衷肠，"甚至，因为你而吃妈妈的醋。"

林岳樯猛然一惊。

"没错，你懂我的意思。我原本以为，生你和妈妈的气，是替爸爸抱不平，现在回想起来，其实，我竟是吃醋。"颜香脂的一番话令林岳樯大为惊讶。

"林伯伯，今天我还为你准备了一份大礼。"颜香脂突然孩子气地狡黠一笑，起身离去，丢下莫名其妙的林岳樯坐着发愣。

片刻，一种神秘的异域风情的音乐仿佛从地底下升起，幽幽袅袅。林岳樯的思绪一下被这音符攥住，腾云驾雾，飞到了一座沙漠中的宫殿。踏着花色艳丽的五彩地毯，走进一扇银铸的大门，金碧辉煌的宫殿映入眼帘，缀满墙壁、穹顶的金银珠宝、翡翠玛瑙闪烁着耀眼的光芒。林岳樯还没欣赏够，却见这光芒骤然黯淡了，远处有一抹光晕在渐渐靠近，原来，是聚光灯拢着一个美女在轻舞飞扬。她时而轻舒玉臂，婀娜摇曳，像微风中的紫罗兰；时而急速盘旋，艳光四射，像一条春日下的金环蛇。她用那轻盈的舞步、裸露的腰肢、髻上的花朵、飞旋的纱裙和清脆的银铃，舞出了万般风情。

林岳樯使劲睁大眼睛，想要看清美女的容貌，却见对方戴着半截羽毛面具，难辨真容。只是那灵动的大眼睛、微微上扬的半边嘴角，让他想起了曾经在森林里为他翩翩起舞的倪雪妍。

那女人裹着好几层不同颜色，晶莹透亮的薄纱，随着她旋转的舞步、扭动的肢体不断变化着，忽而像一朵热烈奔放的玫瑰，忽而化作汹涌的波涛，忽而又似烟雾弥漫，如梦如幻……

第二天，当第一缕阳光透过窗棂投射到男人的前额、眉角，逐渐移动到他的眼睑，一片刺眼的光亮唤醒了林岳樯。他身边还有一个人。

"这是一个极好的项目，利润丰厚，股东们都表示赞同，只等林董的一票！"一日，颜宇总经理找到他的姨父，也是他的上司林岳樯，希望他同意成立一家烟用香精公司，通过进口一批植物香料，开发和生产用于卷烟、雪茄、手卷烟、斗烟、水烟、无烟烟草制品的香精香料。林岳樯严词拒绝，因为他觉得事情没那么简单。

苦说无效，颜宇猛地把一沓相片甩在林岳樯的面前。相片的拍摄地正是这间办公室，画面十分香艳，颜香脂正软软地靠在林岳樯怀中，其中有一张，纤纤玉手正在抚摸林岳樯的左胸。

"那天正好有事找林董，看到办公室的门没关严就准备进来，结果听到奇怪的女人声音。出于好奇，我从门缝往里看，没想到竟观赏到一出好戏。道貌岸然、以慈善之父著称的林董，竟然与自己的养女……这么劲爆的消息，如果传到董事会或者若干媒体那里，势必会掀起一阵狂风啊！"颜宇戏谑地笑着，他吐出的每一个字都像一把冰冷的匕首，扎着林岳樯伤痛未愈的心。

半年后，位于林氏集团建筑群显要位置的香烟店开张了，从烟盒包装到店面装潢、摆设，再到店员的容貌、装束、仪态，都有着一股浓浓的异域风情。

第二十四章 拨云见日

孟旗生在自己的房间里踱来踱去。沙发上像长了刺，令他坐立不安，用双手捂住脸，也无法让他安宁，那些杂乱无章的画面在他的脑海里闪现。他举起双手在空中做了一个旋转动作，仿佛是要把某一样东西翻个面看个清楚。

"唉……"他重重地叹了一口气。他就这样苦思冥想那股檀香味儿。

孟旗生从抽屉里拿出一张白纸，把它裁成几张小纸片，在纸片上分别写下了林岳樯、辛亮、颜荣、乔云洲、阿兰这几个人的名字。

"我该从哪儿入手呢？"他自言自语道。他知道，纸片上的人名，都与"银三区"有着千丝万缕的联系。孟旗生的脑门上，两根青筋鼓得像即将钻出土壤的长长的蚯蚓，他烦燥地把纸片揉成小团，抛在桌面上。

"抓阄吧。"他随意拈了一个纸团打开，辛亮的名字赫然在目。

"辛亮？"好，就从这儿开始吧。

"嗯，我好久没有回去了，也该回家看看喽！"孟旗生长长地舒了一口气，伸了一个大大的懒腰。

米思罗。

这里的景色还是那样宜人，熟悉的花草香直逼孟旗生的鼻腔，他又变回了与这片乐土同根连枝的刀瑞安，张开双臂尽情地拥抱眼前的一切，贪婪地吸吮着有他童年气息的空气，他的梦想曾经在这里发芽……

当年，他想让父亲再带他去一次青麦的寺庙，让他再去瞻仰瞻仰他心中的英雄。

可是他没想到，没过多久，这个地方也在他的心上烙下了不可磨灭的伤痛。孟旗生来到母亲的坟前，墓碑上已覆满尘埃，碑文模糊不清，碑的两旁杂草丛生，他痛心不已。他回想起母亲跪坐在里屋的竹席上的情形，他推开门，轻唤了两声："母亲，母亲。"见母亲没有回答，他不安地快步走到母亲身旁，发现这个世界上他最亲最爱的女人，早已没了呼吸和心跳。一件沾满灰尘，却仍旧光彩照人的嫁衣包裹着她，将气氛衬托得更加凝重和悲凉……

回想起家里连连遭遇的厄运，刀瑞安痛不欲生。老子云：祸兮福所倚，福兮祸所伏。自从那对桃木剑进了家，就好像引来了妖魔，表姐被鬼怪掳走，母亲又离奇罹难。那么，制造这一切噩梦的会是同一个人吗？还有母亲墓被挖，桃木剑被偷之事。

"你父亲曾经有一个深爱的恋人，是命运的浪涛打散了他们，然后把他卷到了我身边。"当刀瑞安恢复神智，他耳边回响起的，是母亲沧桑而苦楚的叹息，"我相信你父亲一定还活在这个世上。可是我们在银三区找寻了这么多年也毫无收获，我想他一定是插着翅膀去寻找自由，去寻找他曾经的爱人……"

也许母亲是出于对父亲的思念，于是以这样庄重的仪式静候生命的最后一刻。此时的她，应该更希望爱人在天堂等待她，她可以穿着心爱的嫁衣，重新嫁一次。在他们新的家园里，没有饥饿、阴谋与杀戮，是一个真正的极乐世界……

想到这些，孟旗生的眼睛湿润了，眼泪悄然滑落。忽然，他灵光一闪，眼睛圆睁："难道是真的？真的是他吗？"他的脑海放映机又倒带回 KTH 酒吧的那一夜。

他决定再次出发。

甘果。

世界不是一成不变的，无论是阴晴圆缺还是旦夕祸福，都会在瞬间变得让人捉摸不透。辗转颠簸了很长的一段路，深夜，孟旗生来到一片原始森林里。白天的时候还是晴空万里，现在却是月黑风高、狂风大作，仿佛是上天为了配合他的心境而特意安排的。他轻车熟路，像一条灵蛇，穿过几片丛林，绕过严密的关口，来到一个秘密基地的入口处。这里有一块大大的浮雕，是纯铜铸造而成，浮雕上的一头黑虎栩栩如生，那双凶神恶煞的眼睛射出两道寒光，那双凌厉的前掌展开着，彰显着它的力量。

为什么这个秘密基地会有一块黑虎的浮雕呢？这得从二十年前说起。

自从"兵变事件"发生后，辛亮在自卫队里平步青云，但是这并不能满足他的野心。他用尽心思，费尽周折，终于顺利地进入政府军的精锐部队"黑虎师"。他心狠手辣，足智多谋，很快，从名不见经传的小人物变成了名震大半个东南亚的团长。

然而，辛亮的胆大妄为也给他带来了全面的危机。要想人不知，除非己莫为，纸终究包不住火。辛亮的所作所为渐渐地浮出水面，他秘密生产的毒品源源不断地运到世界各地，引起了世界正义联盟的强烈不满，巨大的压力逼得辛亮喘不过气来。

"兄弟们，咱们现在遇到了危机，世界各国已经向政府施压了，我们要趁政府还没来得及找我们清算，连夜逃出这里。如果大家愿意，就跟我一同回到我的老家甘果继续完成我们的事业，建一个强大、富裕的帝国。谁不愿意走的，自行了断。"辛亮紧急召开了秘密会议，最后的那句话分明带着几分威胁的口吻。小分队成员了解辛亮"得不到，即毁灭"的行事风格，没有一个敢不从，全部跟着辛亮逃到了甘果地区的深山里，重新建立了一个秘密基地。

从这块浮雕或许可以看出，辛亮仍念念不忘在黑虎师的那段光荣历史，另外也可能是在向全世界的缉毒组织示威，表明他要雄霸天下的野心。

"报告，游侠前来报道！"孟旗生来到团长的密室门前。

"进来。"一个富有磁性却有几分沙哑的声音传出。守门的是两个相貌凶狠、身材魁梧的壮汉，其中一个壮汉按了下机关，一方石壁开始旋转，变出一道门来。游侠从容不迫地走进那道门，掀开竹帘，看到的仍然是那个挺拔健壮的身影。

团长亲热地朝游侠走过来拥抱他："你好久没来报到了，哥都想你了。"

"是的，非常抱歉，团长。我这段时间比较消沉，因为调查没有太大进展，没脸来向你汇报。"游侠面露赧色，看起来颇为丧气，"但请你相信，你让我盯着林岳樯的动静，我一点不敢懈怠。最近，林家发生了很多事，他住进医院，儿子莫名其妙死亡，据说是一次意外，外界传闻是吸毒过量，但我总觉得这个消息是可疑的。现在林岳樯苏醒了，竟然对儿子离奇死亡这件事丝毫没有怀疑，这也让我感到很意外。而今，庞大的企业他甩手不管，丢给那个唯唯诺诺的女婿和一个来路不明的纨绔子弟，这一切都很不正常。但目前我理不出一个清晰的头绪，我准备进一步调查……"游侠带来的信息量乍听起来不算少，但多半是些无关痛痒的消息。

这些事情辛亮并非没有听闻，但亲耳听见游侠的讲述，他心里还是蓦然滋生出一种很复杂的情绪。是喜是悲，他也说不出来。游侠还在继续汇报，辛亮却有点心不在焉，"哥哥……"他默默地在心里唤了一声。一幕幕往事像放电影一样，在辛亮的眼前回放。

"你不是我们亲生的孩子，你的父亲是采兰国人，你还有一个孪生哥哥。"

这是十多岁离家前，养父母对他说的话。每每回想起，辛亮的内心都会波涛汹涌，一排排裹挟着悲伤、嫉妒、愤怒的海浪就会瞬间将他吞没。

"前些年，你母亲还每年给我们寄来生活费，也会给我们写信，了解一下你的情况，但几年前她突然失去音信。在我们多次催促下，中间人写过几封信过去，没有回复。请熟人找到你母亲家，家里人说她带着儿子离家出走了，在当地寻访了一圈，都打听不到她和你哥哥的消息。无奈之下，我们只有咬牙又坚持了几年。我们家原本条件就不好，孩子又多，现在实在养不起了，你已经长大了，可以自食其力了，你就外出闯闯吧。"

当养母语气冷淡地向他讲述着自己的身世时，辛亮顿悟了，为什么，从小到大，父母亲看他的眼神总是带着一抹冷淡和鄙夷，对他的兄弟姐妹却很自然地亲热一些。为什么，从他有记忆开始，自己就像一个家里的苦力，总被呼来唤去、干这干那，而且永远费力不讨好……

原来，我不是亲生的！

亲生又如何，一样被遗弃！

亲生母亲选择了我哥哥，遗弃了我。我不过是又被遗弃一次而已。

辛亮走了，听养父母的话，自食其力去了，带着满腔对养父母一家、对亲生母亲和同胞哥哥的仇恨，离开了这个不欢迎他的地方。

他仇恨的不光是两次抛弃他的家人，还有每一个人，包括这个世界！

"我要报仇！"他无数次在心里重复这句话。可是，他连仇恨的源头都找不到。他离开前，向养母要了生母曾经居住的地址。当他通过坑蒙拐骗获得了路费，第一件事就是日夜兼程，朝那个地址奔去。他要亲口质问母亲："我哪点不如哥哥？"

遗憾的是，他的运气并不比那个中间人好多少。当他赶过去，看到的只是一个破败无人居住的四合院。四下打听，同样没有进展。

他的线索，只剩下唯一的一个——胸前挂着的一把小小的桃木剑，上面刻了一个"帆"字。听养母说，这是生母留给他认亲的信物，从生下来就戴在他脖子上。

"你哥哥也有一把，上面刻着一个'樯'字。樯与帆连在一起的含义是帆船，据说她是在躲避战火乘自家扎的帆船出逃时，在船上生下的你们，所以起名一个樯，一个帆。"

于是，寻找另一把桃木剑，成了辛亮最坚定的信念。

没想到，当他走投无路投奔军队之后，机缘巧合竟偷听到一桩关于桃木剑的秘闻，尽管那和血缘无关，而是关于宝藏的。

"管他呢，抢过桃木剑，如果不能解开身世之谜，也能获得一笔天降财富，何乐而不为？"于是，深夜盗窃、绑架阿兰、毒死瑞娜，他又犯下了一串惊天罪行。谁知，阴差阳错，半路杀出个程咬金，阿兰被一伙军人救走了。而他好不容易从刀瑞安那里辗转掠得的那一把桃木剑，又在后来和同一伙军人交战时不慎遗失。

在他的贩毒小分队与那些特种兵的两次交锋中，他都曾与一个长相白净的男人有过正面对峙。有一回，单枪匹马的他们又狭道相逢，枪里的子弹打完了，于是用短刀对决。对方的刀在辛亮的脸上划下了一道又长又深的伤口，血流如注，而同一瞬间，他在险些割断对方喉咙的时候，将那人脖子上的一个吊坠削落在地。这时，从两个方向传来一群人奔跑的沙沙声和示威的枪声，两边的援军同时赶到。感觉僵持下去彼此都不占优势，两人默契地各自退去。不过，那个白面军人忘记了他的吊坠，辛亮却捡起了它。

那是一把桃木剑。上面刻着一个字：檐。

于是……他此后的人生有了新的目标：

跟踪哥哥，报仇！顺藤摸瓜，找到亲生父母，报仇！

怎么忘了，还有对我有着十多年养育之恩的，亲爱的养父母呢？

当他带着一干狼狈为奸的弟兄们回到甘果自立门户，第一件事就是让养父母一家知道自己的"出息"。

辛亮回来后，第一件拿来孝敬故亲的大礼，就是那些经他的手下精心加工而成的价格不菲的海洛因。这一家子，老的小的，最后都成了半瘫在竹席上每天吐着烟圈数日子的废人。又鼓动邻近几个村子村民种植罂粟，这些罂粟园成了辛亮一伙重新起家的资本。他们又"反哺"地用鸦片、海洛因回报村民，用毒品瓦解和摧毁当地百姓的精神与思想，以便牢牢地控制住这片种植罂粟的宝地。

"林岳檐，你以为你能一辈子幸福吗？你以为你天生优越吗？不，不，不，你只不过是一个偷猎者，把母亲的爱和本该属于我的幸福全部偷走了。哈哈哈，我要让你身败名裂，让你背黑锅，把一切都还给我……"辛亮不自觉地已经咬紧牙关，眼里泛着的凶光和脸上那道隐隐抖动着的伤疤，使这张原本斯文俊朗的面孔，透着令人毛骨悚然的寒意。

游侠看着团长的表情很复杂。他能感受到团长对林岳檐怀着某种很奇怪的恨意。其实，有些事情他也是知道的，比如林岳檐的特种部队背景，曾经这个部队给辛亮的贩毒集团带来过重创。可是他总觉得，这并不是唯一的原因。以辛亮的办事风格，看不顺眼就是一个字——杀！辛亮对特种部队曾经的精锐都展开了追踪和屠杀，先灭了倪雪峰这个"魁首"，再斩断秦观这个"左右手"，可是对于身处第三把交椅的林岳樯的态度，却暧昧不清，目前也只是让他盯着，似乎并不急于致对方于死地。但每每一提到这个名字，便两眼喷射出骇人的仇恨火焰……

游侠又猛然想起，林岳樯左边眉头上与父亲何其相似的一小块凸起的眉骨，心里不禁一紧。他决定，要搞清楚团长和林岳樯之间，到底有着怎样的恩怨纠葛，说不定能同时驱散自己心头的疑云。不过这并非当务之急，此次来面见团长，他还有着一个计划……

"团长，我这次来，还有一件重要的事情要汇报。"

"说吧。"

"有天晚上，我在 KTH 酒吧喝多了，正准备起身上厕所，突然看到一个背影特别像我父亲的人，我原以为是幻觉，可我定睛一看，那个背影是真的，当时好希望真的是我的父亲。"游侠一边叹着气，一边揉着红红的眼睛。他说起这些，是想试探一下团长的态度，"我知道是自己喝醉想念父亲了，但我还是控制不住追了上去想看个究竟。"

"你追上去了？"团长略显紧张地问了一句。这一问，反倒给了游侠一粒定心丸，他愈加觉得，团长心里有鬼。这还是第一次，他看到团长那张无懈可击的铁一般的面孔，出现了恍惚的神情。从团长的反应，游侠分析出对方是在意这件事的，如此一来，就能发现团长的弱点，找到攻破他的切入口。弄不好，还能把当年父亲被人出卖，进而遭遇追杀的真相搞明白。

"嗯，追上去了，但奇怪的是，厕所里没有人，只留下一股淡淡的檀香味儿。"游侠接着说道。

"哦……这……真怪了。"团长的眼神更加迷离，甚至变得有些结巴，他脑海里浮现出一个画面：每次出征前，乔云洲总会在自家供奉的佛像前待上很久，虔诚跪拜，祈祷平安。他的身上，始终散发出一种檀香的气味儿。

团长一生天不怕地不怕，可有一个人，总是会在他的噩梦中出现，令他胆寒。

那个人，正是对他恩重如山，却遭他恩将仇报以致家破人亡、生死未卜的师父、长官乔云洲。团长常常想象着自己有一个金刚不坏之身，刀枪不入，可他身上有一个致命的弱点，一旦被敌人攻破，就会性命不保。而那个弱点，正是乔云洲还活在世上这件事。

游侠已经想好一个计策。他虽然不清楚当年在父亲和辛亮之间到底发生过怎样的故事，但他觉得父亲蒙难之事，一定与辛亮有关。多年来团长把自己带在身边，或许是为了引蛇出洞。他相信团长一定会顺着檀香味儿这个线索去寻找那个背影，这样无疑可助自己一臂之力，因为凭一己之力是很难找到父亲的。与此同时，趁团长分心之际，他再"趁虚而入"，为上级捣毁这个罪恶团伙铺路架桥。

游侠又和团长闲聊了一会儿，便起身辞行，他必须在天亮前离开秘密基地。此行的目的已经达到，他开始确定下一步的行动路线。

离开前，他再次回到母亲坟前，双膝跪下："母亲，你是对的，父亲一定还活着，请您在九泉之下保佑儿子，早日找到父亲和陷害他的人，还有那个害死你的人，为你俩报仇。"

葛润市。

黄昏时分，孟旗生走下火车，一阵刺骨的寒风迎面扑来，他打了个冷战，全身的毛孔瞬间张开，像注入了一支大剂量的强心剂。

对于顺从天意，通过抓阄确定的行动方向，他比较满意，认为不虚此行。一方面，他坚定了自己一直以来相信父亲仍活在世上的信念；另一方面，厘清了下一步行动的路线和目标。

孟旗生感觉一身轻松，久违地吹起了口哨，哼的是他设为手机铃声的那首歌曲。他又变回了那个放荡不羁的小交警，慢悠悠地走出火车站，漫无目的地在街上游荡，不知不觉来到了林氏集团所在的新城区。

现代化的大楼一幢接一幢，街道两旁店肆林立，薄薄的余晖淡淡地洒在红砖绿瓦间，给这座城市增添了几分朦胧和诗意。川流不息的车辆、络绎不绝的行人，无一不衬托出都市的繁华。

孟旗生在一座大厦前停下，他看到一个装修特别豪华、富有异域风情的香烟店。他不是没来过这里，但这一次的心情与以往颇有些不一样。"有这个必要吗？"他不屑地说道，好奇心驱使着他不自觉地迈了进去。

"欢迎光临。"一声娇滴滴的带着异国口音的招呼，让孟旗生感到鸡皮疙瘩起了一堆。他满腹疑虑地、慢腾腾地迈进门槛，一股淡淡的薄荷烟草味儿扑鼻而来，他敏锐地警觉起来。

他想起莉莉死亡那天晚上，也曾经在人间酒吧门口闻到过这股味道。

他感觉这家店一定没那么简单。

此时，甘果秘密基地里正在下达一个任务。团长对一个帅气的小弟说："你潜入到采兰国境内，主要在葛润市及周边的城镇，以檀香味儿为线索，查找与之有关的人和事，查到后直接向我报告，不得延误。"

"明白了，团长。"

军令如山，唯有从命。可是人海茫茫，犹如大海捞针呀！这位小弟倍感压力地挠了挠头。

第二十五章　妖女的眼泪

　　苏醒后的林岳樯让方思雅继续管理公司。他知道团长不好对付，而董事长目前也不是他惹得起的，他强忍悲伤，任由舆论把儿子的死定为偶然事件。这个在商场上叱咤风云的大人物此时就像霜打的茄子，无助而落寞，仿佛被巨浪推到一个孤岛上，无法寻求救援。

　　"我该相信谁？"林岳樯坐在自己的书房里一遍又一遍地问自己，他又陷入了深深的回忆中。此刻，他多么想放空自己，什么也不去想，偏偏一个摆放在办公桌侧柜上的相框，像一把开启思维空间的钥匙，在他的脑洞上旋转了一下。那些他努力想隐藏起来的千头万绪，如同堤坝垮塌汹涌袭来的洪水，把他卷入了回忆的施涡。

　　那是一张在照相馆拍摄的一家四口的合影：林岳樯和已故发妻汪采莲依偎在一起，各自脸上都挂着一种机械的微笑；林岳樯搂着一个长相清秀的小男孩，一脸懵懂的傻气的小男孩正是那个打小就"不成器"，让他操碎了心的儿子林泓睿；妻子怀里则抱着一个刚满周岁的小女孩，模样机灵乖巧，很难想象这个人见人爱的小甜心，后来会变成一个性情乖戾的大小姐。

　　尽管与妻子的结合、儿子的出生，都是林岳樯不得已而接受的命运，也是他人生悲剧的源头，但血浓于水，无论何时，每当想起妻儿去世的现实，林岳樯都会感到万箭穿心。他无数次把那些想象中的画面拼凑在一起，却发现无论怎么组合，这幅拼图最终的图案，都是一个红衣飘飘、神秘妖媚的女人。

不对，是两个女人。

林泓睿即将升入小学的那年，林岳樯给儿子聘请了一位多才多艺的家庭教师，教授语文、英语、声乐、绘画。介绍人是他的发小、连襟颜荣。那位家庭教师不仅才学过人，长相也十分甜美。第一天来应聘的时候，她穿着一袭樱桃红的长裙，留着学生头，看起来清纯动人。林岳樯第一次见到她，眼睛就亮了，脑袋里开始浮想联翩，这对于阅人无数的老江湖来说确是鲜有的事儿。那是因为，他在这个女子身上，嗅到了一种与他内心挚爱——阿兰相同的体香，而这个女子举手投足、一颦一笑间散发着的异域风情，与他的恋人阿兰也有着许多相似之处。尽管一个清纯腼腆，一个热情欢快。

他觉得这个女子似曾相识，但又一时想不起在哪里见过她。

"也许，是梦见过吧。"他自嘲地想。

这位风姿绰约的家庭教师，大家都喊她莉莉。

"睿睿很乖，就是性格有些孤僻，我想是你们对他管束太严了。不如我带他多出去走动走动，孩子不能总关在家里。"一天，莉莉对林岳樯建议道。

林岳樯答应了，且求之不得。当年妻子以儿子为要挟，把他从部队"绑"回了家，奉子成婚。儿子出生后，原本性格就脆弱敏感的汪采莲患上了产后抑郁症，常常歇斯底里，又常常不顾林岳樯的规劝，趁林岳樯上班外出的时间给儿子关禁闭，口里念念有词："大的魂都飞了，小的不能再飞走了。"在她近乎变态的管束下，儿子从小就性格内向，总是睁着一双懵懂而惊恐的大眼睛，疑惑地注视着这个并不欢迎他的世界。林岳樯害怕刺激到妻子脆弱的神经，让她病情加重，大多时候只是敢怒不敢言，能忍则忍。

直到莉莉老师出现，孩子的眼睛里终于有了光彩，那平常发声比蚊子的嗡嗡声还微弱的干涩的喉咙，也能有银铃般的笑声溢出。莉莉老师不仅为他打开了知识的大门，更为他打开了那个囚禁他的鸟笼，他终于可以呼吸一下新鲜空气，展翅翱翔……林岳樯看在眼里，喜上心头。

然而，好景不长，一开始碍于颜荣的面子，汪采莲勉强接受了这位家庭教师，内心却一直在挣扎。自从有了军营情变这一出，好不容易抢回心上人的汪采莲早已变得草木皆兵，她越来越无法容忍有这么一个美人围着她的两个"情人"转。

一个阳光灿烂的下午，莉莉老师正在给孩子上绘画课。只见她的纤纤玉指夹着一只似有魔法的笔，轻轻挥舞旋转，红的、粉的、白的、紫的，一株株抱茎而生、含丝吐蕊的花朵便跃然纸上。

"好漂亮，好好看，老师，这是什么花呀？"小泓睿惊叹道。

"这是我们家乡的花仙子。"莉莉老师的声音慈祥而温柔，眼中却闪过一抹不易察觉的暧昧之色。

"老师，我好想去你的家乡看看啊！"小泓睿的眼睛睁得更大了，里面仿佛装了一个五彩缤纷的世界。

"会有机会的，宝贝。"说罢，莉莉老师又拿起画笔，一会儿罂粟花丛中走来一个红裙飘飘的长发女子，还牵着一个可爱的小男孩。

"这是莉莉老师和我吗？"小泓睿开心地问。

莉莉老师没有说话，而是用一双慈爱的深邃的大眼睛，给了小泓睿一个肯定的答复。

"莉莉老师，我也可以画一下吗？"小泓睿充满渴望的眼神掺杂着些许胆怯。

莉莉老师还是没有说话，而是温柔地把画笔递到小泓睿手中。

小泓睿受宠若惊，笨拙地拿起画笔，在纸上战战兢兢地抖动起来。

一个男人出现在了小泓睿的心中。在小泓睿稚嫩的笔法下，一个男人出现了，他有一张开怀大笑的、幸福的脸。

"这是谁呀？那么帅！"莉莉老师佯装不知，故作惊讶地拿小泓睿寻开心。就在这时，门"吱呀"一声响了。林岳樯走了进来。

"在玩什么呢？隔着门都能听见你们的笑声。是不是没有好好学习呀？"林岳樯看似在责备，却是一脸欣慰和满足的神情。

莉莉老师趁机拿起他们的画作，调皮地一大步跳到林岳樯跟前，把画纸铺展开。小泓睿却急了，冲过来抢夺画纸，然而个头太矮，够不着。

林岳樯看到画上的"一家三口"，一下愣住了，眼睛竟有些湿润。他温柔地从莉莉老师手中接过这幅画，仔细端详起来。小泓睿则害羞地躲到了老师身后。莉莉一会儿摸摸小泓睿的脸颊，一会儿恶作剧地对着林岳樯调笑。若是有人隔着那扇沐浴着阳光的窗，将他窥见的情景在脑海中定格成一幅画，那会是一幅温情融融、感人至深的亲情画。

然而，这么一幅动人的时光画作，转眼便被撕得粉碎。当在外面偷听到对话的汪采莲隔着半开的门看到那幅画作时，怒不可遏地推开房间的门，这举动把里面的三个人都吓了一跳，三张红润的笑脸，霎时间变得煞白和惊恐。

"好啊，你个狐狸精，我当你是来教育孩子的，原来是个人贩子，想把我的儿子和老公都拐跑，装模作样，坏心眼的女人！"盛怒中的汪采莲口无遮拦地大骂起来，从林岳樯手中一把抢过那幅画，撕了个粉碎。

从来都对母亲唯命是从的小泓睿，此时更是吓破了胆，又看到自己深情憧憬的"未来"顷刻化为乌有，"哇"的一声大哭了起来。

"干什么呢你，吓坏孩子了！"林岳樯压抑着满腔怒火，低声责备道，走过去护住伤心的孩子，然后，紧张地看向莉莉老师。

莉莉眼中含泪，一脸委屈，但保持着她良好的修养和优雅的姿态，没有还嘴，没有辩解，默默地从其他三人身边走过，关上了门。

"莉莉老师！"小泓睿惊声尖叫起来，挣脱开父亲，想要朝莉莉老师离开的方向追去，却被母亲一把拽住。"不准你再见这个狐狸精，还有你也是！"汪采莲凶狠的目光，让林岳樯打了个寒战。他眼睁睁地看着这个他熟悉又陌生的妻子，拖着儿子柔弱无力的身躯，朝着那个长期用于"关禁闭"的屋子走去。

小泓睿短暂的快乐时光戛然而止。汪采莲开始变本加厉地用她冷热交替的暴力手腕折磨这对父子。

几个月后的一天，汪采莲又一次趾高气扬地走进禁锢孩子的那个冷冰冰的房间，却赫然看见一个裹着红裙的"妖女"背对她站在镜前，她差点儿气昏了过去，她像只凶狠的秃鹫，扑过去抓住那个细嫩的脖颈，把那张脸硬扭过来，狠狠地一个巴掌挥过去。

她惊愕地看见一张浓妆艳抹、煞白而默然的脸，冷冷地注视着她。那个妖娆的"红衣女子"，竟然是她的儿子——林泓睿！

她还不知道的是，小泓睿一直珍藏着一只桃木盒子，里面放着莉莉老师送给他的礼物——一张半截的羽毛面具。

后来，林泓睿变得越来越"无可救药"。上学以后，走出那个禁锢他的牢笼，这只挣脱了枷锁，重获自由的小鸟，变成了一只桀骜不驯的猎隼，在社会上结交了一些不三不四的混混，跟着他们惹是生非。每次出事，伤人了、损坏财物了，林岳樯习惯于用钱摆平，渐渐也就见怪不怪了。

汪采莲常常对着林岳樯，时而以泪洗面，时而歇斯底里。她已经管不住儿子了，一次，她的巴掌又向儿子那张涂脂抹粉的脸扇去，这次却被稳稳地捏住了手腕，随后儿子一记猛推，她趔趄了几步险些摔倒，儿子阴阳怪气地"哼"了一声，蔑视地瞥了母亲一眼，扬长而去……从那以后，汪采莲再也不敢在儿子面前发横，却以娇惯女儿的方式，获取一些亲情的抚慰与补偿，而林岳樯除了给钱，也找不到其他亲近家人的方式。

后来，当林岳樯往家里领来一个叫颜香脂的女孩子。那天，女孩穿了一条红裙子，眉宇间隐藏着一抹与她年龄不相称的忧郁与娇媚。

回忆往事，林岳樯后悔不迭，后悔自己年少无知时被情欲迷昏了眼，以至于种下苦果，毁了自己和家人一生的幸福。后悔自己因为对婚姻失望，而把所有精力和热情投入事业中。家里的财富越积越多，温情却逐日淡薄。一家人生活在同一屋檐下，却相视无言，形同陌路。

最后悔的是，他竟然没认出来，莉莉老师就是当年的阿粒。

也许是因为他的目光早就被无可取代的情感牢牢地钉在了阿兰身上，心无旁骛。很多年来，林岳樯对那段往事的回忆，就像一张用大光圈拍摄的特写照片：阿兰一个人站在离镜头最近的位置，那么清晰，那么醒目，其他的所有人，都只是被虚化了的背景……

一晃又是几年后，那则可怕的"寻尸启事"刊登在晚报上，发生在人间酒吧的那桩惨案成为街头巷尾的首要谈资，林岳樯翻开报纸，几乎一眼就认出了"红色高跟鞋"：

莉莉姐，莉莉老师，阿粒……

林岳樯猛然觉得，那些曾经在生命中出现过的举足轻重的人们，似乎都会遭遇不幸，并且都在一一离他而去。一生挚爱的阿兰，双眸如钻石般晶莹闪亮的异族女子，失明了，失踪了；曾经为他翩翩起舞的倪雪妍，如今成了植物人；妻子汪采莲惨遭横祸撒手人寰；他曾爱慕过的莉莉老师也离奇身亡；如今，唯一的儿子带着对他的恨意，也去了另一个世界……他不知道自己还有多少福分，倘若他早早地去追随妻儿，在那个未知的世界相遇，他们会原谅他吗？

"干脆去死吧，我已生无可恋。"

这个总是精神抖擞、身材挺拔的坚强男人，此时像一个无助的孩子，浑身哆嗦，低声呜咽。

"活下去！"

一个雄浑有力的声音在他耳边猛然响起。对了，还有他！秦观，曾经的亲密战友、情敌、救命恩人。

那年，得知他与倪雪妍有染的秦观，愤怒地约他到树林里谈判，两人遭遇一伙武装袭击。在身受重伤的情况下，秦观掩护他从一个天然溶洞逃走。他还记得那张被血染红的嘴微张着，对他说：活下去！

这么多年，他以为老战友早就与他天人永隔，却不想对方奇迹般地活了下来。

"我们还有未完成的使命，我还不能死！我还要找到阿兰，要替泓睿报仇！"

林岳樯浑浊的双眼忽又清晰了起来，还有团团烈火在燃烧。

"活下去……"林岳樯自言自语道，声音沉重而坚定。

而林岳樯"意识拼图"中的另一个女人，此时正站在桃园山庄的楼顶花园，凝神闭目，让自己沉醉在植物的芳香里，以便暂时忘却那些屈辱的回忆。

桃园山庄新建了一座漂亮的楼顶花园，里面培养着来自世界各地的稀有植物，种种新颖，朵朵馥郁，令人目不暇接，流连忘返。最值得一提的是，这里的花草不仅可作观赏养心之用，而且都是历史悠久、千古流芳的"药用瑰宝"。如开着淡紫色小花的灌木"百里香"，产自德国，古罗马人出征前佩戴它激发勇气，披肩上也绣有百里香的图案，以驱毒虫、解蛇毒而闻名；被称作"植物医生"的罗马洋甘菊，古罗马人战争时期用它治疗伤口和疾病；享有"万能解毒剂"之誉的甜茴香，其貌不扬，是一种与人同高的草本植物，古代采兰国人常用来治疗蛇咬伤。此外，还有几种花色艳丽、散发着迷香的植物，名字也好听，依兰依兰、快乐鼠尾草，引自东南亚、欧洲等地，每次从这些"花仙子"跟前走过，人们紧绷的神经就能顷刻放松下来。

"可爱的花仙子，愿意留在我的花园里，做一辈子的主人吗？"

那天，颜香脂也是这样站在花园里发呆，方思雅手捧一束鲜花，悄悄走到她面前，单膝下跪，温柔而动情地望着她。

颜香脂像个情窦初开的少女，一丝红晕浮上脸颊，身体幸福地颤抖着，热泪盈眶。这一幕，她在心里幻想过千遍万遍，而现在，那一抹她一直在无边的暗夜里引颈眺望着、呼唤着的朦胧月光，已经冲破了遮挡它的乌云，正把光芒铺洒在她残留着泪痕的脸蛋上……

"我……不能答应。"颜香脂低着头，却挤出这样一句令两人都痛不欲生的回答。

"为什么？"方思雅显然没有料到，突如其来的打击使半跪着的他触电般从地上弹起，他用力地握住颜香脂的双肩说道，"我不能再失去你了，我想保护你一辈子，为什么不答应呢？"

"好疼……"颜香脂呻吟道。

方思雅这才清醒过来，他松开双手，却又情不自禁地把心爱之人拥入怀中，恳求道："求求你，不要拒绝我……"

颜香脂靠在恋人的肩头，泪如雨下，浑身剧烈颤抖着，连喉咙也抖动了起来，最后，从微启的双唇间勉强挤出了一句奇怪的回答："我，不能生孩子。"

屈辱的回忆潮水般涌上心头，把此刻的温馨与幸福全部卷走。

这一改写了颜香脂命运的标志性事件，发生在她开始按照颜荣指示，执行"红罂粟计划"，到林氏集团潜伏的那段岁月。当时，曾经的养父林岳樯已经被她奇幻莫测的"九层纱舞"和特制的植物香水迷得晕头转向；"哥哥"颜宇和她常常在办公室里眉来眼去，把当时还迷恋着表哥的林珊珊气得七窍生烟；而她最不可思议的一项"壮举"，是让一位不可救药的浪荡子林泓睿正式来集团上班了，未来的"霸道总裁"毫无悬念地将成为这个商业帝国的世袭接班人！这样的消息在业界传得沸沸扬扬。

白驹过隙，大学毕业的颜香脂来到林氏集团工作不久，林泓睿忽然一改往日浪荡的形象，变成了一位彬彬有礼的谦谦君子，他还主动跟父亲提出要力争成为林氏家族企业的接班人。尽管儿子的变化有些出人意料，林岳樯仍然十分高兴，随即便在集团分公司给儿子安排了一个职位。儿子也很争气，从基层一步步做起，最终众望所归地坐上了分公司总经理的交椅。

当林泓睿提出把颜香脂调至他的部门任秘书时，集团总经理颜宇爽快地答应了。令林泓睿高兴的是，颜香脂还是一位十分得力的助手，为他提了不少金点子，为主攻房地产的这家分公司，开拓了不少成绩斐然的新项目，尤其是在它兰国、巴尔马、维特米等东南亚国家进行的商业投资收益颇丰，触角延伸至进出口贸易、旅游、餐饮、房地产等诸多领域。

一开始，林岳樯对于开发东南亚市场是持反对态度的，但看到颜宇的香烟店开张后，不但没有惹祸，还让林氏集团的事业发展如虎添翼，他绷着的那根神经终于松了下来。他欣喜地看到，一大批本市乃至外省市的达官贵人陆续成为该品牌香烟的"忠粉"，逢年过节，店里的精装礼品包也是供不应求。在上流阶层的交际场所，男男女女以是否抽该品牌香烟为标杆，如他们穿的华服，佩戴的手表、饰品一样，成为一种高贵身份的象征。林氏集团在业界声名鹊起，很大一个原因就是这家香烟店引领了整座城市上流社会的生活新风尚。

时光就这么有条不紊地向前推进着，葛润市这几年没发生什么太大的新闻，林氏集团的资产暴增、豪门千金林珊珊与寒门子弟李隽逸的婚姻大事即将尘埃落定，算是最为人们所瞩目的事情了。

还有一件事，就是商界俊彦林泓睿离家出走的事情。只是，其中内幕无人知晓。

"我怀孕了。孩子是你父亲的。"

颜香脂一句话让林氏父子决裂了。

"林氏父子狼狈为奸，在整个葛润市翻云覆雨，若是能斩断他们之间的情感纽带，就能切中林岳樯的弱点，乱其心志，让他放松警惕，我们就有更多机会接触到他那些见不得人的秘密。"

这是颜荣给红罂粟下的一道密令。

林泓睿离家出走后，行尸走肉般的颜香脂听从颜氏父子安排，在内部医院堕了胎。再多的伤和痛，于她而言早已麻木。

休养数日以后，她回到这家医院，想要开一些镇痛类的药物，却无意中在医生办公室翻到了一份关于自己的医治档案，瞬间花容失色。原来档案里有两项手术记录，除了"人流术"，还有一项写着"女性输卵管结扎术"。

原来，为了避免以后麻烦，颜荣安排医院同时对颜香脂进行了绝育手术。

她已经是一面碎了的镜子，再也不奢望圆满的人生。

她的身子沾了太多污泥，她的双手沾满罪恶的鲜血。回不去了，再也回不去了。

她又开始做这个梦，一个旧匣子里的小姑娘冲着她大喊："放我出去，放我出去！"小姑娘的眼角和嘴角，有鲜艳的血，一滴一滴淌落下来。

第二十六章　匿影藏形

　　黄昏的天空，云彩像燃烧的凤凰，披着火焰从蒙乐山顶徐徐飞过，一帘挂瀑从山谷飞流直下，升起腾腾水雾，恍如仙境。

　　山崖中一处隐秘的地方，矗立着一栋极其简易的竹楼。它混迹在山林间，一眼看过去，只有一片林海郁郁葱葱。在这个人迹罕至的荒山野岭，不会有任何的干扰，从竹楼上可以看到山下的一切，占据如此险要的地势，不是每一个人都能发现它的。

　　竹楼里，一个虽已年至耄耋，身形却依旧伟岸挺拔的男人，微微仰起头，面向窗外几百公里外的天空，紧闭双眼，神情十分宁静，使人无法读出他的内心。只有那天生微蹙着的眉宇，托着一缕淡淡的忧愁。

　　"砰，砰……"

　　"快，活捉叛军首领，捉到有赏！"

　　若干年前，那个令鬼神胆寒的夜晚，追杀声、枪声，以及纷乱的脚步声、跑动的身体撞击着树枝断裂的声音，还有急促的喘息声此起彼伏，仿佛这片山林正经历一场毁灭性的灾难。那个曾经不可一世而今已穷途末路的男人，唯一的信念就是宁愿死也决不落在敌人手里。

那一夜，注定是一个血雨腥风的夜晚，没有一颗星星，连月亮也仿佛被恶魔掳走了。神枪手乔云洲在漆黑的密林里潜行，干掉了几个对自己穷追不舍的曾经的战友，只身一人跳进密林里的一条深沟，在深沟里蹲了一夜，终于躲过一路的追杀。

当第一缕霞光穿过丛林，照到乔云洲泥塑般的脸庞，他抬起重重的眼皮看了一眼，山林寂静，昨夜的枪声早已平息，偶有几只惊鸟发出凄鸣，四周空无一人。乔云洲又合上了疲惫的眼睛，深深地吸了一口气，空气中仍然弥漫着一股血腥的味道，他狠狠地咬紧牙关，麻木的双腿陷在污黑的淤泥里，昨夜的情景从大脑里飞速闪过，他来不及深思到底是哪个环节出了问题，他想只要逃过这一劫，一切都会明白。

在深山里躲藏了两个多月，乔云洲已经变得不像他了，那昔日气宇轩昂、威风凛凛的军官，此刻看起来像一个瘦削苍白的老人，长长的耷拉下来的额发，遮住了满脸的沧桑。逃亡不是一件容易的事……

竹楼上的那个男人，睁开了双眼，不愿再回首那段逃亡的历史。最令他痛彻心扉的，并非自己所受的这一切苦难，而是那些常常盘旋耳畔的为他而死的战友临终前的痛苦哀号。

祖国的土地散发着芳香，无法挽回那颗僵死的心。"回不去了，回不去了"，一个声音响起，一颗晶莹的泪珠，顺着男人的脸颊滑落……

"你到底在哪儿呀？"

空空的竹楼仿佛还弥漫着恋人的气息，男人抚摸着竹楼的每一个地方，就像抚摸爱人的每一寸肌肤，他痴迷地喃喃自语："玉恩，你会等我的，你一定会等我的。"

"嘻嘻，快来追我呀！"一串银铃般的笑声响起，仿佛道士手中摇曳着的招魂铃，让乔云洲的魂魄追随着这铃声，穿越回了六十多年前的蒙乐山……

气候炎热，火辣辣的太阳炙烤着大地，在没有树荫的地方是一分钟也待不下去，仿佛停留一会儿便会被烤成鱼干。于是，这山间丛林便成了世外桃源。前面的姑娘像一只活泼的小鹿，一边跑着，一边回头笑看着她心爱的人。她身着紧身内衣，外罩一件无领的窄袖短衫，一条长长的孔雀蓝的筒裙遮住她的脚面，一条银质腰带束在她纤细的腰上，在阳光下闪烁着鱼鳞般的光彩；头上戴着一顶尖顶大斗笠，在她的跑动下左右摇摆，她不得不左手扶着斗笠，右手提着长长的筒裙。乔云洲与初恋情人玉恩，一前一后在林中嬉戏追逐，山下的炮火丝毫不影响他们吸吮爱情的甜蜜，深深地沦陷在自己的世界里。

然而，好景不长，乔云洲所属的兵团败北，势如山崩，溃不成军，兵团主力数万人被歼，余下残部四分五裂，纷纷南逃。乔云洲所在的这支部队，正是少数免遭覆灭的队伍之一。他们的全部希望只有一个，那就是赶在封锁国境前抢先越过界河，成为这场生死攸关的长途赛跑中的侥幸逃脱者。

分别的场面令人肝肠寸断。乔云洲和恋人紧紧地相拥在竹楼里。

"我要走了。"

"嗯，还回来吗？"玉恩轻声哭泣着。

"回来，会回来的，你要等我哦，玉恩。"

"嗯，我会等你的，我一定会等你……"

男人再也忍不住了，眼泪像卸闸的洪水奔涌而出，紧锁的喉咙再也关不住尘封的情感，他号啕大哭，哭得像个孩子。

云彩已经退去，夜幕悄悄落下，只有远处一座寺庙里供奉的佛灯，日夜不休。

……

"小伙子，要不要看看，正宗葩柑老坑种的翡翠原石，解出翡翠的概率很高的。"二十多年前，蒙乐山下的一个小镇上，一位年逾花甲的翡翠原石老板，朝着正在闲逛的颜荣喊道。

当年的颜荣，还是一名警界新人，勤恳、本分，今天是奉上级指示，着便衣来到边陲小镇巡查。

改革开放以来，随着经济的复苏，人们越来越热衷于一种叫翡翠的物件，于是翡翠行业开始兴盛起来。巴尔马虽然是个相对贫穷落后的国家，国民人均收入也很低，但是世界上 95% 以上的翡翠原石都出自巴尔马，并且品质很好。而我国靠近巴尔马的这些边陲小镇也就成了巴尔马玉石商人常来常往的地方。

赌石街是个鱼龙混杂的地方，很多摊主都来自巴尔马，他们直接把一块布铺在地上，将石头散乱地堆放在上面。有些摊主会一直守着那堆石头，而有些摊主会蹲坐在一起，用土话聊着天。

"我可不懂啊，什么是葩柑老坑种？"颜荣蹲在地上，随手拿起一块石头，"这么丑的石头怎么会有翡翠呢？"颜荣自言自语地摇了摇头。

那个老板笑了笑，并没有嫌弃这个对翡翠一窍不通的小伙子，还津津乐道地讲起了关于翡翠的知识："所谓老坑种就是开发了很长时间的翡翠矿坑，那里的原石解出来的翡翠概率较高，颜色水头较好，而葩柑就是老坑种中最为出名的。"

颜荣有些不屑地听着，渐渐不耐烦了，搓了搓手，站起来准备离开。

"不来一块试试？"巴尔马老人的语气里装满了诱惑。

"我对这个不感兴趣。"颜荣笑了笑。

"你对这个感不感兴趣没关系，你只要对钱有兴趣就行，所谓一刀穷一刀富一刀穿麻布，谁也说不清呀。"

颜荣愣了一下，暗想，人家说隔行如隔山，兴许这一行真有什么道道呢？他的好奇心仿佛一下被触动，他反问了老板一句："什么意思？"

这些翡翠原石老板，为了尽力把货推出去，都会想尽一切办法留住客人，引诱他们购买原石，所以老板认真地给颜荣解释了这句话的意思。

"那不就是一个赌吗？"

"是的，所以结局谁也说不定呀。"颜荣还在犹豫。

"万一开赢了，岂不是一夜暴富？"老板继续鼓动，"相信我的感觉，翡翠心系有缘人，我能感觉到，你是一位有缘人。"

并不富裕的颜荣内心开始有些蠢蠢欲动了。他前前后后共看了十余块原石，得到的都是同一个结论：都是一些破石头。

这时，老板拿着一块拳头大小的石头递给颜荣："看你是有心了，我们交个朋友，你看这块怎么样？我感觉这里面有货。"从他的言语中颜荣听出了几分深意。

颜荣接过原石，掂了掂分量，他还以为石头的重量决定翡翠的大小，他问道："我是第一次接触这个东西，也不会看，只想问问这块石头多少钱？"

"五十元人民币。"

"什么？"对于那时只是一名小警察的颜荣而言，这五十块钱已经是他两个月的工资了。他自嘲地摇了摇头，连还价的勇气都没有。

老板看着他要走的样子，一把抓住他，"小伙子，你结婚了吧，我跟你说呀，你买这块石头准没错，它最起码能开出一块佛牌这么大小的翡翠来，到时候送给你老婆，多好呀。"

"那你为什么不自己开呀？"颜荣疑惑地问道。

"我一个做翡翠的，还缺翡翠吗？我是看你我有缘，其实我也看出你并不富裕，想帮帮你。"老板一语击中了颜荣的痛处，他死要面子强词夺理，跟老板解释了半天他不想要的缘由，其实他并不知道，自己已经被别人抛的钩给钩住了。

看来无论是怎样的诱惑，也无论男女老少，只要一打开赌这个闸门，贪婪的心就永远收不回来。

最终，颜荣以二十元的低价买了那块原石，并真的开出了一块佛牌大小的翡翠，但是这块翡翠他并不打算送给老婆汪采菊，而是要送给他心里真正珍视的那个女人。

从此以后，他便和这个老板成了无话不谈的朋友，并且在他的帮助下通过赌石，赚了个盆满钵满，为他在升上警察局局长的这条道路上打下了坚实的物质基础，也使得他的人脉资源无限扩大。

时间又转到一九九六年，林岳樯带着一个十二岁的女孩来到颜家："阿荣，这是我好朋友的女儿，现在他们家遭遇仇人报复，需要把孩子转到省城来读书，并且需要更换姓名，我想来想去，把孩子户口上在你这行吗？"

"既然是你的好朋友，为什么不上在你家？"

"一是为了更安全，你是警察局局长嘛；二是你知道采莲的性格，珊珊也不同意，所以就来麻烦你了。"看着这个天生丽质、肤如凝脂，而且身上总是散发出一种淡淡的迷人香气的女孩，颜荣勉强同意了，他的儿子颜宇却暗自高兴，因为从他见到女孩的那一刻起就喜欢她了。

可打那以后，颜荣的日子却不得安宁。

"自从倪雪妍那对母女来投靠我们，那个死鬼的魂就跟着跑了，一天到晚魂不守舍，满脑子都是她和她女儿的事，我要跟他说说话，他理都不理我……呜……呜……"汪采莲三天两头找颜荣诉苦，那哭声让颜荣心疼极了，他心心念念的爱人在忍受着家庭冷暴力的欺凌。

"她们不是姐夫好朋友的妻子和女儿吗？姐夫怎么跟她……"颜荣欲言又止。

"她是你姐夫在部队时上司的妹妹，过去就勾搭上了，当初要不是我去部队把你姐夫拖回来，她就把你姐夫勾走了，后来听说是她哥哥让她嫁给了你姐夫的一个战友……"从汪采莲零零碎碎的叙述中，颜荣几乎了解了林岳樯的一生，包括二十多年前，在西西帕拉的特种部队里，倪雪峰、秦观、林岳樯在军营里结下的生死情义，以及他们年轻时候的传奇故事。他深深地吸了一口气，一边心疼地安抚着汪采莲，一边开始酝酿一个计划。

"我想把采莲接回来住一阵，这些年你都看到了，林岳樯那个王八蛋是如何对待采莲的吧，他不关心采莲，反而去关心那个活死人，现在还居然搬出去住，看到采莲整天以泪洗面，我恨不得杀了那个王八蛋，不，我要让他一点一点地偿还……"颜荣义愤填膺地吐露着压在心底多年的怨气，汪采菊看到那张气得已经变形的面孔，颤抖着说："好吧，你接她回来吧，我们本来就是姐妹。"

这样的话你和采莲更亲密了。在汪采菊的心里，有着自己的打算：这么多年了，颜荣对自己始终不冷不热，随着他权势的扩大，自己的存在似乎只是一个标签。幸亏颜宇长大了，还知道体贴这个妈妈，她才有了一些安慰。采莲来，一切是不是又会改变？

汪采菊这样的态度让颜荣颇为欣喜，他一反常态地对汪采菊温柔了几分："你这样大度，真不愧是我警察局局长的夫人哪。"

"哼。"一个微乎其微的鼻音从汪采菊的鼻孔里发出，其中所含的那种女人的嫉妒与压抑着的愤怒，霸道惯了的颜荣是察觉不出的。

谁知，颜荣的计划还没来得及实施，几天后，竟然传来汪采莲遭遇车祸死亡的消息，颜荣崩溃了，他处心积虑的安排全都泡汤了。

汪采莲的葬礼上发生了极为尴尬的一幕：先是颜荣与林岳樯发生争执，进而扭打到一起，直到被亲友拉开，而后颜香脂在董事长的陪同下来到灵堂，却被披麻戴孝的林珊珊狠抽了一记耳光。当众人都被现场纷繁复杂的矛盾纠葛和暴力氛围紧紧攫住眼球的那一刻，谁也没注意到，在一张苍白得如冰一样毫无生气的脸上，有一抹阴冷的笑容，在一瞬间划过那张有些发乌的嘴唇。

"对不起了，姐姐。"汪菜菊在心里默默地叹了一口气，"爱，是不能分享的。"

一天晚上，颜荣驱车来到赌石街附近的一个偏僻小巷，他急不可耐地登上一个阁楼，开门的正是那个与他无话不谈的巴尔马玉石商人。

颜荣盘腿而坐："拿酒来！"

那人拿出两个碗，还来不及把酒倒满，颜荣已经抬起碗，一仰头咕咚咕咚喝了半碗酒。尽管有酒壮胆，他的心还是怦怦直跳，他有点不敢相信自己有这样大的胆子。坐在对面的巴尔马老板正耐心地等着他平静下来，大约二十分钟后，颜荣才缓缓诉说起他的爱恨情仇来。

酒可以兴奋神经也可以让人丧失理智，整个晚上，他喝得酩酊大醉，那些该说的不该说的，全一股脑儿倒了出来。

"我一直想找机会和那个女人谈一谈，可当我刚走到门口时，却看到林岳樯也在那里。"颜荣一边喝酒，一边讲述着下午发生的事：

那天是个晴朗的日子，阳光明媚，万里无云，一场罪恶的戏码却在阳光下悄然拉开帷幕……

颜荣提前下了班，向一处偏僻的住宅走去。他要去找倪雪妍并警告她，让她离开林岳樯，然后再去找汪采莲，把一个已经雕刻很久的翡翠吊坠送给她，安抚一下那颗受伤的心灵。在快到的时候，他却看到林岳樯出现在倪雪妍家的门口，门开了，林岳樯走了进去并重重地摔了一下门。

"他现在应该是在公司呀？"颜荣不自觉地悄悄走到门口，找了个角落躲藏。那有一扇半开的小窗户，可以清楚地看到客厅，玄关这边隔着玻璃只能模糊地看到人影晃动，但可以清晰地听到屋里的对话。

"秦观到底去哪了，你们到底有什么秘密不能说，他是不是被你害死了？"倪雪妍带着哭腔，质问道。

"雪妍，你想哪去了，秦观是我的兄弟，我怎么会去害他？"

"可那天，我明明看到他来找你了，好像他还很生气的样子。于是，我悄悄跟在后面，直到你们钻入了一片密林，实在跟不上了，我只有站在原处等待。谁知，一个钟头以后，只看到你一个人慌慌张张地跑出来，身上好像还有血。我吓了一大跳，躲在了一棵树后面。你只顾蒙头往前跑，根本没注意到我……那天以后，秦观就联系不上了。难道，不是你对他下的毒手？"

"什么，雪妍，原来是因为这事……不是的，我什么也没做，秦观是来找过我。我们有一些事要谈，有关于你们仇家的，也有关于我和你的事……没想到，我和秦观的谈话进行到一半时，突然遭遇了袭击……是秦观救了我，我逃出来了，但是他……"

"他，他怎么样了？"

"他，他掩护我逃走，我并没有看到他后来的情况，也许，也许是被敌人俘虏了吧……别担心，亲爱的，秦观有军方的背景，他们不敢轻易拿他怎么样的！"

"你，真不是东西，贪生怕死，让朋友掩护自己逃跑，对朋友却见死不救……呜呜……"倪雪妍虽然还在哭，语气却比刚才缓和多了。

"对不起，亲爱的，我常因这件事而愧疚、自责，可当时那种处境下，实在是没有办法了。我知道，要得到你的原谅是不可能的。但我，一定会兑现对秦观的承诺，好好照顾你和香脂。"

然后，林岳樯和哭成了泪人的倪雪妍，先是拉拉扯扯了半天，继而又紧紧地抱在了一起……

"好戏"刚开始一会儿，颜荣看到颜香脂回来打开门，接着三人发生了争吵，颜香脂哭着冲出了家门，林岳樯在后面又气又恼，而倪雪妍一个劲劝林岳樯出去找女儿："阿燃，求求你去找找了了吧，我怕她出事……如果你找不到她就别回来见我，呜呜……"看见倪雪妍如此伤心，林岳樯不得不跑出去找颜香脂了，慌乱中忘记把门带上。倪雪妍抽泣着往里走，颜荣趁她不注意拉开虚掩的门，钻了进去，蹑手蹑脚地走到客厅一角躲了起来。他看到倪雪妍在客厅沙发上坐着，眼泪还在扑簌地往下掉，本来心脏就不好的倪雪妍由于伤心过度，哭着哭着就在沙发上睡着了。

刚刚发生的这一幕，令颜荣心里五味杂陈。

"原来，他们谈的是那件事。"

大约半个月前，颜荣接到一道命令：密切注意林岳樯的动向，一旦发现秦观现身，立即汇报。

于是，颜荣守株待兔，终于等到了这一天，他看见林岳樯先是在倪雪妍家附近与秦观见了面。两人说了些什么，秦观看起来有些生气。接着，垂头丧气的林岳樯跟在怒气冲冲的秦观身后，钻进了密林。颜荣大喜，急忙向他的幕后老板汇报了情况。其实，对于秦观的命运，他并不关心，他更希望的是，林岳樯这次因为受到秦观的连累而死于非命。谁知，事与愿违，秦观是被抓走了，可那个命大的林岳樯，竟然毫发无损地回来了……

想到这，心中的怒火带着一股气流冲撞着颜荣的大脑，他失去了理智，跑到厨房拧开煤气，拧到了最大。干了这么多年警察，颜荣深谙犯罪之道，制造自杀假象，是一个最能快速了结命案的脱罪方案。为了一石二鸟，嫁祸林岳樯，并非左撇子的他，还狡猾地用左手伪造了一封遗书，然后拿出手帕擦掉了他罪恶的痕迹。

意外就在这时发生了，昏迷的倪雪妍忽然醒了，与颜荣抓扯起来。颜荣急忙找到一个沙发上的靠垫，捂住倪雪妍的口鼻。倪雪妍又晕了过去，被吓得魂不附体的颜荣顾不得查看倪雪妍死了没有，就慌忙离开了这个房子。

他并不知道，他装在裤兜里，要送给汪采莲的那块佛牌，在和倪雪妍抓扯的过程中，已经掉在了沙发底下。

心虚的颜荣没有马上去找汪采莲，而是驱车来到了赌石街，一醉到天明。后来听说倪雪妍因吸入过量煤气，导致脑死亡，躺在医院里成了植物人。

等到颜荣心情终于平静下来，汪采莲却出车祸意外身亡，他的计划化为泡影，他欲哭无泪、怒火中烧。他跑到汪采莲的墓碑前哭诉着对她的思念："这个佛牌本是为庇佑你而生，没想到你还没来得及戴上它，就丢下我走了，现在，只有让它陪着你了，就当是我永远在你身边吧……"颜荣伸手摸了摸口袋，准备拿出佛牌，摸了一会儿没有摸到，他急得把身上所有的口袋都找了一遍，还是没有找到。

他苦想冥思，实在想不起佛牌可能的去向，不过他并不担心其他的，只是遗憾了自己付诸东流的真心……

从此，心无牵挂的颜荣更是肆无忌惮，在罪恶的沼泽中越陷越深。

第二十七章　蛛丝马迹

葛润市。

自从孟旗生开始按部就班地执行他的计划时，一切却归于平静，难道是泄露了天机？孟旗生有些着急，他多次有事无事地来到香烟店，因为他相信自己的判断，这里一定有他想要的东西。

正当孟旗生又一次准备跨进香烟店时，他用余光瞥见一个似曾相识的人正向香烟店走来，他顺势拐了个弯走进香烟店旁边的一个珠宝店。珠宝店里陈列的多为翡翠饰品，据导购员说这里的翡翠大多来自巴尔马。其实对于翡翠，孟旗生并不陌生，而且他也知道哪种翡翠的水头好，这要得益于他的父亲乔云洲，父亲在他的心目中是一个见多识广、无所不能的人……

想到这儿，孟旗生的鼻子一阵酸楚，他揉了揉鼻子，假装和导购员攀谈起来。他看到玻璃橱柜里有一块明光烁亮的吊坠，看样子应该价格不菲。它是一块佛牌，对于在它兰国长大的孟旗生来说，他对佛牌再熟悉不过了，但是如此光彩夺目的佛牌他还是第一次见到：佛牌呈三角形，三条边金光闪闪的，想必是足金的吧。于是他叫导购员把佛牌拿出来看一看。

"先生好眼光啊，这是 24K 金镶嵌，中间这一块是光泽度极好、纯正度极高的红色翡翠，它的颜色分布均匀，在视觉上给人一种兴奋、热烈的感觉，而这种红色翡翠挂件在市面上是极少出现的，所以它的价格也是蛮高的哦！因此，虽然有很多顾客驻足欣赏，但大多被价格吓住了，只敢远远地瞧一瞧。"

或许，这块佛牌真的是有价无市，这时突然冒出一个人对它感兴趣，可把导购员激动得喋喋不休地说了一大堆。

孟旗生小心地接过佛牌，看到上面雕刻着一朵半开的曼陀罗花。他举起佛牌对着光线仔细看，那朵花似乎又张开了一点，一道强烈的红光刺得他赶紧闭上眼睛，孟旗生忽然有点飘飘欲仙的感觉，他立即把佛牌还给了导购员，说："我见过很多佛牌，但还是第一次看到这么耀眼的曼陀罗花佛牌。"

"先生有所不知，传说曼陀罗花又叫情花，如果女人戴上它，任何男人都会倾倒在她的石榴裙下……"年轻的导购员一边胡说八道，一边脸上却泛起了红晕。此时，孟旗生并不知道他的外甥女婧雅，也有一块刻着曼陀罗花的佛牌，只不过那块看上去要自然清新得多。

放下佛牌，孟旗生估计时间差不多了，才又走进香烟店，刚好和从香烟店里出来的人撞了个满怀，他们礼貌地相互点了一下头。虽然他们并不相识，但孟旗生对于这个公子哥还是早有耳闻，他曾听林岳樯抱怨过他几次，他就是葛润市警察局局长的儿子——颜宇。在此次暗中调查香烟店的过程中，他发现这个店虽然属于林氏集团，暗地里却是颜宇一个人全权负责。虽然孟旗生也了解到，颜宇在集团公司一直积极主动地承担管理事务上的事情，目的是获得姨父的肯定，好早日登上集团管理层的最高宝座，但孟旗生心里还是莫名地打了个冷战，觉得香烟店仿佛蒙着一层冰冷的面纱，而颜宇，正是帮助他揭开这层面纱的关键人物。

孟旗生在查阅旧城改造资料时得知，这个香烟店曾经是一家有着上百年历史的桃木店，而这家桃木店曾是省城一位高官的祖传家业。据说十多年前，高官突然暴毙，家破人亡，桃木店被林氏集团收购，并且在旧城改造后扩大了面积，与集团旗下的大型商场连为一体，变成了今天的香烟店，但并不归属商场管理，而是独立运营。

"十多年前，嗯，这个时间节点很重要，去查查这个高官是谁？"孟旗生暗暗思忖。

运用自己在警界的关系网和侦查手段，他很快便查到，这个高官就是当年在西西帕拉叱咤风云的特种部队长官、禁毒英雄倪雪峰，他也是秦观、林岳樯的老战友，而姐姐阿兰，与这几个男人，都有着千丝万缕的关系。资料显示倪雪峰并未娶妻，却有个儿子继承了家业，据传孩子的母亲是未婚先孕，生下孩子不久便去世了。在林氏集团收购桃木店后，这个孤儿便不知所踪了。虽然没有证据将这些纷乱的线索联系起来，但孟旗生冥冥中觉得，这一切都不是巧合。

禁毒英雄树敌无数，突然在一场离奇的火车事故中死于非命，这未免太匪夷所思；而作为林氏集团的掌门人，林岳樯为什么会突然收购老战友的资产，并且尚未听说林氏集团对倪雪峰的遗孤做了什么安置，倒是查询案宗时发现，倪雪峰的儿子曾经数次到警察局报案，称有黑社会霸占了他的家产，而这个案子最终不了了之了。对了，他儿子叫什么来着……李隽逸。李隽逸？孟旗生又打了一个寒战，李隽逸这小子，不就是把外甥女方婧雅折磨得死去活来的那个感情骗子吗？对了，他还是林岳樯的下属、女婿……

孟旗生恍然大悟，这一切，一定都是有联系的，一定！他心跳骤然加快，仿佛看见一张巨大的关系网在眼前铺展开来，他拿出纸笔，根据想象中的大网描画人物关系图。

倪雪峰是整张人物图谱中最不易引人注意却至关重要的一个角色。孟旗生相信自己的判断。在后来的一段时间里，他花费大量体力、心力，除了寻访星北边境的一些县市，还再次潜入那个三不管地带，掘地三尺，锲而不舍地追索、走访，硬是用一些四处搜集到的零零碎碎的资料，拼出了一幅恢宏的历史画卷，连本人也不禁瞠目结舌：

倪家本不是什么显赫家族，而是靠勤劳与智慧挣取血汗钱的农民，世代在星北边境生活，都是很有生意头脑的人。他们为人忠厚讲义气，从第一代开始就做起了桃木生意。从最初贩卖桃木原材料，到后来开始打制和售卖桃木家具及一些工艺品、生活用品；从简陋的路边摊、作坊，到后来正经八百的门面，倪家靠桃木生意发起了财。那时的人们都喜欢家具上雕龙画凤的，为了让桃木制品更漂亮，能卖上好价钱，倪雪峰的祖爷爷就让倪雪峰的爷爷潜心学习绘画雕刻。木材精良加之雕工精美，倪家桃木店的生意一直很红火。等倪雪峰的爷爷能够独挑大梁时，就要外出去采购桃木原料，因为他们家的价格公道，东西又好，已经有些供不应求了。

为了寻找到好的桃木，倪雪峰的爷爷翻山越岭来到了一片叫作哀牢百濮的地域，这里地形崎岖复杂，树木繁茂，他在林中迷了路，被困在山里几天几夜。

"啊！"

一声惊叫划破密林的幽静，倪雪峰的爷爷一不小心摔下了山崖，落到山沟里的一条小溪边。他感到了死神的降临，拼命呼喊，可是山谷里只有自己的回音。他绝望极了，精疲力竭之时，恍惚间听到一阵脚步声，于是使出最后的力气拼命地挤出微弱的声音呼救，迷迷糊糊中听到脚步声在靠近他……

当他醒来时，发现自己躺在一张竹床上，陌生的环境让他一下紧张起来。这时一个男人走了进来，笑眯眯地对他说："醒了？一定饿了吧，先喝点粥吧。"接着他身后的一个女仆端给他一碗红薯粥。等他完全清醒后，他才知道救他的这个人是一名家境殷实的土司，姓杨。

"你摔得不轻，就先安心养伤，等伤好了再说其他的吧。"养伤期间，倪雪峰的爷爷与这位正直善良、颇讲义气的土司建立了深厚的友情，他们决定歃血为盟，结下生死之交。他在伤好以后，为土司家族制作了许多精美的桃木制品，深受土司家族人的喜爱，而两家人也世代交好，谱写了一段佳话。

后来，土司们各自打算，杨姓土司做了一个大胆的决定：埋藏大部分珍宝，只带了很少的一部分归顺了木邦大土司，改随妻姓刀，以种植罂粟为生，在日后的岁月中，慢慢演变为一个实力庞大的罂粟家族，每年靠种植罂粟获得的利润给鹰岚国人上缴赋税。

为了不让更多人知道宝藏埋藏的地点，杨姓土司在其结盟兄弟倪雪峰爷爷的帮助下，神不知鬼不觉地埋藏了那批珍宝，并且刻下了一对桃木剑，名为给女儿做头饰的，实则是一幅藏宝图。倪雪峰的爷爷至死都保守着这个秘密。

俗话说：树大分权，人大分家。经过几十年的变化，庞大的土司部落也生出了许多枝节，最终也有土崩瓦解的时候。正不抑邪，邪不压正，冥冥中两股力量一直在暗流涌动。

历史的风云虽然早已散尽，但正义的血脉将会永存。就像刀瑞安，他已身为异乡人，可骨子里流淌的血液仍会牵引着他寻找河流的源头。

孟旗生想不到，在深挖倪雪峰家史的过程中，他竟然将自家桃木剑，和母亲托付自己与阿兰守护的那个秘密的根源，也一道挖了出来。

做完调查，回到葛润市的孟旗生，一天夜里，又像往常一样在街上闲逛，他吸完一根在薄荷香烟店买的香烟，在一个垃圾桶上拧灭了烟头。夜风像冰凉的丝绸吹拂着每个人的脸，而他却口干舌燥，身体燥热难耐，他随手在小卖部买了一瓶冰冻啤酒，仰脖喝下，仍然没有多大缓解。不知不觉中，他走到了灯红酒绿的西街区，闪烁的霓虹灯仿佛在召唤着他，他走进了一个酒吧。

酒吧没有想象中的闹热，一副快要倒闭门庭冷落的样子。看到有人进来，店里的小姐们前呼后拥地招呼着："哟，先生，怎么一个人呀！没有人陪吗？"小姐们七嘴八舌地吵得孟旗生头痛欲裂："赶快拿酒来，多放点冰块！"连续几杯冰啤酒下肚，孟旗生才清醒过来。这时，他才认认真真地打量起酒吧的情况。

"怎么今天人这么少啊？"他装作随意地问道。

"唉，还不是上次莉莉姐那事儿害的。"一个嗲嗲的女声回应道。

"是呀，她不明不白地就这么死了，害得很多客人都不敢来了。"

女人就是关不住风的闸门，一打开闸门就会叽叽喳喳说个不停，特别像这些低智商的小姐们。他们的话让孟旗生想起了几个月前的那个夜晚。

"哎呀，别说了，主要是莉莉姐走了，他的老相好就不再关照我们了。"

"是呀，是呀，听说那个人有权有势，好像还是一位当官的嘞。"

孟旗生一边听着，一边把注意力放在了吧台前一个默默喝酒的女人身上。

"那人是谁？"

"她呀，叫阿黛，是莉莉姐生前的闺密。自从莉莉姐死后，她伤心过度，好像魂也跟着飞了似的，经常一个人发呆。"

孟旗生以他的职业敏感判断，并非如此，这里面一定有戏！

后来的几天里，孟旗生常常光顾人间酒吧，有意无意地接触阿黛，因为他想触碰她内心里深藏的秘密。

功夫不负有心人，孟旗生那张屌丝的嘴脸以及伪装的放荡让阿黛对他放下了戒备，她把认识莉莉姐的过程和从莉莉姐口中得知的一切慢慢地倒给了孟旗生：

莉莉姐原本是巴尔马一个土司家族的后人，只因他的父亲争夺家族宝藏而被驱赶出门，她母亲是在一个山洞里生下她的。从小，她就在仇恨中长大，他的父亲教她如何捕获男人的心，长大了又如何去报仇，可是没等她长大成人，她的心已经不再听话了，她想逃离那种生活。从此，她便开始流浪，在流浪的过程中，她认识了另一个流浪的男孩，因为仇恨，两个人的心慢慢靠拢，她们相爱了。然而，命运的安排让莉莉姐经历了跌宕的人生。不久，她的母亲病危，几经周折找到莉莉姐，她不得不回去，见了母亲最后一面。父亲拿出一块佛牌给她，说是母亲留给她的。

"后来呢？"孟旗生饶有兴趣地问。

"女人始终是个感性动物，感情的事是你们男人无法理解的。"

"这是什么意思呢？"

"在去执行一项任务的时候，她阴差阳错地认识了一个人，后来她发现自己爱上了那个人，并和他发生了一夜情，还为其生下了一个孩子，她想她可以重生了。然而，那个男人并未真正接纳她，她心灰意懒，又重新回到了那种靠迷惑男人过活的生活，过着毫无希望、醉生梦死的日子。"

"那个和他发生一夜情的男人，是不是她们讲的那个老相好？"

"这个我不知道啊！她一直不肯告诉我这个男人是谁，只知道她跟好几个男人都有那种关系。"

像这种风月场上的女人，私生活糜烂，是一件再正常不过的事，孟旗生对这个并不惊奇，但是他对她们口中说的老相好有点好奇。

"她和她们说的老相好很亲密吗？"

"表面是。"

"嗯？什么意思？"

"其实我觉得莉莉姐有点怕他，莉莉姐死的那天，我看到莉莉姐哭过，好像是因为那个人。"

"你见过那个人？"

"嗯……等等，我有偷拍过他们，但好像看不清，不知道还在不在，我找找。"

阿黛与孟旗生接触的这几天，隐约感觉这个男人一定是为了莉莉姐死亡这件事来的。自从闺密死后，阿黛成天提心吊胆，在她的直觉里，莉莉姐并非意外死亡。她也希望眼前的这个男人能为她消除疑问，为自己枉死的闺密讨一个公道，也好让自己卸下心里的这块石头。

阿黛翻出手机里的一张照片，照片里看不清男人的脸，只看到在昏暗的灯光下，一个男人侧着身子，右手插在女人的腰间，女人微微抬头与男人对视，敞开的领口下露出一个亮闪闪的东西，应该是一枚吊坠，但从两人的姿态和表情隐约可以看出，他们并非在缠绵，而是在争吵。尽管这是一张模糊不清，看似毫无价值的照片，孟旗生却如获至宝。

孟旗生马不停蹄地找到了警校的战友，采用了高科技的解析手法，把这张照片翻拍、过滤、放大，并通过人工绘制出来，当他拿到绘制的照片时，简直佩服得五体投地。他细细地端详，那个男人的脸慢慢地显现出来，孟旗生像遭了一记重拳，惊得后退了几步。

"怎么是他？"

更惊人的还在后头，女人敞开的领口下的那枚吊坠也显现出来，原来是一块佛牌，和孟旗生前阵在珠宝店里看到的那块刻着曼陀罗花的镶金红翡翠佛牌一模一样！

天下竟有如此巧合的事？这两块佛牌会有什么联系？它们的出处在哪呢？孟旗生陷入了深深的沉思中。

第二天，他如约来到酒吧。

"你见过莉莉姐的这块佛牌吗？"孟旗生把佛牌的图片拿给阿黛看。

"见过一次，在她洗澡的时候，平时她都不离身的。"

"那知道它现在在哪吗？"

"不知道。"

"没在她身上？"

"没有，莉莉姐火化那天，我亲自去送了她一程，当时没有看到她脖子上有什么东西。"

"莉莉姐没留下什么遗物吗？"孟旗生迫切地连声追问。

"没有，是我给她整理的遗物，抽屉里只有一张纸条，上面写着：该来的都会来的。我猜想莉莉姐的死不是意外，而是谋杀，所以我一直很害怕。"

空气凝固，只剩下沉默，沉默，再沉默。一块价值不菲的翡翠就这样凭空消失了吗？阿黛所说的话是不是真的呢？珠宝店的那块佛牌是不是就是这一块呢？它又是从何而来的呢？为什么佛牌上刻的是曼陀罗花呢？一连串的问号在孟旗生脑海里翻腾着。

孟旗生知道曼陀罗是一种有毒的植物，而且是剧毒，还可致癌，它的花香有致幻的效果，古代著名的医学家华佗发明的麻沸散的主要有效成分就是它。但是他不知道曼陀罗花是不是还包含着其他的含义。

孟旗生回到家里，立即打开电脑，在搜索栏上输入曼陀罗花的字样，不一会儿屏幕上就出现了一大堆关于曼陀罗花的文字，从它的形态特征、生长环境、药用价值一直到它的花语及它在宗教里的释义、起源。每一段文字他都认认真真地看了，最后得出结论，只能用花语这一条来解释自己的疑惑：红曼陀罗花的花语是血腥的爱——莉莉姐的父亲，用红色翡翠雕刻曼陀罗花送给女儿，就是希望她长大后去复仇，复仇注定是充斥着血腥味的……

几天后，孟旗生又赶到珠宝店去询问那块佛牌的来历，经过一番软磨硬泡，终于得知是从一个流浪汉的手里低价买进的。他又辗转找到那个流浪汉，流浪汉说出了捡到佛牌的地点——西街一个广告牌下的垃圾桶里。

"西街？西街哪个位置？"

"好像是一个酒吧对面。"

"哪个酒吧？"

"西街的酒吧这么多，哪还注意去看是哪个酒吧哦。"

"捡到的时间？"

"都过去好几个月了，谁还记得哟。"

"那个广告牌周围有什么特殊的标志没有？"

"我真的不记得了。"

"咚"一声闷响，孟旗生的手狠狠地砸在桌子上，差点儿把流浪汉给吓哭。眼看就要追寻到真相，突然断掉的线索让孟旗生急火攻心，几乎控制不住自己的情绪，待他冷静下来，才想起交警最常用的方法——调监控。他猛拍一下脑袋，马不停蹄地跑回了交警队。

在监控室里，孟旗生屏住呼吸，目不转睛地盯着屏幕，小心翼翼地移动着鼠标，不敢轻易放过任何一个细节。一切仿佛都静止了，只有电脑屏幕上的时间条在一帧一帧地跳动……

突然，一台电脑的屏幕上，一个男人引起了孟旗生的注意：那人穿着一件黑色的皮风衣，从一个酒吧后面的一条巷口匆匆地走了出来，一边走，一边不时回头张望，当他穿越马路，走到酒吧对面的一个垃圾桶旁边，顺手从裤兜里摸出一件什么东西丢进了垃圾桶……

孟旗生移动着光标，停留在人间酒吧的霓虹灯上，此时画面标注的时间正好是人间酒吧出事的时间，也正是孟旗生发现出事了跑进酒吧的时间，换句话说，就是那时，孟旗生刚刚与那个人擦肩而过。孟旗生的呼吸加重了，他迅速地放大了画面。男人似乎很有反侦察经验，像是有意避开摄像头，一路上的监控一直都没拍下男人的面貌。

一夜的辗转反侧，孟旗生的头都快爆炸了，照片里的男人、监控里的男人在他脑海里交替出现，他们会是同一个人吗？到底是意外还是蓄意谋杀？是为情所困还是为财而死？孟旗生不得而知，他决定第二天联络他的领导，把这一切告诉他。

几个月前，在甘果的某个部落里，有一个男人正对着一个香炉念念有词，他的脸上露出了阴森森的笑容，他幻想着他的美梦即将实现。

……

二十世纪三十年代末，刀瑞娜的母亲因病去世，她的父亲在匆忙中，从家族中选了一个漂亮的女仆续弦，以安顿好后方。三年后女仆生下一个男孩，取名叫刀瑞斯，是刀瑞娜同父异母的弟弟。尽管父亲是土司，而母亲却只是土司家的一个家奴，这样的出生注定他永远低人一等，即便他是土司家唯一的男丁，但他总感觉自己不如姐姐们幸福。他从小调皮不思进取，因而在父亲眼中永远是个不务正业的人。得不到父亲的认可，得不到家人的爱，他的心渐渐远离了这个家。

一次偶然的机会，他听到家族中几个重要的元老在议论什么战争和宝藏的事。那是东来侵略采兰战争的最后两年，刀瑞斯还只是个小孩子，只知道东来侵略者四处疯狂地掠夺财物和宝藏。

"老爷呀，这个仗到底要打多久呀？"达善管家最先开口。

"应该要结束了吧！"老土司答道。

"但是日军这么疯狂，我们恐怕也难抵挡呀！"

"别怕，这是日军在做垂死挣扎，我们只要挺过这关就好了。"

"日军天天放火烧山，逼着人们带他们寻找宝藏，你说，我们家的那些宝藏会不会被找到呀？"

"不会，藏宝地点只有我和义兄知道，只要我不说，没人能找到。"

"嗯，老爷你一定要千万小心啊！"

"没事的，我会注意的。"

不久，抗东战争胜利，东来人撤出了巴北。战争并未给小小的刀瑞斯带来太多的感触，倒是宝藏的事，深深地刻在了他的心头。他千方百计打听藏宝的地方，还三天两头往山上跑，想要有朝一日找到宝藏，到那时，他就有享不尽的荣华富贵，然后让那些瞧不起自己的人都变成自己的奴仆。

心术不正的人总会做出一些离谱的事，他的行为引起家族中越来越多人的反感，并最终引起了父亲强烈的不满。老土司严厉地呵斥过他几次，告诫他别打宝藏的主意，可是他仍然秉性不改，继续寻宝，十多年过去了，他也没有找到宝藏。

那一年，刀瑞斯刚刚办完婚礼，年迈的父亲因劳累而病倒了。按照土司制度，父亲的一切本应由他来继承，但由于他出生卑微及他糟糕的所作所为，家族中一致认为他不具备管理能力，不能保护好整个部落。得不到家族长辈们的同意，世袭不了父亲的职位，于是他就动了分家的念头。

在分家那天，他逼迫年迈的父亲说出藏宝地点，极大地引起了家族的公愤，父亲一气之下把他逐出家门，永不承认他是土司一族的血脉，并只按他母亲在土司夫人中的最低品级，分到了一小部分家产。

香炉里的火星早已熄灭，香灰被风吹散，化作了尘埃……

这个机关算尽的男人万万没想到，几个月前，他收到的，不是宝藏的讯息，竟是女儿的死讯。

第二十八章　那个男人

"妈的，见鬼了！"

大清早，颜荣一身便装，像平时一样，出门时先警惕地环顾了一下四周，确定无人跟踪，然后大步流星地走出门去。但不知为何，这天他心跳得厉害，右眼皮也跳得厉害，他忍不住拿手按压眼皮，还是于事无补。

"大概是太累了吧……"他自我安慰道。

近日，他手头有不少亟待处理的麻烦事儿，一直在为之劳碌奔忙，确实累得够呛。

第一件事，是汪采莲车祸事件的善后工作。

汪采莲是林岳樯的合法妻子，为什么她死亡，却要颜荣来善后呢？这事可说来话长了。

自打汪采莲车祸身亡之后，颜荣一直把这笔账算在林岳樯身上：如果不是因为这个三心二意的男人，对倪雪妍、颜香脂那对不要脸的母女淫心大发，汪采莲就不会受那么多委屈，也不会莫名其妙丢了性命。弄不好，就是林岳樯买凶杀人，除掉妻子，好堂堂正正地把那两个贱女人带回家！

于是，颜荣提出车祸事件有疑点，需要进一步调查。遗憾的是，那个肇事司机，一名穷困潦倒，无亲无故的黑车驾驶员，在被找到的时候，已变成了一具尸体：他驾驶的那辆已近报废年限的破二手车，以 150 码的时速，在一座跨河大桥上突然越过中间实线，撞了行走在对面人行道上的汪采莲后，又撞断大桥护栏，坠入河中。当车辆被打捞上来的时候，车身已完全变形，驾驶员死相凄惨……

在进一步的调查中，警方发现驾驶员在出事前，他的个人银行账号曾收到一笔 5 万多元的现金入账。经调取银行监控，发现存钱的是他本人。一个一贫如洗的无业社会闲散人员，怎么会突然有了那么一大笔钱？联系到车祸事件，以及自己内心的怀疑，颜荣认为是有人买凶杀人，而唯一的嫌疑人就是林岳樯！

于是，被怒火冲昏头脑的颜荣亲自坐镇指挥，让几个民警日夜加班，查监控，捕捉肇事司机与"买凶嫌疑人"接头的影子。他近乎疯狂的命令让民警们怨声载道。谁知，突然有一天，他请负责这个案子的几名下属到 DCT 国际大酒店饱餐一顿后，宣布结案，无须再查！这个转变令大家欣喜若狂，又不免心生疑窦：这个局长，还真是变化无常，查案有这么"任性"的吗？但是人在屋檐下，不得不低头，再说不查了是好事，也就没有谁多一句嘴。此事渐渐就被大家淡忘了。

然而，颜荣至死也忘不了，在一段拍摄于车祸前夜的视频上，他亲眼看到了那个"嫌疑人"。那是一个女人，尽管她穿了一身黑色套头风衣，又戴了墨镜，换别人谁也认不出来。可他一眼就认出来了，那个女人，就是与他同床异梦了大半辈子的发妻——汪采菊。

原来，这颗长在他心口上、令他饱受折磨的恶瘤，竟是自己的妻子，自己儿子的母亲种下的。为此，颜荣痛不欲生。手心手背都是肉，他再爱汪采莲，斯人已去，即便处决了杀害她的罪犯，爱人也不可能起死回生。更何况，这个复仇的对象，又是自己最亲的妻子呢！他已经失去了挚爱，不能再失去至亲。于是，颜荣对此案的态度忽然大变，在安抚了下属和同事们之后，他极力保持冷静，没有在任何人面前袒露心事，即便在见到妻子，咬牙切齿之时，他还是把满腔怒气与伤感吞下了肚。除此之外，他还得想方设法掩盖真相，消除一切对妻子不利的证据，包括删除那段视频。

好不容易，这个闹剧偃旗息鼓了。不承想，时隔多年，一桩陈年旧案又差点儿再掀风波：最近，颜荣收到上级红头文件，要求重新调查包括汪采莲车祸事件、林泓睿死亡事件在内的，一批存有疑问，或是调查无果的案件。这个消息让颜荣如坐针毡，寝食难安。后来他才知道，竟然是林岳樯那个看似无能的娇娇女林珊珊惹的麻烦。原来，林泓睿暴毙之后，林珊珊痛不欲生，想起母亲、哥哥接连离奇死亡，她越发悲愤难忍，怀疑是有人加害。原来这个看似头脑简单的小丫头，也有心思缜密的一面。她左思右想，觉得一切都和颜香脂那个狐狸精有关，母亲是因她而死，哥哥为她离家出走后染上毒品，而后又是在和她一起失踪后莫名丧命。而那个向来有勇有谋的父亲，面对亲人接连诡异离世，居然无动于衷，还对媒体说是什么"意外"，八成是想袒护那个狐狸精！林珊珊早已对这个胳膊肘儿朝外拐，没心没肺的父亲绝望了，她一心想着要为母亲和哥哥"报仇"，于是自己收集整理了一些证据，瞒着所有人，跑到省警视厅实名举报，指出这两桩案子的调查工作过于草率，得出的结论难以令人信服。于是，才有了前面的这些事情。

颜荣叫苦不迭，竟然忽略了那个蠢丫头也能兴风作浪。汪采莲的事儿自不必说，而林泓睿之死虽是董事长所为，却也得靠他来摆平，因为是他的幕后大老板亲自打的招呼：无论如何，也要摆平这件事儿！

于是，焦头烂额的颜荣只得绞尽脑汁，四处斡旋。终于，上面的风声暂时停止了，但颜荣始终忐忑不安，只觉得这是一种暴风雨前的宁静，树欲静而风不止。

还有一桩令他焦头烂额的麻烦事儿，也是一个死人的案子——市一医赵医生中毒死亡事件。

为什么不是调查，又是善后？原来，赵医生虽然是林岳樯的主治大夫，实际上却是颜荣安插到林岳樯身边的一颗棋子。

"林岳樯其实是装病，他身体并无大碍。"赵医生在替"昏迷住院"的林董对外掩饰病情的时候，却把真相告诉了颜荣。

"什么？"颜荣听到这个消息，并未对连襟逃过生死大劫而欣慰，反倒是怒火中烧。他恨林岳樯，恨不得亲手杀了他。当看见婚礼乱局导致林岳樯大病入院，生命垂危，他在心里冷笑了好几声："天意，天意啊！这是采莲在天之灵，来收你了！"

现在，赵医生却告诉他林岳樯安然无恙。如此一来，仇人又要继续在他的眼前"春风得意"了，颜宇夺权上位的阴谋也难以得逞了，于是，他狗急跳墙，指示儿子尽快在董事会上行动，以免夜长梦多，谁知道被半路杀出的方思雅和李隽逸搅了局。

接着，他准备将计就计，既然你林岳樯喜欢装死，就让我成全你吧！他用重金买通赵医生，指使他在林岳樯的水杯中下毒。可不知哪里出了岔子，林岳樯依旧"大难不死"，倒是赵医生喝了那杯有毒的水，当了替死鬼。

而这是一件极为秘密的事情，一旦要调动警力调查赵医生的死因，自己"买凶杀人未遂"的真相就很可能暴露。为了不引火烧身，他故技重施，毁灭证据，制造伪证，掩盖真相，还自掏腰包给了赵医生家人一大笔钱，名为"抚恤费"，其实是"封口费"。于是，这桩案子最终被定义为自杀——因为赵医生近期竞选副院长失败，贿赂医院高层的行为又被揭发，心里愤懑，最终承受不了打击而毒死了自己。

除了案子，还有一件火烧眉毛的事情，也是颜荣不得不去处理的。那就是，有种种迹象表明——在火车事故中丧生的倪雪峰，其实并没有死！

"这件事，就让莉莉去办吧！"这是当年，颜荣的幕后老板，赫赫有名的大毒枭团长，给他下的一道指令。

于是，在颜荣的操控下，"红罂粟"莉莉完成了一项任务：把倪雪峰骗到隧道口，制造了一场骇人听闻的火车事故，倪雪峰车毁人亡！

然而，火车事故之后不久，发生了一件诡异的事情。

"垂帘听政"的团长飞鸽传书，给颜荣讲述了这件事情的经过：

那天，在颜荣的协助下，林岳樯和秦观在树林里中了圈套，林岳樯逃走了，而秦观被抓回去以后，经历严刑拷打，死也不交代他们想要获知的秘密，他们也不敢处决他。当时，团长基地和囚禁重犯的地牢还未转移到大山里的悬崖峭壁，而是隐藏在一片热带丛林里，一块林子砍光了树，建成了军营。意想不到的是，几天后，有几名自称来自马来西亚的"毒贩"找到团长，要与他"谈一笔大生意"。在谈判过程中，外面传来枪声和手榴弹的爆炸声，一团混乱之际，这几名来做生意的毒贩突然翻脸，与团长的人干了起来，团长本人还被一名身形魁梧的头领挟持。

"一命换一命！"那个头领厉声喝道，要求竟是让团长拿秦观来交换他自己的命。

于是，被打得浑身是伤的秦观被拖了出来。一方挟持一人，最终移到了团长基地大门口。头领使了个眼神，秦观心领神会，突然出招，打倒挟持自己的两人，而头领也遵守承诺，用手肘击昏团长后扔下了他，带着一众轻功了得的"神奇飞侠"，像振翅高飞的猎鹰，转瞬间消失在了密林里，留下了一干人目瞪口呆。被击昏的团长醒来后，怒不可遏，对着无辜的千年古树打光了一排子弹，又干掉了几个他认为有通敌嫌疑的手下也难以消气。冷静过后，他认真分析，并不远万里传递信息，将他猜测的结果告诉了颜荣：

"挟持我的那个头领，身上有着桃木的味道。虽然经过乔装，他的容颜大变，但眼神、身形都似曾相识，和过去与我多次交过手的倪雪峰十分相像，所以你要尽快查明，倪雪峰究竟是否还活着。"

这个消息给了颜荣当头一棒，如果倪雪峰没死，他的处境也岌岌可危。

　　时光倒转回十多年前，当时，他还只是一名从小县城来到省城打工的"漂漂族"。由于自己从小就很瘦，常受那些魁梧的大男孩欺负，颜荣心里一直暗暗较劲，以后要干一个"厉害点"的职业，让所有人都敬畏自己。警察，这个可以穿着酷酷的制服，英姿飒爽，尤其是可以合法持枪，简直帅得无法无天的职业，让他垂涎不已。可是，没有进过专业警校，要想和千军万马挤独木桥，谈何容易？但意志坚定的颜荣不会轻易放弃自己的梦想，他看到某警察分局特警大队招聘辅警便去报考，并在诸多的竞争者中脱颖而出，成为一名合同制的辅警。虽然没有执法权，更不可能配枪，但能够穿上特警制服，与威风凛凛的特警们一起执行任务，享受旁人羡艳与敬畏的目光，颜荣感觉，那多年来压在心底的窝囊气，宣泄出来了，他终于可以扬眉吐气了。多少个夜里，他幻想自己拿枪顶着林岳樯的脑门，得意地冷笑着："对不起，你的女人，今天我要带走她！"

　　也许是在他的情感问题上，老天爷觉得亏欠了他，于是为他事业的扶摇直上，狠吹了几口劲风，幸运之神就这么不偏不倚地降临在他面前。

　　而幸运之神的到来，并非如春风拂面沁人心脾，而是先掀起了一阵狂风暴雨。

　　那天，颜荣参与执行了一项重要的任务——护送一件"国宝"到星北边境的一座城市。由于驾驶技术好得在全队出了名，身为小小辅警的颜荣便被临时抽调过来当司机，参与护送任务。

　　也许是为了保密起见，此次出行并未动用警车。车队一共有三辆车，都是黑色轿车。颜荣驾驶的大众帕萨特在最后，车上坐着四名荷枪实弹的特警。在最前面"开道"的也是一辆大众帕萨特，加上司机共载有五名特警。颜荣的前面行驶着一辆黑色奥迪，车后座坐着一位西装革履的"领导"，两名特警分坐其左右，副驾驶座上也有一名"保镖"。颜荣猜测，那是一名大官，也是除此次护送的"国宝"外，护卫队一行的重点保护对象。

　　傍晚时分，当车队行驶至一段较为偏僻的山路时，令人意想不到的事情发生了。颜荣觉得有一阵"砰砰砰"的枪声在他的耳畔响起，行驶在最前面的大众帕萨特前轮被子弹打爆，车子一下失去平衡，冲下了山崖；紧接着听到的是枪声和"啊啊啊"的人声，他看到黑色奥迪依旧稳稳地开着，透过玻璃窗依稀可以看见那个穿着西装的"领导"抱头弯下了身子，他后座和副驾驶座上的特警一边躲着子弹，一边从窗户探出头来，朝着子弹传来的方向开枪反击，但被对方持续袭来的火力一一击倒。紧接着，颜荣身旁和身后的特警也在举枪反击的过程中一一中弹倒下。颜荣的心提到了嗓子眼，他不知这些同事是死是活，只管紧跟着前面的奥迪夺命狂奔。突然，奥迪发出一声凄厉的轮胎擦地的声音，急速刹车。颜荣也赶紧踩刹车，但由于跟得太紧，为时已晚，他的车以七八十迈的时速撞上了奥迪的屁股。颜荣的惨叫声被"轰隆"的撞击声淹没，他以为自己已经被死神的利爪攫住，不知是撞击过猛还是过度紧张，他昏死了过去。

　　当颜荣再次醒来，发现自己安然无事地躺在床上，在一间陌生的简陋的木屋里。难道刚刚的一切只是个梦？他这样期待着，却在起身后看到床脚躺着一件沾满血的自己的外套。他紧张地上下抚摸自己的身体，没有疼痛，也没有出血。原来，衣服上的血并非自己的，而是中枪负伤的同事们的血，溅到了他身上。

　　"难道我是被敌人囚禁了吗？"这样想着，刚刚死里逃生的颜荣呼吸又急促了起来。他小心翼翼地下了床，蹑手蹑脚地朝着房间里唯一的那扇门走去。他想打开那扇门，却又怕对面顶着敌人的枪眼。"可如果不走出这里，我便如瓮中之鳖，随时性命难保。"他暗想，决定赌一把。再者，他想自己手脚自由，还被放在了床上，对方如此"温柔以待"，看来未必想取他的性命。这么一想又放松了一些。

　　他轻轻拉开那扇门，外面空无一人，是一个乱糟糟的像是客厅的房间。这时，他听到一种闷闷的，时断时续的聊天声。他蹑手蹑脚地走向声音传来的另一个房间。

那个房间的门虚掩着，颜荣虚起一只眼，将聚焦的目光投入门缝。里面一张小床上，两个男人正并肩坐着说话，一个穿西装，一个穿黑色针织衫，也是满身血污。根据对方的服饰身形，颜荣猜测就是奥迪车上的那个官员和他的司机。看来，是他们把自己带到这里来的。这么说，是得救了？

"和阿旺联系上了，他说他也没有到达指定的见面地点，还未来得及出境，他们发现有人尾随，便临时改道想要甩掉跟踪者。""针织衫"说道。

"敌人比想象中的还要凶狠，可惜我们那么多兄弟牺牲了……""西装"唏嘘不已，声音甚至有些哽咽。

"是呀，白白牺牲了那么多位优秀的同事，却没能完成任务。宝物不能物归原主，无论对刀家后人，还是我们国家，都无法交代啊。""针织衫"叹息道。

"老秦，敌人最恨的就是我，我的目标太大，宝物放在我身上不安全，现在全权交予你保管。无论如何，也要把宝物送到阿旺手上，送还刀家！""西装"从颈前取下一个吊坠，递给"针织衫"，"针织衫"把吊坠挂在了自己脖子上，"放心，雪峰，我一定尽力完成任务！"

"你醒了呀？"这时，从颜荣身后传来一个陌生的声音，吓得他哆嗦了一下。他回头一看，是个老头在说话。那人头缠水红色布巾，身穿深蓝色无领对襟长衫，一脸的憨厚。于是，里屋说话的声音也戛然而止。"西装"和"针织衫"走了出来。

"同志你好，我叫倪雪峰，供职于省里的文化部门，是这次行动的负责人，他叫秦观，是我的助手。"一双大手伸过来，颜荣握住它，那是一双温暖而有力的手。"我叫颜荣，是一名辅警。"

原来，当两辆车正疾速向前，秦观发现前面的路被一堆乱石挡住了，他急忙踩刹车，却忽略了后面颜荣的车正紧紧跟随，于是发生了撞车事件。好在两辆车的方向都没有打偏，惊险过后平稳地停在了乱石前面。车上的人都绑了安全带，安全气囊及时弹出，人都无大碍，只有颜荣昏了过去。于是秦观和倪雪峰快步下车，在确信其他人都没有了生命迹象后，救下了不省人事的颜荣，两人架着他钻进了丛林，摸到一个寨子里，躲进了这户人家。据秦观说，当他下车以后，听到后面传来两方对决的枪声，也许是救兵赶到，截住了那伙武装分子，他们三人才得以生还。

有了这次生死之交，颜荣和倪雪峰、秦观之间结下了深厚的友谊。而一心想往上爬，善于钻营的颜荣心里清楚，倪雪峰这个大官，一定可以为他的晋升之路助一臂之力，更是极尽表现，与倪雪峰保持着"亲密"交往。与此同时，他在那天偷听到的倪雪峰和秦观的谈话内容，也极大地引起了他的好奇。"国宝"到底是什么？为什么要送出境？他想在日后一定要揭开这个谜底，如果国宝是什么值钱货，他就想办法抢过来占为己有！

离奇的事件又接连发生了。一天，颜荣下班走在回家的路上，一辆黑色面包车猛然在他跟前刹车，门一开，他就被拽到了车里，又被人用药物迷昏。

他醒来看到自己安稳地坐在一个舒适的沙发上，跟前有一个茶几，上面摆放着一套一看就很高档的泡茶的器皿，淡淡的普洱香气飘浮在空中，面前一个精致的茶杯里已经沏上了茶。口干舌燥的他抓起茶杯就仰脖饮下，甘甜的茶香瞬间就纾解了他紧张的情绪。当他终于完全清醒，抬头望向对面，一个硬朗的有道疤痕的面孔出现在他面前，神情亲切，却又不失威严。

"以后，你就跟着我干吧，保证你有享用不尽的荣华富贵！"

那是团长，有着深厚背景，实力庞大，拥有着先进军事化武器的贩毒恐怖组织头领。在后来很长的一段时间里，团长一直默默给颜荣输送了很多好处，却也把他当作木偶操纵多年。颜荣成了团长的眼线，同时是团长军团间谍组织"红罂粟"设在采兰国内陆的分部，负责招揽人才及培训事宜。莉莉、颜香脂等人，都由他直接控制。

颜荣帮团长做的第一件大事，就是"铲除倪雪峰"。

除了前西西帕拉特种部队长官，倪雪峰还有一个不为人知的身份，便是大土司家族世交的后人。而之前，他只知道自家与土司家族有渊源，自己却并未与对方有什么往来。从小，他就看到身边很多亲友受到毒品侵害，要么家破人亡，要么人生尽毁，所以励志长大要做一个缉拿贩毒分子的警察。如今，美梦成真了，他格外珍惜来之不易的一切，哪怕每天提着脑袋在刀尖上舞蹈，在枪林弹雨中穿梭，也甘之如饴。由于自己的身份特殊，在人际往来上需要格外审慎。他是禁毒英雄，土司家族却世代种植罂粟，这样的两个家族，又如何维系友谊呢？

然而，世间万物，自有天道轮回。在那次解救阿兰和阿粒的行动之后，傍晚，为了安抚两个惊魂未定的姑娘，倪雪峰来到她们的住所。"我叫倪雪峰，是这里的长官，现在你们是安全的。"倪雪峰？阿兰听到这个名字，想起阿妈给她讲过的家族中一个世代相传的故事，故事中就有一个相似的名字，于是便与倪雪峰攀谈起家事来了。"我小时候也听爷爷讲过与一位土司义结金兰的事。"倪雪峰听完她的讲述后答道。于是，"土司公主"阿兰，与"禁毒英雄"倪雪峰，机缘凑巧，就这样相认了。巧合的是，默默在一旁的听者阿粒也听父亲讲过这个故事，父亲多年来一直想探知的宝藏的秘密，说不定就在这个人的手里！她的心里已经有了一个计划……

阿兰趁阿粒到院子里洗漱的空当，把宝藏的事向倪雪峰和盘托出，包括如何破解藏宝图的秘密，并请求他帮忙守护那笔宝藏。此时的倪雪峰并不在意宝藏在哪儿，而是更敬重自己的爷爷，因为他到死都没有吐露半句宝藏的事。倪雪峰勉强应允，接下了"守卫宝藏"的使命。与此同时，他也率领着特种部队的战士们，所向披靡，数次对狂妄的毒贩发起进攻，为推进星北边境一带的禁毒事业做出了卓越贡献。

真是无巧不成书。在一次与团长较量的过程中，他成功挟持了团长本人，并意外发现了团长悬挂在胸口的一把桃木剑。想起阿兰告诉他的"秘密"，他便取走了那件"战利品"。团长被他的人救了回去，却依然雷霆大怒，因为，自己处心积虑掠取来的那把桃木剑，竟然落到了敌人手中！他仰天长啸，对天发誓，一定要将倪雪峰及他的党羽斩尽杀绝，同时找到宝藏。

前段时间，颜荣参与护送的那件"国宝"，便是当年倪雪峰从团长身上取走的那把桃木剑。倪雪峰打算把辗转取回的这件宝物交还给它原有的主人，也就是刀姓土司家的后人——大管家阿旺。得到风声的团长部下，在护送队出入的必经之道突然杀出，制造了那起令人发指的流血事件，另一边，他的人跟踪了阿旺一行，阻碍了阿旺前去"取货"。不想，螳螂捕蝉，黄雀在后，又有一伙不明人士赶到，抓走了在那里的人。这伙人究竟是谁，团长至今也没调查清楚，只能哑巴吃黄连。

后来，团长通过潜伏在倪雪峰身边的莉莉了解到，倪雪峰已经将未能送还的宝物交给了他最信任的贴身司机秦观。于是，颜荣接到命令，一是除掉倪雪峰，二是夺得秦观手中的宝物。

制造了火车事故之后，颜荣继续追杀秦观一家，而没想到阴差阳错之下，半路杀出个林岳樯，而秦观的女儿秦了了，还改姓颜，入了自家的户口，真是天意弄人！他本想将林岳樯与秦观两家一并铲除，可团长却叮嘱他："没有我的命令，不准轻举妄动！"这下，颜荣成了一头被戴上了脚镣的老虎，依然凶狠，却难以发威了。他憋屈得紧。

"倪雪峰可能还活着……"

团长的这个猜测令此时的颜荣焦躁万分：如果这是真的，对方势必要找自己复仇，而敌在暗我在明，这样就更难对付了。此外，这件事是由自己来办的，自以为天衣无缝，如果倪雪峰没死，联想到自己之前与他的交情，团长会不会以为是我放了他一马，从而对我产生怀疑？于是，想着多一事不如少一事，颜荣对团长再三表示："不会错的，根据法医鉴定结果可以确信，倪雪峰已经死了！"

而多年后发生的一件事，也似乎在继续证实着团长的这个猜测。

那天，颜荣来到人间酒吧，去和他的"老相好"莉莉接头。莉莉那天似乎喝多了，对着他胡言乱语，还吐了他一身污秽，颜荣与她发生了激烈争执。吵完架，颜荣气得一个人坐到角落里喝闷酒。越喝心里越恼，他突然控制不住情绪，提起酒瓶想要收拾那个臭女人一顿。没想到，他远远地看到一个黑影，在一个阴暗的角落里和莉莉拉扯了一下，莉莉摔在地上，黑影俯身凝视了她一会儿，急匆匆地跑开了。颜荣的酒此时醒了一半，深感不妙，快步跑到莉莉跟前，却愕然看见那断了的鞋跟和扎在喉咙的酒瓶。颜荣惊慌失措，想要救人，又不知该怎么做。这时，他听见还在微弱喘息的莉莉，喉咙里挤出了一个名字"雪……峰"。说完这两个字，莉莉就断气了，瞳孔也渐渐翻白。处理过多起刑事案件的颜荣十分清楚，莉莉已经死了。这时，他看到有人朝这边靠近，为了避免麻烦，便也悄悄地撤离了现场……

难道，莉莉死前念着的那个"雪……峰"，就是那个黑影？

倪雪峰，果然还活着？

颜荣觉得毛骨悚然，又心急如焚。他不由得加快了脚步，心跳得更快了，右眼皮的跳动也始终没有停止。

第二十九章　暗夜中的使命

刀瑞斯手捧香炉，一瘸一拐地走进了一个院落。

院子很大，里面有五六个彪形大汉把守着，个个高大英武。他们一看到刀瑞斯，马上变得和颜悦色，毕恭毕敬，一副俯首听命的样子。

刀瑞斯走向一个房间，房间门口一边站着一个戴羽毛面具的人，具体地说是两个男人，他们用不男不女的声音向刀瑞斯问好："主人，您好！"随着刀瑞斯的一声"下去吧"，两个人便退了下去。房间里光线幽暗，简陋的家具上铺了一层薄薄的灰尘，看来已经有一段时间没人打扫了，正对门的床上坐着一个面容憔悴的中年女人，床前的柜子上还有吃剩的饭菜残羹，女人面无表情，目空一切。

"哼哼，这几天过得好吗？这么多年了，你就不想你的孩子们吗？"

"你是个畜生，当初外公就应该把你打死，而不是只打断你的腿。"

"哈哈，我是得感谢老爷子留我一条命，否则我怎么有机会报仇呢？"

"你三番五次勾结外人侵犯我们，害死了外公，害死了妈妈，你现在还要来害我吗？来呀，你这个败类！"

"你想死吗？很好，我一定会让你如愿的，但不是现在。"

"你这个疯子！"

"闭嘴！"

刀瑞斯"啪"一记耳光打得阿兰眼冒金星，她那双空洞的眼睛已经没有眼泪流出，她狠狠地咬了咬牙。

"我疯了吗？哈哈哈，我还没疯够呢。快告诉我，你把桃木剑藏在哪了？"

"我的家已经被你们抄了，你怎么还来问我？"

类似的对话已经反复进行了无数次。刀瑞斯依旧乐此不疲，而阿兰也配合着他，每一次都认认真真回答，从未流露出倦怠之意。

自从丈夫被电击身亡，心如明镜的阿兰就知道，这不是意外，该来的都会来。她深深地自责，认为是自己给这个家庭带来了不幸。如果自己没有桃木剑，没有掌握宝藏的秘密，那她就会像普通人一样，跟自己的丈夫和孩子安安稳稳地生活一辈子。可是她不是，她是一个肩负掸家崇高使命的公主，她有责任有义务保护家族的利益。长期的悲伤使阿兰的双眼失去了光明，当秦观家遭到不明歹徒的袭击时，阿兰再一次感到危险的降临。可是，孩子还小，她不能把桃木剑交给孩子们，那样他们也会遭遇不测。她左思右想，最终摸索着把桃木剑扔进了井里。她想，即使桃木剑不能安全地回到族人手里，也千万不能落入坏人手中。

在这一次的对话中，刀瑞斯还透露了一件阿兰之前不知道的事情，一个可怕的秘密。

"你再不说，我就叫你跟姨母一样，死在我这个小家伙的手里。"刀瑞斯把手里的香炉放在阿兰耳边，里面窸窸窣窣的声音让阿兰起了一身鸡皮疙瘩。

"你把阿姨也害死了？"

"确切地说，不是我，是我亲爱的徒弟，哈哈哈哈。"

"你毫无人性。"阿兰泣不成声。

……

漆黑的天空上，几朵暗云像战马奔腾，配合着"轰隆隆"的雷声，仿佛要与黑暗展开一场猛烈的厮杀。窗外狂风乱作，发出恐怖的号角似的呜咽。树枝乱颤，远远看去，像披散着头发的幽灵。

"一场战争在所难免了……"朗清风默默地叹了一口气，思绪万千。回忆着爷爷讲过的往事，他竟然没有注意到沙发上悄悄流泪的方婧雅。

在见到遭袭后的方思雅他们时，朗清风就大概知道了给他们布下迷雾的是哪伙人。他曾经从爷爷口中得知，在几次与外侵者的交锋中，也遇到过这种情形，他还听爷爷叙述过土司家族是如何分裂，如何与外侵者战斗的。所以他不说出来是有原因的，他要做的是携手公主保护好掸家的血脉，在没有想到办法之前，他不能让他们再去冒险了。

那一年，管家阿旺奉命把阿兰小公主送到米思罗山的二公主那里避难，并把传家之宝，一对桃木剑交给了二公主瑞娜。在来的路上，他发现一路上有许多可疑的人，总在有意无意地和他发生摩擦，或跟踪或搭讪，说不清楚是故意还是偶然，使他心里难免忐忑。当他踏上返程之路时，这种不安突然加剧，一种强烈的不祥预感笼罩着他，于是，他又掉转马头，马不停蹄地赶回去找瑞娜，可是仍然晚了一步。等他赶到时，只看到了摇摇欲坠的茅屋背后，一座新坟孤零零地伫立在漫漫的荒草中，一块简易的木碑上刻着刀瑞娜的名字。阿旺老泪纵横，仰天长叹："公主呀，我还是来晚了……"

"孩子，两个孩子呢？"伤心欲绝的阿旺四处寻找阿兰小公主和刀瑞安的踪影。

那时，刀瑞安并未走远，母亲去世和桃木剑被劫让他受到了巨大的双重打击，一时癫狂险些被赶出军营，在辛亮为其解围后留了下来。

阿旺很快找到了刀瑞安，想要把这个孤独无依的孩子带回去。虽然，大后方几近坍塌了，但瘦死的骆驼比马大，留得青山在，不怕没柴烧。

没想到的是，眼前的这个"孩子"，已经变了一个人。在那张曾经稚嫩的脸上，散发出一种如瑞娜墓碑般冷漠而庄严的气质，而那双曾经灵动的眼睛，失去了昔日的光彩，投射出一束坚毅的寒光。

"在没完成母亲交代的任务之前，我不跟你回去。"

对方冷冷的回答，让阿旺心凉了半截。另外，阿旺却也在心里暗自欣慰：孩子长大了，那看似瘦弱的肩膀，或许能扛起超越他想象的重担。

当阿旺问起阿兰的去向，刀瑞安沉默了许久，冷冷地回答：我把她弄丢了。再问，对方便缄默不语，阿旺再也问不出半个字。

后来，阿旺得知阿兰被采兰国军人救了，但去向不明，他总算松了一口气。他想，只要公主还活着，家族就有希望，目前家族横遭不幸，阿兰若是在采兰国反而更安全些。

阿旺不知道的是，刀瑞安选择留在了最危险的人身边。

辛亮的内心同样是纠结的。看着仇人的儿子一天天成长为一个身手敏捷、足智多谋的人，他还是有几分畏惧的。做贼心虚的他，害怕有一天刀瑞安知道真相后会找自己复仇，可他又不愿意舍弃这颗棋子。因为，阿兰那根线断了，以自己目前的实力，要想穿越特种部队的防线，一路追到采兰国去谈何容易？现如今，要破解宝藏的秘密，刀瑞安是唯一的突破口。然而，俗话说用人不疑，疑人不用，他要如何驾驭这颗隐藏着巨大隐患的棋子呢？考虑再三，他给刀瑞安安排了一件相对"安全"的工作，即让刀瑞安潜入采兰国，专门负责为他搜集情报。大多情况下，采用三人传递的方式，也就是刀瑞安把第一手情报传给守着边境的第二个人，再由第二个人传给辛亮，当然这也是作为考验其忠诚度的一种手段，这第二个人的作用，除了鉴别情报真假，其实也在刀瑞安与辛亮之间增设了一道防线。如无重大情报，一般刀瑞安可以不用回基地汇报，这样一来，辛亮既能让他为之所用，又不必担心有性命之忧。

辛亮不会想到，刀瑞安借搜集情报之机，悄悄地踏上了寻找父亲和阿兰的旅途，也向着贩毒集团掘墓人的崇高理想攀登着。

虽然，刀瑞安并不完全相信母亲说的，父亲是去寻找他的初恋情人了，但是他别无选择，还是抱着试一试的心态来到了蒙乐山下的这个小镇，并遇见了他一生中的"贵人"。

在过星北边境的盘查中，一位相貌冷峻、身材高大的警官盯着刀瑞安看了很久，炯炯有神的眼睛仿佛射出一道光，要把他透视得清清楚楚。刀瑞安被看得毛骨悚然，怯怯地瞪了他一眼。

警官转而变得平易近人了。

"小伙子，你想不想当英雄？"他俯下身子轻声问道。

"嗯。"一直做着英雄梦的刀瑞安自然地点了点头。

"那你愿不愿意跟我走，去做一个英雄？"

"嗯。"刀瑞安又点了点头。

只见警官跟另外一个警察嘀咕了几句，就带着他走了。这个人就是后来刀瑞安在警察学校的教官，他相信自己的眼光，相信刀瑞安一定会成为一名出色的缉毒警察，必将在推进禁毒事业的进程中大放异彩。

就这样，刀瑞安在命运的安排下，进了警校学习。本来就身强力壮、行动矫健，又聪颖机智，还精通多国语言的他，在教官的悉心培养下，成长为一名优秀的警探。直到后来，新的引路人出现，他又凭借先天的优势，转而拥有了普通人难以驾驭的"多重卧底"身份。

他的采兰国身份证上的名字，象征着他在另一片沃土上的重生：孟旗生。

当年劝说刀瑞安无果，阿旺只好回到土司部落。老管家被推选为族长，他率领白罂粟家族的后人，以及众家丁，重整家业，担负起保护家园，维护家族大义的使命。

多年后，一位采兰国文化部门的高官主动与阿旺取得了联系，声称将奔赴星北边境的临沧境内，把"国宝"交还给刀家后人。阿旺立即调集族人中有勇有谋、精气十足的年轻人，亲自带队，临时组织了一支队伍，约定于两天后赶往见面地点，可是在途中遭遇可疑人士跟踪，他们不得不临时更改了出境线路，改走秘密山道。

没想到，当阿旺一行从一个尚未完工、黑漆漆的隧道中钻出来，竟阴差阳错地与倪雪峰、秦观、颜荣一行人擦肩而过。在距"枪击案事发地"约两公里处，正在大山里趱行的阿旺队伍，听到一阵猛烈的枪声，没过多久，枪声便停了。等他们赶到时，已经尸横遍野，场面惨烈。阿旺仔细查看了现场，他看到两辆发生追尾的黑色轿车几近报废，车里都躺着几具身穿特警制服的采兰国警察的尸体；距事故地点一公里处的山坡上，还躺着十多具中弹身亡的人的尸体。这些人他认得，是常常在甘果地区活动的贩毒集团的人；而当阿旺他们追逐着一排脚印快步向山巅跑去，竟意外地追上了另一伙人——几名身穿布衣、脖颈上有特殊标志的人。两边差点儿开火，还是对方一个领头人认出了阿旺，大喊一声，才制止住双方的火并。原来，那人竟是刀家以前的一个马倌，后来跟着刀瑞斯一起离开了家，如今被封了个司令，有一群擅长舞枪弄炮的亡命徒受其指挥。看在过去的情分上，双方不再纠缠，各走各路。这些令人毛骨悚然又离奇古怪的遭遇，让阿旺的担忧上升到了极点。拨打倪雪峰的电话，却总是"嘟……"了一声后便挂断。阿旺预感到大事不妙，只得暂时放下"取宝"的念想。把这支家族中的骨干队伍，安安全全带回家才是当前的要紧事。于是，他命令"班师回营"，并连夜赶路，加快步伐，提前一天回到了大本营。这时，他收到秦观的消息，得知了有关那件枪击案的事情。联想起之前的经历，阿旺终于明白了是怎么一回事，并回信告知对方自己已返回家中，取宝事宜改日再议。

这么一晃，十多年过去了。关于那笔宝藏的传闻，并未随着土司家族的没落而消退，不知有多少亡命之徒一个个都虎视眈眈，觊觎着这笔宝藏。作为掸家忠诚的卫士，阿旺及他的后人们，对宝藏的安全越来越担忧，于是他们商量让朗清风来揭开这个封印，担负起寻宝护宝的任务。

朗清风是个心思缜密的人，他从小就听爷爷讲过很多关于家族的历史，也知道人性的险恶，他把所有想打宝藏主意的人都视为仇敌，他不相信任何人，除了他的主人。任何事情他都要亲力亲为，并制订了一系列的计划，包括"挟持"方婧雅，揭开她真实身份的秘密，告诉她家族历史及她身上肩负的使命。为了能够在方婧雅身边协助她保护她，他营造了一场与失恋的方婧雅在异国他乡邂逅并一见钟情的爱情故事。

"Are you going to Scarborough Fair: Parsley, sage, rosemary and thyme..."一段充盈着敏感诗意和微妙幽怨的音乐响起，这是方婧雅的电话铃声。自从使用手机开始，方婧雅就一直把这首《斯卡布罗集市》设为手机铃声，至今未变。因为歌曲中的意境，就像有人蓦然闯入心扉，像漆黑的寒夜里一盏明亮的灯，像童年时不断追逐的蝴蝶，还有饥肠辘辘时温热的一口饭，在方婧雅与李隽逸的爱情中，不正是充满了这种绝地逢生的美丽与诱惑吗？可此时的音乐响起，方婧雅的内心是寂寞的，这种已飘然而逝的温暖与柔情，只能含着泪水怀念。

"婧雅，婧雅，电话响了。"朗清风听到铃声响起，才从思绪中醒来，看到半天不接电话的方婧雅在沙发上黯然神伤，于是连唤了几声。

"哦。"回过神的方婧雅赶忙拿起电话，"喂，院长，您好！……嗯，好的，好的，我明天一定准时到，谢谢您！"

"院长打来的？"

"嗯，说明天要开一个重要的会，要我一定准时参加。"

"去吧，安安心心工作，别的事情先别操心。放心，有我呢。"朗清风微笑着，拍了拍方婧雅的肩膀。

"可是我总是心神不宁的，害怕在工作中出错。"

"不用担心，院长会为你撑腰的。"朗清风给了方婧雅一个打气的眼神。

"嗯，好的。"

"婧雅，你准备什么时候把家族里的事告诉哥哥？"

"哥哥刚刚和了了团聚，我不想这个时候过多地干扰他们，等过一段时间再说吧。"

"好的，一切由你决定。"

"嗯。"方婧雅弱弱地应允了一声。其实她一直都在犹豫，她之所以迟疑着没有告诉哥哥，是因为不想让哥哥过早卷入这场复杂的纷争。从爸爸意外身亡到妈妈失踪，以及秦了了一家的火灾，和哥哥的分离又相聚，还有与李隽逸的爱恨交织等一切，都让她觉得像一场梦，如此离奇，如此诡谲，尽管现在这些都可以用她身份的标记来串联，她还是希望可以早日结束，因为她已经失去太多太多了。

"兰熙，你去哪儿了？妹妹去找你了。"

"我在这儿，妹妹也和我在一块儿。"

"妈妈，你看我们家的屋顶花园里种了很多漂亮的花，都是你喜欢的。"

"嗯，谢谢你，我的儿子。"

男孩的头靠在女人的怀里，女人的手温柔地抚摸着男孩的头，他们笑得正开心。忽然，一阵窸窸窣窣的声音从四面八方涌来，只看见几条大蛇向中间围拢来，还时不时喷出几道火焰。随即，一个尖锐的声音叫道："兰熙，兰熙，快救救我，快呀！"

"妈妈，你在哪儿？我看不到你，你在哪儿，在哪儿？"

"啊！"方思雅大叫一声，猛地坐立起来，原来是一个噩梦。他满头大汗，彻底清醒。妈妈失踪的这些年，方思雅无时无刻不在想念妈妈，无论在哪儿，见到与妈妈相似的背影，都会跑上前去看个清楚。他总在留意一些关于失踪人员的消息，可是十几年过去了，还是石沉大海，他曾想哪怕能让他每天在梦里见到妈妈，他也会笑醒的。没想到，妈妈真的在梦里出现了，竟是一个这样恐怖绝望的幻境。方思雅再也抑制不住自己的情感，用被子蒙着头痛痛快快地哭了一场。

朗清风皱了皱眉头，突然打了个冷战，紧接着起了一身鸡皮疙瘩。他搓了搓冰冷的手臂，若有所思地在房间里踱步。等到方婧雅下班回家，朗清风赶忙把老家传递回来的消息告诉了她，并且很肯定地说："上次哥哥他们就是被迷药闹的，看来我们必须尽快告诉哥哥实情，否则后果不堪设想啊。"被吓得目瞪口呆的方婧雅机械地点了点头，猛地站起身，一手拉着朗清风，一手抓起包就冲出了门外。

桃园山庄的客厅，灯火通明。这样匪夷所思的故事从朗清风的口中娓娓道出，让在座的每一个人都难以置信。方思雅神色凝重，他像当初的方婧雅一样，把所有的往事逐一串联，他又想到昨晚的噩梦，忽觉那不仅是一个梦，而是人体的第六感觉神经在向他传递信息，他转过头试探地问道："哑叔，你怎么看？"方思雅心里明白，这个自愿留下来当管家的哑叔，身份一定不一般，他的身手，他的枪法都是具有特种军人特质的。

"这个故事虽然离奇，但并不荒诞，而我们现在需要做的是顺着这根线继续追查下去，一定会有收获的。"秦观打着手势表达了他的意见。其实刚刚秦观在听完这个故事后，就隐隐觉得，阿兰失踪了这么久，他们一直暗地里找寻，尤其是在上级的示意下，对团长组织进行了深入调查，为此，他还实施了苦肉计，在那次丛林遇劫后故意被敌人擒获，趁机潜入团长基地心脏腹地。即便如此，也没觅见阿兰踪影，若不是长官率突击队及时营救，他可能已经冤枉送了命。

现在有了新的消息，说不定，阿兰并非他们所想的，被团长劫走了，搞不好，就在这部落人的手里。毕竟，觊觎那笔宝藏的，也不只团长这么一股势力。作为特种部队曾经的一员，秦观认为，如果要进入这个部落，进入野人山，必须做好各种有效的防护，比如防毒面具、金属防护服等，或许到时候还要动用军用直升机。很快，秦观就把这些讯息传递给了上级领导，上头也和军方进行了切磋，达成了共识。

万事俱备，只欠东风。

第三十章　救命香囊

　　"茶树是大自然最珍贵的抗菌剂。最早澳洲土著人用它治疗受感染溃烂的伤口，还用叶子煮茶喝，解除病痛。第二次世界大战期间，茶树被澳军列为重要的军用物质，每人必备的'装在瓶里的急救工具'……"

　　"百里香、广藿香、甜茴香有解昆虫及蛇毒的功效，经常在星北周边与东南亚出入，随时佩带一些在身上保险……"

　　"柠檬草抗菌抗病毒效果好，印度医学阿育吠陀用它治疗霍乱等传染病及退烧。出远门的时候带一些在身上，以备不时之需……"

　　送走妹妹和朗清风，方思雅独自一人来到桃园山庄的屋顶花园。花园的每个角落，都回响着颜香脂那凤鸣鹤唳的美妙嗓音，她一一将这些花草的历史和药用知识娓娓道来。每每走进这里，甘甜馥郁的植物芬芳扑鼻而来，让人有一种真正来到世外桃源的闲适之感，再多惆怅，仿佛瞬间就释然了。可是今天，即使投入花仙子的怀抱，方思雅紧锁的眉头也丝毫没有舒展。

　　方思雅感到羞愧，当前，他和亲友们面临着巨大的潜藏的灾祸，和诸多亟待破解的谜团，而他心猿意马、毫无斗志，满心所想的，都是颜香脂那张时而娇俏可爱，时而忧伤动人的脸蛋。尽管颜香脂离他不远，他的心，仍时时刻刻思念着她。

就在几天前，就在这个花园里，一生挚爱的颜香脂拒绝了他的求婚。而后的日子里，在同一屋檐下相遇，对方似乎也竭力与他保持一种客气的疏远。尽管从爱人闪烁的眼神与支吾的言语中，方思雅能猜出她是有苦衷的，却又不便多问，如此，心里的疙瘩怎么也解不开。而他早已在心里发誓，此生非颜香脂不娶。眼看梦想近在咫尺，却被一个肉眼看不见的二次元空间隔绝。他又恼又急，却无计可施。更让他郁闷的是，颜香脂对他"不坦诚"。其实，早从一起营救颜香脂的那天起，他就开始对哑叔的身份产生怀疑了。还记得那时哑叔搂着受伤昏迷的颜香脂坐在汽车后座，他透过后视镜看到的那双充满慈爱与疼惜的眼睛。那样的神情，他这辈子只看到过一次，就是自己小时候有次爬树摔了下来，父亲跑过来抱起他时，那满眼的焦虑与担心，和看到儿子无恙后的转忧为喜……

后来一段时间，他偶然撞见颜香脂与哑叔在一起，那种惺惺相惜的感觉，不可能存在于一对萍水相逢的陌生人之间。然而，一看见他，颜香脂与哑叔总是会默契地换了一副面容，似乎是在刻意回避他。颜香脂这样的举动，深深地伤了方思雅的心。他始终相信，真正的恋人之间是没有秘密的。他毫无保留地爱着，可对方却事事隐瞒。也许，之所以拒绝求婚，也是因为不爱吧……一个历经风霜的七尺男儿，竟然像情窦初开的小娘子一样，整天患得患失、疑神疑鬼，方思雅对自己失望极了。可他越是想忘记什么，意识就越是紧紧攥住什么，令他备受煎熬。

另外一件惹烦忧之事，就是哑叔、黄毛在边境小镇遭遇的那场迷雾。好不容易逃出来后，黄毛神志不清，上吐下泄，额热面红，高烧不退，而哑叔也腹痛不已，心脏狂跳，两人眼看命悬一线。好在颜香脂懂得芳疗之术，用她调制的药羹喂两人喝下，配合植物精油推拿、热敷，症状片刻缓解，第二天即痊愈。对于颜香脂的妙手回春，方思雅佩服不已，对她的绵绵爱意中多了一份敬重。

一定有什么深不可测的神秘力量在操控着这一切！方思雅惴惴不安：敌人深藏不露，磨刀霍霍，而自己和自己深爱的人们，却好像待宰的羔羊，随时可能在敌人的屠刀下殒命……

"对了！"方思雅猛然想起，在那场迷雾中，只有自己安然无事，这又是怎么回事呢？他下意识地抚过胸口悬挂着的那个香囊。那是颜香脂在与他重逢后的一天，亲自缝制送给他的，说是可以祛秽除病，辟邪消灾。他并未在意这些，只是把这个香囊当作爱人的定情之物，每日带在身边，只为寄托相思。而此时他的第六感告诉他，正是这个香囊，在危急时刻救了命。

"香脂！"方思雅飞奔去找颜香脂，见面便问，"这个香囊里面，都有些什么？"

颜香脂正在卧室里摆弄一些瓶瓶罐罐，满屋子香气缭绕。面对方思雅的发问，她没有抬头看他，只是淡淡地回了一句："龙脑香和安息香。"

"有什么作用？"方思雅继续追问。

"祛秽除病，辟邪消灾。"颜香脂依然以呢喃软语作答。

听完颜香脂的解释，方思雅沉默了。

颜香脂仿佛并未看出他的窘态，继续自言自语似的说道："你别看这香囊不怎么起眼，却异常珍贵。首先是香料稀缺昂贵。龙脑香与安息香分别是龙脑香树与安息香树的树脂。龙脑香树与安息香树仅存活于东南亚部分地区的热带雨林中，皆是高大乔木，树高八九丈，大可六七围，我是无论如何也无法将它们搬到屋顶花园来的。自隋朝传入采兰国，龙脑香便成为采兰国皇室和贵族阶层的奢侈品，是古代东南亚各国的朝贡珍品，其珍贵程度，可见一斑；而安息香自古以来也都是依赖进口，是载入《本草纲目》的珍贵药材……其次，是香囊的制作工序非常复杂。而你有香囊护身，自然无事。"

方思雅在颜香脂的"植物芳疗科普讲座"中听得云里雾里，后面的话题转换更是平静中乍现波澜："不管怎样，你们平安无事就好。遗憾我手上的香料只够缝制一只香囊，还未来得及补货，你们就开始行动了。而这一劫，我差点儿又失去爸爸了。谢谢你，救了他……"

"你爸爸？"方思雅吃惊地说。

"嗯……"迟疑了一下，颜香脂接着说，声音比刚刚小了一点，"是的，哑叔就是我爸爸，我们都以为他死了，事实上，他只是换了一个身份，潜伏在我们身边，保护我们。爸爸身上肩负着常人难以想象的家国大义，因而他的身份必须保密，这么多年也不能与我相认。我一开始也不十分理解他这种抛妻弃女的行为，甚至连这次相见之后，他也迟迟不与我相认，还是我无意中识破了他的身份……而现在，我已经理解和原谅他了，希望你也能释怀。此外，我相信你会为我和爸爸保密的，对吧？"

由于方思雅已经有了心理准备，此刻知道真相，心里的波动并不大。而依颜香脂所说，他觉得自己能够获得知情权，是受到了莫大的信任，又是多么地难能可贵呢，他心满意足了。其实，在此之前，秦观已经告知女儿，选择一个合适的时机，把真相告诉方思雅，因为经过这段时间的考察，他已经充分相信，方思雅不仅聪明能干，而且有情有义，会成为辅助他对抗邪恶、维护正义的有力助手。

得到了秦观与颜香脂的许可，方思雅便通知妹妹方婧雅与朗清风来山庄碰头，秦观的真实身份也在这个小圈子里正式公布了。这对小恋人得知真相自然是非常惊讶，同时为好友颜香脂能重拾父爱感到高兴。而这一次，秦观也正式把这些年发生的事情，他在漫漫征程中获取的有价值的信息，一股脑儿说了出来：

"孩子们，你们不知道，其实自打出生的那天起，你们就注定不可能过平常人的生活。而我们所经历的生生死死，都拜这两件宝物所赐！"说罢，秦观从事先准备好的一个铁盒里取出一把桃木剑。

方思雅看见，吃了一惊，他取下自己的那一把说道："哑叔，这不是妈妈的桃木簪子吗？我这里也有一把。"

这次轮到方婧雅说话了："原来如此，难怪秦家与我们家连遭厄运，歹人必是循着这两件宝物来的！"

"婧雅，你的话是什么意思？"方思雅吃惊不已。

方婧雅与朗清风对视一眼，在对方鼓励的目光注视下，方婧雅终于把整件事的来龙去脉说了出来。方思雅一时还难以接受，仿佛突然闯入一片幻境的他，神情呆滞，内心却惊涛骇浪。这些事，颜香脂先前已经大致听父亲说过，因而此刻的心情是平缓的，只是，看着方思雅发愣出神的模样，她有些心疼。由于父亲的嘱咐，她确实对心爱之人隐瞒了许多，包括他的身世之谜。然而，解铃还须系铃人，白罂粟家族的秘密，只应由他们家族的人来揭晓。

"老领导把他的妹妹许配给了我，又把守护宝物的使命交予了我，因而我们秦家，与倪家的命运也就紧紧拴在一起了。只是，苦了我的女儿。在整个事件中，她是最无辜的牺牲者。"说到这里，秦观长叹一声，深情而忧伤地看了颜香脂一眼。

父亲深邃的目光，将颜香脂脸上的淡定一扫而空，她忐忑不已，自己这些年来的劣迹，和所犯下的罪孽，父亲一定都是知道的了？她感到一阵撕心裂肺的疼痛，在自己最爱的人面前，袒露出自己最丑陋的一面，那是多么残酷的一件事情。

她忍不住又瞥了一眼方思雅，心想，他会不会也知道了呢？可是，几天前他还在向我求婚呀，那必定是不知道的了。如果他知道了，还会喜欢我吗？

"老领导出事前，告诉我有股邪恶的力量，正盯着这两件宝物而来。嘱咐我势必协助阿兰，守护好宝物。这也是为什么我们会突然搬回小镇的原因。"秦观继续讲述，"那时你们的爸爸已经牺牲了，他曾经也是一名光荣的特种兵，因组织上的安排，以退伍的名义与你妈妈结婚，一则是可以保护刀家的后人和宝物，二则是以普通人的身份暗访和协助警方捣毁葛润市的毒品交易市场，而这些都是极其保密的，包括你们的妈妈都不知道。在一次行动中，他不幸触电身亡。因行动的秘密性，最后以工伤定论……他，是一位真正的英雄。你们的妈妈失踪后，我藏好桃木剑，安置好雪妍和了了，便放开手脚，与战友们里外呼应，潜入一个老对手的大本营，计划救出被绑架的阿兰妹妹，并将这个犯罪组织铲除。我们一直以为，所有的罪恶皆出自他手。没想到，很多事情都出乎预料。原来，还有一个强大的我们不知道的敌人，隐藏在我们看不见的最深处……"

"我有个想法。再回那个小镇一趟。在哪里摔倒，就在哪里爬起。"方思雅恢复了镇定,语气铿锵地说。秦观所讲述的父亲的身世,令他备受震动,一股正义之气充盈着他的心胸。

"我也同意。我们先从外围入手,慢慢试探着深入敌人腹地。这样既可以降低风险,也可以积累一些作战经验。"秦观附和道。

大家便这样达成了共识。他们相约第二天一早再次聚首,并邀神弹飞行侠等"猛将"出席这个重要密会,制定一个详尽的作战方略。

秦观给大家讲述了地形,并传授了一些特种兵的作战经验。此时,颜香脂的目光落在方思雅胸前悬挂着的锦囊上,她心里已经有了一个计划:尽快赶制更多这样的香囊,助他们一臂之力,这样也能减轻自己的负罪感。"我们的血液里都流淌着特种军人的血,这是上天注定的。"方思雅被颜香脂呆呆的眼神看得心跳加速,"这个女人该是爱我的,无论发生什么,我都不会离开她了。"方思雅不再去猜忌颜香脂为何拒绝了他的求婚,心想只要自己好好爱她就行。

而经过了这段时间的"历练",方婧雅内心的格局也早就打开了。她的关注点不再放在和李隽逸、林珊珊的情感纠葛上,这个"混血"的身份令她倍感自豪。她不再是那个只会因为失恋而哭哭泣泣的小女人了,她的身上也流淌着采兰国特种兵的血,她还是背负着掸邦家族使命的"月亮公主"。同时,她为自己曾经的狭隘而颜汗:"我把家里遭受的变故全怪在颜香脂身上,对她是多么不公平?她经历的挫折与痛苦,于我有过之而无不及……"方婧雅静静地走到颜香脂的身边,伸出胳膊,颜香脂也心领神会,默契地和她拥抱,就像小时候一样,她们的心真诚地相依相偎。此时,她们是真正的发小、知己、闺密……

朗清风平静的面容带着一抹幸福的微笑,仿佛是被这个温暖而热烈的画面所感染了。其实,他的内心正泛起波澜。他想起几年前的一个清晨,阿旺爷爷带着他围着山寨走了一圈。周围的坡地上,一株株的罂粟正昂首迎接朝阳,翠绿的枝叶上,一朵朵花蕾含苞待放,红的娇艳,白的清雅。此刻它们是安静的,朗清风是安宁的。他站在山顶往下看,万顷罂粟园被耀眼的朝阳笼罩,象征着一个古老掸邦的荣誉与实力。而这片曾经属于白罂粟家族的土地,已经被各方势力分割得支离破碎。老管家黯然神伤，他用颤巍巍的声音对朗清风说道："孩子，在没有寻找到公主和宝物之前，你就是家族的头领，土司家族的命运，将来要靠你来谱写。"爷爷和长辈们的谆谆教诲伴着朗清风长大。他常常登上山巅，居高临下，俯瞰着这片并不完全属于自己的罂粟园，想象着家族曾经的辉煌。重振家业，成为他从小便树立在心里的一个志向，甚至是唯一的人生方向。通过几代人的努力，没落的白罂粟家族，虽然回不到曾经繁荣的盛景，但也逐渐复苏起来，成为掸邦一支不容忽视的力量。在其他村寨的土地被一些土匪、军阀、贩毒势力纷纷侵占的时候，毗邻而居的白罂粟家族却丝毫未受影响，一是因为他们在这一带的历史和政治地位不易撼动，而第二点，才是最重要的，因为他们业已复苏的实力和威望，也不是几个山头兵、几杆破枪就能撼动得了的。

然而，即便如此，对于重振家业，如今的成就离朗清风的规划还十分遥远。他的内心，埋藏着不为人知的野心，那也许是男人不同于女人的野心，年轻人不同于老人的野心吧。尽管，他和爷爷一样忠诚，一样把延续家族的直系血脉看得比延续自己的生命还要重要。

不过当他遇见方婧雅的那一刻起，他就被俘虏了，是出于爱情，或是其他什么，他自己也辨别不清。总之，他愿意终生臣服于月亮公主的膝下，鞍前马后，做她的保镖，做她的奴仆，为振兴她的家族而殚精竭虑、肝脑涂地……

"现在桃木剑终于找齐了，而我们也已经确定了，这是属于掸邦刀家的宝物。依我的意见，既然月亮公主也现身了，那周围的星星便不必再东躲西藏了，而应该受到月亮的光耀和庇护。不如我们举行一个交接仪式，正式将宝物物归原主，归还给刀家后人吧。"

当大家正在讨论对敌策略的时候，朗清风却突然说道。沉静的空气一下被打破，大家齐刷刷地看向朗清风，反而让他一愣。

"清风，现在还不是时候，我也没有能力保护好宝物，弄不好，会遭来更多祸事。我的意见是，继续由秦伯伯和哥哥保管。秦伯伯是受世交倪家所托，那他也就是倪家的代表，是值得我们家族世代信赖的人，而哥哥自不必说，与我是同根同脉的家族后人。如此一来，便是当年我们的祖爷爷与倪家祖爷爷一道藏宝、护宝时的信任与友谊，又延续了下来。于情于理，都是再合适不过的。待过了这段特殊期，待将敌人绳之以法，一切归于安稳，我们再来讨论宝物的归属与去处，如何？"

方婧雅一席话说得朗清风惭愧不已："对不起，婧雅，是我狭隘了。我什么都听你的。"

方婧雅脸上泛起了淡淡的红晕。两人"秀恩爱"的场景，让原本凝重的战前气氛变得轻松了，大家都笑了。

第三十一章　解铃人

　　小山重叠金明灭，鬓云欲度香腮雪，懒起画峨眉，弄妆梳洗迟……如果没有白天的医院、桃园山庄，方婧雅会在每一个黄昏和晨起，沉醉在郎情妾意、举案齐眉的画面里。

　　朗清风是个五官单看上去很普通，组合在一起却很有味道的男子。一双清澈的眼睛，让整个人名副其实：郎如清风，尤其在专注看她的时候，是满满的温暖和安全感。方婧雅回忆她从认识他那一刻起到现在，她从没有防备他，不知道为什么会莫名地相信和依赖他。即便是在第一次她被"绑架"到神秘的小屋，忐忑不安之时，她也感受到了四个护卫的柔和目光，此时它的主人如影随形，方婧雅的心底时常涌动起涟漪，最初还会幻想这要是隽逸哥该多好！后来，李隽逸的影子渐渐模糊，尽管她以大业为重来解释，其实自己知道，她的心真的渐渐被朗清风占据了。

　　从山庄出来，朗清风一如既往地拉着她的手上了车，他就是以这样"狂宠"的方式闯入她的世界。几乎全葛润市的人都知道，这个小护士一夜之间成了灰姑娘的现代版：一次失恋、一次旅行，一下飞上枝头。她被宠上天，朗清风无时无刻的示爱，渐渐她也习惯了，给自己的解释是"地下党"，类似组织安排的假夫妻模式，纯粹为了工作。不过这一次，上车后，朗清风缓缓地开车，只要路面车少，就会腾出一只手，搭在方婧雅的手上。而方婧雅的手，也始终就在那里，没有收回去。每一次的肌肤相亲，两个人明显都发觉了情意的流动。

从车库到电梯，再到进了家门，牵着的手都不曾放下。方婧雅低着头，她知道朗清风在看她，仿佛过了许久，又仿佛只是一瞬，朗清风轻笑了一下，另一只手也搭在她的肩膀上，说："真希望，你永远这样一直微笑，像个傻丫头。"方婧雅抬头，刚要嗔怒，已经被朗清风揽在怀里。不同于在大庭广众之下，面对朗清风"厚颜无耻"的勾肩搭背，方婧雅时不时反抗无效。此刻，两个人都是柔软的，不由自主的拥抱，方婧雅没有抵触，反而很顺从。当她的手臂下意识地环着朗清风的腰，可以感觉到朗清风一秒钟的僵硬和悸动。两个人谁也没有说话，贴合着互相用重量支撑着彼此，享受着从未有过的温暖旖旎的时光。

从年轻的时候开始，颜荣就常常游走于东南亚几国交界之地。这里得天独厚的自然风光，在佛教文化数千年感染之下，与佛塔、僧侣和朝拜的信徒们的身影水乳相融，古老、神秘、亲切、静美……手指之处皆浮屠。

然而，引人向善的佛教处世哲学，善良淳朴的民情民风，却阻挡不了这片宁静大地下的暗潮涌动。罪恶昭彰的毒品贸易，日夜都在上演。

一念向善，一念向恶。奔涌向前的湄公河，为这片土地带来了勃勃生机，却也激起了恶浪滔天。有意思的是，即便是臭名昭著的大毒枭、罪行累累的黑帮老大，也会不时到寺庙参拜。他们最喜欢佩戴的饰品，往往不是金项链，而是开过光的佛珠、佛牌。颜荣就曾亲自陪着团长辛亮，到它兰北清籁府的玉佛寺朝拜过。当时，他看到辛亮匍匐在地、闭目凝神，口中还念念有词的，不知是在祷告，还是许愿。那种虔诚与谦逊，与平日里的龙骧虎视、呼风唤雨还真是判若两人。

颜荣心想，佛主定是有容乃大的吧。这些在他膝下虔诚跪拜的人们，纵然恶贯满盈，当他们诚心诚意地俯身屈膝，弓腰颔首，双手合十，前额触地，总是能诚意动天，得到包容、宽赦的吧。这样的信仰，虽未能真正指引他们崇德向善，但定是能洗涤那灵魂的罪孽的……没有信仰的人就不一样了，当他发现自己已是罪不可逭、罄竹难书，他也只能暗自吞咽苦果，无人倾诉、无人忏悔，得不到安慰，得不到规劝，更得不到宽恕。他们的罪恶，一边聚沙成塔，一边将自己牢牢地压在塔底，苟延残喘，永世不得翻身。

好在，颜荣还有一个可以倾吐衷肠的对象。他不是僧人，更不是佛像，他只是一个贩卖玉石的商人。对于颜荣而言，那是一位如父如兄的莫逆之交。不知颜荣是否意识到过，他人生罪恶的源头，正是从这里开启的。但也许正因如此，他更不怕在这里供认他的罪行。

难得的休息日，颜荣却千里跋涉，租了一台外地牌照的哈弗 H6，自驾出行。更为怪癖的是，放着好好的高速公路不走，他尽选些弯弯拐拐、路面条件也差强人意的县道、乡道，甚至村道钻，若他不是一台车，而是带了一个车队，后面跟车的师傅可得一路咒骂。

颜荣不是路痴，他的方向感好得很。尤其是通往那个小镇的多条路线，他都烂熟于心。每一次驱车前去，他都故意选不同的路线，难走的路线，变幻莫测。这样做的目的，恰恰就是为了防后面那个咒骂的人。

这是一趟令他上瘾的行程，就像它兰国玉佛寺、巴尔马蒲甘之于佛教信徒，是一条能够洗涤灵魂，迎来重生的康庄大道，通往绽放着专属于他信仰之光的"养心圣地"。因而，纵然公务缠身、案牍劳形，颜荣每隔几个月都要出行一趟，而且越是身心疲惫，越是需要一次这样的纾压之旅。

他的目的地，是一栋矗立在蒙乐山谷间的竹楼。他的拜访对象，是一位年逾古稀，却依旧头脑清晰、言语睿智，可爱又可敬的老头儿，是这个世界上他唯一发自内心喜欢、信赖并崇拜的人。

也许是年龄太大的原因，这位玉石商人如今不再东奔西跑，也不会再在赌石街现身了。他像是一位不食人间烟火的出家人，竹楼就是他修行的寺庙。

"来了？"一声略带沧桑的问候透着欢喜。

"来了。"颜荣回答时的语气总是很平淡，仿佛他只是走出家门口几步路，来到邻居家做客。

数十年来，两人见面的开场白几乎都是这样。淡如水、轻如烟。

老人更多时候是一位温和的倾听者。无论是情感上的困扰、工作上的烦闷，还是其他难以示人的内心阴暗面，颜荣在老人面前几乎从不隐藏。半瓶威士忌灌下去，他对汪采莲的爱，对林岳樯的恨，对妻子和儿子的愧疚，甚至于对他的幕后老板"团长"的恐惧与奉迎，都曾经毫无保留地一吐为快。颜荣始终以为，老人是一位与世无争的闲云野鹤，无碍，无害，不会以世俗的道德观念来评价和约束别人，他就像一尊安详而和蔼的佛像，他有一种神奇的法术，可以抚平人良心上的一切伤痕，无论这伤痕，是别人用冰锥扎的，还是自己用烟头烫的。总之，与他交谈过后，那颗心任何一个柔软的破损处，就结了一层痂，就变硬了，就不痛了……

这一次，颜荣想要倾诉的，是关于倪雪峰的事情。因为这是目前，压在他心头最沉的一块石头，令他坐卧不宁、寝食难安。

"如果他没死，他为什么要装死？如果说他是一个有案底在身的逃犯，还可以理解，但他是一名光荣的退役军官、禁毒英雄，立过赫赫战功，退伍以后也是国家栋梁。他应该站出来，为自己沉冤昭雪，将害他的人一网打尽。可是，他却放弃了荣誉、亲情，与正常的人生，继续扮演一个死去的角色。他究竟是为了什么？"颜荣说出了内心的疑惑，他以为老人听了这个故事也会和他一样惊讶。然而，对方只是静静地沉思了片刻，便语气坚定地回答了这个他百思不得其解的问题：

"他选择装死，是因为他的敌人不允许他活。有什么人，或是什么宝物，需要他去保护，或者是去追寻。而一个活着的尸体，往往比一个活着的人具备更大的能量，去执行一项非凡的任务。因而，他选择在敌人的眼皮子底下死去，又在他们的影子里复活，目的是让敌人放松警惕，以便于他更轻松自如地去完成这项使命。"

老人的解释有些深奥，颜荣听得似懂非懂，但觉得老人说的话，总是有一种强大的说服力和感染力，让他的内心不得不迸发出一种共鸣。就像当初，老人以那蛊惑人心的劝诱，拉开了他用玉石赌人生的序幕一样。而这一次，老人的眼里多了一种东西，在洞穿世事的老成之上，还有一种身临其境的慨然。颜荣觉得，他那副神情，就像是在讲述自己的事情。

第二天一早，颜荣便告辞返家了，还有差不多一整天的路程等着他。当他小心翼翼地扶着竹楼的扶手走下长长的阶梯，走过蜿蜒的山路，来到山腰处一块停车的小空地，他隐约觉得这些熟悉得不能再熟悉的景致，笼罩着一种陌生的氛围。可他环顾四周，却又一无所获。

"是自己多心了吧。"颜荣心想，从昨天走出家门开始，自己就一直疑神疑鬼恍恍惚惚的，看来真是最近忙得有点灵魂出窍了。这条路，他走了无数次，走了这么多年，从没出过岔子。再说，他与玉石老人只是君子之交，并无罪恶勾当，即便被人发现了他们的关系，也无伤大雅……这样想着，他放下心来，钻进租来的座驾，绝尘而去。

竹楼有一室一厅，加在一起只有40来个平方米。昨夜，颜荣就睡在客厅的竹沙发上。袖珍的房间里，陈设布置都很简单，只有内室里坐落着的一尊一人多高的它兰式桃木漆金佛龛，做工精细，用料考究，里面供奉着一尊整块祖母绿翡翠雕刻的佛像，一看就价值不菲。东南亚地区，也只有在名门望族、达官贵人的府第，才看得到这样昂贵的佛像。

佛像前点着香火，还供着水果和点心。身材高大的白发老人正对着佛像祷告，口中念的，还是那句默念了无数遍的台词：佛主啊，如果玉恩还活在世上，请您保佑她身体健康，请您赐福于我们，让我们有生之年，还能再见面……

正当老人沉浸在这神圣安详的氛围和对心上人的思念之情中，内室的房门"嘎"的一声打开了。他以为是颜荣落了什么东西回来找寻，不想被来人打断了他的祭拜仪式，头也没回，口中继续念念有词。

"父亲……"来人先打破了沉默，话一出口，就将老人从"梦境"中拽回了现实。老人紧闭的双眼一下睁得老大，额前的皱纹也因为惊讶而撑开了。他浑身哆嗦着转过头……

曾经叱咤风云的乔云洲，和儿子相认了。

对于这个"从坟墓中走来"的父亲，多年来对自己和母亲不闻不问，却对未过门的初恋情人一往情深，孟旗生只字未提，没有一句抱怨。对于他这个"孤儿"而言，还能与父亲重聚，已是人生最大的奢侈。他从脖子上取下那块鲜红色的和田玉吊坠，递给父亲。乔云洲用颤巍巍的手接过吊坠，凝视着这件宝物的眼睛充满了忧伤："这是当年我和玉恩的分手礼物。我请当地最好的玉石加工师傅，将一块玉石分割雕刻成两朵一模一样的山茶花，可以拼合成一块吊坠，我们一人留了一半。这是一块稀有的上好玉石，晶莹剔透，色泽饱满，稀世罕见。"

"这块吊坠，是叛乱事件过后，母亲在寻找您尸首的途中，在山上捡到的。母亲说您特别喜欢这个吊坠，已经戴了几十年，几乎从不离身。"

"嗯，应该是撤退的时候不小心掉落的。"

"那么，吊坠的另一半，应该是在玉恩阿姨身上了？"

"是的。"

说到这里，孟旗生突然一怔："我曾经看到一块跟您描述的极为相似的吊坠！"

"什么，在哪里？"乔云洲难掩激动之情。狂跳的心脏，急促的呼吸，似乎比刚刚见到儿子之时，还要猛烈。

孟旗生向父亲讲述了母亲身亡，自己在绝望中受到辛亮恩惠，随后追随他多年，为团长军团效力的事情。对于家族宝藏的传说、两把桃木剑和自己的多面卧底身份，孟旗生始终守口如瓶。

当听到"辛亮"这个名字，乔云洲冷笑了一声。而这轻蔑的一声"哼"，已经为孟旗生打开了接近真相的窗户。

"辛亮后来又有了一个师父，据说是一个土司家族的后人，他跟这个师父究竟学些什么，我不清楚，反正神神秘秘的，偶尔有人问到，他都是讳莫如深，只说是学习养身之术。但我知道，肯定没有那么简单。更奇怪的是，辛亮常常把一些不知从哪里抓来的身份不明的女人，送到师父那里去，听他说是给师父当压寨夫人，可我还是觉得没有那么简单。因为，土匪娶压寨夫人，大多都会选一些年轻貌美的姑娘，而辛亮送去的却都是一些形容枯槁的老妇人。机缘巧合下，我就见到过其中的一位压寨夫人，是在团长的地牢里面遇到的，至今也有十来年了吧。那个女人当年应是年过半百的人了，看得出来年轻时是一个标致的姑娘。在她那个年龄而言，皮肤、身材算是相当好的了，尤为特别的是，她有一双漂亮的丹凤眼，眉角还生了一枚鲜红的朱砂痣，整个面相透露出一种看穿世事的桀骜不驯与冷漠沉静。不知为何，她的这副神态，让我想起了妈妈。听说她曾经抛弃了自己的亲生儿子，她的儿子长大后费尽心思找到了她，却是为了找她复仇。对这个特别的女人，我仔细地观察了一下，无意中看到了她悬挂在脖子上的那枚吊坠，一朵鲜红的山茶花，与她的那枚朱砂痣仿佛一对天造的饰品，非常惹眼……"孟旗生沉浸在对往事的回忆中，他没有注意到，父亲皱纹满布的黝黑脸庞瞬间变得煞白，胸口像海浪一样起伏不定。

"是她，一定是她……儿子是谁，会是我的儿子吗？还是她后来又有了爱人？"一种心疼、渴望、嫉妒与思念交织的复杂感情，在折磨着乔云洲苍老的心。

"后来呢，她去了哪里？"乔云洲用沙哑的嗓音勉强问了一句。

"第二天，我又去地牢探望她的时候，人已经不在了，应该是被送去辛亮的师父那里去了。其实，我之前问过她，需不需要我去和团长求情，放她走。她却断然拒绝了。她说自己过去造的孽，就让自己用余生来偿还吧，也许只有这样的方式，才能换来与儿子的和解。我问她还有什么亲人没有，她顿了一下，说她的爱人早已离世了，她有一对双胞胎儿子，因为家贫养不起，当年才把其中一个儿子送人了。另一个儿子很有出息，已经不需要她再操心，他当过特种兵，后来在葛润市经商……"说到这里，一个熟悉的画面掠过孟旗生的脑海，他猛然想起了什么，"难道是他……"他自言自语道。

"谁？"乔云洲的心跳得更猛烈了。

"林岳樯。您的朋友、我的上司颜荣的连襟。"孟旗生的联想让他自己都感到惊讶不已，那块微微凸起的眉骨，又在他眼前清晰地浮现了起来。他把偶然发现的林岳樯这个与父亲相似的特征，也顺带提了一下。

"什么……"那个名字，乔云洲再熟悉不过了，听喝醉后的颜荣怒斥、痛骂，用意识撕碎过无数次的那个名字。只是，他无论如何也想不到，这个让他和胜似养子的颜荣同仇敌忾了那么多年的名字，竟然有可能是自己与挚爱的爱情之果，他深感造化弄人，心里五味杂陈。

"父亲，如果当年那个女人真的是玉恩阿姨，那我们一定要设法营救她，说不定她还活在这个世上呢？我们从辛亮那里突破，一定会有所收获的。"孟旗生诚恳的话语唤醒了乔云洲朦胧的意识，一种酸酸涩涩的感觉涌上鼻头：儿子是希望自己此生无憾啊！

这么多年来，他扮演一个活着的"尸体"，隐姓埋名，以开采和贩卖玉石的名义，在星北和东南亚各国周边徘徊，就是为了找寻玉恩的足迹……

"我想要保护和追寻的人和宝贝，是玉恩。"他在心里默默地感叹了一声。

"对于瑞娜和儿子，自己注定是亏欠的了，瑞娜已亡，无法弥补。玉恩还可以弥补。"

"儿子，你所言甚是，就让我们去会会那大名鼎鼎的大恶人吧！"乔云洲的眼神变得坚毅而笃定，凝视着儿子同样坚毅而笃定的脸。不同的是，乔云洲的力量之源是爱情，而孟旗生，则是为了正义。与其说此时的他们是父子，不如说他们是一对有着不同目的和共同敌人的战友。

"可是，敌人力量强大，又神秘莫测，我们该怎么做？"孟旗生说出了一直以来压在他心底的困惑。

"你熟悉团长，而我，知道团长的师父是谁。"乔云洲说道，语气很轻松，眼中闪过一抹自信满满的诡笑，让孟旗生吃了一惊。

第三十二章　云谲波诡

日落西山，山野隐形。初春的黄昏，宁静而祥和。夕阳的余晖给边境小镇富有异域风情的建筑群，镶上了一道圣洁的金边。马路上车渐渐少了，人们的絮语如若有若无的夜风，在睡去的树丛中蹑足逡巡。

孟旗生抽着烟驻足在路边，时而仰望已渐渐遁入黑暗的天空，时而瞅着影影绰绰，暧昧而迷蒙的霓虹灯发呆。他蓦然感到，自己是多么的渺小啊！在自己的人生中，看到过无数张熟悉和陌生的面孔，他们大多在为了一个"家"字而忙碌，而自己呢，操劳一生，却连个属于自己的家都没有。如今，即便已经找到父亲，家，又在哪儿呢？这个面容刚毅的男人，眼底闪过一丝迷惘。他狠狠地吸了一口烟，将烟蒂扔在地上，用脚使劲踩灭，然后，吐了一串烟圈，紧了紧身上的风衣。

算了，先做好眼前的事吧。

……

林岳樯刚从梦中醒来，他像被绑住了似的，一动不动地躺在床上，如果不是微微起伏的胸膛证明他还在呼吸，光看那惨白的脸色、睁得大大的瞳孔和几乎一动不动的眼珠子，还以为这个人已经死了。

真是个可怕的噩梦！前一分钟，林岳樯还被困在一个黑乎乎的洞里，他听见旁边有窸窸窣窣的虫子或是蛇从四面八方朝他爬过来的声音，他惊恐万状，浑身哆嗦，用尽力气喊出一声"救命"！救星果然来了，就是闹钟的铃声，那平时觉得刺耳的音乐此时却仿佛天使的歌声。惊魂未定的林岳樯坐起身来，用大拇指使劲按了按两边的太阳穴。他掀开被子下床，床板发出"吱呀"的声音，在安静的清晨显得有些瘆人，哆嗦着的食指好不容易摸到了墙上的开关，灯亮了。林岳樯走到窗前，"呼"的一下拉开窗帘，暴雨将至的天幕厚重而阴沉，幕布中像是有一条金色的拉链被疾速地拉开，骤然闪过一道闪电。

"暴风雨要来了……"林岳樯打开窗子，湿润的空气迎面扑来，清凉的雨丝轻拍面颊，激得他打了一个冷战。把窗户关上后，林岳樯拢了拢睡袍，擦干了脸上的水渍，倒像洗了一把脸。经过这么一出，他的精神已经好多了。

早上七点，林岳樯准时出门。他穿了一件修身的黑色西装，外面套了一件防水的黑色风衣。他在门口的落地镜前检查了一下着装，满意地撑开了一把黑色雨伞，大步走进雨里。

总也亮不起来的天空，和雨水的哗哗声，此时成了罪恶的掩护。一个黑影悄无声息地跟在林岳樯后面，落下的脚步声融进雨里，无声无息，如影随形。林岳樯刚刚转进一个巷子，影子暴起，快速地用手臂勾住林岳樯的脖子，另一只手捂住他的口鼻。雨伞落到地上。

林岳樯双手抓着那个人的手臂奋力挣扎起来，他睁大了双眼，神色惊慌。袭击者加大了手臂的力气，窒息的感觉令林岳樯涨红了脸，但他总算冷静了下来，双脚踩地，臀部下沉，手臂和后背猛然发力将黑影甩了出去。"啊！"一声惨叫，黑影在地上扭曲着，没有爬起来，看样子摔得不轻。

"这特种兵不是白当的，看来宝刀未老呵……"林岳樯气喘吁吁，心里暗自有些得意。但他得意不了太久，脑袋好像灌了铅，把他的意识往地上拽。林岳樯瞥向那人的手心，看到白色小粉末泛起的淡淡光泽。他啐了一口。刚刚挣扎的过程中，他其实已经吸入了不少粉末，现在能站起来，也只是靠意志力强撑着。他跟跟跄跄地走到那个仰面倒地的人跟前，揪起他的领子，咬牙切齿地质问道："谁派你来的？说！"

那人吐出一口血沫，头上的血掺和着脸上的雨水顺势而下，看起来狼狈不堪。他露出一丝媚笑，阴阳怪气地回答："你猜！"

林岳樯气急："还他妈是个娘娘腔！"他加大了手劲："少废话，快说！"

"你猜！"

"啪！"清脆的巴掌声响起，那人脸上已然肿起了一个红色巴掌印。

"说不说！"林岳樯的眼睛里布满血丝，显然是愤怒到了极点。

那人笑着摇了摇头，继续憋着嗓子说道："林董，下次审问人的时候，记得要注意……"

"后面。"

一声响雷应声而来，闪电照亮了此地的罪恶。林岳樯高大的身影轰然倒地，泥水溅到了他的脸上。他晕了过去。一个人甩了甩右手的电棍，用左手拉起了躺在地上浑身湿透的同伴。同伴露出媚笑，嗔怪道："来得可真慢。"

电棍男蹲下，从衣服里拿出一根针管，取下针帽，弹了弹针管，挤出了几滴药液，然后把针头扎进林岳樯的手臂静脉。操作完毕，他站起身来说道："这东西可以让他安心睡两天，我们要赶快。"

"OK。"娘娘腔对他抛了个媚眼。

"什么？有桃木剑的消息了？"辛亮站起身，音量不自觉地提高了一个八度。告诉他这个消息的不是别人，正是刀瑞斯。意识到了自己的失态，辛亮定了定神，又坐回座位上，"师父，请继续说。"

"那个嘴硬的公主终于招认了，她把桃木剑托付给了一个她最信任的男人保管。"

"那个人是谁？"辛亮掩饰住内心的激动，假装平静地问道。

"我把他带到你的地牢里了，去看看便知。"刀瑞斯诡异地一笑，那双狐狸般的眼睛让辛亮禁不住打了一个哆嗦。

一道很长很窄、没有扶手的旋转楼梯通向黑暗的地牢。任外面骄阳似火、热浪滚滚，这里四季如冬、滴水成冰。

两个面色冷峻的男人沿着鬼斧神工的天梯，一直走到地底下的最深处。一个"大铁笼子"里，铁链锁着一个浑身污泥，被蒙住眼睛的男人。昏暗的灯光下，那个男人的面貌全然看不清楚，只见他仰躺在地上一动不动，像个死人。

"他是谁？"辛亮明显感觉到自己心跳加速，但他站得离那人还有些距离，模糊的视线及内心的忐忑，使他还不能确信自己的判断。

"你的大仇人。"刀瑞斯像在说悄悄话，往辛亮的耳畔吐了一团气。辛亮觉得如有一只毛毛虫在耳朵上爬，起了一身鸡皮疙瘩。他使劲压制住急促的呼吸，朝那个"尸体"踱去。

"是林岳樯！"辛亮大吃一惊，他万万没想到，会在自己的地牢里与"哥哥"重逢。多年来，他这个隐形的弟弟一直在背地里操控着这个事业如日中天的哥哥，利用红罂粟的媚术，和那个与哥哥貌合神离的连襟警察局长颜荣的仇恨，将罪恶的触角伸向林岳樯，让他在不知不觉中变成自己贩毒和敛财的工具。这不仅是利用，更是报复。总有一天，东窗事发，林氏集团会被禁毒机构一并铲除，背了个大黑锅的林岳樯只能叫天不应叫地不灵地活活被冤死……只有这种精神上的折磨，才能抵得上自己遗失的童年，那被家人遗弃的委屈、无助，那难言的痛楚。一边可以"垂帘听政"，开拓毒品市场，一边又可以将宿怨一并了结，真是两全其美啊！每次想到这个了不起的计划，辛亮都会对自己佩服得五体投地。没想到，这个伟大的计划，居然被临时改变了方向……

"我的仇人是谁？"辛亮冷冷地问道，毫无一丝对"师父"的尊重。

"怎么了？才多久不见，不认识了？这是你的同胞兄弟，林岳樯啊！"辛亮的反应让刀瑞斯有些出乎意料，他此时的语调略显尴尬。

"哦，原来是他。"辛亮继续冷冷地说，"他不是我的哥哥，也不是我的仇人，他不过我的一颗棋子罢了。师父，你临时破了我的棋局，是何用意？"

刀瑞斯更吃惊了，内心的邪恶在泛滥。但他知道，不到最后时刻，绝不能和势力庞大的团长翻脸。毕竟，他还要依靠团长的军队去铲除异己，掠夺天下呢。只不过，等他的大业完成以后，团长？哼！但是现在，还不是翻脸的时候。

更何况，自己现在还在人家的地盘上。得罪了团长，自己怎么可能跑得出这个天罗地网？刀瑞斯强忍住怒火，讪笑着说："团长大人从未跟我透露过你的棋局，我又怎么可能参透天机呢。这其中有误会，误会，嘿嘿。但我想，无论下什么棋，黑的、白的、圆的、方的，咱们的目标是一致的，就是找到宝藏，发财，发大财！现在，机会递到眼前来了，难道你要让我推开它吗？而且，得了这宝贝儿，我第一时间就送到府上来了，难道还不能表现我对团长大人的诚意与尊重吗？"

"嗯，是我怠慢师父了，还请您将天机告知，以免徒弟内心疑惑。"辛亮故意套用刀瑞斯的台词，以进一步表达讽刺之意。

"团长大人贵人多忘事啊，我刚刚不是告诉阁下了吗？另一把桃木剑，就在林岳樯身上。"

团长觉得难以置信，不屑地问道："怎么会在林岳樯身上呢？他并非刀家的人，与白罂粟家族毫无瓜葛，公主又怎么会托付给一个不相干的外人呢？"

"嘿嘿嘿，团长大人多年来只顾在你的事业田里埋头耕作，感情的领土闲置太久，已经不懂得人情世故了。"沟壑纵横皱纹满布的脸，令刀瑞斯原本凶狠的面相变得更加狰狞，尽管他正在笑，"公主与林岳樯并非不相干，他俩曾是爱人。"

听了这话，辛亮像被打了一棒子，有点晕晕乎乎的。再一想到他和林岳樯的"血缘关系"，他意识到，自己与这个"亲哥哥"的恩怨纠葛真是难有终结之时了。从毒枭头领与特种部队核心成员的数次交锋，再到如今争抢桃木剑的"夺宝之战"，他们这对在时代风浪中颠沛流离的兄弟，注定将走过一条腥风血雨的认亲之路。

"公主被囚禁多年，从未透露过半句，师父，您又怎么相信，她现在说的这些话，不是谎言呢？又是什么原因，让她突然愿意配合了呢？"老奸巨猾的辛亮提出了两点疑问。

"团长大人的问题提得特别好。"刀瑞斯还是那副又阴险又戏谑的表情，像老鼠，又像老鹰，"这当然不是公主自愿说出来的，而是她无意中透露出来的。"

"怎么回事？"辛亮更不解了。

催眠时公主说的："哈哈，想不到吧，一个我们费尽心思也破解不了的谜底，原来就藏在公主甜美的梦乡。"

辛亮将信将疑，他觉得刀瑞斯讲述的这个故事转折太快，情节荒谬，但他也暂时找不到任何证据，来否定刀瑞斯的这番推论，抑或是用来糊弄他的谎言。

"那么，你们搜过他的身了，找到桃木剑没有呢？"辛亮问。

"确……确实搜过了，没有找到。"刀瑞斯再次感到尴尬，语气变得吞吞吐吐。但过了一会儿，他又镇定了起来，"我把公主朝思暮想的情郎捉了来，让他们破镜重圆，也算办了一件好事吧。公主显然很激动，又喜，又悲，她强装出不认识林岳樯的样子，越是这样，越说明她内心有鬼。于是，我当着公主的面，对林岳樯用刑。看着心上人受折磨，公主泪流不止，终于喊停了。我给了这对小情人几分钟，让他们重温旧梦。在监控里，看到公主拥抱林岳樯，对他耳语了一番。我们的设备是连蚊子的嗡嗡声都能听见的。于是，我听到公主说：'樯哥，你带他们去找到桃木剑。我毕竟是白罂粟后人，他们只要达到目的，是不会拿我们怎么样的。反正，你我现在的财富也够用了，大的那笔，就用来消灾吧。以后，我们远走高飞，再续前缘，做一对神仙眷侣。'"

刀瑞斯说得绘声绘色，辛亮却听得一身鸡皮疙瘩。他可以确定，这些对话一定是刀瑞斯添油加醋编造出来的，但他讲述的情节确也有合理的一面。如果是真的，那么放弃那个放长线钓大鱼的复仇计划似乎也是可取的。走一步捷径，把宝藏搞到手，可以少奋斗多少年呢？想到这，他的态度开始缓和了，咧开嘴皮笑肉不笑地说道："亲爱的师父，您得到消息的第一时间，就来告诉我，还给我带来这么一份大礼，实在感激不尽。那么林岳樯是否交代了桃木剑的藏匿地呢？"

"他交代了，说是藏在葛润市他一处隐秘的私宅里。那个地方，只有他一个人知晓。"刀瑞斯答道。

"难道我们要随他回去找吗？"辛亮的眉头又皱了起来。

"当然不，我们继续把公主当人质，然后让林岳樯自己去取回来。我们也必须当面验证真伪。"

"放他走了，你怎么确信他还会回来？"

"一是我相信他对阿兰的感情。二是他既然能这么轻易被我们绑回来，他就别妄想能永远逃离我们的手掌。挣扎，不如配合。"

"他带援军来怎么办？"

"他当然必须始终是一个人，我们沿路设下眼线，保证他难以逾矩。"

说到这里，辛亮暂时找不到问题了，于是姑且同意了师父的计划，并承诺这件事由他来办。在佯装客气地送走师父之后，辛亮却再也控制不住内心即将喷薄而出的复杂情感……

"哗……"一桶冰水劈头盖脸，激得林岳樯打了好几个冷战。他猛然睁开眼，下意识动了动手，束缚的感觉令他头皮发麻。入眼一片黑暗，从脸上的触感来看，他的眼前被蒙了布。

椅子的拖拽声吸引了林岳樯的注意。他抬起头，声音在他跟前戛然而止。随后，蒙在眼前的布被粗暴地扯下，他的视觉还未完全恢复，朦朦胧胧地看到一个晃动的人影在他面前坐下。

"咳，咳，你是谁？"林岳樯开口，沙哑的嗓音像一个濒死老头的呻吟。

对方身体微微向后倒，翘起二郎腿，以一个十分粗鲁的姿态靠在椅子上，没有回答林岳樯这个问题。双方陷入了短暂的沉默。

林岳樯反复眨了眨眼，模糊的视野渐渐清晰。他看清了眼前的人，对方脸上那道醒目的疤痕，让他感到有些眼熟。

辛亮眯着眼睛，心中百感交集。这个熟悉而又陌生的人，他亲爱的哥哥，他可恨的敌人，现在正坐在眼前问自己是谁。辛亮觉得有些讽刺，他从衣兜里掏出一根香烟。一个守在角落的士兵上来为他点燃，而后又默默后退。

辛亮深深地吸了一口香烟，在喉咙里滚了一圈后复而吐出，他清了清嗓子，讥讽地说道："林队长，你可真是贵人多忘事！我这道疤，还是你赐给我的。"

"什么？"林岳樯皱起眉，他仔细打量着眼前这个人，倘若没有那一道煞风景的疤痕，这人倒像个清秀小郎君，一双狭长的丹凤眼本应含有万千风情，现在却只有无底的仇恨。

"你到底是谁？"

"嗬。"辛亮长舒一口气，抬头看着天花板，"我是谁？你听我讲个故事就知道了。"

"一位母亲，她生下了一对双胞胎男孩，一个留下来自己抚养，而另一个，送给了一户贫寒人家，为了方便以后哥俩相认，她特地留下了桃木剑吊坠。"

"在母亲呵护下长大的哥哥，度过了一个美好的童年。他们都不知道，那个被无情抛弃的弟弟，此时却过着衣不蔽体、食不果腹的悲惨生活。为了生存，他十来岁就出来谋生，给土司当差，跑马帮，干倒斗的脏活，在走私商人、土匪、毒贩的身边周旋……"

"哥哥长大当了兵，进了特种部队。弟弟长大也当过兵，但因某些意外的事故，为了可以活下去，他开始建造自己的世界，自己的……帝国。"说到这里辛亮停了下来，又吸了一口烟，似乎在回忆往事。

其实，听到这里，林岳樯也有些明白了。故事里的哥哥和弟弟，应该就是自己和眼前的这个男人。他静下心来回味着辛亮的话，突然瞪大了眼睛，这个男人，难怪如此熟悉。"你是团长！"

辛亮缓缓吐着烟圈，那姿态颇有些潇洒飘逸。他的神色迷蒙在盘旋的烟雾里，似乎在悲伤，又似乎在怨恨。

"终于想起来了吗？林队长？"辛亮猛地站起身来，跨过椅子，将烟头随手扔下，从衣服里拿出两把桃木剑吊坠，一手一个，左手的那个，刻着樯，右手的那个，刻着帆。

辛亮把刻着樯的吊坠特地放在林岳樯眼前晃了晃，说道："林队长，请看看，这是不是你的东西，嗯？"

林岳樯面色苍白。

"嘿，有必要吓成这个样子吗？"辛亮咧咧嘴，"不就是知道了一个毒贩头头，是你这个根正苗红的好青年的弟弟吗？"

"不。"林岳樯摇了摇头，他神色坚定，"你在骗我。"林岳樯已经明白，长期以来，一种无形的凌驾于他之上的压力原来就来自于此。

"骗你？"辛亮愕然，随即大笑了起来，动作牵动了脸上的伤疤，像是一条蜈蚣在他脸上扭动，"哎哟喂，林队长，你说我骗你，那你为什么不想想我为什么要骗你？"他走到林岳樯身后，附身在其耳边说道："是为了寻求你的庇护？还是为了，为了拉你下水？"林岳樯一怔。

"好了。"没有耐心等待对方的反应，辛亮一屁股又坐回到椅子上，转变了话锋，"回顾完家史，该聊聊事业了。"他莞尔一笑，语气却是极尽尖酸刻薄，让林岳樯为之一颤。

第三十三章　风云莫测

葛润市。

市中心的东北侧，有一条繁华的街道，这里是权贵们沉湎声色，过着荒唐奢靡生活的地方，说它繁华却也很隐秘，即便偶尔遇到相识的，大家都心照不宣。孟旗生选择这里，是经过了一番考虑的。

馨雅洗浴中心是一家集洗浴、住宿、娱乐、健身等功能于一体的商务休闲场所，主要服务对象为成年男士。它的硬件设施、装修档次和服务水平都是葛润市一流的，其他的娱乐设施也比较健全。更重要的一点，就是来宾不需要出示证件。

位于洗浴中心四楼的一间茶社，一个男人端坐在榻榻米上，茶师按规定动作点起炭火、煮开水、冲茶（或抹茶），然后献给男人。男人恭敬地双手接茶，致谢，尔后三转茶碗，轻品、慢饮、奉还。

这是馨雅洗浴中心里一家日式茶社，原木色的格调，秉承了日本传统美学中对原始形态的推崇，那些经过精密的打磨，表现出素材不同的肌理，漫溢出一种原始的自然的美，使生活在城市中的人潜藏的情愫得以宣泄。

"枯山水"风格的日式花艺更是与极简的风格搭配得十分和谐，给这个狭小的空间增添了别样的韵味。日式格子拉门使空间看起来通透，却也不失它的隐秘性。

"当，当，当……"墙上的挂钟响起了正点钟声，显示的时间是九点，男人舒展的眉头猛然收紧。约好的八点，现在已经过了一个小时了。他的双手交叉着握拳放在腿上，左右手的大拇指不停地对敲。窗外，乌压压的天空笼罩着鳞次栉比的高楼，暴风雨肆虐后的街道透着劫后余生的凄凉。

从来不爽约的人，今天却迟迟未到。昨天的通话再一次回荡在他的脑海中：

"林董，我有一些非常重要的事情需要告知并向您求证。"

"你说。"

"还是见面再说吧。"

"好，正好明天我有时间。"

"好的，明早八点，馨雅洗浴中心，茗庐茶社。"

"好。"简单干脆的一个字，没有一丝的犹豫。

倘若是以前，孟旗生一定会心如止水、耐心地等待，但现在，他迫切地想见到那个可能是他哥哥的林岳樯的身影。

"嘟，嘟，嘟……您拨打的电话不在服务区。"

"对不起，您拨打的电话无人接听。"

终于放弃了等待的孟旗生，毫无目标地开着车在路上晃荡，握着方向盘的双手微微发冷。早上起床，他就感觉眼皮一直在跳，他从来不相信那些婆婆妈妈的迷信说法，他想那只不过是因为找到父亲而激动得一晚上没睡好的缘故。此时，一种莫名的恐慌在他坚毅的眼睛里化作几点星光，他不是多愁善感的人，现在却红了眼眶。

"嘎……"一阵急刹后，车停在了林氏集团的行政区附近。孟旗生本想去公司找找林岳樯，却忽然想起对方已经很久不上班了。而且，自己贸然出现的话，说不定会引起颜宇等人的警觉，不利于他进一步开展工作……

"婧雅，麻烦你给我打听一下，林岳樯在不在公司，但要帮我保密。"孟旗生焦燥地拨了外甥女的电话，他知道方婧雅原来的男友李隽逸和侄儿方思雅都是林氏集团的高层，她一定有办法打听到的。挂了电话，孟旗生苦笑着摇了摇头。血浓于水，也该和思雅相见了。自从方思雅回国后，孟旗生还一直未来得及与他见面。

不一会儿，外甥女的电话打了回来："舅舅，他最近一直没来公司，我问了，他们也不知道他去哪了。"

"好，知道了，谢谢你婧雅，哪天你带我去见见你哥哥。"

"好的，舅舅再见。"

孟旗生随即驱车到了林岳樯家，然而，保姆的回答让孟旗生的心"咯噔"漏跳了一拍：

"林先生七点钟就出门的……"

第二天清晨六点，空气格外清新，微风将路人脸上的倦容一扫而光。街心花园的绿荫跑道上，两个晨跑的人一前一后，跑在前面的人看起来年轻些，他时不时放慢脚步和后面的人交谈几句，后面的人略显年长，但因其身材健硕，步履矫健，一顶鸭舌帽挡住了头上的银丝，从背影看不出他的真实年龄。他也会偶尔加快脚步赶上前面的人，不知道的还以为他们是在交流晨练心得。

"林老板失踪了。"

"确定？"

"不，直觉。"

"他家里人知道他的行踪吗？"

"自从他把公司交给方思雅和李隽逸后，他的行踪公司的人就不便过问了，他女儿现在也不关心她爸爸了。"

"你有没有什么线索？"

"昨天我回交警队查询过车祸的情况，也到机场和各大车站查询过，并没有查到林老板的出行记录，他像是被天外来客掳走了似的。我又调了部分监控来看，但是昨天的暴风雨使很多路段的监控都遭到损坏，所以依旧一无所获。"

孟旗生对林岳樯的作息规律和处事原则是非常了解的：林岳樯不会无故爽约，一天到晚不见踪影并且打不通电话的情形是不会出现的。再说，特种部队出来的人都具有较强的侦察能力，而且人人必须掌握飞车捕俘、攀登绝壁、擒拿格斗、无人区生存、伞降、泅渡、驾驶坦克和各种武器操作等作战技能，一般人奈何不了他，除非……想到这些，孟旗生颇为不安。

"还有，我在跟踪颜荣的过程中，发现他的行踪有些诡异，总是暗中和一些东南亚人接触，好像在谋划着什么。"

"颜荣？好吧，先别打草惊蛇，我们再缓两天，看看有什么消息，如果他真有不测，我们再想一个万全之策。"

方思雅已经两天没回桃园山庄了，公司要在新的一年里有个质的飞跃，需要他这个海归商人拿出新的方案。刚刚听完集团各个部门第一季度的总结报告，方思雅便在靠椅上假寐，这时，颜宇把一份文件放在了他的办公桌上。他眯眼随便瞟了一下，是关于扩大烟用香精公司经营范围的计划书，于是问道："这家公司一直是由你全权负责，独立经营的吗？"

"是的，这些都是林董事长批准并签字同意的。"颜宇故意把"同意"和"签字"两个词吐得特别清晰。

"好吧，先吩咐你的财务人员，把近几年的财务状况、盈利能力和现金流量做成详细报表给我。"

"这……不符合独立经营的规定吧？"颜宇没有想到方思雅会要这些详细的资料，他还以为能像当初成立公司时，林岳樯只象征性地提了几个意见，便签字同意了。

"我正在考虑收回经营权，由集团直接管理。"

"这……"

"有什么问题吗？"

"没有了……"

颜宇心有不甘地回到办公室，狠狠地一拳砸在自己的办公桌上："这个来历不明的野小子，你以为你能稳坐这把交椅吗？哼，好看的还在后头！"碰了钉子的颜宇怒火中烧，暗想，一定要让父亲尽快想办法把方思雅赶出林氏集团！

"什么？"结束了一天的工作，方思雅回到山庄，本想好好休息一下，却撞上"哑叔"递上来的一个突发新闻。虽然对于林岳樯的失踪仅仅是一种猜测，但秦观还是给方思雅打了个预防针。方思雅惊得从沙发上跳了起来，然后神色慌乱地在客厅里踱起步来，往日那个淡定、潇洒、风趣的公子哥，忽然换上了一副陌生的严肃面孔。

方思雅对于林岳樯的感情，远远超出了一般的感恩之情，这一点秦观都看在眼里。阿兰失踪后，林岳樯对方思雅两兄妹所付出的种种，并不亚于一个亲生父亲。他默默地走出客厅，待方思雅冷静下来再和他商量对策。在这个浮躁的社会，感恩不仅是一种品德，更能净化人们的心灵。凭着多年阅人的经验，秦观对方思雅已有了一个客观的评价。从小镇那次火灾中方思雅的大义相助、"神弹飞行侠"多年来对他的忠心耿耿，一起营救颜香脂时他的不畏牺牲，自己乔装成聋哑管家之后与他相处的点滴感受，都可以毫无疑问地下一个定论：方思雅是个有胆识、有智慧、有魄力，还怀有一颗感恩之心的后起之秀。但是，从战略的角度考虑，方思雅最大的优点恰恰也是他最大的缺点：重感情，换个角度理解就是感情用事。

傍晚，颜家的餐桌上摆了满满一桌菜。颜宇连续几天加班、吃住都在办公室，好像瘦了一些，汪采菊特地抽空到海鲜市场购买了最新鲜的海鲜，想要好好慰劳慰劳吃了几天外卖的儿子。可是，这顿大餐对颜宇来说却如同嚼蜡难以下咽。颜荣看出了他的异样情绪，说了一句："晚饭后到我的书房。"便放下碗筷离桌。

颜宇来到父亲的书房，随即小心翼翼地把门锁上，生怕有人偷听似的。颜荣无奈地摇了摇头，一副恨铁不成钢的样子。

颜宇把在公司的遭遇向父亲吐槽了一番，憋屈的样子让颜荣火冒三丈，他一边安慰儿子，一边向儿子娓娓道出了自己的计划。

"我已经想好了一条妙计，到时候你不但可以扩大经营，而且整个林氏集团都将会落在你名下。"

颜荣说出这样的话，是因为他刚刚得到了一个消息。这个消息对于他来说，就像是天上掉下的馅饼，而且馅饼就砸在他的面前。

看着儿子发蒙的眼神，颜荣知道这个天生愚钝的儿子一定没听懂话里的含义，于是他不得不对儿子说道："你只管做好手里的事，扩大经营的事以后再说。目前，先稳住你手下的人，做事要严谨，不要让方思雅抓住纰漏，更不要让李隽逸那个窝囊废钻了空子，他们是一根线上的。哼，还想收回经营权？他还嫩了点儿。不过那小子，别看他表面风流不羁、粗枝大叶，实则心思细腻、诡计多端，你要防着点。"

听了父亲的一席话，颜宇疑惑地点了点头。事实上，他内心颇为不满，因为长期以来，他就像个提线木偶被父亲摆弄着，父亲说怎么做就怎么做，他多想趁这次升级香烟店的好机会，让父亲看到他的能力和成就，可眼下这局面，弄不好还会鸡飞蛋打，吃不了羊肉惹一身臊……

算了，算了，只能空悲叹啊！

桃园山庄里又迎来了一个灯火通明的夜晚，方婧雅带着舅舅来与方思雅相认，朗清风作陪。孟旗生看到方思雅的那一刻，心情是无比欣慰的。

成年男人之间对话会少了很多婆婆妈妈的絮叨，在方婧雅简单的几句介绍后，刀家的这两个后人便一本正经地谈论起正事。

阿兰失踪的事及关于家族的事是必不可少的话题，对于方家两兄妹来说，舅舅是唯一真正和他们有血缘关系的人，是值得信任和依赖的人……

孟旗生告辞的时候，方婧雅拽着朗清风，执意要把舅舅送上车。当孟旗生最后一次对外甥女和未来的外甥女婿挥手告别时，方婧雅突然唤住了他：

"舅舅，我找到妈妈了……"

"父亲，林岳樯可能出事了。"孟旗生说这句话时，乔云洲正端坐在他的竹楼里，端着茶碗准备喝茶，虽然他还未确定林岳樯就是他的儿子，但是手还是哆嗦了一下，茶碗与碗托发出抖动的声响。本来孟旗生约见林岳樯，就是打算在求证之后，让父亲和哥哥相认的，可是……

到了这紧急关头，孟旗生还是把自己的猜测，以及有关家族宝藏的事情向父亲和盘托出了。

"宝藏的事你母亲跟我说过，她说，因为那些宝藏她们家发生过同室操戈、骨肉相残的惨剧。"

"果真如此！"孟旗生接着说，"现在看来，刀瑞斯的嫌疑最大。莫非阿兰表姐和玉恩阿姨一样，都被刀瑞斯囚禁起来当压寨夫人了吗？"

"真是可恶，一波未平一波又起。"乔云洲苍老的额头上又多了几道皱纹。

野人山，意为"魔鬼居住的地方"。野人山山峦重叠、林莽如海，树林里沼泽绵延不断、豺狼猛兽横行、瘴疠疟疾蔓延，是一个十分危险的地方。

"野人山的蚊虫、毒蛇、瘴气，让人防不胜防，而每一击都将是致命的伤害。当年因为没有回头路，我们只得冒死穿越野人山，最后竟有半数人丧生在那。特别是下雨过后，各种森林疾病：回归热、疟疾、破伤风、败血病等会迅猛传播开来，波及附近的村落，一般人难以在此地生存。现在，又加上有那个恶人会制药，这个营救确实难上加难呀。不过，也不是一点办法没有，如果不能深入虎穴，我们就调虎离山！"

与南征北战、戎马一生的父亲彻夜长谈，让孟旗生获得了很多有用的东西。父亲的思想，就像油灯的灯光，虽然昏黄，但是给人一种温暖，一种慰藉，一种希望，因为它投射出来的光明，是黑暗中独行之人的引路灯，是明媚阳光的前奏。

告别了父亲，孟旗生信心满满，他又开始迈着闲散的步子，轻松地吹起口哨。

在刚刚踏上葛润市的土地时，他就接到了一个信息，便立刻前往通知的地点。

"我在想，那个团长让你盯着林岳樯这么久了，这次林的失踪会不会与他有关？"

"不好说，其实林老板的仇人也挺多的。"孟旗生在调查中，早已了解颜家对林氏集团的野心及颜荣对他的仇恨，所以他才另有所指地说道。

"现在我们没有清晰的线索，我看还是先从团长开始吧！"

孟旗生与他的长官商量，决定利用自己多面卧底的身份进入团长内部，打探消息，如果确实如他们想象，就利用这次机会，将计就计，里应外合，来个一网打尽。

"可是，林老板并不知道我是团长的人，万一……"孟旗生有些担心。

"老林是个很聪明的人，另外我告诉你一个在特种部队时只有内部人才知道的暗语，他就会明白的。"

孟旗生听完既紧张又兴奋，即将面临人生中最艰巨的一次考验，他不知道会有什么事情发生。

……

谁也想不到的是，正如失踪时一样，林岳樯神不知鬼不觉地回到了自家门前。他凝望着这个熟悉的大门，百感交集。连他自己也没有想到，竟然会这么轻松就重获自由。

那间阴暗潮湿的地牢，曾经是他挥洒青春和热血的战场，是他最凄艳的爱情之花萌芽的地方。

林岳樯在被抓后，还没有弄明白是怎么回事，就看见一个瘸腿男人对几个手下喊道："去把公主请过来吧！"不一会儿，林岳樯睁开有些浑浊的眼睛，看到一个瘦弱的身影正颤巍巍地朝自己走来，他惊呼："阿兰，我们找你找了好久，原来你被……"

"你是谁？我不认识你。"阿兰打断了林岳樯的话，假装不认识他。

"我是阿樯啊，你的樯哥呀！你怎么都不记得了呢？"林岳樯有些着急。

刀瑞斯对几个手下使了个眼色，那几个手下便朝着林岳樯走去。

阿兰听到拳脚和棍棒像雨点一样落在林岳樯身上，还有林岳樯因强忍疼痛而发出的闷哼声，她再也无法装下去了。

"住手！"她厉声喝道，伸出双手向着声音发出的方向摸索着。她不敢相信这是真的，她想摸摸这个与自己曾经热烈相爱的男人。这十多年来，她看不到希望，每天都在回忆中度过。只有那些逝去的往事，才能支撑着她坚持活下去；只有在回忆中才能看到孩子们的笑脸；只有在回忆中才能看到林岳樯那温柔的目光。

"我很好，别担心。"刚刚经受过皮肉之苦的林岳樯咬牙坚持着。看着阿兰一步一步摸索着走来，他多想去牵着阿兰的手啊，无奈自己被五花大绑，动弹不了。

阿兰终于摸到了林岳樯身边，她摸到了他身上捆绑的绳子，摸到了他身上的伤，她歇斯底里地大哭起来。

前一阵，曾在阿兰娘家当过马倌、现在给刀瑞斯当差，并被封为山头兵"总司令"的老邓，有天突然对阿兰耳语说，他已经劝老大给阿兰换个条件好点的住处，此外，他已经和阿兰的女儿联系上，如果阿兰想见女儿，就照他说的做……

于是，阿兰的囚禁地真的搬到了一个香气缭绕、陈设富丽堂皇的"豪宅"里。几天后的一个夜里，阿兰照老邓说的，假装说梦话，透露了林岳樯和桃木剑的"秘密"……她没想到的是，她并没如想象中的与女儿相见，反倒是在这间地牢里与昔日的恋人"破镜重圆"了。而这种相见，毫无浪漫可言，却是充斥着血腥味，令人心如刀割。

"难道老邓骗了我？"她知道刀瑞斯采用了各种手段，目的就是要得到桃木剑的藏匿之处，现在连一个无关的人都被牵连，不知道下一步她的儿女是否也会遭受这样的折磨。但是，阿兰是个极聪明的人，她故意用哭声来麻痹敌人，其实是在边哭边思考。她紧紧地抱着林岳樯，亲昵地附在他的肩上，林岳樯内心还荡起了一阵阵涟漪。

　　阿兰轻轻地拧了一下林岳樯的胳膊，在他耳边耳语了几句。起初，林岳樯是丈二和尚摸不着头脑。接着，阿兰又用纤细的中指在林岳樯被反绑的手心里轻轻地逆时针画圈，然后又从中间穿过一条直线。林岳樯顿时开动自己聪明的大脑，他记得给阿兰讲过他一次很危险的作战经历，当时，他被敌人围困，难以脱身，后来他冷静下来，分析了敌人的心理，用迂回战术得以脱身，当时他在给阿兰叙述的时候就是用中指在阿兰的手心里做了同样的动作。关于敌人在审问他时反复提到的"桃木剑"，他只隐约记得，在他退伍后，倪雪峰和秦观执行过一个护送任务。具体情况他并不知道，只是后来断断续续听说的。他想，只要敌人得不到桃木剑准确的藏匿地点，他和阿兰就不会死。那么，他就有机会救出阿兰。

　　令他没有想到的是，他居然被送到辛亮这里，并且听到了一个精彩的故事。难怪小时候，常常会在晚上起夜的时候，听到母亲一个人低声哭泣并念道："阿帆啊，你过得好不好啊，找到你父亲没有，找到了就赶紧回来吧。"后来长大了，林岳樯也问过母亲阿帆是谁，母亲告诉他，是他的双胞胎弟弟，不过已经死了。所以林岳樯只把母亲念叨的话当成一种思念。二十多年前，母亲突然失踪，他以为母亲是因老年痴呆自己走丢的，努力寻找了很久，也没有找到。

　　想到这些，再想想团长那仇恨的眼神，林岳樯表情凝重。在不合适的时间，不合适的地点，他竟然与母亲口中死了的弟弟不期而遇，但是弟弟和他怎么一点都不像呢？不过，他那双丹凤眼倒是有点像母亲的。林岳樯心中在思索，但表面依然看不到一丝波澜。

　　孟旗生回到自己的住所，为了能更好地完成任务，他在脑海里让自己和辛亮从头到尾重新过了一遍招，并把每个关键人物用数字代码标注，绘制成一个关系结构图，在别人看来这只是一张普通的连线图，却不知道这里面暗藏玄机。毕竟知己知彼，方能百战百胜。

　　忙完了这些，孟旗生才放心地沉沉睡去。他梦到在一个阴暗潮湿的房间，四周放满了刑具，就像谍战剧里面那些因身份败露而被敌人抓获的卧底英雄被关押的牢房里，林岳樯遍体鳞伤，奄奄一息，他脚步沉重地慢慢走过去，盯着林岳樯的眉骨，渐渐地那张脸变成了父亲的脸，他的心痛苦地揪在一起，让他无法呼吸。这时，辛亮一脚把门踢开，恶狠狠地说道："不是冤家不聚头啊！呵呵，你们做梦都没想到会落在我手里吧，今天我要让你们尝尝骨肉分离的痛苦。来人呀，把那个老女人带过来，顺便把那坛毒酒抬上来，让他们好好庆祝一下，庆祝全家团圆，哈哈哈……"辛亮狰狞的面容扭曲成了一只张牙舞爪的黑虎，双眼冒着凶光，孟旗生想要大喊，喉咙里却无论如何也发不出声音……

夜静悄悄的，丝毫没有因为孟旗生无声的嘶吼而喧闹起来，不过广袤的夜空却冒出了几颗亮闪闪的星星。

第三十四章　机关算尽

林岳樯到家的日子，是周日下午六点多。

这个时间，女儿林珊珊和女婿李隽逸一般都在家。两个年轻人都比较宅，对应酬交际的事情不感兴趣。自从家里出了一堆状况，原本性格活泼的林珊珊逐渐变得消沉了，原本就安静的李隽逸更安静了。两人本来打算结完婚就搬到新房去住，可自从婚礼丑闻爆出，林珊珊就坚决不愿意去那里住了。李隽逸便随妻子继续住在老丈人这。过去，在这幢两层楼的小洋房里，总是回荡着林珊珊叽叽喳喳的声音，听来让人觉得聒噪心烦。后来又经常充斥着小夫妻吵闹、砸东西的声音，更令人焦躁不安。再后来，什么声音也没有了，小夫妻长期分房，即使在走廊里碰见也几乎不打招呼。房子一下安静下来了，却不知为何气氛有点瘆人。

为了躲避家里这种尴尬的氛围，林岳樯有时在办公室过夜，有时回他的私宅，但基本每个周末，他还是会回家来住上两天，与家人聚个餐，跟冷漠的女儿有一搭没一搭地聊聊天，问问女婿公司近来的情况。昨天，也就是这个星期六，他第一次缺席周末的"家庭日"。他想，自己是上周一"失踪"的，已经有一周时间了，家人一定很担心了吧！

林岳樯心情激动地敲着门，激动得几乎浑身哆嗦，想象着家人见到自己时，该是多么兴奋和喜悦。

保姆打开了门，眼神中并无惊讶，只是客气地把老主人迎进家："林董，您来了，快进来，我们刚开饭。"

一切和往日并无异样。李隽逸和林珊珊坐在餐桌前看手机，相对无言。看见父亲进门，女婿起身来迎接，但那种客气恭维的神情，更像是欢迎客人，而不是主人。林珊珊则毫无反应，连眼皮也不抬一下，好像还翻了一下白眼。林岳樯的心一下跌入谷底。

原来，自己在这个家里，早已是一个透明人。

其实，林岳樯的本意是来告别的。他想，自己之所以能死里逃生，暂时回到自家来，是因为还有桃木剑这个"护身符"在保护着他。一旦谎言被拆穿，他那个心狠手辣的同胞弟弟，知道了桃木剑并不在他手上，那他和阿兰必定再劫难逃。

阿兰，阿兰……林岳樯又想起了在那个瘸腿男人的地牢里，当自己被坏人凌虐之时，阿兰摸索着向他走来的情形，那对早已枯竭的眼中，泪水又汩汩涌出，映照出一颗真正关爱、担忧他的心。这么多年来，他好久没有这种被人关心着、温暖着的感觉了。

既然这个家不需要我，那我就回到需要我的人那里去。哪怕和阿兰死在一起，我也无悔今生！

林岳樯主意已定，随便找个假的桃木剑回去复命，如果被拆穿，就杀身成仁吧，万一能遇到机会呢，就使尽浑身解数，把阿兰救回来。

在跟女儿女婿交谈的整个过程中，林岳樯兴致勃勃地说了很多废话，讲了许多以前开心的事情，又问了一些两人未来的打算。最后，他告诉这对年轻夫妇，自己已经决定正式退休，然后出去旅游一段时间，希望对方不要挂念他。

林岳樯滔滔不绝，林珊珊始终冷若冰霜，只顾吃着盘里的美餐，偶然敷衍地"嗯"一声。倒是李隽逸，那镜片下的深邃眼眸，变得更有锋芒，眉头间的川字纹更清晰了。林岳樯自顾自地说着，没有理会女儿的态度，也不想回应女婿的目光。等晚餐结束，他关上了话匣子，因为激动而涨红的双颊也暗淡了下来。

他默默起身，回到自己的房间，收拾了一些东西，简单跟家人道别，头也没回，提着行李离开了家。

当晚，林岳樯开车到了林氏集团。他想，周日晚上，集团大楼应该没什么人上班，他正好回去收拾一下东西。将车子在室外停车场停好。

集团大楼四面绿树成荫，花开似锦。一个偌大的人工湖波光粼粼，假山、飞瀑、古亭坐落其间，环境优雅。停车场所在的平台位于人工湖斜对面，在一个长长的陡坡上面。

回到这个自己耗费毕生心血创建的商业王国，即将退位的"国王"黯然神伤。然而，他又似乎没有多少可遗憾的。妻子、儿子去世了，女儿没心没肺，没了继承人，这笔庞大的财产留给谁不一样呢？

终是"远离了富贵烦嚣地，告别了龙争虎斗门"，林岳樯已经看淡一切："宠辱不惊，看庭前花开花落；去留无意，望天空云卷云舒。"

走进曾经的办公室，林岳樯惊讶地发现，这里仍然保持着往日的样子。看来，方思雅虽然当上了代理董事长，但并未"鸠占鹊巢"，反而，还悉心帮他照管好这里的一切。办公室里窗明几净，地板光可鉴人，办公桌、沙发一尘不染，他走时堆放在桌上的文件和其他物品一动未动，书柜、墙上的挂画等也都保持着原来的样子，只是有一些温柔的擦拭过的痕迹。林岳樯眼眶有些湿润，不知是出于对往昔的眷恋，对亲友和孩子们的拳拳之情，还是因方思雅的本分与他对自己的尊重。蓦地他瞥见了办公桌一角的那个相框，一家四口相依相偎却冰冷疏离的笑脸刺痛了他。也或许，这只是因为一连串不幸发生之后，他内心产生的一种条件反射式的幻觉吧。他不忍多看，小心翼翼地把那个相框拿起来，靠在胸前闭上眼睛默默地祷告了一番，便放进了随身的拎包里。

林岳樯收拾完毕，最后扫了一眼这个见证过他的奋斗人生、辉煌历程的安身之地，长叹一口气，转过身去。昏暗的灯光目送着一个颓然丧气的背影，渐渐消失在楼道尽头的电梯里。

回到驾驶座，刚刚按下发动键，还沉浸在伤感中的林岳樯被一声清脆的女人声音唤醒。他摇下玻璃窗，定睛一看，原来是颜香脂！虽然是一身职业装扮、淡妆素裹，颜香脂仍不失风情，妩媚动人。

"林董……"颜香脂显然也很惊讶会在这里与他相遇，昔日淡定的目光中闪过一丝慌乱，而后又有许多复杂的情感跃出，有喜悦，有羞赧，还有林岳樯察觉不出的愧疚与怜惜。

林岳樯也显得很尴尬。他觉得似乎该恨这个女人，却找不到具体依据来支撑内心对她的"审判"。颜香脂是引诱了自己，引诱了儿子，可家里的不幸，儿子的身亡，又似乎与她并无直接关系；他又似乎有些愧疚，有些爱怜她，曾经的养育之情，后来的床第之欢，虽然感情发生了本质变化，但毕竟这是在身体和心灵都与他亲密贴合过的女人，是无法忘怀的。

"上车吧。"林岳樯叹息一声，对颜香脂招呼道。一方面，他也想和这个女人谈谈，以证实两人之间长久以来存在的这种隔阂，究竟是源于情伤，某种误会，还是他所想象的，是一种阴谋；另一方面，他不希望自己和颜香脂"同框"的画面被别人瞧见。他只想安安静静地消失，不想晚节不保，节外生枝。

颜香脂一改往日与他独处时的千娇百媚，像一个初来公司应聘的女大学生，含蓄但仍不失优雅地打开车门，像一条柔软的美人鱼，一下游进了副驾驶座。

短暂的沉默。颜香脂用系安全带的动作，来掩饰自己的窘态。这次相见来得太突然，伶牙俐齿的她一时竟找不到开启话题的钥匙。当然，她最想做的事情是道歉，可她又判断不了，现在究竟这是不是个恰当的时机。红罂粟的职业敏感告诉她，无论何时都要保持谨慎，虽不清楚颜荣真正的底细，但她知道颜荣背景深厚，黑白通吃，眼线广布，而自己因为无知而误入歧途，被人利用，对有恩于自己的林岳樯、林泓睿，还有林氏集团，都犯下了不可饶恕的罪孽，虽学得一身本事，却始终是牵线木偶；虽天生丽质，却落得个猪八戒照镜子的下场，两头她都无法面对。她道歉的目的当然是渴望得到谅解，可是林岳樯有没有那么大的气量，能包容她的滔天大罪，她心里没底。如果吐露真相，又要牵扯到颜荣，她担心事态反而会扩大，而她渴求的宽恕也未必会如愿而至。此刻的她纠结不已。

两个各怀心事的人都在等待一个开口的契机。没想到的是，这个机会马上就到了。林岳樯驾车离开停车场，驶下陡坡。他本能地去踩刹车，脸色却瞬间煞白。

"刹车……"他的嗓音有些颤抖。

"怎么了？"车子不正常的提速也引起了颜香脂的警醒。

"刹车失灵了……"

车飞速冲下陡坡，向着人工湖的方向飞驰而去。两人已无对策，一个握紧方向盘，一个紧紧攥住安全带，恐惧使他们闭上了双眼。突然，"砰"的一声，车子好像撞上了什么东西，然后径直坠入湖中……

"老林，醒醒，醒醒啊……"

"爸，爸，你怎么样了，快醒醒，不能睡过去……"

林岳樯在一片黑暗中恍惚听见有人在喊他，他定神聆听，那是汪采莲和林泓睿的声音。

"我，是不是已经死了？"这个梦境，既让他倍感亲切，又让他心如刀绞。他希望这不是梦境，而真的是地狱。不知为何，有时，死了的人，反而比活着的人让他觉得更亲切。

"爸，醒醒啊……"

"林叔叔，快醒醒……"

呼唤他的声音变了，男的声音变低沉了，女的声音变年轻了，那又是谁呢？林岳樯想啊，想啊，终于想起来了。那是女婿李隽逸和方婧雅的声音。

他意识越发清晰，缓缓睁开双眼。病房的日光灯照进黑暗，照亮了守护在床边的几张脸：

果然是李隽逸，还穿着在家里吃饭时的那身休闲服，他身旁站着护士打扮的方婧雅。

林岳樯用充满期待的目光环顾四周，像是在寻找着什么。

"爸，珊珊没来，是我怕她受刺激，没通知她。"李隽逸读懂了岳父大人的心事，解释道。

"哦，没事……"林岳樯有些发窘，一时语塞。

"香脂，她也没事，哥哥在另一间病房陪护她。"方婧雅说道。林岳樯微微点了点头。

门外传来脚步声，两名交警走了进来，走在前面的是孟旗生。林氏集团所在的片区，正好在他的管辖范围，他和另一名同事负责来处理这起交通事故。

"这么说，你们的车子是在下坡时刹车失控，因而坠入湖中？"孟旗生一边问，一边认真地记录着。

"嗯……"林岳樯点点头。

"这次事件中，还有另一位伤者，车子冲下来的时候，他来不及躲避，被撞飞以后，头朝下摔到了一个大石头上。目前身受重伤，生命垂危，正在抢救。你看看，是否认识他？"说罢，孟旗生掏出手机，给他看了一张照片。照片上是一个年轻男子，猛烈的撞击使他血肉模糊，面目全非，可林岳樯还是一下就认出来了，是颜宇！一旁的李隽逸和方婧雅，对视了一眼，显然已经知道消息的他们，脸色惨淡，如丧考妣。

"好了，现在我有些话要和林先生单独谈谈，请你们出去一下。"孟旗生示意同事领着李隽逸和方婧雅离开。他拖过来一张椅子，坐在了林岳樯的床边……

市一医 ICU 的门口，一个悲痛欲绝的男人弯着腰蹲在走廊的角落里，双手捂脸，老泪纵横。他的身旁还站着几个警察，面色凝重。

"颜局，您别难过了，令郎吉人自有天相，不会有事的。"

一名下属宽慰颜荣。颜荣无动于衷，向来处事不惊的他，此时却全然控制不住情感的洪水，任其倾泻、泛滥，冲毁一切……

"砰！"ICU 的门打开了，颜荣一下直立起身子，朝几名身穿白大褂的医护人员跑去，几名警察也跟了过去。

"医生，我儿子，我儿子……他怎么样了……"颜荣用沙哑的嗓音问道。

"对不起，颜局，我们尽力了。您……请节哀。"主治大夫难过地垂下头，他吐出的每个字，都像一把重锤，捶在颜荣伤痕累累的心上。颜荣身子一下瘫软了下去，众民警和医护人员纷纷上前搀扶……

　　"当天下午，爸爸回家的时候脸色很不好，平时话不多的他突然说了很多奇怪的话，然后又是收拾行李又说要去旅行。我觉得他一定是发生了什么事情。但我知道，爸爸性格强势而固执，直接问是问不出什么的，珊珊更是指望不上。出于担心，我跟踪了爸爸。"事后，李隽逸在交警处录笔录的时候讲述了车祸现场的情形，"我打了一辆的士，尾随爸爸到了集团大楼，随后我进入安保监控室观察爸爸的动向。我看到他进了自己办公室，过了约莫半小时又走了出来，然后走到室外停车场去开车。遗憾的是，停车场的监控正好出了故障，因而我看不到那里的画面，只看到爸爸的车驶出了停车场后，在下坡时似乎失去了控制，冲向人工湖，途中撞上了行走在路上的颜宇，颜宇被撞飞，车坠入湖中……我慌极了，第一个念头是救人，可从监控室跑过去以后，发现自己无能为力，于是先拨了急救热线，又打电话报警……"

　　"你是唯一的目击者吗？"交警问。

　　"也许……并不是。"李隽逸嗫嚅起来。

　　"什么情况？现场还有别人吗？"交警语气变得急迫了。

　　"有一个人，在我之后出现在现场，是从停车场方向跑过来的，他跑向了被撞的颜宇，号啕大哭起来。"李隽逸回答道，眼神迷蒙，似乎在回忆当时的情景。

　　"那人是谁？"

　　"是伤者的父亲……颜荣。"

　　"什么？"

　　交警们惊讶万状，面面相觑。正在记录的警察笔悬在半空，不知该不该记录，片刻，还是在笔录上添了一排字，但李隽逸看不清具体写了些什么。

　　两天后，简单处理完儿子的后事，颜荣瘫倒在自家书房的椅子上，纵然疲惫不堪也还是无法入睡，睁眼到天亮。他想起前几天还和儿子在这里谈过话。当时，他非常不屑地揶揄、鄙视着自己的孩子。

　　"我已经想好了一条妙计，到时候你不但可以扩大经营，而且整个林氏集团都将会落在你名下。"他信誓旦旦地对儿子许诺。

　　他的这个计划，就是除掉林岳樯。

"方思雅就是个无根的野小子，现在无非有林岳樯的一纸聘书罩着他。林岳樯一死，靠山倒了，这个小子就得滚蛋！"颜荣这样在心里盘算着。

他恨了林岳樯一辈子，早就想除掉他，却无从下手。如今，机会终于来了。

前不久，一个从巴尔马来的老相识来找他叙旧，两人彻夜长谈，在月光下大醉了一场：

"当年，若不是老弟你出手相救，我早就命丧山崖咯！"那个长着一对三角眼，蓄着山羊胡子的巴尔马汉子感慨万千。

"兄长何必重提旧事，那是我俩的缘分，是老天的安排。"颜荣豪气冲天。

往事浮上心头。那年，刚刚当上辅警的颜荣随倪雪峰、秦观一行，参与护宝行动。而后发生了震惊一时的连环枪击事件，同行特警与袭击他们的巴尔马枪手，纷纷在这场事故中殒命，颜荣侥幸存活。当时的他，已经与玉石老人相遇，开启了赌石人生。出发前，他将一串珍贵的翡翠佛珠戴在手腕上，希望能保平安。后来，他幸运地保住了命，却遗失了这串佛珠。从小吃尽了苦头的穷孩子，总是看重钱的。他不甘心，想回到事故现场去碰碰运气。他和玉石这么有缘，几乎逢赌必赢，他这次也抱着侥幸心理。于是，他鬼使神差地回到了发生枪击案的山谷，沿着行车路线寻了个来回，一无所获。他还是不甘心，又上山找寻。没想到，竟有奇遇。

"救命啊，救命……"走在悬崖边的颜荣，依稀听见有个男人的喘息声和呼救声，他朝声音发出的方向走去，看见一个三角眼、山羊胡子的黑衣男人，正悬挂在山崖边的一株小树桩上，眼见就要掉下去了。他本能地去抓住了那双手，用尽力气把那人拉了上来。

"恩人，今天，你救了我的命，你就是我一辈子的恩人，以后若有机会报答，本人必将万死不辞。日后若有我能帮得上忙的地方，你尽管开口。"说这番话的人，姓邓，是刀瑞斯的手下，颇有些江湖义气。他行事果断，却又十分谨慎。

颜荣没找到佛珠，却收获了一位生死之交。此后，两人一直保持着书信往来。也会像他与玉石老人的交往一样，相约某个边境小镇，把酒言欢。

过去，老邓对他幕后老板的情况，总是三缄其口，十分神秘。近来，他频繁出入葛润市，或是到周边县市晃悠，每次来，都要约颜荣一聚。酒过三巡，昏昏欲睡之际，他经常给颜荣讲那个神秘老板的故事：

"一个无耻的骗子。当年，他骗了我，说要给我一座金山，害得我背叛了刀家，给他当内应，把巴兵引了过去，烧杀抢掠，害死了大公主，差点儿害得刀家被灭族。罪过，罪过啊！可后来，他给我的许诺根本没有兑现，然后又让我帮他去挖刀家的宝藏，说是宝藏到手，金山自然就有了！扯淡，全扯淡！什么宝藏，就是传说，从来没人见过，可能根本就是一派胡言，他却深信不疑。为了实现他的春秋大业，用卑鄙手段控制我们一帮弟兄为他卖命，对待下属却格外吝啬。他绑架了刀家的二公主，成天对那个盲女人喊'把桃木剑交出来'，可人家宁死不从，他不肯放掉她，又不敢弄死她，就一直关着。他还让徒弟给他送来了很多无亲无故的流浪女人，用药控制她们，手段残忍，令人发指。他连唯一的女儿都不放过，把她培养成一个淫妇、妖物，让她去诱惑那些能为他获取利益的人，或是可能藏有桃木剑的人，最后害死了女儿……"

"女儿死后，他非但不反省，反而更疯狂了。他逼着我和几个得力的手下，到所有与桃木剑传闻有关的地方调查，一定要找到关于桃木剑的消息，否则……"

"他还有个狼狈为奸的徒弟，是个毒枭，好像和他那个可怜的女儿还是一对恋人，师徒二人一起干了不少坏事。有意思的是，他们表面上好得很，暗地里却也在较着劲。我知道，这还是因为宝藏的事儿。有一次，他徒弟差点儿就把藏宝图抢到了，结果他派我带着一帮兄弟也去了现场，把他徒弟的人干掉了。谁知道，藏宝图还是没找到……虽说人为财死，但是像他这样，为了寻宝，对手下、对女儿、对徒弟都无情无义的大恶棍，还真是世间罕见。"

原来，老邓一班人，早就对这个惨无人道的大老板恨之入骨。苦于自己摆脱不了刀瑞斯的掌控，还得不情不愿地替他卖命。

"我，倒是有个妙计，兴许能帮你逃出魔掌……"老奸巨猾的颜荣在老邓的抱怨声中发现了机遇，这或许是一个借刀杀人、除掉林岳樯的好机会……

"林岳樯与阿兰是老相好，让刀瑞斯相信桃木剑在他身上是十分容易的。

林岳樯有背景，除了那些与他出生入死的同伴，他还有很多厉害的手下，对他忠心耿耿。一旦他落在刀瑞斯手上，这些人一定会想尽办法去营救他，你再从中接应，帮助他们铲除刀瑞斯。林岳樯也是我的大仇人，这样，我既报了仇，你也能如愿获得自由，岂不是两全其美？"

老邓是个爽快人，脑筋没有颜荣那么多弯弯拐拐。听下来，他觉得对方的计策确实精妙。尽管其中有颜荣报私仇的成分，但只要利人利己，又何乐而不为呢？再说，他早就想报答颜荣的救命之恩，还一直苦于没机会呢！也许是报恩心切，也许是老邓想飞出囚笼的愿望确实强烈，几乎不假思索就应承了下来。其实，颜荣真正在意的，不是刀瑞斯会不会被林岳樯的援军剿灭，不是老邓能否逃出魔掌，而是林岳樯被绑到异国他乡，叫天天不应，而桃木剑的谎言立马就会不攻自破，他无论如何也不可能活着回来。那个方思雅，还有几个成天跟着他装人的"傻蛋飞行侠"，肯定会去救林岳樯，最后必将落个两败俱伤的结果。自己就负责坐山观虎斗和坐收渔人之利吧，从头到尾，既不用出力，也无须参与，只是动了下脑筋和舌头，便除去了心头大患。而即便计划失败，自己也不担任何风险，没有任何损失。"妙！真是妙！"颜荣不禁扬扬自得，喜不自胜。

谁料，机关算尽，最终是偷鸡不成蚀把米。林岳樯尽管被绑去了，后来竟毫发无损地回到了葛润市，这让颜荣怒火中烧。他害怕愧对自己在颜宇面前许下的承诺，顾不得引火烧身了，狗急跳墙，乔装打扮避开一路监控跟踪林岳樯到集团大楼，弄坏了停车场的摄像头，使用特制工具破坏了车子的刹车，于是才有了后面的多米诺骨牌效应……

第二天清早，几乎几夜未眠，仍沉浸在丧子之痛中的颜荣，在镜前梳洗时蓦然惊觉，自己大半的头发都白了，胡子拉碴的下巴和一夜徒增的皱纹，使他看起来仿佛一下老了二十岁。

这时，手机响起短信的"嘟嘟"声，颜局，调查结果出来了，令郎出事前一个钟头接过一个电话，那个联系人的名字叫颜香脂。

第三十五章　深入虎穴

东南亚的雨季，美得让人心醉。雨季的清晨，更是美不胜收。

淡淡阴云、霏霏细雨。群山就像维吾尔族姑娘那样蒙上了面纱，远望缥缈若海。当倒映着蓝天白云、山箐森林的湖泊映入眼帘，春风乍起，吹皱一湖碧波。清澈溪流从山涧垂落，淙淙水流声不绝于耳。已断流多时的瀑布，重又悬挂山崖，飞珠溅玉，雷声隆隆。树木洗去黄尘，异常青翠。许多树本身就是花树，大小树枝和树干上长满了寄生兰。热带蝴蝶又多又大，彩袂飘飘，斑斓多姿，有人称它们是"会飞的花朵"。空中花、地上花，还有会飞的花，这里是花天、花地、花的世界。红飞翠舞的各色鸟雀也来凑趣，竞展歌喉，演绎起了晨曲。

在持续半年的雨季中，一切都恢复了勃勃生机，开始了东南亚真正的春天。

但是，千万不要被热带森林的美人脸蒙蔽了眼睛。在这赏心悦目的惊鸿艳影背后，却是险象环生、暗藏杀机。

在北纬26度东经97度附近，有着一片方圆百里的原始丛林和沼泽地，这里没有道路，偶尔能看见一条马帮小道曲曲弯弯穿行其间。大雨过后，久旱的泥土从野草丛里发出一种令人窒息的闷热的瘴疠气味，不住地向过路人的鼻管里吹扑。

没有向导和专业导航设备，普通人钻进这片密林，就如同闯入了一座巨大的植物迷宫。而迷宫的建造者，是死神塔纳托斯。

令人难以忍受的酷热与潮湿，猝不及防的暴风雨、洪水，可怕的疟疾、瘴气，一旦遇上，都可能置人于死地。这里有会汩汩淌出有毒树液的参天古树，长着刺、倒钩、挂锚及吸盘的怪异植物，各种体态和声势都十分骇人的野生猛兽，动辄对人穷叮猛蜇的蚊蝇蟥蛭，还有浑身滑不溜秋、令人头皮发麻的爬行动物……它们都像《西游记》里的千年妖怪，埋伏在外表平静的森林和沼泽中，等候百年不遇的西天取经人经过。除非你有超凡的毅力、体力、动手能力、行动力，并具备丛林生存的知识、技能，能克服和战胜一切危险和突发情况的综合素质。恐怕只有百里挑一、特种兵式的精英人才，才有可能徒步穿越这片连当地土著都闻之色变的嗜血之地。

谁也想象不到，穿越这一道道大自然的屏障，竟然会在某个人迹罕至的大峡谷，邂逅一支神秘的现代部落。这个部落与新闻里报道的那些生活在热带雨林、与世隔绝，还过着衣不蔽体的原始生活的土著部落有着天壤之别。他们住的不是木屋草房，而是颇具规模的"宫殿城池"。宫殿虽是木质结构的，但匠心独运，飞檐翘角，看起来富丽堂皇，俨然一副土皇帝的架式。簇拥着宫殿的，巧夺天工的吊楼，层层叠叠，巍然屹立于斜坡陡坎。部落建有坚固的石头城墙，还有驻兵把守。这种原始生态与现代人类社会的奇异结合，实在令人感到匪夷所思。

据说这里本是原始森林无人区，一个外来的拥有高贵血统的土司后裔，与家族决裂后，逃到野人山避难，竟意外发达了。他曾经被一个山寨收留，并在那里学会了制药。有钱能使鬼推磨，这个主人还煞有介事地招募训练了一批山头兵，为他守寨。

野人山曾经埋葬过累累白骨，也让无数的人发了财。全世界最著名的玉石场——葩柑玉石场，就坐落在这里。葩柑场区出产的翡翠种老、种好、底净、色正，多为高档翡翠。据说当年，那个落难的土司后裔，机缘巧合地加入了葩柑玉石场的采石大军，他们为来自世界各地的玉石商人提供原石，再经由玉石商人贩卖到世界各地。野人山，是他白手起家、扭转命运的福地。

这个人，身材瘦削、其貌不扬，还拖着一条瘸腿，然而却呼风唤雨，飞扬跋扈，名噪一时。

这个人，就是刀瑞斯。

雨季的天空时晴时阴，气候变幻莫测。多愁善感的人往往在这个季节变得更焦虑，好像生活也会像天气一样，充满令人不安的变数。

一个雨后初晴的下午，灼热的空气中混合着腐叶霉烂的潮湿气味和野木槿的浓香气息。在山寨的上空，由远及近地响起了引擎的轰鸣声和旋翼的呼啸声。一架有保护色的武装直升机，平稳地穿越过山峦、丛林、峡谷，最后降落在离山寨不远的一块空地上。

防守的山头兵不但没有对这个突然造访的庞然大物发动攻击，反而"城门"一下打开了，出来了两个头领似的人物，向着直升机停靠的方向走去，一脸谄媚的笑容，倒像是一齐来迎接什么大人物的场面。

"尊敬的团长大人，您拨冗光临本寨，真让小的们欣喜若狂。只是，您怎么不提前通知一声，兄弟们好准备准备，盛情款待一下我们远道而来的贵客啊！"其中一人亲热地迎上前去说道。说罢，招呼旁边的人："快去，喊兄弟们杀鸡宰牛，准备点瓜果，再弄点新鲜野味来，好好招呼一下我们的长官！"

"不必了！"谁知，这人话音未落，谄媚的笑容还僵在他的脸上，由几位军人陪同走下直升机的长官厉声发话了，"我这次来，是有事情需要调查，你们老大呢？"

"他……他一早就出门了，说是去采药了，到现在也没有回来。"头领感觉大事不妙，连声音也变得结巴了。

"不在就算了！"长官的神情变得更加严肃，他对旁边的士兵下达命令："进去给我搜，不能落下任何一间房任何一个地窖任何一个角落！"

"是！"几个手下齐声应道，朝寨门走去。只有其中一名军人，与长官并排走在一起。

"唉，我说长官们、贵客们，你们长途跋涉，该累了饿了吧，还是先吃点东西，坐下来休息休息……"那人脑袋发蒙，本能地产生了一种想要阻拦他们的念头，却连那几个壮汉的手指也没摸到，就被长官用力推了个趔趄，险些摔倒在湿润的泥巴地里，头上的黑色盘状裹布也掉到了地上。这时大家才发现，原来这人是个光头。

"滚开，连我都敢拦，你是活腻了吗？"长官呵斥道。

"不敢，不敢，您是我们老大的贵客，请，各位请……"光头顾不上去捡地上的裹布，和同伴一起，讪笑着把来势汹汹的"客人"迎进了寨门。

这个山寨版的宫殿修得有模有样，前朝后寝、各种宫和殿，还有仓库、生活服务设施一应俱全。房间不大，但很别致，尤为有趣的是，那些宫和殿门口都挂有写着采兰文的牌匾：什么大合殿、仲合殿、包合殿、浅清宫、浇彩殿、恒云殿，乍看十分眼熟。走在长官身旁的那名军人显然对这些宫殿的名字很感兴趣，在每个牌匾前都驻足片刻，任由其他人进去搜索。

"毕竟都是甘果人，而我们这些流浪儿，文化的根却没有被拔掉，依旧扎在采兰国的土地上。"长官一语双关、意味深长地感叹了一句。

"团长，我们的遗憾，也不是任何一个人造成的，而是源于历史的无奈。在波澜壮阔的历史洪流中，我们每一个人都不过是旋涡中的一滴水，滚滚向前的时代车轮，在行进的路上，不可避免地要碾碎许多个人的美丽。或许我们可以抱怨历史的无情，感叹自己生不逢时，但是我们没有任何理由，去责怪任何一个和我们一样，被历史潮流裹挟的可怜人。"军人十分认真地说出了一番自己的见解。

"游侠，你这是在责怪我吗？"团长面露不快。

"对不起，团长，是我说得太多了。只是，你知道，我身上也有一半的采兰国血统，父亲从小就教授我采兰国传统文化。眼前这些熟悉的文化标签，勾起了我的回忆。这些宫殿的名字，其实是照搬了北京故宫的前朝三大殿与内廷后三宫。我去瞻仰过故宫，那金碧辉煌、气势雄浑的古建筑群给我留下了深刻印象，象征着这个国家在历史上是那样繁荣，那样强大。可是，后世的我们却被迫背井离乡，颠沛流离……"游侠感伤地说道。

"好了，别说了，我们这不是……来陪你找父亲了吗？"

原来，这天清晨，淋成了落汤鸡的孟旗生来到团长面前，还带来了一位老人。

老人干枯的皮肤满是褶皱，远远看去像个木乃伊，佝偻着的腰好像随时会断掉，斑秃的花白脑袋仿佛落了一层霜，或者因为潮湿的雨季发霉长出白毛来。他说话语气缓慢，动作更缓慢，团长觉得他就像一只千年老龟，或者是块会呼吸的活化石。

他们向团长汇报了一个惊人的消息：乔云洲确实还活着！

"当年，打赢了帕勐山战役，我父亲，还有一些立功的军官，受到了政府的表彰。这张照片，就是那时留下的，我妈妈一直珍藏着。"孟旗生展示了一张照片给团长看：一身军装、英气逼人的乔云洲，与几名军官站成一排，行军礼。照片拍得出奇地清晰，以至于团长甚至觉得那双锐利的目光正穿过照片，直射进自己的双眸，他不禁打了个寒战。

孟旗生继续讲述：近来，他揣着这张照片四处走访，在调查中得知，父亲当年挣脱了死神的魔爪，一路逃亡到了巴尔马北部的野人山，在葩柑玉石场常驻了下来，并和其他的寻宝人一样，大发了一笔财。巧合的是，刀瑞斯被家族驱逐之后，也流浪到了此地。同是天涯沦落人，缘分使两个命运坎坷、无家可归的流浪汉成了合伙人。刀瑞斯腿脚不便，主要负责在玉石场"踩点"，还得了个"军师"的美誉。乔云洲自告奋勇充当挖掘工、搬运工和小贩，刀瑞斯也抬举他当了个"将军"。两人相处和睦，多年来一直保持很好的合作关系。

"我比他们到葩柑玉石场的时间更早，从资历上算是他们的老师。我们三个非常投缘，一直都有交情，但我们对彼此的身世其实并不了解。能来这里淘金的人大多背景比较复杂，大家心照不宣，尽量不窥探隐私。我只知道，他们一个叫苏巴，也就是照片上的这位，虽然当我认识他的时候，他已容颜大变，蓄着长长的白头发和白胡子，样子比照片上苍老得多，但一看到照片，我就认出他来了。另一个叫卯蛋……"那个白发老人用沙哑的嗓音讲述着。他自称名叫德钦汉，也是一名"采石人"，和乔云洲，也就是他提到的苏巴，还有刀瑞斯，即卯蛋，是同行，也是多年的好哥们。

"金钱是很可怕的东西，可以摧毁世间一切看似牢不可摧的感情。后来，听说两位兄弟因为利益分配的问题起了纠纷，闹得很厉害。再后来，有传闻说卯蛊把苏巴关在自己的寨子里。此后，我就再也没有见过这两个人了。至于传闻究竟是真是假，也无从得知。"

老人的一番话令团长大为震惊。那些细节他并不在意，从这个曲折的故事里，他只听到了一个结局：乔云洲，改名换姓，苟且偷生，而他的师父刀瑞斯，极有可能把他苦苦寻找的"大仇人"藏了起来……

于是，团长拍案而起，不假思索便吆喝左右亲信："带上'家伙'，我们去野人山走一趟！"他有所顾虑地看了孟旗生一眼，佯装仗义地说道："走，游侠，我们去找你父亲！如果他真的被那个装神弄鬼的死瘸子软禁了，我就亲手毙了他，把你父亲救出来！"心里却打着自己的小算盘：如果真的见到乔云洲，我一定要亲眼看着他死去。而你，游侠，也没有继续活着的价值了。我会一并送你们归天！至于那个阴阳怪气的刀瑞斯，我早就看他不顺眼了，只是碍于"师徒情"，加之也还没到鱼死网破的时候，一直忍着。

刀瑞斯贸然绑架林岳樯的这件事，更激化了他内心的不满。他想，干脆一不做二不休，以刀瑞斯迫害恩师乔云洲为名义，把他一起解决了。一箭三雕，岂不快意！于是乎，才有了团长率手下直闯苗人山寨的这一出。

他能这么有把握，还有一个原因：这个山寨里的守卫，大多心是向着他的。这些山头兵的组成比较复杂，有极少数是刀瑞斯在甘果的老相识，其他都是他在野人山招募的山民，这些山民个个侠肝义胆、体魄健硕、身手敏捷、擅长爬山、攀缘和在密林中穿行。他们虽没有受过真正的军事训练，经历过战火洗礼，但在团长看来，这群"乌合之众"其实比他手下那些真正的士兵更有战斗力，稍加训练，就能成为他的秘密武器，令他所向披靡。而且山民单纯，方便控制。团长早就有心"收编"这支"部队"，他知道那些人表面忠诚于刀瑞斯，一是受了他的骗，二是屈于他的淫威，但这个看似坚不可摧的碉堡，其实只是一座沙雕，只要有人用手指轻轻一点，就会一触即溃。于是，很长的一段时间，他乘坐着自己的私人直升飞机频频出入野人山，表面是来探望师父，实则见缝插针地给师父的手下们输送一些好处，目的是收买人心。

团长失算的是，刀瑞斯这天并没有在家。如此一来，将他一网打尽的计划就实施不了了。管他那么多呢，只要能将乔云洲这根心头刺拔去，让自己的余生不必再担惊受怕，那也是最大的战果！

看来，团长平时的小恩小惠确实很有作用，也可能是团长的威信使然，他们搜遍了整个山寨，包括女人的闺房，一路竟无人阻拦。所经之地，遇见的每一个人都点头哈腰、满脸堆笑，看样子他们都对团长十分敬畏。只是，当团长拿出乔云洲的照片给他们看时，他们脸上都露出一种讳莫如深的表情。问他们的主人与照片上的人是否认识，他们有的点头，说看着眼熟，有的摇头，有的点了头又摇头，说不知道。如此一来，团长更加怀疑乔云洲就藏身于此。只是，把山寨翻了个底朝天，也毫无收获。

在山脚下一个背阴的拐角，团长一行人发现了一个通往地下室的石头楼梯。楼梯又窄又滑，他们打开手电筒，蹑手蹑脚侧着身子往黑暗的深处走去。走着走着，隐约听见一阵女人的呻吟声、喘息声，令人毛骨悚然。双脚踩到了湿软的泥土地，楼梯已经延伸到了尽头，那种诡异的声音更加清晰。毕竟都是从枪林弹雨闯过来的，团长一行人早已习惯了沙场肉搏和刀尖舔血，看惯了袍泽或敌军鲜血淋漓的缺胳膊少腿儿，想必即便世上真的有鬼，也吓不倒。于是，大家步履坚定地继续朝着声源走去。很快，一个被木头栅栏隔开的黑屋子出现了，怪声就是从这里传来的。孟旗生走在前面，用手电筒照了一下房间。几个衣衫褴褛、披头散发的"女鬼"倚靠墙壁坐在地上，有的哆嗦地互相拥抱着。团长似乎想起了什么，他容颜大怒，拔出枪打断栅栏上的锁，命令手下进去把这些"女囚"救出来。一个、两个、三个，屋子里一共有五个长发女，等看得清楚她们的脸了，大家才发现，这是几个不怎么年轻的女人了，脸上和手上的皱纹出卖了她们的年龄。她们没有受伤，也没有生病，只是体质比较虚弱。因为长期不接触阳光，个个脸色苍白。孟旗生观察得更仔细些，因为他想辨认一下，其中是否有阿兰或是玉恩。结果发现，她们并不在这几人当中。

"以前就听说过刀瑞斯抓流浪女来试药的传闻，我一直以为是谣言。今天亲眼所见，才知道都是真的！"团长义愤填膺地说，孟旗生在心里默默地冷笑了一声。

他们发现这个秘密的地牢似乎还有更深处。于是，团长命令两名士兵带这些女人离开，其余人随他继续进去搜寻。走着走着，一扇密封的大铁门挡住了去路。一名士兵取出万能钥匙打开了门，里面没有人，只是地上堆放着一些香炉、铁笼、木棍、铁钳之类的东西，房间的另一头还嵌着一道铁门。那名士兵用同样的方式打开了门，门里又是一个向下延伸的石头楼梯，深不见底。孟旗生示意那名士兵不要往下走，他走到门边，打开手电筒的光环顾一圈。看清周遭的一切后，几个人惊得大叫，迅速关上了门。原来，他们看到了累累白骨。再是胆大如斗的英雄豪杰，见此人间地狱，也不禁汗毛直竖，浑身起满了鸡皮疙瘩。

地牢并不大，就只有这两个房间。抱着早点离开的心情，大家匆匆忙忙地小跑到了楼梯口。孟旗生的心狂跳不已，他感到了前所未有的恐惧。他不知道，自己苦苦找寻的阿兰姐姐和玉恩阿姨，会不会已经化作了一堆白骨……他的双眼有些湿润发烫，想着回去该如何跟父亲描述自己的此番见闻。

重见天日之时，大家都觉疲软无力，方才的可怕观感令他们每个人都心惊肉跳，半天没能恢复元气。这时，孟旗生发现，地牢斜上方的半山腰，有一栋造型别致像是独立别墅似的小楼。他跟团长交换了个肯定的眼色，然后向山腰走去。意想不到的是，在这里居然有了一个意料之外的大发现。

两层的木头阶梯把他们领进了一个香气缭绕、装饰得十分雅致的大厅。这是个套房，有客厅，还有内室。无须旁人提醒，这些军人的皮靴一踏上这里的柚木地板，就自然地"落地无声"。或许这并非出于一种修养，而是大家不约而同地觉察到，这里面一定住着一位不平凡的人，或许是一位仙女。真可谓，未见其人，先闻其息。

果然，有女人的声音传来，却并没有想象中的那样温婉动人。"仙女"，正在发怒："为什么骗我？你答应过，只要我假装在梦里泄露桃木剑的秘密，就可以见到女儿。我照办了，可是你并没有兑现承诺，还连累了林岳樯！"

一听见"林岳樯"的名字，团长的耳朵一下竖起来了，好像浑身的汗毛都跟着竖起来了。

"公主息怒，公主息怒，小的怎敢欺瞒公主？其实，我也是受人之托，完全是出于一片好心。或许，那人正在想办法让公主与小公主见面吧。只是，这事毕竟不是那么好办的，还望公主多多理解，耐心等待……"

听到这里，团长已是怒不可遏，身不由己一脚踹开内室的门，看到目瞪口呆的老邓与双目无神、朱唇半张的阿兰正面对面站着。

"把他们带走！"团长一声令下，身旁的士兵走上前，用铁臂将两人拦腰别住。老邓吓得面如土色，阿兰则仍是那副冷漠无畏的神情。她穿着一件白色的囚服，徐娘半老，但风韵犹存，身上仍然散发出一种清丽脱俗的仙气。

"放开我姐姐！"孟旗生制止了对阿兰"动粗"的那名士兵，上前扶住气虚体弱、柔若无骨的阿兰。

"瑞安，是你吗？"阿兰失明的双眸好像瞬间有了光泽，她喜极而泣，眼泪像山涧的小溪，淌了下来。

团长想起了他曾经绑架阿兰，后阿兰被倪雪峰部队所搭救，和他蛊惑孟旗生，也就是曾经的刀瑞安，使其为己所用直至今日，内心竟也泛起了一丝涟漪。他甚至有些同情这个"活在阴谋之下"的刀瑞安：他和自己一样，常年承受着骨肉分离的痛苦，认敌做兄；血缘不清，国籍模糊，似乎没有任何一片故土，愿意敞开双臂接纳他……只是，他们的理念不同。团长永远无法原谅"背叛"他的人。而刀瑞安，他怀着一颗宽厚的心对待一切，他爱每一个亲人……

仍然没有人敢阻拦他们，也没有人敢多嘴问一句。甚至有人看到老邓被他们挟持，转过身露出一丝幸灾乐祸的笑容。

因为再无地方可搜，加之这个突发事件的发生，团长已无心久留，和来时一样急迫，命令大家立刻返回基地。引擎的轰鸣声和旋翼的呼啸声再次响彻天际，留下目瞪口呆的人们，纷纷猜测团长一行的来意和老邓未卜的命运。

在团长基地阴冷恐怖的地牢里，老邓被剥光了上衣，五花大绑。团长下令"大刑伺候"，于是手下拿来了各种刑具，有烙铁、鞭子、弯刀、夹手指的竹排，甚至还搬来了一台绞肉机。谁知，老邓可不是英雄，一见这架势，吓得眼泪鼻涕直淌，屎尿拉了一裤子，哭天抢地地求饶。旁边的"刽子手"被熏得捂住了口鼻。准备审讯的团长差点儿没忍住笑。

"说吧，那个指使你让公主假传信息的人，究竟是谁？"团长清了清嗓，恢复了严肃，问道。

"是……是……"恐惧让老邓完全崩溃，他半天吐不出一个字，不知是不想说，还是语无伦次。团长发怒："掌嘴！"于是，手下拿来一个看起来很扎实的木板，朝好似一摊烂泥的老邓走来。

"不……不，求求您了，老爷，我招，我招……是……是……"老邓吓得魂不附体，却依旧说不清楚那个人名。

"是刀瑞斯吗？"团长已无耐心，打断他，问道。

"不……不是……老爷。"老邓吞吞吐吐地回答。

团长以为他还想包庇自己的主子，继续示意手下用刑。

"我说！我说！是颜荣！是颜荣！"一阵热血冲上大脑，老邓终于清醒了，大声说道。

团长惊讶地大张着嘴，半天合不拢："颜荣？怎么可能，你们怎么会认识？"

"快说！不然……"团长又对手下使了个眼色。

"我……我说……"老邓已决心不再挣扎，不仅把颜荣捅了出来，还索性将那件"螳螂捕蝉，黄雀在后"的陈年旧事一并招了。

"我说呢，当年我们的计划如此周密，怎么会半路杀出个程咬金，坏了我的大事。想不到，竟然是被内鬼捅了一刀子。这一刀子，捅在了我的心窝上，直至今日还在隐隐作痛。什么恩师，一直虚情假意地说要和我有福共享，共同享用宝藏，原来他早就蓄谋将宝藏独吞了！"

第三十六章　借刀杀人

　　孟旗生提出让姐姐阿兰回采兰国与子女团圆，团长不同意，软硬兼施，说是还有一些重要任务，需要他去完成。"公主，我会好生照顾的。"团长信誓旦旦。一时孟旗生也想不到对策，如果态度太强硬，毕竟人在屋檐下，恐怕他和姐姐都很难安全脱身，还怕耽误了后面的大事，不如就继续卧薪尝胆，等待时机。

　　孟旗生接下来的第一个"任务"，就是带兵铲平山寨，"营救"乔云洲。团长的这一招可谓阴险狠毒：他没有那么好心把直升飞机借给孟旗生，而是让他率领一支三十人的小部队穿越野人山原始丛林，徒步去打仗，借口是动用飞机的话目标太大，容易引起敌人警惕，而派出去的也并非精锐，多半是一些他看不上，或是看不惯，一时又找不到地方安置的"鸡肋"。如此一来，纵然游侠身手再好，有三头六臂，先不说与敌人交手胜算有多大，光是这一来一去，就艰险异常。野人山被称作"魔鬼的领地"，要想平安往返，简直是天方夜谭。

　　"如果游侠辜负了我的期望，没能穿越野人山，那就让他埋尸山野吧，我会尽力好生安葬他的。这样，我就名正言顺地除掉了他，阿兰和宝藏就是我的了。即便乔云洲还活着，也找不到理由来为儿子报仇。如果他命大，能活着见到刀瑞斯，那就鹬蚌相争大战一场吧。我只需隔岸观火，等打得差不多了，再派出一支救援部队，用火力扫平山寨，他们俩，还有藏着的乔云洲，一个也活不了！"

想着自己"一石二鸟"的计划如此出彩，团长先前灰暗的心情又明亮了起来，他不自觉地哼起了小曲儿。

团长煞有介事地为游侠率领的这支讨伐部队举行了一场出征仪式。他紧紧地拥抱了孟旗生，为这位多年的兄弟、战友，挤出了几滴眼泪，依依不舍地道别："此次出征凶险异常，望弟弟能旗开得胜，平安归来！"

"请团长照顾好我的姐姐。"孟旗生只简单地说了一句话。

追寻着父亲当年的足迹，孟旗生带着他的这支队伍，走进了野人山。士兵轮流在前面开路，他们挥动砍刀，在厚墙一般的藤蔓、灌木、荒草和植物中劈出一条小径来。

父亲先前传授过孟旗生一些穿越野人山的注意事项和战备知识，因而他与战士们做了充分的准备：长衣长裤，袖口和裤管扎得严严实实，头部和脸部也用自制的"头网"遮挡得密不透风。此外，除了武器、干粮，还携带了必备的药物和其他用品，如可以预防疟疾的奎宁丸，可以抵御蚊虫的凡士林、油脂、盐巴等。一路上，那些致命的瘴疠、蚊虫、毒蛇和野兽几乎近不了他们的身。

然而，危险还是发生了。

在东北部，这支军队被一片水雾蒸腾的沼泽地挡住去路。沼泽位于横卧的两山之间，表面呈铁锈色，锈水中分布着厚厚的红色藻类，植物生长尤其繁茂，从细密的水草到一人高的野笋芭茅都长得郁郁葱葱密不透风。经验告诉孟旗生，貌似平静的丛林沼泽其实是一座魔鬼的浴池，水汽氤氲之中暗藏杀机。水草下面的锈水中游动着成群结队的水蛭，它们如芭蕉粗细，像蛇那样兴奋地昂着头。而草茎叶片上则挤满成千上万饥饿难耐的旱蚂蝗，它们像装备雷达的战车，嗅觉格外敏感，一遇有人或动物气味，立刻争先恐后地聚拢来，张开吸盘，只需几分钟即可将一匹马或者牛变成空壳。因而，这里也被称作"蚂蝗谷"，听来就令人不寒而栗。然而，这是一条必经之路，而且别无选择。

走在前面的战士用便携式喷火器开道，驱赶对他们虎视眈眈的蚂蝗军团，后面的人紧跟着跳下沼泽，在这条临时开辟的小路上前行。

谁知，就在整支队伍行进到离对岸不远的地方时，手持喷火器的那名战士突然发出一声哀号，随后身子一歪摔倒在沼泽地里。他戴的头网掉落了下来，大家看到他那极度扭曲的面部瞬间被沼泽淹没，红色的血水晕染开来。好在后面的战友接过了喷火器，冲到前面继续开路。大家心跳加速，步伐也加快。他们把摔倒的战友搀扶起来，继续前行。紧接着，另一名手持喷火器的战士也出现了和前一名战友相同的情况，摔倒了下去，血溅沼泽。后面的人再次接上。为了活命，谁也不敢停留，克制着恐惧竭力往前飞奔。终于蹚过了可怕的沼泽地，大家把两名已经不省人事的战友搀扶到岸上。这下才看清楚，他们一个左肩，一个右肩，分别有一个弹孔！

有敌人！大家刚刚反应过来，前方传来某种生物呜呜啦啦的怪叫，和子弹"嗖嗖"穿过的声音，又有两名军人中弹倒下。孟旗生赶紧命令队伍卧倒、隐藏。令人惊奇的一幕发生了：一伙穿着粗布衫，下身打一条笼裙，头缠黑色头帕，皮肤黝黑的"怪物"像猴子一样在大树上灵活地荡着秋千朝他们这边逼近，"怪物"的胸前交叉斜挂子弹袋，机枪挎在肌肉隆起的肩头上。有意思的是，他们脖子上都戴着银项圈。孟旗生这下认出来了，这哪是什么怪物，而是一伙克钦兵。他们个个都是天生的好猎手，目光敏锐，身体结实，登山、爬树，在藤蔓间荡秋千是他们的绝活。

打仗怕的就是我在明敌人在暗，既然这伙头脑简单的山头兵已经暴露目标，打垮他们就并非难事了。尽管他们的枪法很准，但在装备精良的现代军人面前，也不过是小儿科。孟旗生全军装备有美制凯芙拉防弹背心、防弹护膝、防弹头盔，克钦兵的子弹仅能伤及皮毛。只见，前面几名"受伤"的战友，很快都爬了起来，重新参加战斗。而且，到了沼泽地跟前，那些"猴子"也不敢再上蹿下跳了，一旦掉落，就只能喂水蛭了。

而团长部队的战士们，有丛林野战的经验。很快，他们就占了上风，把那伙克钦人打得落花流水。毕竟只是雇佣兵，要钱还要命，眼看打不过，对方的军官一声令下，那伙人就又咿咿呀呀乱叫着逃跑了。远看像是被某种野兽追逐着的猴群纷纷上了树，场面竟有些滑稽。

再后来，孟旗生想象中的一场恶战并没有发生。当他们赶到山寨，惊奇地看到，全寨的人都站在城墙外迎接他们。有的全副武装站成了队列。前面押着一群人，全部都被双手反绑，用布条蒙上了双眼，纱布捂住了嘴，跪在地上苦苦呻吟。

　　孟旗生和战友们半晌回不过神来，不知道发生了什么事情。这时，一个头领恭敬地小跑着，向这伙军人站立的方向奔来。士兵担心对方偷袭，拔枪相对。没想到那人在离他们几米远的地方突然跪下了，取下了黑色头罩。是个光头！一名士兵认出来，刀瑞斯来探望团长时，时常带着他，应该是他一位十分重要的亲信。孟旗生也认出这个人，正是之前来迎接他和团长的那个头领。

　　"老爷们，将军们，刀瑞斯作恶多端，我们已忍耐他太久。得知团长大人决心为民除害，讨伐这个大恶人，我们便计划里应外合，将刀瑞斯控制，他的拥趸们，也全部被捕。现在，我们已将大恶人活捉，把他带来献给各位大人！"说罢，光头打了个手势。两名手下把一个被五花大绑的"犯人"押了上来。孟旗生和战友们定睛一看：果然是刀瑞斯本人！

　　虽觉得胜利来得太容易，有些蹊跷，孟旗生还是同意了，让那两个人把刀瑞斯押到他跟前，并命令两名战士将其控制。他又走到那伙被绑的人跟前，一个一个仔细察看，发现全是男人，玉恩不在里面。于是，他回到自己的同伴身边，下令撤退。随后，他们原路返回。因担心对方有诈，战士们小心翼翼互为后背，紧密注视着身后的情形。没想到的是，站着的那群人并没有对军人们开枪，而是从跪着的一排排囚徒身后，绕到了他们前面，一齐转过身去。接着，噼噼啪啪的枪声四起，囚徒们纷纷倒在了地上。等孟旗生一行人钻进丛林，身后又响起了一阵枪声，似乎还夹杂着喑哑的炮声，和一群人的惨叫声。天空有火光和黑烟升起。孟旗生猜测，是那些人在放火烧山寨了。看来，这个刀瑞斯是彻底栽了，不会再有什么阴谋发生了。他心里缓缓松了一口气，却又有另一种惆怅升起。

　　"本是同根生，相煎何太急。"他想起了这个名句，不禁长叹一口气。

第三十七章　狗咬狗

因为遭遇连续暴雨，为了躲避洪水，孟旗生率领的敢死队，在路上耽误了一整天的时间。当凯旋而归的军人们，押着刀瑞斯，再度穿越凶险莫测的沼泽、丛林、峡谷，回到团长大本营的时候，已是夜幕降临。他们惊讶地发现，向来守备森严的基地，今天竟然只留下了两名年轻的新兵看门。那两个守卫看到他们，也表现得十分惊讶，但还是恭恭敬敬地为他们打开了门。

"不是听说，阵亡了吗？"

"嘘……小声点。"

敢死队往里走了十来米，听力十分敏锐的孟旗生听到了那两个新兵的嘀咕声，心里一惊，顿觉这表面的宁静背后隐藏着不为人知的凶险。

到了基地内设的宴会厅时，孟旗生远远地看到里面灯红酒绿，一群喝得醉醺醺的军人正推杯换盏。一向严肃的团长在人群中间，又唱又跳，哈哈大笑，简直像疯了一样。

当宴会上的嘉宾瞥见门口站着的一排"泥人"，忽然愣住的时候，火热的气氛开始逐渐降温。只见那些人红通通的脸蛋霎时间僵成了灰土色，而这种"变脸效应"传播得很快，越来越多人停止了喧闹，场面一度尴尬。

一种转化得十分隐晦的笑容替代了团长脸上的惊愕，他率先打破了这种令人不安的宁静，大步朝这边走来，"激动"地搂住孟旗生的肩膀说："游侠，我的好兄弟。听说你们此番去讨伐刀瑞斯，大获全胜，我们都高兴坏了，所以今晚专门设宴，为你们这些英雄庆功、接风。快，别站着了，带弟兄们过来，大口吃肉，大碗喝酒。啊，我们好久没这么热闹了！"说罢，忍不住打了个酒嗝。众人见此情形，纷纷随机应变附和团长，亲热地邀请孟旗生他们加入进来，脸色也都又变得红润了。

孟旗生看出团长是在装腔作势，他故意指了指身旁："团长，刀瑞斯被我们活捉了。"

仍被绑着的刀瑞斯怒目圆睁站在那里，嘴里塞了布，说不了话，"咿咿呀呀"地发泄着愤怒。

"把他关进地牢，家伙准备好。一会儿，我亲自来审问。"此时的团长是不愿意看见这个师父的，他背过身去，给了传令兵一个下命令的手势。

"团长，他与我们在路上颠簸了这些天，也遭了不少罪，想必已是饥肠辘辘，不如安顿他吃完饭，改日再……"孟旗生小声提醒道。

"好吧，既然弟弟这么仁慈，我就看你的佛面，让他跟着沾沾光。来人！把他带到地牢去，给他送份大餐过去。"醉意迷蒙的团长挽着孟旗生的手臂，连拖带拉地把他往酒桌前拽，"弟兄们，辛苦了，欢迎各位回归我们的大本营。快上桌，你们的肚子该饿坏了！"

刀瑞斯被带了下去。孟旗生招呼战友们融入享用晚宴的人群中，自己也在团长身边坐下。

"我姐姐呢，她在哪里？"孟旗生假装随意地问起这个他最关心的问题。

"噢，弟弟放心，公主在她的房间休息呢，应该已经用过餐，睡了吧。这是男人们的聚会，我也不好让她参加。今天，咱们就别去打搅大宝宝了吧。"团长脸上掠过一抹狡黠的笑，眨巴着眼说道。

孟旗生找了个机会，故意面露悲伤地对团长说："刀瑞斯的老巢已经铲平，团长再无后顾之忧了。遗憾的是，这次还是没能找到我父亲的踪迹……"

"别难过，只要他还活着，我们一定能找到他的。"团长假装慈爱地拍了拍孟旗生的肩，接下来的一句话却透着彻骨的寒意，"待明天，我好好审问一下刀瑞斯，看能不能有所收获。"

他们的谈话并没有持续多久，各怀心事的人们就早早散伙了。

刀瑞斯当晚被关进了地牢。团长果然守信用，先让他饱餐了一顿。像挨饿多日的野兽一样，他狼吞虎咽地大吃起来，牙齿咬得嘣嘣直响。等吃完饭，他开始审视自己的处境。这个黑暗潮湿阴冷的房间，让他回忆起自己曾经在山洞里过活的悲惨岁月。他恨得牙痒痒，再仔细环顾四周，他发现这间牢房格外眼熟，这才想起，不久前林岳樯就是被扔进了这里。

"真是风水轮流转，此一时彼一时啊。"刀瑞斯不禁感叹道。

夜里，刀瑞斯辗转反侧，难以入睡，习惯了被人服侍的土皇帝生活，却一下成了阶下囚，这样的时势突变令他悲愤交加。"真不愧是我的徒弟呀，他的阴险毒辣比起我来，真是有过之而无不及，青出于蓝胜于蓝呵！"他自嘲地笑着。

原来，团长们造访野人山的那天，刀瑞斯去了山里"捕猎"。

太阳快落山的时候，刀瑞斯满载而归，每一次，他外出"打猎"回来，都会兴奋得茶饭不思。这一次，他的狂热似乎更加剧了，专心致志地研究了几个日夜，对于山寨里发生的一些微妙变化，竟然毫无察觉。

"萨苏！"

……

"蔷冬！"

……

"老邓！"

……

迷迷糊糊在小黑屋待了几天，一天清晨，天刚蒙蒙亮，头昏脑涨的刀瑞斯就来到自己平常接见部下的"金銮殿"，呼喊几名亲信的名字，却无人应答。

"老大，老大，您可起得真早啊！"十几岁便追随他，如今山寨的"二号人物"光头跑了出来。

"怎么是你，他们哪儿去了？"刀瑞斯疑惑地问。

"他们……我打发他们带兄弟巡山去了，带点野味回来。最近老下雨，好久没去打猎了，仓库快断粮啦！"光头解释道。

"原来是这样……"从来都是光头帮他打理家里的一切，刀瑞斯对于这些情况并不了解，也就没有多心。

"老大，给您放好水了，去洗个澡吧，凉快凉快。"光头点头哈腰地说道。

"好吧，真体贴，我的心肝。"刀瑞斯满足地说道，打了个飞吻。他感到自己浑身散发着一股湿漉漉的臭气，头上也痒得不行。

没想到，刀瑞斯刚刚洗干净，手下服侍他更衣完毕，一群人就闯了进来。为他更衣的两个人顺势将他双手反绑，其他人七手八脚把他绑了个结结实实。

接着，他就稀里糊涂地和一群忠于他的部下，被绑到了大门外，跪在那儿，直到游侠的讨伐部队到来。

而那群在沼泽附近与游侠部队交火的克钦兵，则是刀瑞斯招募的一支雇佣兵，负责在外围开展守卫工作。一旦有生人闯入，格杀勿论！这伙克钦人所向无敌，这还是第一次遇到对手，准确地说，是被对手打败。

眼睁睁看着数十年积攒的家业瞬间成灰，现在的刀瑞斯真是欲哭无泪，可谓是一失足成千古恨！

当晚，还有一个人辗转难眠。

辛亮百思不得其解，自己的计划看似天衣无缝，怎么会出了岔子呢？他自以为已经成了炮灰的敢死队，竟然胜利归来！而乔云洲，依旧下落成谜。恍若当年的那个屠戮之夜过去后，活不见人、死不见尸的乔云洲，如一根长长的刺扎进坚硬的铜墙铁壁，在辛亮的精神世界生生地撕开一道裂口。他心生惶恐，却又要故作镇定。他自己都弄不明白，那个阴魂不散的乔云洲，这些年来并未给他带来过一丝威胁，而且即便活着，也已是垂垂老矣，而天不怕地不怕的自己，却缘何总是对这个"影子"心怀恐惧呢？他总觉得，自己和乔云洲除了明面上的师徒关系，还冥冥中存在着某种潜在的联系。正是这种微妙的联系，主导着他恩将仇报背叛了师父，因为他的内心总是莫名滋生出一种对师父的恨意；也正是这种微妙的联系，支配着他长久以来根植于内心那份对师父的歉疚与莫名的惦念。与其说是杯弓蛇影的忐忑令他煎熬，倒不如说，他是被这种复杂纠结的情感折磨得够呛。所以，他一心想要消除乔云洲投射到他心里的阴影。他总在想，只有确信乔云洲彻底从这个世界上消失，他的心，才可以重归安宁。

而同样遭到自己背叛的师父刀瑞斯，辛亮却没有那么多心思放在他身上。好像他是死是活，辛亮也并不是特别在意。而他存在的唯一意义，也只是帮助辛亮寻找乔云洲而已。为什么在两个师父之间，辛亮的感情天平偏移得如此厉害？他自己也不理解。他也希望，有一天老天爷会告诉他答案。

他不得不启动新的计划了。在从老邓嘴里得知这次绑架的始作俑者时，辛亮就感到压力山大，从未有过的沮丧席卷他的心头。自己的师父算计他，悉心培养的心腹颜荣也在暗度陈仓，身边的这颗棋子现在与自己称兄道弟，却不知何时会将自己一军。一种孤独感蓦然涌上心头。辛亮发现，他从没信任过、爱过别人，阴谋与背叛充斥着他的一生；而他自己，也从未享受过别人的忠诚与爱。表面看起来，自己呼风唤雨撒豆成兵，身边的每一个人，都得对自己笑脸盈盈低声下气，可自己内心的凄苦，又有谁能读懂呢？

原来，当这支敢死队刚刚踏上征程，团长就秘密部署了一个炮兵班，潜伏在野人山距离山寨三十多公里以外的一座小山上，利用先进的雷达测距技术，"盯"住刀瑞斯的"皇宫"。他给炮兵班下达的任务是：以目标地点的枪击火力为信号，当一阵猛烈的信号传来，做好发射准备，信号消失的那一刻，立即远程发射两枚炮弹，再以雷达监测目标地，确定已无生命迹象，方可结束战斗，若仍然有生命迹象，继续发射炮弹，直至一个活口不留，才算完成任务。

他想：在孟旗生的敢死队抵达山寨后，两军势必要交火。枪声四起之时，他的炮兵班就会将两枚炮弹对准他最重要的敌人们——刀瑞斯、藏身山寨的乔云洲，以及他决心放弃的棋子孟旗生。当战斗打得差不多，就让炮兵班充当"清道夫"，彻底为他扫除人生中的几个绊脚石。为了避免错过刀瑞斯在家的时间，他在和孟旗生他们搜索山寨时，就秘密向那些早与他勾搭上的山寨心腹们传达了信息：刀瑞斯一旦回府，三日内设法将其擒住，我方会派人来请他"喝茶"。光头心领神会，在送团长一行离开的时候，光头还与团长交换了一个会意的眼神。只是，头脑简单的光头万万没想到，自己竟也是将被邀请去"喝茶"的对象。

本来，刀瑞斯在森林里还部署着一支防御部队，并与孟旗生的队伍狭路相逢。落荒而逃的"猴子"们返回山寨，向光头汇报了情况。光头给了"猴子"们一些赏钱，打发他们走了，并表示主人不再雇佣他们了。"猴子"们带来的消息让他喜不自胜。他并不知道孟旗生这支部队身负的任务，还以为是"请喝茶"的人来了，于是自作主张招呼手下的叛党们，将原来的主子和主子的亲信们集体绑到大门口，迎接来自团长大本营的"贵客"。所以，当孟旗生一行到达时，看到一派和气的景象，于是一弹未发就轻松地带走了刀瑞斯。

其实，刀瑞斯的这些手下内部一直钩心斗角。而这次以光头为首的一方靠着有团长撑腰，先发制人，将那些一直与自己作对的同僚们一举击溃。最后，甚至毫无人性地对曾经的手足们展开了大屠杀。而正是因为光头这一背信弃义的无耻行径，避免了一场恶战，也遭到了他人生中的最后一场梦魇。枪声震天，远在三十公里以外的炮兵们收到了发射信号。于是，当暗哑的炮声接替了尖锐刺耳的枪声，将漂亮的宫殿夷为平地时，孟旗生一行人早已走进了植被繁密的大森林……雷达信号反映目标地点已无活人，炮兵班收兵回营。团长将"出征士兵与师父同归于尽"的消息在基地上下公布，还假惺惺地为"烈士"们办了一场祭奠仪式。被喜悦冲昏头脑的他在后来的庆功宴上得意忘形，没想到正撞上"死而复生"的将士们班师回营，于是出现了宴会厅那尴尬的场面。

团长越想越气，干脆一骨碌爬起床来，披上一件风衣，向着地牢的方向走去。

刀瑞斯正蜷在潮湿的地板上，痛苦地打着哆嗦。忽听"砰"的一声响，地牢的大门被人野蛮地推开了。他战战兢兢地把身子撑起来，朝来人看去。

"我当是谁呢？原来是亲爱的徒儿来探望我来了！"他又恢复了以往那种

嘲讽、戏谑的口吻。

"我有事情要问你。"团长直截了当地说，并没有要和他纠缠的意思。

"什么事？"刀瑞斯阴阳怪气的声调让团长很不舒服。

"你能跟我说说，苏巴、卵蚩、德钦汉的故事吗？"团长铁青着脸问道。

"哦，原来你在调查我的老底呀？"刀瑞斯讪笑着说道。

"你知道我的手腕，不想吃苦，就不要浪费我的时间！"团长厉声喝道。

"好吧，说就说吧……"刀瑞斯有些忌惮。

正如那个老人所讲述的，刀瑞斯将三人在野人山葩柑玉石场结缘的往事回顾了一遍，但并未提自己与苏巴决裂的事情。

"后来呢，你发达以后建了一座宫殿。他们两人去了哪里？"团长问。

"我不知道……"刀瑞斯话犹未了。

"你最好给我老实点！"团长威胁道。

"他们俩是你什么人，你难道是因为他们抓我来的吗？"刀瑞斯反问道。

"这你就甭管了，我只是想知道事情的真相。如果你的回答让我满意，我就放你走。或者，永远把师父奉为座上宾，供你吃喝。但是，你胆敢说一句谎话，休怪我不客气！"团长的一对浓眉微微上翘，显然是在生气。

刀瑞斯知道，团长那些安慰的话是不大可能实现的。只不过，如若自己能够参透团长此番询问的动机，做出适当的回答，兴许能暂时保命。他的眼珠子贼溜溜地转了一圈，寻思道：首先，团长必定是急于知道自己两位故友的下落。而从团长的语气可以猜测，团长认为两人都还活着，那他就不能瞎编对方已死的话来糊弄团长。如果回答不知道，生性多疑的团长肯定认为他在撒谎。如果说知道，那又该怎么说，才能既让团长相信，又满意他的回答呢？

"你又在打什么坏主意？"团长不耐烦地打断了刀瑞斯的思考，"苏巴，你和他闹翻了是不是？"

刀瑞斯很惊讶，原来团长知道的远远超出了他的猜想。那就一五一十地回答吧，再观察团长的语气神情，见机行事。

"是……是的。我们的友谊，因为一些利益分配的矛盾，产生了裂痕。"

从团长充满了好奇与期待，放射出热烈光芒的双眸，刀瑞斯猜测，团长真正关心的是苏巴的下落。但对于团长与苏巴的关系，他心里仍打着嘀咕。他不知道，团长究竟希望苏巴活着，还是死了呢？

"听说，你把他关在山寨里了？"团长继续问。

"是的。"刀瑞斯小声答道，颧骨下面的肌肉在紧张地抽动。他的大脑急速转动着。他记得苏巴有次喝醉酒提到他娶过一个老婆，还生了一个儿子，后来因为战乱与家人离散了。而团长也模糊地提到过，他在战乱中被双亲遗弃，成了孤儿……而根据两人的年龄，以及眉眼间的一些相似度判断，他们极有可能是父子！

刀瑞斯越来越相信自己的判断是正确的。"如此看来，团长多半是来找寻父亲了。那我一定得给他留下个美好的念想，以免他迁怒于自己……"刀瑞斯开始酝酿对策。

"他死了吗？"团长又问道。

"没有。"刀瑞斯赶紧小心翼翼地答道。

"那他去了哪里？"

"他失踪了。"

刀瑞斯的回答让团长吃了一惊，他将信将疑地问："怎么回事？"

"你知道的，我除了喜欢沉迷制毒药，也喜欢研制植物香料。我的花园里种了一些从南美洲移栽过来的热带植物。苏巴或许是对这些植物过敏吧，刚到寨子不久就发生了神经紊乱，成天咿呀乱叫，大小便也失禁了。接着有一天，他就忽然从山寨消失了。"刀瑞斯回想起往事来，他的回答有一半是真的。苏巴的确进了寨子就"疯"了，那是在他准备给苏巴举办"祭天仪式"的当天，在走往"虫洞"的途中。而用来祭天的"贡品"，必须是干净无恙的，苏巴就这样逃过了一劫。疯疯癫癫的苏巴让山寨的守卫放松了警惕。清晨，一名守卫喝得酩酊大醉，当刀瑞斯来探监，发现屋里空无一人。于是这名守卫，代替苏巴，成了祭天的贡品……

"你难道没有让他去祭天吗？"团长冷冰冰地问道。

刀瑞斯吓了一跳，惊讶于团长思维的敏捷，他赶紧说道："没，没有……苏巴曾与我情同手足，我怎么会对他下手呢，只是想给他一点小小的惩罚罢了。请你相信我，我说的都是真的……"

刀瑞斯的这番话令团长大失所望。事实上，团长多希望他拿苏巴去祭天了呢！如果刀瑞斯说的是真的，那团长那位隐形的宿敌，又将在他的噩梦里潜伏多久呢？如果刀瑞斯说的是谎话，那真相究竟是什么？那个干瘪老头看样子倒是没撒谎，他的"口供"和刀瑞斯基本对得上。那真相就还是藏在刀瑞斯的脑袋里……可是，如何证实他说的究竟是不是真的？

团长觉得自己有点乱了，就极不自然地转换了话题："那么……你和颜荣又是什么关系？"

"颜荣，不是你的手下吗？怎么来问我？"

"如果你和他没有关系，为什么会采纳他的建议，去绑架林岳樯？"

"什么，采纳谁的建议，你到底在说什么？"

"林岳樯的事情根本是一场骗局，是阿兰和老邓串通好的，而老邓又是和颜荣串通好的，要怎么让我相信，这件事情与你无关呢？"

团长发射的一排连珠炮把刀瑞斯打得晕头转向："我实在是听不懂，你能再说明白点吗？"

其实，团长对于刀瑞斯和颜荣的关系并不那么关心，反正都是准备消灭的敌人，之所以问这些，只是为了让自己不要纠结于一个问题，换个问题捋一捋思绪。他也没兴趣再问下去了，不耐烦地挥了挥手："算了，爱说不说吧！"

刀瑞斯看到团长不耐烦的样子，心里暗自松了一口气。他知道，团长已经失去了镇定。可以看得出来，团长仍然把寻找苏巴的希望寄托在他身上。那么，有了苏巴这张"保命牌"，他可以暂时苟活了。

对于颜荣，他确实了解得不多。他的大脑又开始飞速旋转。事实证明，人在生死关头，大脑的潜力最容易被激发出来。他猛然想起，当自己还在和苏巴合作的那段时间，他的合伙人曾经将一名小警察拉入了赌石的行列……

"我想起来了！"刀瑞斯拍了一下脑袋大呼道，把团长吓了一跳。

"想起什么了？"团长有些愠怒，又有些好奇地问道。

"你说的那个颜荣，我想起来了，他曾经和苏巴因玉石结缘，两人交情匪浅，多年间亲如父子。弄不好，颜荣知道苏巴的下落。"

刀瑞斯寻思着，不管三七二十一，先把皮球踢出去，扰乱团长的心智，自己先把命保住，以后再想退路。此时，一个狠毒的想法在他心里滋生，他嘴角漾起一抹不易被察觉的奸笑，很快地收住后，他故作忧伤地看着正陷入沉思的团长说："亲爱的团长，我们曾经的关系，又何尝不是亲如父子呢？究竟是怎样的误会，让我们变成这样，唉……我们，能再握握手吗？"

看着曾经的师父伸过来那只干枯如柴颤巍巍的手，团长一时竟有些恍惚，伸出一只手握住了它。一阵冰凉的触感后，团长忽觉自己浑身痉挛了一下。这时，刀瑞斯露出了阴险的笑容，继而仰颈大笑了起来："我亲爱的徒儿啊，你以为，你已经学到了我的全部。可是，我还有一项绝招没有传授给你，那便是……"

想起刀瑞斯刚刚伸过来的那只手，团长哆嗦了一下，愤怒地指着刀瑞斯："你……卑鄙！"

"哈哈哈……"刀瑞斯喑哑的笑声在安静的地牢里显得那么骇人，"你竟然指责我卑鄙，也不撒泡尿照照自己！"

团长大怒，拔枪欲射。

"我死了，这个世上就再也没人给你解药了。"刀瑞斯眼睛里迸射出的寒光，像一把剑扎进了团长的心里，"不出七日，你将会因精血亏虚而全身器官衰竭，你会死得很慢，很痛苦。"

"那要我怎么做，你才会给我解药？"团长的语气依然强硬，却有了些恳求的意味。

"放我走。"

"我又不想走了。"

他现在已是无家可归的孤家寡人一个，他又能去哪儿呢？即便能逃，又如何保证团长不会在自己背后打黑枪呢？刀瑞斯心一横：干脆，就让这个龟儿子养老子一辈子！他又冷笑了一下，又说道："我不走了，以后，我就待在团长大人身边辅佐你。你呢，管好我温饱就行。"

团长强压下怒火，尽量语气温和地说："只要师父愿意，我一定努力服侍好您，哪怕尽儿女的职责为您养老送终，都不在话下。现在，就请为徒弟解毒吧，我一定遵守诺言。"

"看在团长如此诚心的分上，我就勉为其难答应下来吧。但是解毒是个漫长的过程，我也没带药物，即便拿自己的这条命来换，也救不了你。你先安顿我在一个舒适的地儿住下，解毒的事，我们从长计议。"说罢，刀瑞斯打了个哈欠。

团长怒不可遏，却不敢发作。他只得恭恭敬敬地为刀瑞斯解去了手铐脚镣，再亲自将他送到"上房"就寝。其实，他为刀瑞斯安排的宿地，虽然干净敞亮、陈设考究，却是一座特殊的牢房。这里把守森严，暗藏机关。里面的人尽管有人伺候、生活安逸，但仍是笼中之鸟，要想飞出去谈何容易。好在刀瑞斯暂时也没有出逃的意愿。他想，就安安心心再过几天土皇帝的日子，看看团长这个叛徒饱受煎熬的样子，在心里出出气。反正，自己脑袋灵光，用不了几天，又能想到好点子了。于是，刀瑞斯仰面躺倒在那张宽敞舒适的大床上，安心地睡了。

天还没有亮起来的时候，刀瑞斯被一阵女人的叹息声惊醒。他迷迷糊糊中以为自己是在野人山的地牢里，那里就经常传出令人毛骨悚然的女人的叹息声。可定了定神，他发现还是在团长这里。女人的声音又响起来了。见惯过无数恐怖场面的刀瑞斯并未感到害怕，好奇心驱使着他开始找寻声音的源头。

声音来自地板下面！他把耳朵贴在木地板上，听到了越来越清晰的女人的声音。他趴在地板上摸索，终于在房间角落觅到了一条因为潮湿腐朽，衔接得不太紧密的地板缝。他眯起左眼，用右眼贴着那个缝看向地板下面：一个满头白发的女人正在对镜梳妆。她慢悠悠地梳理着像银色瀑布般垂下的齐腰长发，一边发出忧愁的叹息声。

刀瑞斯看不见那个女人的脸。其实，他看不见的，不仅是她的脸，还有她悬挂在锁骨之间，那枚雕刻成星北山茶花形状的鲜红色和田玉吊坠。

　　团长实在想不通，自己明知刀瑞斯诡计多端，怎会一时疏忽中了他的奸计，弄得自己进退维谷还有着性命之忧。可现在，他只能被刀瑞斯牵着鼻子走。刀瑞斯还得靠他吃饭，应该是会兑现"慢慢解毒"的诺言的。只是这病不根除，他将永远无法安心。

　　"唉，管他呢，死不了就行……"团长自我安慰地想。与此同时，他又开始关心起苏巴，也就是乔云洲的下落问题，"刀瑞斯说颜荣和苏巴关系非凡。这个颜荣可真是让我小瞧了啊！不如，就从他那里突破一下，说不定真的踏破铁鞋无觅处呢……"

　　而适合执行"跨越国境，与警察局局长对质"这项任务的最佳人选，非孟旗生莫属了。

　　"去吧，或许颜荣知道你父亲的消息。有什么情况，及时向我汇报。"第二天，当团长歪靠在他的"龙椅"上，有气无力地对游侠下达任务时，孟旗生惊讶地发现，团长额前多了几缕银发，整个人显得苍老了许多。

第三十八章　利刃出鞘

"哥哥，我有个好消息要告诉你。"

颜香脂嗲声嗲气的声音在电话听筒里响起，像一阵裹着栀子花香的清风，吹得颜宇浑身酥软。先前，颜香脂说生病了，已经有一段时间没来上班了。许久见不到那散发着迷香的婀娜倩影在身边晃悠，颜宇竟有些思念她了。因此，当对方提出，因为有个大财主要进购一批薄荷烟，以及东南亚香料，需要清点一下库存，请颜宇带上仓库钥匙，下晚班后到林氏集团大楼前的湖边见面时，颜宇还做着黄粱美梦。他美滋滋地想着，一会儿把钥匙交给美丽性感的女秘书后，两人便可以找个舒适的地儿温存一个晚上……

没想到两人见面后，颜香脂一拿到钥匙便借口有急事要离开。看着那个娉婷的背影快步走向停车场，大失所望的颜宇一个人在湖边溜达散心。这些天连着加班，他感到身心疲惫，不如就在这欣赏一下久违的夜景，放松放松。没想到，这片在夜灯照耀下波光潋滟的湖水和堤边点缀着以假乱真的花灯，显得光艳照人的郁金香花圃，竟成了他短暂的人生中，陪伴他的最后一道风景。

一阵车辆疾驰时，车轮与地面剧烈摩擦发出的尖叫声骤然刺破耳膜，车灯放出的光芒强烈得仿佛能照亮整个夜空……然而，颜宇的世界，却从此陷入了无边的黑暗。

那个夜晚，对于孟旗生而言，也是刻骨铭心的。

那几天，他正在四处找寻那个可能会是同父异母的哥哥，失踪的林岳樯，却在这天夜里接到了出警任务。原来，在他所负责的辖区，林氏集团的大院里，刚刚发生了一起严重的车祸，一死两伤。感到大事不妙的孟旗生，马不停蹄地与同事赶往车祸现场查看情况，之后又奔向伤者所在的医院。

于是，借着做笔录的机会，孟旗生终于如愿以偿，与林岳樯完成了一次秘密的谈话。

"林董，一周前，我约见您，就是想向您求证一件事情。"病房里，孟旗生凑到林岳樯的床边，轻声说道。

"什么事？"林岳樯好奇地问。

"您的母亲是不是叫玉恩？"

"是的，她是个孤儿。常年深居简出，与外界的接触很少。因此，知道'玉恩'这个名字的人并不多。"林岳樯疲惫晦暗的眼眸忽然有了光泽，"我原本有个后爸，姓林。他对我和妈妈都不好，一发火非打即骂。后来，妈妈不忍看我受虐待，带着我逃离了那个家。我们过了一段颠沛流离、生活拮据的苦日子。有一天，妈妈告诉我，其实家里那个爸爸并不是我亲爸，亲爸不在世上了。我还有一个弟弟，当初妈妈生下我们以后，为了寻求生活的依靠而无奈嫁给了后爸。可后爸态度强硬，逼着他把弟弟送去了别人家，她央求了很久才把我留在了身边。逃出那个家以后的一段日子里，我们相依为命，可渐渐地，苦难的生活把妈妈从一个温柔隐忍的美丽女人，变成了脾气古怪的老妇人。当年，我本想继续考大学，妈妈却执意要让我去当兵，也许是想让我'子承父业'吧。为这事，我们母子关系产生了裂痕。后来，我去了西西帕拉特种部队服役，因为赌气，与她不常联系。当我终于成熟起来，懂得理解妈妈，想要修复破碎的母子关系时，她却失踪了。我找了很久，她都杳无音信。"林岳樯一边讲述着，一边不断地叹气，"只不过，时光可以令人忘却一切。我原以为，妈妈就像一片被秋风刮落在河里的枯黄的柳树叶，漂流到了无人抵达的天边，在这个世界上，只有我偶尔会惦念她，没想到，还能再听到她的名字。"林岳樯像遇见了知音似的，激动地说了很多话，竟忘了问孟旗生为什么会提到他母亲。

"那……您的亲生父亲呢？您对他了解吗？"

"我从来都没有见过他，甚至连他叫什么名字都不知道。小时候，我也问过妈妈，她闪烁其词地说，也许是战死了吧。时间长了，我就再也没想过这件事了。"

"其实，你的父亲并没有死，你的母亲，也可能还活着。"孟旗生已经按捺不住自己狂跳的心脏，差点儿就脱口而出，"你同父异母的弟弟，就坐在你的面前。"

"什么，你怎么会知道？"讶异的神情替代了林岳樯脸上的忧伤，他的目光变得炯炯有神，声音也响亮了起来。

"我想，我今天说得太多了……关于你父母的事，还得暂时保密。否则他们，还有我们，都可能遭致灭顶之灾。林董是聪明人，我想你会明白我的意思。请等待合适的时机，我一定会想办法让你们相认的。"孟旗生用浸着感动的泪水，坚定的眼神凝视着林岳樯，信誓旦旦地说。林岳樯也回敬他一个信任的目光，微微点了点头。

在车祸中受了轻伤的颜香脂很快恢复了健康。感到时间紧迫的她，决定加快步伐。她带上颜宇给他的钥匙，去了盛放着薄荷烟和东南亚香料的仓库。学过医的方婧雅，成了她的有力助手。在颜香脂的指导下，方婧雅操作起蒸馏器、压榨机等银晃晃的设备来得心应手。很快，她们便赶制出了足够用的龙脑香、安息香的香包。

秦观在取得上级的同意后，由部分武装缉毒人员暗处配合，同时联合方思雅开展行动，准备给敌人来个釜底抽薪，焚巢捣穴。时隔数月，"老管家"又将带着他的勇士们踏进瓦那，这个谜一样的小镇。颜香脂也坚决要求与父亲和他的爱人一起行动，理由是万一出了状况，她的芳疗之术可以派上用场。

经历了这许多事，秦观和方思雅也见识到了颜香脂的本事，相信她有能力成为行动小组的骨干力量。就这样，风驰电掣的行军队伍中，多了一道妩媚的身影。

出发前，在一个星光灿烂的晚上，方思雅终于将美丽的未婚妻颜香脂搂在了怀里。

"你这个傻瓜，非跟着我们去送死！"方思雅心疼地说。若不是秦观同意，他是坚决不忍心让颜香脂跟着自己一起去冒险。

"谁说是送死，为了此次行动我们做了那么久的部署，一定会马到成功的！"颜香脂娇说道，"我可是你们的保护神，有我在，什么毒虫都奈何不了你们！难道，你还把我当成可有可无的影子吗？"

"怎么会可有可无，你可是定格在我人生中，最绕不开、最舍不下的一道风景，我想永远守着你、欣赏你、保护你……"方思雅动情地说着，不顾颜香脂的挣扎，用力把她搂到胸前，"等这一切都结束，我们就结婚，不允许你再以任何借口拒绝我！而我，一定会呵护你一辈子，再也不离开你！"

听着方思雅霸道的求婚誓言，颜香脂的心彻底软了，她用湿润的闪闪发光的大眼睛，幸福地凝望着恋人那对同样炙热的双眸。片刻，她闭上双眼，主动地、忘我地，贴上了方思雅那温暖而柔软的唇……

有了上次的经验，再加上有"芳疗女神"一路保驾护航，秦观一行顺利地穿过迷雾，很快来到镇子附近山坡下的一片茂密的甘蔗林里。

瓦那名义上是一个镇，其实它只有一个村子这么大，大多数住户都是从外地迁来的。这里地势偏僻，交通不便，后来也不知道什么原因，有很多人家又陆陆续续地搬走了。实际上，现在这个小镇几乎是杳无人烟了。即使是在白天，镇子里也安静得不得了，偶尔会有几声狗吠打破这份诡异的宁静。

淡淡的薄荷烟草味成为他们的向导。他们沿着那条土路急行着，来到了一个偏僻的山坳之中。

一座现代化的厂房坐落在这里，四周建有高耸入云的围墙，遮掩着厂房内一切见不得人的勾当。坚固的围墙四周还围了一圈隐秘的电网，任何人碰到它，瞬间就会化为灰烬。在围墙比较不起眼的一个角落，嵌着一道厚重的铁门。秦观一行在工厂附近的密林里潜伏了一天一夜。他们发现，有一些全副武装的，或是身穿类似医生白大褂的可疑人员在这里进出。这扇门一般不开，即使打开也是半开，然后马上关闭。在门开启的瞬间，他们隐隐看到里面的人身穿保护色军装，身上挂着微型冲锋枪或是拎着手枪，随时监视着围墙四周的动静。

在秦观的指挥下，方思雅率领"神弹飞行侠"一行，避开要命的电网，翻越进了围墙，并用消音麻醉枪将里面的几名看守击倒。方思雅为后面的战友打开了那道铁门。一切进行得十分顺利。

身经百战的秦观对敌人的一切部署了如指掌，还在外面时就根据自己的经验草拟了一份地形图。方思雅一队翻墙进入后，很轻松地解决掉了岗楼上的威胁。

再往里面走，是两个小房间。

身穿白大褂的董天成和董事长，正戴着专业的面具，仔细地在工作。他们身后站着五名全副武装的"保镖"。这些"保镖"负责保护他们的安全，也随时监控他们的行动。他们也和董家父子一样，戴着专业的面具，因为这里始终充塞着令人眩晕甚至窒息的气体，其中，也包含那股沁人心脾的薄荷香。

"我要上卫生间。"

董事长隔着笨重的面具对保卫说，他等待着保卫的认可，因为如果没有经过申请而随意走动，保卫随时可以开枪击毙他们。

"行，我跟你去。"保卫把枪背到了身后，做出了一个"请"的手势。

"上趟厕所都有人盯着，我成你们的囚犯了！"在走廊里，董事长抱怨道。

"没有哪个囚犯能一个月赚到200万。"保卫跟董事长开着玩笑，声音里充满了忌妒。

"200万很多吗？你们每月给我家的酬劳，还不到利润的十分之一，简直就是打发要饭的！"董事长生气地说。

"好了，年轻人，我跟你一样也只是个打工的，有什么意见，自己跟老板说去。快去把尿撒了，别把膀胱憋爆了！"保卫脾气倒还好，没和他争执，只是不再接话，用手势催促董事长加快脚步。

董事长进了卫生间，心怀不满的他故意慢腾腾地在里面磨蹭了半天，对于门外发生的一场暗斗一无所知。出来的时候，他用余光瞥见那个高大的戴着面具的保卫仍旧站在原来的位置等他。他看都不看那人一眼，便大摇大摆地朝实验室的方向走去。

保卫"押"着董事长回到了刚才的房间。

"怎么去了这么久，我这里正需要搭把手呢！"董天成面露不快，责备道。

"对不起，爸爸，我有点拉肚子。"董事长对待保卫很摆架子，在自己父亲面前却永远是一头小绵羊。他讪讪地走到父亲旁边，听候对方差遣。当父子二人背对着几名保卫，开始在仪器前专心致志地工作时，忽然听见身后发出几声怪异的闷响和人的闷哼声。因为注意力集中在手头工作上，父子二人的反应有些迟钝。他们缓缓转过身来，惊讶地看到，五名保卫有四名倒在了地上，只有一个站着。他们一时反应不过来发生了什么事，呆呆地僵在原地。

这时，从那名站着的保卫身后又跑出来几个戴着面具、身穿特警制服的人。

"董天成、董事长，你们已经被捕了！"一个看起来最年长的特警大声说道。

"是，是，我们配合，一定配合！"董天成僵硬地笑着，他一边悄悄地用左手小拇指按动了仪器操作键盘上的一个按钮，一边以闪电的速度，不知从哪里掏出一把手枪，对着领头的特警开了一枪。

只见，实验室旁边一道暗门打开了。"儿子，快逃，我掩护你！"董天成对董事长大呼道。他射出的那颗子弹准确地射向领头特警的胸部。"爸爸，当心啊！"一个女人刺耳的尖叫声响起，一名身材苗条的"女警"飞速上前推开了她唤作"爸爸"的这个人，自己却不慎被飞来的子弹穿透了左肋，发出凄厉的一声惨叫。

"香脂！"那个高个子一下扯下面具，冲向中弹倒地的女警，抱起她，痛苦地喊道。董事长惊讶地看到，那人竟然是方思雅！原来，刚刚趁着董事长如厕之时，秦观一行将那名守卫撂倒，身形与其最接近的方思雅快速换了装，跟在不明真相的董事长身后混了进来，并用麻醉枪迅速击倒了没能反应过来的另外四名守卫。

"香脂？"正在犹豫要不要丢下爸爸逃跑的董事长怔在了原地。这时，已经杀红了眼的董天成又对着受伤的颜香脂准备放枪，没想到，自己的儿子忽然冲到跟前，截住了他的枪。

"儿子，你这是干什么？"

"爸爸，我不能丢下你自己逃走，也不能让你杀死香脂。我们是逃不掉的，不要再造孽了，面对现实吧……"董事长难过地流下了眼泪。

颜香脂受伤很重，鲜血不停往外流，很快染湿了她的半边脊背。她急促地呼吸着然后昏死了过去。领头的那名最年长的特警，正是秦观，他压制住强烈的悲痛，命令几名战友控制住董氏父子，自己牵头押送，一边指示方思雅，赶紧将颜香脂转移到安全的地方……

就这样，罪恶滔天的董家父子束手就擒。然而，颜香脂的情况很不好，方思雅抱着她，疯跑在来时的路上……

山雨欲来风满楼，弹指间，世界仿佛变了样。

沉浸在丧子之痛中的颜荣，仿佛着了魔一样，不停地喃喃自语，反复念叨着林岳樯和颜香脂的名字。以前的往事一帧一帧地在他脑海里放映：为何他的结局竟这么凄凉？爱而不得的煎熬，即使用尽全力，珍爱的人却始终没能回到他的怀抱，现在连唯一的儿子也不能为他养老送终。曾经权力和金钱拼命涌向他，一条看似辉煌的大路，为何到他这儿却是通向深渊？命运为什么对他如此不公？

他恨得咬紧了牙关，他把一切的不幸都转嫁在林岳樯和颜香脂的身上。

被女婿李隽逸接回家休养的林岳樯，内心也早已翻江倒海。反复想着孟旗生留下的那句话："你的父亲并没有死，你的母亲，也可能还活着。"这话令他悲喜交加，但孟旗生三缄其口的态度，让他明白了，在父母的身世秘密后面，还藏着巨大的危险。那危险是什么呢？他轻蔑地"哼"了一声：还有什么危险是能震慑他的呢，近来发生了那么多令他生不如死的打击，他还有什么可害怕的呢？

这时，他透过玻璃窗，看见正在花园里望天发呆的女儿，心里一沉：我不能让唯一的亲人，我最亲爱的、最可怜的女儿，再陷入危险之中。我，必须谨慎。

他又想起自己此次回来肩负的"任务"：团长的眼线一定还在跟着自己，还得想办法找一对桃木剑回去交差，也好对阿兰有个交代。可是，去哪里找桃木剑呢？突然，他灵机一动，想起了自己的女婿李隽逸。

他知道，李隽逸是倪雪峰的儿子，是这个桃木世家的继承人。他也知道，林氏集团现在的香烟店，就是在倪家桃木店的原址上建起来的。当初，颜荣找到他，以年幼的颜宇的名义，提出收购桃木店所在的那块地的建议，如此一来，林氏集团的地盘得到有效扩充，能够拥有更大的商业价值。因为娶了汪采莲，又没能善待她，林岳樯总觉得愧对颜荣，对于对方的要求和建议，能满足的都尽量满足。于是乎，他很随意地就同意了，并让颜荣全权处理这件事。于是，颜荣买下了桃木店及周边的一整块地。

"隽逸，你到我房间来一下。"林岳樯把在客厅里看电视的李隽逸叫到了自己房间。

"请帮我找一对桃木剑。"岳父提出了请求。

"什么样的？"李隽逸感到莫名其妙，又不宜表露出来。

听到这个问题时，林岳樯也有些傻眼了。他不知道桃木剑是什么样子，到底有多大，万一弄错了怎么办？

"那据你所知，一般都有哪几种类型的桃木剑？"

"嗯，简单地说，常见的桃木剑有这样的区分：一是大小不一样，大的一般用来镇宅，可以挂在门上或者墙上；中等的可以挂于家中，也可以拿来把玩；小的有吊坠、发簪等。二是图案不同，根据买主的不同需求，可以为他量身定制不同的图腾花样。三是……"

"你就给我找一对发簪大小的吧，随便什么图案都行。"没等李隽逸说完，林岳樯就迫不及待地打断了他的话。在李隽逸侃侃而谈的过程中，林岳樯蓦地回想起当初解救阿兰时，她挽在脑后的头发上插着一根桃木簪子，散发着迷人的香气。两人每次见面，阿兰都将这把簪子插在头发上，只有这次在地牢相见时，阿兰是披头散发的。林岳樯想，或许那把神秘的桃木剑，正是这个发簪。至于图案吗，他没有看清。不过，他转念一想，那些想得到桃木剑的人，也未必就知道那袖珍的图案究竟是什么。

"好的，我尽量去找找。"李隽逸觉得岳父大人这段时间魂不守舍的，有把桃木剑护身，给他增加点安全感也挺好，只是不知为何偏偏要找桃木剑发簪呢？

一天清晨，一直装病，在家里窝了很久的林岳樯终于出门了。他走走停停，还不时回头看看。"今天仍然有被跟踪的感觉。看来，团长派来监视我的那些人果然还没走。"林岳樯这样想，"等我办完最后一件事儿，就带着假桃木剑跟他们回去！"

他走进一条巷子，这里是步行通往一个新建的别墅区的必经之路，平时走的人挺少，两旁绿树成荫，非常寂静。这样优美的环境却让林岳樯感到几分恐惧，汗毛直竖。随后他听到一阵脚步声离他越来越近，他猛地一回头，就看见了这样的场景。

一个人飞身踢掉了另一个人手里的一把手枪，那黑洞洞的枪口分明是对准了自己，然后，手枪飞出几米远，被踢的人踉跄倒地，不到几秒钟就被那个身手不凡的男子制伏。等到"战斗"结束，林岳樯捡起滑到他跟前的手枪，定睛一看，那是一把带了消音器的 MK25 手枪，他顿时惊得张大了嘴巴。他看清楚了倒地的那个人的脸：这个丧心病狂的杀手，居然是他的连襟颜荣！而那个将颜荣制伏的人，是告知他"父母还活着"的交警孟旗生。

孟旗生将颜荣双手反绑，用手铐铐住，转而抬头看向林岳樯说："我正好有事情找您，请随我一起走一趟吧！"

孟旗生和林岳樯一起，把颜荣带到了郊外的一个空房子里，开始审问他。

"你为什么要杀我？"林岳樯愤怒地质问颜荣。

"你杀死了我的儿子，我要报仇！"颜荣用更加愤怒的目光回击林岳樯。

"那是个意外！"林岳樯语气软了下来，长叹一声说，"这件事，我也深感痛心。"

"你和我，注定是冤家，你抢走了我的爱人，又害死了我的儿子。我这辈子最后悔的，就是没能早点除掉你！"

"我能理解你这位父亲的心情，我也是一个失去了妻子和儿子的人。对不起，对于你的家庭悲剧，我有着不可推卸的责任。我不会控告你的。"林岳樯转而对孟旗生说，"放他走吧，我想他也是一时糊涂。"

"还不能让他走。"孟旗生说，"如果你放弃控告他的权利，我可以配合不干预这件事。但是，我们却要依靠他，去寻找一个与我们的命运都息息相关的人。"

"谁？"林岳樯和颜荣都将充满好奇的询问的目光投向孟旗生。

孟旗生拿出一张照片，先递给颜荣。颜荣看清楚了，照片上英姿飒爽的那名军人，正是与他相交多年的玉石商人"苏巴"，不禁大吃一惊。

"只要你带我们找到这个人，我们就可以既往不咎。"孟旗生嘴角又露出一抹他惯常的那种痞笑。

"为什么？"颜荣一头雾水。

"这个，你就不用管了。"孟旗生恢复了方才那种冷漠严肃的表情。

"我凭什么相信你？"颜荣冷笑着反问道。

"你没有选择，除了今天的袭击事件，交警部门还搜集到了你的一些犯罪证据。发生在林氏集团的那场车祸，并非一场意外。林董的车子，并非出了故障，而是有人故意而为之。而那个人，恐怕是杀人未遂吧……"孟旗生的话说到一半，颜荣用慌乱的语气阻止了他："别说了，别说了。我带你们去找苏巴。走吧，马上就走。"

孟旗生的话提醒了颜荣，儿子颜宇的死，林岳樯事实上是无辜的，自己才是那个手刃至亲的刽子手。而颜荣将愤怒转嫁到林岳樯身上，也是一种为了掩饰自己的愧疚而采取的无助争辩。他一下完全清醒了，转而开始思考自己的未来：一旦证据确凿，林岳樯和孟旗生将他扭送回去，以前犯下的累累罪行也会被深挖出来，他的人生从此就毁了。而带他们去寻找苏巴，对自己没有什么损害，或许孟旗生他们还会兑现刚刚的承诺，让他重新过上太平日子。那，不如做个顺水人情，或许也能给自己的人生带来一次转机。

"这是谁？"林岳樯也接过照片看了看，不明就里地问。

"你的父亲——乔云洲。"孟旗生淡淡地回答。

"什么？"林岳樯和颜荣同时瞪大了眼睛，惊讶之情溢于言表。

"这是真的。等见到乔老先生，一切就真相大白了。颜局长，只要你带我们找到林董的父亲，我们就既往不咎，你还可以继续稳坐警察局局长的宝座。"孟旗生嘴角露出一抹意味深长的浅笑……

于是，孟旗生让颜荣和林岳樯上了一辆停靠在附近租来的车。他让林岳樯看守好颜荣，自己熟练地驾起车来。几个钟头后，当他们行驶上一条山路后，一辆早已在路边守候着的黑色轿车跟上了他们。

两辆车，一前一后，一直行驶到了蒙乐山下。

第三十九章　天若有情

"待会我给你们一个动手的信号，你们就把叛徒游侠、颜荣及其他在场的所有人都干掉！"黑色轿车后排座位上，坐着一个身穿军便服、戴墨镜的中年男人，在对同行的几个人下命令。

透过后视镜，林岳樵和颜荣都发现了一路尾随他们的这辆车。

"是团长的车！"颜荣惊讶地问道，"他是在跟踪我们吗？"

孟旗生没有作答。

"小孟，这到底是怎么回事？"林岳樵也惊讶地问道。

"我们将要参加一场特殊的家庭聚会。颜局长今天既是我们的向导，也是应邀参加聚会的嘉宾。而团长，则是当仁不让的第一主角。"孟旗生半开玩笑地答道。

林岳樵猛然想起自己被绑架期间，团长对他说的那番话："我们是双胞胎兄弟！"一想到这个，林岳樵就感到心口一阵刺痛。他感到眩晕不止，父亲、兄弟，多么亲切的两个词语，在他看来却是那么陌生，还带着刺骨的寒意。

"你，到底是什么人……"颜荣像是在发问，又像是在喃喃自语。这个被他打压了多年的小交警，如今令他刮目相看。此外，孟旗生声称让他带路，一路上却从未让他指过方向。孟旗生的车开得又快又稳，好像这条路原本就是通往他家的，早已"轻车熟路"了。

　　颜荣到现在也不明白，他其实是充当了一个诱饵。之前，孟旗生在审问他的同时，偷偷与辛亮连上了线。亲耳听到颜荣承认自己与苏巴的交情，并且知道苏巴的下落，辛亮尽管有心理准备，还是气得大发雷霆，当即听从了孟旗生的建议：走出自己的安全堡垒，只带了几名忠心耿耿、枪法精准的贴身保镖，与孟旗生一起，去寻找他一生中唯一害怕的敌人乔云洲。

　　载着满腹心事、各怀鬼胎的人们，两辆车就像两匹任人鞭笞的马，快马加鞭地向着目的地奔驰……

　　当走下车的林岳樯和团长对视的时候，时间凝固了片刻。我们是亲兄弟……两人都默默无语，不约而同地想到了彼此间的这层关系。然而，在目前的这个情景下，除了沉默，他们找不到任何一种理想的方式，来化解尴尬，更不可能当着外人的面，让这个秘密公诸于世。

　　颜荣看到团长那双狼一般闪着寒光的眼睛，更不敢直视他。他能感受到团长的敌意，却一时想不到这种仇视的感情，究竟源于何处。抑或这种敌视，究竟是针对他个人，还是针对所有人。在弄清楚情况之前，他唯有保持沉默，装出一副什么也不知道的样子。在场人物扑朔迷离的关系，让颜荣猜得头脑发晕。而对于接下来即将发生的事情，和这些人未卜的命运，颜荣的脑袋里装满了问号：这几位仁兄，他们究竟是敌是友？此时聚在一起，彼此之间，是合作，是敌对，抑或是一种什么样的状况？为什么，寻找苏巴会成为这些人共同的目标？颜荣隐约觉得，这群人将会发生一场火并。他迫切地期待着那个时刻来临，自己好趁乱开溜。他多希望他们同归于尽！从此，这个世界上，再也没有他仇恨和害怕的人了。虽然，自己也已是家破人亡，生无可恋，但他还是期待着这样的末日早日来临。

　　只有孟旗生一脸的轻松，他和表情凝重的团长对了一下眼色，就示意颜荣走在前面带路。一行人跟着他，踏上了紫纡的山道。

　　那些熟悉的景致：刚下过雨踩上去松软泥泞的土地，染上新绿、焕发生机的参天古树与重重灌木，清脆悦耳、与世无争的鸟鸣，如今呈现在颜荣的面前，不再有那种让人如临仙境的静谧与悠然，反而，隐藏着一种可怕的预兆。他不禁紧张起来，也兴奋起来，走在最前面的他好像重拾了青春，健步如飞。不过，跟在他后面的也都不是普通人：有身手不凡的前特种兵；有受过严苛训练的卧底警探；还有常年在边境摸爬滚打、身经百战的职业军人……个个身体壮实，腿脚灵活，在崎岖山路上行走如履平地。很快，他们就来到了那栋拥有着沧桑、孤傲气质，隐没在大山深处的竹楼前。

一股淡淡的檀香扑鼻而来，向不请自来的客人们宣告：屋里有人。

颜荣、孟旗生、林岳樯依次排着队，往梯子上迈步，团长和他的党羽紧随其后。

"大叔，苏巴大叔，您在家吗？"颜荣按孟旗生他们要求的，在门口轻轻叩了两下门，问道。

"进来吧。"一个他熟悉的，苍老的声音回应道。颜荣推开门，众人随他一起踏进了堂屋。团长对手下使了个眼色，那几个人默契地相互对视，做好了动手的准备。

"嘎吱"一声，门大开。一位白发老人正蜷腿坐在一个蒲团上，凝神闭目，摩挲着手里的一串玉佛珠，口中念念有词。老人面朝这些不速之客坐着，处变不惊，泰然自若，如同一尊佛像。

"你……你是谁啊？"

"怎么……会是你？"

颜荣和团长同时大张着嘴问道。

原来，屋里的老人并不是苏巴，而是那个让团长相信"乔云洲还活着"的，干瘪、驼背、满头白霜的"千年老龟"德钦汉。

看到团长脸上的表情骤变，他身后的几个手下面面相觑，不知所措。

"怎么会是你？苏巴去哪里了？"团长厉声问道，隐约觉得自己中了圈套。

"呵呵呵……"德钦汉微微睁开眼，目视着地板，佝偻着的腰背颤抖起来，沙哑的嗓音发出了令团长头皮发麻的笑声。

团长忽然觉得自己眼前的世界像地震来了一样晃动不止，不一会儿，竟瘫软在地失去了知觉……

当团长醒来，已经找不到他的随从们。颜荣、孟旗生、林岳樯也不知去了哪里。他独自瘫坐在原来晕倒的位置，德钦汉也仍旧闭眼端坐在蒲团上。团长想站起来，却发现自己浑身酥软无力。

"你吸入了我特制的迷香，导致全身好像散架了一般，不过不必担心，这个不会要命，只是让你暂时休息一下。"德钦汉慢悠悠地说。

"你到底想干什么？"团长尽力让自己发出的声音大一些，质问着眼前这个莫名其妙的老头子。

"儿子，我脸上痒痒，帮我剃剃胡子！"老人没理睬他，用俏皮的声调，朝内室唤了一声。

"是，父亲！"只见换了一身装扮的孟旗生走了出来，手上拿着梳子、剃刀、水盆、药瓶子等东西。依旧浑身无力的团长全身上下的神经都绷紧了，他咬牙切齿地看着那个被唤作"儿子"的青年，为老人梳理头发、胡子，过会又剃掉了那些白毛，接着，他把看似药水的液体敷在老人头上、脸上，演绎了惊悚的一幕：老人皱巴巴的皮肤从头到脸被揭掉，就像《画皮》里的妖精，不过下面并非裸露的血肉，而是完好的另一张老人的面孔，双目炯炯，气度不凡。

"乔……乔云洲！"团长惊讶得大冒虚汗，心脏几乎要从嗓子眼儿里跳出来。

"没错，就是我，被你出卖的师父。想当年，我是多么信任你，什么样的秘密都不曾向你隐瞒。当我们决定反叛出逃之时，我把计划告知了你。走，还是留？选择的权利交给你。然而，你出尔反尔，并且暗中告密。我们这一班有着生死交情的兄弟，就因为你这个叛徒而无辜殒命。你，知罪吗？"乔云洲眦眦欲裂，看得出，重提往事对他而言是痛苦的。与此同时，另一幅画面浮现在他眼前："如果不是因为你这双漂亮的眼睛，你活不过今天！"这是乔云洲率领队伍打赢帕勐山战役后，对逃兵辛亮说的话。

"是我瞎了眼，才会被你这双美丽的眼睛蒙蔽。因为我的愚蠢，害死了那么多兄弟。悔啊，我真是后悔……"乔云洲的声音因为激动而颤抖起来。孟旗生轻抚父亲的后背，以表安慰。

"哼，你说得没错，就是因为你的愚蠢，才会害死那些兄弟。如果你不选择叛变，或许我还会一直是你的好徒弟。是你大逆不道，造反在先，我凭什么要违心地跟着你们送命？剿灭叛军，人心所向。对于我来说，则是替天行道、将功赎罪。换作任何一个人，都会做出和我一样的选择。我没有错，没有！"团长仍在狡辩。

"不知悔改的东西！师徒一场，我本想放你一马。谁知，你还是执迷不悟，如此看来，我只有替天行道，用你这条罪孽深重的小命，去祭奠天堂里的弟兄们了……"乔云洲说着狠话，摩挲着孟旗生递过来的那把剃刀。

"不，不……"里屋忽然传出一个男人虚弱的呼叫声。孟旗生急忙跑回屋子，看到林岳樯正艰难地要从床上爬起来。原来，他也在迷香中晕厥了过去。孟旗生之所以没有事，是因为乔云洲提前为他配了解药。

孟旗生搀着两腿发软的林岳樯走出了内室。林岳樯声音很虚弱，却坚定地对乔云洲说："你……你不能杀他……他是我弟弟……他是、是你的儿子……"

乔云洲和孟旗生大吃一惊，对视了一眼之后，将同样充满疑问的目光投向了团长。

"你、你说什么……"团长的声音很微弱，小到几乎只有他自己听得见。

正当这时，楼梯上传来了一阵杂乱的脚步声，方才关着的大门又被人推开了。

孟旗生辨认着来人：是黄毛领头的"神弹飞行侠"，他们簇拥着一位白发齐腰的老婆婆，还有瘦骨嶙峋、面色憔悴的阿兰。

"云洲……"那个像是从某个坟头钻出来，枯萎的、毫无人气的白发女，微启的喉咙呼唤道。

乔云洲再也坐不住了，他站起身，离开了蒲团，朝着白发女的方向缓缓走去，眼里充满了惊愕，似乎还有泪光在闪烁。"玉恩，玉恩……是你吗？"他嗓音颤抖着，旁人几乎听不清他在说些什么。

"是的，云洲……是我，是我……"白发女摇摇晃晃地，艰难地挪动着老朽的身子，向乔云洲走去。

众人看着眼前的一幕，惊讶而动容：两个形同枯木的耄耋老人，像一对年轻恋人一样，紧紧地拥抱着，泪如泉涌。

"妈妈！"林岳樯简直不敢相信眼前发生的一切，他打起精神，鼓足勇气，喊了一声。

"阿樯，是我的阿樯……"玉恩转过头来，激动地看了看林岳樯，又转向乔云洲，"云洲，你相信吗？我们俩有孩子，他现在就在我们面前。天哪，这一切，真的不是梦吗？这许多年来，我一次次在梦里与你们团聚，可每次醒来都发现那不是真的。这次，会不会又是一个梦？"她用泪眼打量着林岳樯，示意他过来，看清楚真的是儿子过后，浑身颤抖着拥抱了他。

"妈妈，这不是梦，真的不是梦！"林岳樯再也控制不住自己的情绪，任由眼泪肆意流淌，他转过身，指了指身后的团长说，"弟弟也在，我们一家人，终于团圆了啊！"

团长看着齐齐朝自己投过来的亲人的目光，心中百感交集。他正想开口说些什么，却猛然像触电一样哆嗦了一下，紧接着全身痉挛，像是有无数只虫子在啃噬自己的骨肉，他的五脏六腑发出剧烈的疼痛。

林岳樯大惊，第一个冲过去抱起弟弟喊道："你怎么了，怎么了？"

还未从惊讶中缓过来的乔云洲，也搀着玉恩，朝痛苦地在地上扭动着身体的团长走去。

"刀瑞斯给我下了毒……"团长被疼痛折磨得苦不堪言，用微弱的声音答道。

"怎么办，谁能解毒？"林岳樯着急地向四周投去央告的眼神。

"只有刀瑞斯本人可以……"团长的声音更加微弱了。

"刀瑞斯，刀瑞斯，你们找到他了吗？"林岳樯问黄毛。

"找是找到了……"黄毛难过地回答，"团长离开以后，那个群龙无首的基地不再坚不可摧。在军方的支持下，我们顺利地攻克并捣毁了团长基地，并将被囚禁的玉恩和阿兰救了出来。就在玉恩所住的楼上，我们发现了刀瑞斯的尸体。他的死相很可怕，身上爬满了小虫子……"

"害人害己……"奄奄一息的辛亮发出了一声冷笑，咳了两口带血的唾沫出来。

"我的孩子……"玉恩难过地喊了一声，弯下腰来，深情地凝望着这个濒死的儿子，痛哭道："这么多年，你从未喊过我一声妈，但我知道，你早就认出我来了。你说要折磨我，报复我，却是好吃好喝地伺候着我。你其实是个善良的孩子，是我，是我对不起你……"

"不，我不是你们的孩子……不是！我只是个被遗弃的孤儿……"几乎没有品尝过眼泪苦涩的辛亮不能自已地落下泪来，却仍不肯在至亲面前倾泻自己真实的情感。但他心里知道，自己其实已经服软了。这样的举动，只不过是他在生命的最后一刻，用叛逆的姿态，在向亲人撒娇。

"孩子……"乔云洲也弯下身来，搂住团长的肩膀，难过地喊道。

"我……我的一生，都想要杀掉你……老天爷可真会捉弄人啊……"团长看着这个蓦然变成父亲的大仇人，自嘲地喽嚅道，随后昏厥了过去。

"孩子……"乔云洲和玉恩一起哭喊道。辛亮又醒了过来，他轻轻地说了一声"对不起……"脑袋耷拉了下去，再也没有抬起头来……

若，心怀静怡，终能淡看世俗的丑陋，参透禅意的因果。若，心有释然，终能放下心中的负累，感受人间清欢。可是这一切对于辛亮来说，已经为时太晚。

当众人从蒙乐山回来，桃园山庄里洋溢着一派喜气、祥和的气氛。秦观拿出自己守护多年的桃木剑，郑重地交到阿兰手里；方思雅也把另一把桃木剑交还给了母亲。在阿兰的示意下，孟旗生把两把桃木剑逆向合璧，出现了一幅仿佛古老的手绘地图一般的图画。虚眼一看，这幅图竟然还隐藏了两个字，字很小，要仔细看才能看清楚，原来是篆字体的"采兰"二字。

"原来，这是爷爷在告诫我们，不要忘记自己的祖籍！"阿兰感叹地说道。所有人才恍然大悟，不禁感慨万千。

刀家的后人们捧着这对小小的桃木剑，心里无比沉重。数百年来，多少人为了这个"宝物"同室操戈、骨肉相残啊……

遵循先人遗愿,阿兰提议把这对宝物捐献给采兰国政府,做到真正的"物归原主"。她的这一决定,得到了刀家后人,还有乔云洲的大力支持。至于这对"宝物"隐藏的秘密,就让国家去挖掘吧!

也许,所有的等待和付出,只为了那一刻的尘埃落定。穿越绵绵不息的朝华夕暮,那些细碎的时光,已被擦拭成风铃,在心灵的门楣上低吟浅唱。

染指经年,岁月画出的圆,由小到大,由大到老,由老变死……

孟旗生了能让父亲回到祖国的怀抱,经过多方奔走,终于让乔云洲获得许可,在垂暮之年回归了祖国,在家乡安度晚年。乔云洲和玉恩回到了曾经相恋的地方,在相濡以沫中小心地呵护着这份迟来的爱情。

秦观原谅了妻子的不忠,不离不弃地在医院守护着这个还没睡醒的美妇人。

朗清风和方婧雅步入了婚姻殿堂。

婚礼办得很简单,只邀请了一些关系较近的亲朋好友。为数不多的观众每每回忆起这场婚礼,心里都有种莫名的惆怅。因为,她们记忆中的美娇娘方婧雅,她的面容即便有脂粉讳饰,头纱遮掩,却依旧透出一种与新婚喜悦截然相反的凄怆之色。

不了解的人以为,她还放不下李隽逸。朗清风也知道,自己并不是她深藏心底的那个人,或者说自己是个趁虚而入的第三者也毫不为过。

然而,这都不是全部,不是全部……

伴郎方思雅西装革履、胡子也刮得干干净净,往日那种潇洒飘逸的帅气却荡然无存。他的眼神黯淡,强挤出来的笑容堆在脸上,反而增添了许多不必要的皱纹,使他看起来沧桑了许多。此刻,最让方婧雅心疼的,就是这个一夜苍老的哥哥了。

方思雅总是不自觉地,看向那个空空如也的伴娘席……

尽管已经是半年前的事了,他却历历在目。几乎每天夜里,他都会被梦魇中的这一幕惊醒——子弹在飞啸。颜香脂的尖叫声。方思雅没有看到同伴们冲上去控制住董氏父子,也没有看到董事长绝望的眼神。他眼里只有她一个人,在他的怀里挣扎的她一个人。他两手毫无感觉地把她翻过身来，想把她抱到什么地方去，这时他看到她的左肋在出血，还有几缕耷拉肩头的细细碎发——他在她蒙眬的眼睛里恍惚看到了死神的影子。

他抱着她漫无目的地朝着来时的方向奔跑，眼泪夺眶而出。

他看到一个写着"药房"的房间，破门而入。

他忙乱地把颜香脂放在沙发上，自己在一旁翻箱倒柜。然而，这里似乎没有救命药，药瓶里装着五颜六色的液体，上面贴着看不懂的标签，看上去更像是毒药。

他终于找到一包棉花，于是把一团团棉花压在颜香脂的伤口上，又拿下来扔掉，棉花团浸满了血，鼓胀起来，变成黑色。方思雅镇静下来，解开颜香脂的上衣领子，撕下自己的内衣，揉成布团，压在伤口上，看到鲜血冒着泡往外涌，看到颜香脂的脸变成了青灰色，嘴在痛苦地哆嗦，肺还在不停地喘息。方思雅撕开她的衬衣，无所顾忌地露出她那垂死的白皙身体，好不容易才用棉花团把伤口堵住。过了几分钟，颜香脂恢复了知觉。深陷进去的眼睛从充血的黑眼眶里朝方思雅瞥了一下，颤抖的眼睫毛又把它们遮上了。

"水！热死啦！"她忽然挣扎起来，叫道，"兰熙哥哥！我好热！啊！"

方思雅找到一个空杯子，冲到洗手间，接满水。他把肿胀的嘴唇贴在她火热的脸颊上，用杯子往她的胸膛上倒水。肩胛骨的洼洼里积满了水，但不久就蒸发干了。垂死的高烧正在煎熬着颜香脂。不管方思雅往她的胸膛上倒多少水，她还是翻来覆去地挣扎，从他手里挣脱。

"火，火！救命啊，爸爸，妈妈，快跑啊……"

她变得软弱无力，身上稍微凉爽了一点，半梦半醒地问道："我们在哪儿……爸爸，妈妈，在吗？"她半睁开好像是笑得眯起来的眼睛，突然清醒了似的瞳孔放大，惊恐地说："着火了……全身都烧起来……快跑……"看到方思雅在痛苦地摇晃着脑袋，她皱起眉头，"唉，闷死啦，闷得喘不过气来……"

在疼痛间歇时，她不断地说胡话，说得很多，可并不像是对方思雅说的。

她目光直愣愣地朝着一个方向，如同面对死神般冷峻。方思雅想要唤醒她，让她发挥自己的芳疗特长，跟死神来一场拔河，哪怕是，让她说出一句承诺：我不会死，我会成为你的妻子……然而，方思雅怀着十分恐怖的心情看到，她始终神志不清，那张令他眷恋不舍的美丽脸蛋闪着亮光，鬓角处变得更加明澈、蜡黄了。他把视线移到毫无生气地放在身边的胳膊上，只见她的手指甲里正凝起透出粉红色的青血印。

"水……水……啊，热死啦！"

方思雅赶快去取水。等他返回来时，已经听不到颜香脂的呻吟声了。他哀号一声扑到颜香脂跟前，看到冷冷的白炽灯光照在她抽搐扭歪的嘴上，照在像蜡塑般冷峻而动人的脸蛋上。他慢慢地抬起她的肩膀，把她抱起来，捕捉着两道柳叶眉下面的瞳仁里凝集的微光。软弱无力地向后仰着的脑袋越垂越低，姑娘细脖子上的蓝色血管里在跳着最后的几次脉搏。

方思雅把嘴唇贴在她那半睁半闭的眼皮上，哭喊道："了了，了了……"然而，再也没有回应。

颜荣、董家父子终于接受了法律的制裁。显赫一时的颜家、董家从此在葛润市销声匿迹。

林岳樯因为间接支持并实施了违法犯罪行为，也接受了法律的审判。考虑到他是受人利用，且在破获这起重大的跨国案件当中功不可没，将功抵罪，获得了特赦，免于牢狱之灾。

林岳樯终于赢得了女儿的谅解，在女儿女婿的祝福声中，与挚爱的阿兰走到了一起。

为国立功的孟旗生受到了嘉奖，为他颁奖的其中一位上级领导，是恢复了身份、在某部门任高职的倪雪峰长官。

一个晴朗的早晨，倪雪峰和秦观一起出现在了李隽逸的面前，这对苦命的父子终于相认了……而李隽逸还认出来，一直默默在背后替父亲照看着他的"老大"，原来就是秦观。

倪雪峰这才揭晓了"火车事故"的谜底：原来，当年莉莉在通知他去赴那场死亡之约以后，马上后悔了。几分钟后，他又接到一个神秘号码打来的电话，仍然是莉莉。对方通知他说原本约好的人主动取消了，让他不必再赴约，同时，因为有急事要办，需要借他的吉普车一用……

当倪雪峰将车开到距离那个隧道不远的一个偏僻的林子里，看到爱穿红衣的莉莉穿着一件黑色长袍站在那里，像个死神。她是开着一辆破旧的皮卡车来的，她示意倪雪峰将车后备箱里的一件行李搬到吉普车上来。

"照我说的做，这样你才能活命！与其让这具瘾君子的尸体去为他们运毒，不如让他当你的替死鬼。"莉莉眼神有些迷乱，语气却十分坚定。倪雪峰从她那泪光闪闪，妖气尽失的眼眸里，看到了一个女人深沉的爱……

就这样，那个密码箱替代了倪雪峰，在火车驶过的一霎，被碾得支离破碎……

酒吧惊魂夜，倪雪峰得知莉莉又在为团长干坏事，前去劝说，拉扯之中不小心推倒了她……

待到团长与刀瑞斯集团覆灭之后，倪雪峰终于可以卸下抗在肩头多年的重担。他拒绝了一切荣誉和嘉奖，前去自首，供认了自己失手"杀害"莉莉的罪行……

乔云洲和玉恩平静地度过了人生的最后两年时光。玉恩因病，先一步离开人世。几天后，感到大限将至的乔云洲托付孟旗生：等他死后，把他和玉恩的骨灰埋在蒙乐山上的竹楼旁，和他们的儿子辛亮埋在一起。

"从今往后，我和玉恩就可以永远陪伴阿帆了……唯愿，世间再无战争，人们流离失所、家破人亡的悲剧再也不会发生……相爱的人，不会再离散。"

（完）